LA VIE JOUE AVEC MOI

DAVID GROSSMAN

LA VIE JOUE AVEC MOI

roman

TRADUIT DE L'HÉBREU
PAR JEAN-LUC ALLOUCHE

ÉDITIONS DU SEUIL
*57, rue Gaston-Tessier, Paris XIXe*

Ce livre est édité par Anne Freyer-Mauthner

Titre original : אתי החיים משחק הרבה
Éditeur original : Hassifria hahadacha,
éditions Hakibboutz haméouhad-Sifré Siman kria

ISBN 978-2-02-144772-9

www.seuil.com

Raphaël avait quinze ans lorsque sa mère mourut et le délivra ainsi des souffrances qu'elle avait endurées. Au petit cimetière, la pluie arrosait les membres du kibboutz abrités sous des parapluies. Touvia, le père de Raphaël, sanglotait. Pendant des années, il s'était occupé de son épouse avec dévouement mais, à cette heure, il avait l'air perdu et désespéré. Raphaël, en short, se tenait à l'écart, le capuchon de son sweat-shirt rabattu sur les yeux afin que personne ne s'aperçoive qu'il ne versait pas une larme. Il songeait : maintenant qu'elle est morte, elle peut se rendre compte de tout ce que je pensais d'elle.

C'était l'hiver 1962. Une année plus tard, son père avait fait la connaissance de Véra Nowak, immigrée en Israël de Yougoslavie, ensuite, ils étaient devenus un couple. Véra avait débarqué en Israël accompagnée de sa fille unique, Nina, une adolescente de dix-sept ans à la taille élancée, à la chevelure claire, dont les traits allongés, livides et très beaux, étaient presque inexpressifs.

Les condisciples de Raphaël surnommaient Nina « le Sphinx ». Cachés derrière son dos, ils imitaient sa démarche quand elle enlaçait son corps de ses deux bras, les yeux perdus dans le vide. Un jour, surprenant deux gars en train de la singer, elle leur abîma le portrait. Le kibboutz n'avait jamais vu une telle branlée. Difficile d'imaginer que ses bras et ses jambes frêles aient pu dégager une telle force et une telle sauvagerie. Les rumeurs allaient bon train. On racontait que, pendant que sa mère était détenue au goulag comme prisonnière politique, Nina, qui n'était qu'une gamine, avait été jetée à la rue. On disait « à la rue » avec un regard lourd de sous-entendus. On ajoutait qu'à Belgrade elle avait rejoint une bande d'enfants délinquants qui kidnappaient d'autres mômes contre rançon. Des racontars. Les gens adorent déblatérer.

Cette histoire de coups, et d'autres incidents et rumeurs, n'avait pas dissipé le brouillard dans lequel Raphaël vivait après la mort de sa mère. Pendant des mois, il s'était plongé dans un coma volontaire. Deux fois par jour, matin et soir, il avalait un puissant somnifère trouvé dans l'armoire à pharmacie de sa mère. Il ne remarquait même pas Nina quand, d'aventure, il la croisait ici ou là au kibboutz.

Mais un soir, six mois environ après la disparition de sa mère, ayant emprunté un raccourci à travers le verger d'avocatiers pour gagner la salle de sports, il aperçut Nina qui venait à sa rencontre. Tête basse, bras croisés sur son torse, comme si elle avait froid. Soudain sur le qui-vive, Raphaël s'immobilisa d'instinct. Ramassée sur elle-même, Nina ne l'avait pas vu. Il remarqua son allure. Ce fut sa première impression : cette démarche tranquille, économe. Le front haut, limpide, la robe bleue, simple et légère voletant à mi-cuisses.

L'expression de son visage lorsqu'il raconta...

Ce n'est que lorsqu'elle fut tout près de lui que Raphaël vit qu'elle pleurait, doucement, avec des sanglots étouffés, et alors, elle aussi l'aperçut, s'arrêta en fronçant les sourcils. Leurs regards s'emmêlèrent fugitivement, et l'on peut affirmer, hélas :

inextricablement. « Le ciel, la terre, les arbres, m'avait confié Raphaël, je ne sais pas… J'avais l'impression que la nature s'évanouissait. »

Nina se ressaisit la première. Elle fulmina, furieuse, et s'éloigna à grandes enjambées. Il eut à peine le temps de jeter un regard sur son visage qui, rapidement, avait perdu toute expression, et il sentit naître un élan vers elle. Il tendit la main derrière elle…

Je peux réellement le voir prostré là, la main tendue.

Et c'est ainsi qu'il est resté, la main tendue, pendant quarante-cinq ans.

Mais ce jour-là au verger, sans réfléchir et sans tergiverser et s'empêtrer, il se lança à la poursuite de Nina pour lui dire ce qu'il avait compris au premier coup d'œil. Tout en lui s'était éveillé à la vie, me raconta-t-il. Je lui demandai de s'expliquer. Il avait bafouillé, bredouillé quelque chose sur ce qui s'était assoupi en lui pendant la maladie interminable de sa mère, et encore plus après son décès. Maintenant, tout devenait brusquement soudain et fatidique, et il ne doutait pas qu'elle lui répondrait immédiatement.

Nina entendit les pas de Raphaël lancé à sa poursuite, elle s'immobilisa, se retourna et le jaugea en prenant tout son temps. « Qu'est-ce que tu me veux ? » aboya-t-elle soudain. Il eut un geste de recul, effrayé par sa beauté et sans doute aussi par sa grossièreté – et surtout, je le crains, par ce mélange de beauté et de grossièreté. Jusqu'à ce jour, ça le titille : il a un faible pour les femmes affichant un peu – une once – d'agressivité virile, voire de grossièreté, une sorte d'épice, Raphaël, Raphy…

Nina, poings sur les hanches, redevenait l'enfant des rues, coriace, une bête sauvage. Narines dilatées, elle le reniflait, et Raphaël pouvait voir battre une fine veine bleuâtre sur son cou ; brusquement ses lèvres lui firent mal, c'est ce qu'il m'a raconté, elles le brûlaient, assoiffées.

« C'est bon, on a compris, ai-je pensé, tu n'es pas obligé d'entrer dans les détails. »

Les larmes brillaient encore sur les joues de Nina, mais ses yeux restaient froids et presque vipérins. « Rentre chez toi, gamin », dit-elle, mais il secouait la tête, non, non, alors, elle approcha lentement son front de son visage, avançant puis reculant, comme si elle cherchait un point précis, et, pendant ce temps, il fermait les yeux. Alors elle se rua sur lui, et il fut projeté en arrière et tomba dans la rigole d'irrigation d'un avocatier.

« De l'espèce "Ettinger" », prendrait-il soin de préciser en me rapportant l'incident afin qu'à Dieu ne plaise je n'oublie aucun détail de cette scène parce que c'est ainsi que se tissent les légendes.

Affalé dans le trou, sous le choc, il effleura la bosse qui commençait à enfler sur son front, puis il se releva, étourdi. Depuis la mort de sa mère, Raphaël n'avait touché personne, et personne ne l'avait touché, sauf ceux qui se bagarraient avec lui. Mais, là, c'était différent, il le sentait : cette femme venait enfin de lui ouvrir le crâne et de le libérer de ses tourments. Et, malgré la douleur aveuglante, il lui cria ce qu'il avait découvert dès l'instant où il l'avait vue, mais il fut stupéfié au moment où les mots lui sortirent de la bouche, indécents et vulgaires. « Ces mots que des potes échangent, me dit-il. Du genre "J'ai envie de te niquer" », si étrangers à sa pensée pure et délicate. « Mais, en une seconde et demie, j'ai constaté sur son visage que, malgré cette vulgarité, elle me comprenait au quart de tour. »

Cela s'est peut-être vraiment passé ainsi, qu'est-ce que j'en sais ? Pourquoi ne pas lui faire une fleur et croire qu'une adolescente née en Yougoslavie qui, pendant des années – comme il s'avéra par la suite –, avait été une enfant abandonnée sans mère ni père, qu'une jeune fille, malgré ces handicaps de départ, et peut-être à cause d'eux, ait jeté un œil, dans un moment de grâce, sur un adolescent d'un kibboutz israélien, un adolescent né là, c'est ainsi que je l'imagine à seize ans, garçon solitaire, ruminant des secrets, des introspections torturées et de grands exploits dont nul au monde n'avait connaissance. Un jeune homme triste, mélancolique, mais beau à pleurer.

Raphaël, mon père.

Il existe un film célèbre – pour le moment, je ne me souviens pas du titre (et je ne vais pas perdre une seconde à chercher sur Google) – dans lequel le héros retourne dans le passé afin de réparer quelque chose, d'éviter une guerre mondiale ou quelque chose de ce genre. Que ne donnerais-je pas, moi aussi, pour retourner dans le passé, ne serait-ce que pour éviter que ces deux-là se rencontrent.

Durant les journées et surtout les nuits suivantes, il se tourmenta à cause de l'occasion merveilleuse qu'il avait ratée. Il cessa d'avaler les somnifères maternels afin de ressentir l'amour en toute lucidité. Il la cherchait partout dans le kibboutz, mais en pure perte. Ces jours-là, il ne parlait presque à personne et il ne pouvait pas savoir que Nina avait quitté le quartier des vétérans où elle habitait avec sa mère et qu'elle avait réquisitionné une chambrette dans un vieux baraquement décati datant de l'époque des fondateurs. Ce baraquement alignait des chambres exiguës situées derrière les vergers dans un secteur qu'avec son tact coutumier le kibboutz avait baptisé le « quartier des lépreux ». Là, une petite communauté d'hommes et de femmes, pour la plupart des volontaires étrangers, traînaient sans trouver leur place ni contribuer à l'effort collectif, et le kibboutz ne savait que faire d'eux.

Mais l'idée qui avait germé en lui au moment où il avait croisé Nina dans le verger n'avait rien perdu de son ardeur et, de jour en jour, elle s'enracinait dans son âme : « Si Nina accepte de coucher avec moi ne serait-ce qu'une fois, songeait-il le plus sérieusement du monde, elle retrouvera une physionomie expressive. »

Il m'avait confié cette lubie lors d'une conversation que nous avions filmée voici une éternité, alors qu'il avait trente-sept ans. C'était mon premier film et, ce matin, vingt-quatre ans après ce tournage, nous avons décidé, Raphaël et moi, dans un élan de nostalgie insouciante, de le regarder. Durant cette séquence, on le voit pris d'une quinte de toux à en suffoquer, fourrager sa barbe en broussaille, défaire, fermer, puis défaire le bracelet en cuir de sa montre, et surtout – sans jamais lever les yeux vers sa jeune intervieweuse, moi.

« Dis-donc, tu avais beaucoup de culot pour un garçon de seize ans ! » m'entend-on minauder. « Moi ? » s'étonne le Raphaël filmé. « Du culot ? Je tremblais comme une feuille. » « Pour ma part, je me dis au contraire, réplique l'intervieweuse avec une hypocrisie épouvantable, que c'est la drague la plus originale que j'aie jamais entendue. »

J'avais quinze ans au moment de cette interview et, pour tout dire, jusqu'à cet instant-là je n'avais jamais entendu le moindre boniment de drague, original ou éculé, proféré par quelqu'un qui ne soit pas « Moi-en-majesté-face-au-miroir » coiffée d'un béret noir et le visage à demi masqué par un foulard mystérieux.

Une cassette vidéo, un minuscule trépied, un micro protégé par une bonnette grise devenue pelucheuse. Cette semaine d'octobre 2008, ma grand-mère, Véra, les a trouvés dans un carton de son grenier avec la vieille caméra Sony dont l'objectif me servait à observer l'univers durant ces années-là.

D'accord, qualifier de « film » cette chose-là est un peu excessif. Il s'agissait tout au plus de quelques séquences, les souvenirs de mon père adolescent, épars et sans montage final. Le son est effrayant, l'image délavée et floue, mais, en gros, le contenu demeure compréhensible. Sur ce carton, Véra avait noté au feutre noir « Guili : vrac ». Les mots me manquent pour décrire quel effet me fait ce film, de même que mon émotion devant la jeune fille que j'étais alors et qu'on découvre dans ce film – sans exagération –, une sorte d'incarnation humaine du dodo, cet oiseau auquel l'extinction de son espèce a épargné de mourir de confusion. En d'autres termes, une créature dont la nature profonde n'est toujours pas élucidée, ni sa vocation, et pour laquelle toutes les conjectures sont valables.

Aujourd'hui, vingt-quatre ans après avoir filmé cet entretien, je suis assise à côté de mon père dans l'appartement de Véra au kibboutz, et je le regarde en sa compagnie, sidérée de me découvrir aussi exposée, même si je n'étais que l'intervieweuse et n'apparaissais presque pas à l'image.

Pendant de longues minutes, je ne peux pas me concentrer sur ce que mon père me raconte de lui et de Nina, de leur rencontre et de son amour pour elle. Assise à côté de lui, repliée et recroquevillée devant la puissance de ce conflit intime étalé sans filtre, comme un cri, du plus profond de l'adolescente que j'étais, je contemple l'effroi dans ses yeux *parce que* tout est si affiché, trop affiché, même des questions comme : combien de forces de vie possède-t-elle en elle-même ou non, ou qui y aura-t-il, un jour, de féminin et de masculin en elle. À quinze ans, elle ne sait pas encore quel sort lui sera dévolu dans les labyrinthes de l'évolution.

Et je me dis : si je pouvais faire une brève apparition, juste un moment, si je pouvais me faufiler dans son univers, lui montrer mon image d'aujourd'hui, disons, mon image au travail, ou une scène avec Meïr, y compris aujourd'hui, malgré notre situation, et lui faire dire : Ne t'inquiète pas, fillette, à la fin – avec quelques coups de coude, quelques compromis, un brin d'humour, une once d'autodestruction positive –, on te dénichera une place, qui t'appartiendra en propre, et tu connaîtras même l'amour car il se trouvera toujours quelqu'un lui aussi à la recherche d'une femme imposante avec un air de dodo en elle.

Je souhaite remonter à la genèse, à l'incubateur de la famille. J'y parviendrai autant que possible jusqu'au décollage pour l'île. Le père de Raphaël, Touvia Bruck, un agronome, était l'inspecteur de toutes les terres agricoles entre Haïfa et Nazareth, outre ses fonctions importantes au kibboutz. C'était un bel homme, grave, agissant beaucoup et parlant peu. Il aimait Doushy son épouse et, pendant la maladie de cette dernière, il s'en occupait de toutes ses forces. Après le décès de sa femme, des camarades du kibboutz commencèrent à lui parler de Véra, la mère de Nina. Touvia hésitait. Elle avait quelque chose d'exotique. En toute occasion, elle se mettait du rouge à lèvres et portait des boucles d'oreilles. Son accent était prononcé, son hébreu bizarre (c'est toujours le cas, personne ne s'exprime comme elle), et même sa voix renvoyait l'écho de la diaspora aux oreilles de Touvia. Un soir, en sortant du réfectoire, un vétéran du noyau d'immigrants yougoslaves lui posa une main sur l'épaule et lui suggéra : « Cette femme est faite pour toi, Touvia. Tu sais, elle a subi des épreuves terribles, et encore, on ne peut même pas tout révéler. »

Touvia invita Véra dans son appartement pour faire connaissance. Afin de dissiper la gêne de la première rencontre, Véra était accompagnée d'une amie, une compatriote de sa ville natale en Croatie, par ailleurs, passionnée de photographie. Toutes les deux étaient assises en silence, jambes croisées, dans des fauteuils inconfortables à l'ossature métallique et à l'assise en fils de nylon très fins qui leur meurtrissaient les fesses.

Il leur fallut le sang-froid d'anachorètes juchés sur une colonne pour ne pas s'esclaffer quand Touvia entreprit d'apporter de la cuisine les rafraîchissements préparés par ses filles. Plus tard, pendant trente-deux bonnes années, plutôt heureuses en couple, Véra prenait plaisir à l'imiter pendant ces premières minutes mémorables tandis qu'il allait à la cuisine chercher une coupelle de cacahuètes ou de bretzels, tout en s'obstinant à leur décrire les chenilles du prodénia, et les mineuses foliaires, revenait vers elles les mains vides avec un sourire de confusion, et une fossette charmante à la joue gauche, puis repartait à la cuisine pour en rapporter un vase avec des fleurs des champs.

Tandis que le père de Raphaël exécutait sa parade nuptiale alambiquée, Véra regardait autour d'elle à la recherche d'indices sur l'épouse. Aucune photo sur les murs, ni rayonnages de livres ou tapis. L'abat-jour de la lampe était moucheté de chiures (elle se demandait s'il s'agissait des mineuses évoquées par son soupirant), et des touffes jaunâtres de mousse synthétique s'échappaient du canapé. L'amie de Véra indiqua d'un geste du menton un fauteuil roulant replié et une bonbonne d'oxygène coincés entre le canapé et le mur. Véra sentait que la maladie qui avait imprégné la demeure pendant des années n'était pas totalement dissipée. Une trace persistait. La conscience d'avoir une rivale la fit se redresser sur son siège, et elle enjoignit au père de Raphaël de s'asseoir enfin et d'avoir une conversation normale avec elles. Aussitôt, il s'installa sur le canapé, buste droit, en croisant les bras sur sa poitrine.

Véra lui sourit avec toute sa féminité déployée, et l'échine dorsale du père de Raphaël commença à se liquéfier. Se sentant soudain de trop, l'amie de Véra se leva pour s'en aller. Elle et Véra échangèrent précipitamment quelques mots en serbo-croate. Véra haussa les épaules avec un geste dédaigneux de la main qui semblait signifier : « Au contraire, ça me gêne pas du tout. » Touvia, dont toute l'existence était soumise à cette heure à un inventaire hâtif, était plutôt un homme décidé et sûr de lui, mais, à ce moment-là, il se sentait ébranlé face à cette femme minuscule aux yeux verts et perçants. Si perçants que, plus d'une fois, on devait détourner son regard. Avant son départ, l'amie de Véra leur demanda la permission de les photographier avec son Olympus. Devant leur gêne, elle dit : « Vous êtes si beaux ensemble ! » Ils se dévisagèrent, et, pour la première fois, s'aperçurent qu'ils pouvaient former un couple.

Pour les besoins de la photo, Véra quitta son fauteuil de torture et s'assit à côté de Touvia sur l'étroit canapé. Sur la photo en noir et blanc, Véra s'appuie sur un bras, avec un regard en coin, légèrement distant et sourit. Elle a l'air de se moquer de lui et d'y prendre plaisir.

Début de l'hiver 1963. Véra a quarante-cinq ans. Un accroche-cœur au front, des lèvres pleines, parfaites. Des sourcils fins, des sourcils à la Hedy Lamarr dessinés au crayon.

Touvia a cinquante-quatre ans, vêtu d'une chemise blanche au col ouvert et d'un chandail à torsades tricoté à la main. Il arbore une tignasse noire fournie, la raie de côté tracée au cordeau. Ses poings énormes sont croisés sur la poitrine. Il a l'air embarrassé, son front luit d'émotion.

Touvia est assis jambes croisées, et ce n'est que maintenant que je remarque que, sous la table – une planche posée sur deux caisses en bois recouverte d'un napperon blanc –, l'orteil droit de Véra, dans une sandale tressée défaite, effleure légèrement la semelle de la chaussure gauche de Touvia, en guise de chatouille.

L'amie partie, Véra et Touvia restèrent seuls, coincés sur le canapé. Lorsqu'il souleva le bras pour se gratter le crâne, Véra entrevit une toison noire pointant de la manche de son chandail. Des poils touffus débordaient aussi de son torse, coupés net par la marque rougie du rasoir sur son cou. Cette vision lui répugnait et l'attirait à la fois. Son premier, et unique, amour, Milosz, avait une peau glabre et pâle qui, au soleil, prenait une teinte de miel. Le corps de Véra se souvint brusquement de Milosz et d'elle se câlinant comme des chatons. Elle aimait se lover contre son corps mince, maladif, lui insuffler la chaleur, la force et la santé dont elle regorgeait, et sentir que ce qu'elle lui offrait d'elle-même la comblait tant et plus. Alors son estomac se serra, son visage s'assombrit, et elle fut à deux doigts de se lever pour s'en aller. Touvia, qui n'avait pas remarqué le changement d'humeur de Véra, se redressa et l'informa qu'il devait se rendre à une réunion du secrétariat, mais que, pour sa part, il était d'accord et qu'ils pouvaient tenter l'expérience. Il lui tendit la main d'un geste abrupt comme s'il dépliait un double-mètre de menuisier.

Cette proposition empotée provoqua chez Véra un éclat de rire mélodieux, en dépit du souvenir nostalgique de Milosz. Touvia restait planté là, bras ballants, s'efforçant, comme toujours, de se faire tout petit. « Alors, qu'en dis-tu, Véra ? » lui demanda-t-il d'une voix implorante en se rasseyant au bout du canapé, l'air perdu et totalement déconfit. Véra hésitait encore. Il lui plaisait, avait l'air viril, lui semblait direct et peu compliqué – « J'ai repéré tout de suite son potentiel » – mais, d'un autre côté, elle ne savait presque rien de lui.

Sur ces entrefaites, avec la synchronisation déplorable qui caractérisait presque chaque circonstance importante de son existence, Raphaël, le jeune fils de Touvia, tel un chien dans un jeu de quilles, fit irruption dans la chambre avec un cocard à l'œil, le visage blessé et du sang coagulé aux commissures des lèvres. Il avait été mêlé à une autre bagarre avec des collégiens plus âgés. Avec sur la tête – comme toujours et par tous les temps – le capuchon qu'il portait depuis l'enterrement de sa mère. En ouvrant la porte moustiquaire, il surprit son père assis, tête basse, à côté de Véra, et il se figea sur le seuil. Véra se leva d'un bond et s'avança vers lui, mais Raphaël grogna pour l'en empêcher. Sans s'affoler, elle se mit à l'examiner avec curiosité.

Raphaël, à l'instar de son père, perdit contenance devant son regard : certes, il l'avait déjà vue. Plusieurs fois, il l'avait croisée dans les allées et au réfectoire sans qu'elle lui fasse une impression quelconque. Un petit bout de femme, résolue et vive, aux lèvres pincées. C'était à peu près tout ce qu'il en avait retenu. Il ne lui était même pas venu à l'esprit qu'elle était la mère de Nina, la fille qui nourrissait ses fantasmes diurnes et nocturnes. « Toi, t'es Raphaël », lui dit Véra avec un sourire, l'air d'en connaître beaucoup plus à son sujet. Sans détacher son regard de Raphaël, elle envoya Touvia dans la salle de bains pour rapporter de l'iode et de la gaze. Puis elle tendit la main vers le visage ensanglanté de Raphaël et effleura d'un doigt la commissure des lèvres.

Un cri strident retentit suivi d'un juron étouffé en serbo-croate. Touvia accourut de la salle de bains. Raphaël se tenait là, affolé, un goût de sang inconnu sur les lèvres. Véra tentait d'arrêter le saignement de ses doigts qui s'écoulait sur le plancher. Touvia, qui n'avait jamais frappé Raphaël, se rua sur son fils, mais Véra, bras écartés, s'interposa entre eux, tout en poussant une sorte de mise en garde éraillée et rauque, presque inhumaine. Devant ce geste et cette voix terrifiante, me raconterait-il un jour, Raphaël sentit, au plus profond de ses entrailles, tel le petit d'une bête sauvage, qu'il avait sous les yeux « un fauve se battant pour son petit »...

Et, contrairement à tout ce qu'il éprouvait à son égard, brusquement, il éprouva le terrible désir d'être le petit de cette bête sauvage.

Touvia n'était pas un individu violent, et la force qui venait de jaillir de lui l'épouvanta. À plusieurs reprises, il murmura, honteux : « Pardon, Raphaël, je te demande pardon. » Adossée au mur, Véra fut saisie d'un léger vertige, mais non à cause du sang – le sang ne lui avait jamais fait peur. Elle ferma les yeux. Ses paupières frémissaient, dissimulant un bref entretien avec Milosz. Près de douze ans s'étaient écoulés depuis le suicide de son bien-aimé à Belgrade, dans les cachots de l'UDBA, la police secrète. Elle lui confia que, désormais, elle allait vivre avec un autre homme, mais qu'en aucun cas elle ne le reniait, ni lui ni leur amour.

Elle ouvrit les yeux et fixa Raphaël. Combien il ressemblait à son père, et quel homme impressionnant il deviendrait un jour ! Elle constata aussi chez lui les ravages causés par la mort de sa mère à un âge aussi tendre. Nina, sa fille, elle aussi, avait perdu un parent dans des circonstances indescriptibles, mais le malheur, la solitude et le délaissement de Raphaël suscitaient en elle des sentiments maternels comme jamais auparavant. Cette phrase, elle devait me la répéter plusieurs fois au fil des années et sur tous les tons. « Comment se fait-il que tu ne les aies jamais ressentis jusque-là ? l'ai-je réprimandée un jour. Alors que tu avais déjà une fille, Nina ! » Nous arpentions notre sentier préféré autour du kibboutz – nous marchions *engagés*, comme elle disait, bras dessus, bras dessous, c'est ainsi qu'elle aime se promener avec moi jusqu'à ce jour malgré notre différence de taille – et elle, comme à son habitude elle a répondu avec une terrible franchise : « C'est comme si avec Nina j'avais eu une grossesse extra-utérine et avec Raphaël, tout se remettait en place tout d'un coup. »

Raphaël et Touvia retenaient leur respiration sous son regard, et, à cet instant, Véra sut sans l'ombre d'un doute qu'elle épouserait Touvia, et elle l'aurait épousé, affirmait-elle à plus d'une reprise, même s'il avait été laid, salaud ou batteur dans un bordel – expression qui, entre beaucoup d'autres, n'appartenait qu'à elle et dont la signification n'a jamais été pleinement élucidée mais que la famille de Touvia, toutes générations confondues, avait adoptée avec joie. Car que valent tous tes idéaux sublimes, songea alors Véra en son for intérieur, que valent le communisme, la fraternité entre les peuples, l'étoile rouge resplendissante, et la figure sublime de Pavel Kortchaguine dans le roman *Et l'acier fut trempé*, que valent toutes les guerres où tu as combattu pour un monde meilleur et plus juste ? Pas plus que ton cul, se répondit-elle, si tu abandonnes cet enfant.

Pendant un bref laps de temps, chacun restait absorbé par ses pensées. J'aime les imaginer dans cette situation, debout tous les trois, tête basse, comme s'ils écoutaient le gargouillis d'une solution chimique à l'œuvre dans leurs entrailles. En fait, cet instant marque la fondation de ma famille. En fin de compte, c'est aussi l'instant où moi-même j'ai commencé à me profiler.

Touvia Bruck était mon grand-père. Véra, ma grand-mère.

Raphaël, Raphy, R. est, bien sûr, mon père, et Nina…

Nina n'est pas là.

Absente, Nina.

Mais son absence a toujours été sa seule contribution à la famille.

Et moi, qui suis-je ?

Mon cher cahier, de fabrication locale et écologique, rempli au quart de tes soixante-douze pages sans que nous nous soyons convenablement présentés.

Guili.

Prénom problématique de quelque façon qu'on l'envisage – surtout utilisé à l'impératif (« Réjouis-toi ! »).

Raphaël se réfugia dans sa chambre aussi exiguë et sombre qu'une tanière. Il ferma la porte et s'assit sur son lit. Cette femme minuscule l'effrayait. Il n'avait jamais vu son père à plat ventre comme aujourd'hui. De l'autre côté de la porte close, Véra conduisit Touvia jusqu'au canapé et le laissa panser ses deux doigts mordus. Elle se délectait de la blancheur de sa propre main entre ses paumes. Un silence apaisant régnait entre eux. Touvia acheva de la bander et referma le pansement avec une épingle à nourrice. Il approcha ses lèvres des doigts de Véra et coupa un fil récalcitrant avec ses dents, le cœur de Véra fondit devant sa vigueur virile. Il lui demanda si elle souffrait. Elle murmura : « Ça m'apprendra ! » Ils bavardaient paisiblement. Il lui dit : « Cet enfant est comme ça depuis la mort de sa mère. En fait, depuis qu'elle est tombée malade. » Véra posa sa main bandée sur la paume de Touvia. « Moi, j'ai ma Nina, et toi, ton Raphaël. » Cet échange à voix basse les rapprochait. Elle se retint de glisser ses doigts dans sa toison.

« Alors, qu'en dis-tu, Véra, peut-être que nous…

– Nous deux, on peut essayer, pourquoi pas ? »

Il y a deux jours, nous avons célébré les quatre-vingt-dix ans de Véra (plus deux mois. Le jour de son anniversaire, elle souffrait d'une pneumonie, et nous avions décidé de repousser la fête). La famille s'était réunie au club des camarades du kibboutz. La « famille », je veux dire évidemment celle de Touvia à laquelle Véra s'était agrégée, mais, pendant quarante-cinq années, elle en aura été le cœur. Il est toujours amusant de constater que la plupart des petits-enfants et des arrière-petits-enfants qui lui témoignent leur affection et quêtent son attention ignorent qu'elle n'est pas leur grand-mère biologique. Chez nous, chaque enfant a droit à son rite initiatique le jour où, généralement au détour de ses dix ans, il apprend la vérité. Et alors – sans aucune exception –, lui ou elle pose une ou deux questions, le front légèrement plissé, le regard étréci, suivies, aussitôt, d'un hochement de tête fugace, comme pour évacuer cette information inédite et embarrassante.

Hannah, la fille aînée de grand-père Touvia et sœur aînée de mon père Raphaël, a débité un bref laïus : « Après trente-deux années de vie commune, je peux affirmer, en toute sincérité, que Véra fait non seulement partie intégrante de la famille mais que, sans elle, notre famille ne serait pas ce qu'elle est. » Comme d'habitude, Hannah s'est exprimée simplement et modestement, et Raphaël n'a pas été le seul à essuyer une larme. Véra a fait la moue – elle affiche une expression automatique de dédain dès qu'elle flaire la moindre trace de pathos –, et Raphaël qui prenait des photos comme il le fait pour toutes les célébrations familiales m'a chuchoté, du bout des lèvres, que chaque mouvement et chaque geste de Véra n'appartenaient qu'à elle.

Dès le début de la fête, elle avait annoncé qu'en ce jour elle seule avait le droit de s'adresser des compliments et qu'on pouvait donc passer directement au buffet. Mais, cette fois, la famille ne s'est pas laissé faire. Des proches de toutes générations et de tous âges se sont levés pour prononcer son éloge, chose absolument inhabituelle car les Bruck sont plutôt des taiseux, et il ne leur venait jamais à l'esprit de tenir des propos aussi directs et aussi intimes, surtout en public. Mais, en faveur de Véra, ils y étaient disposés. Presque chacun dans la salle avait son mot à dire : comment Véra l'avait aidé, s'en était occupé, l'avait sauvé de quelque ennui ou de lui-même. Mon histoire aurait été la plus sensationnelle, avec des rappels de ma tentative de suicide à l'âge de vingt-trois ans, à cause de mon cœur brisé par un type dont le nom sera rayé de ma filmographie. Mais Véra comme moi, nous savions que ce que j'avais à dire, je le lui dirais les yeux dans les yeux, comme toujours. Une scène a été particulièrement émouvante, lorsque Tom, le petit-fils âgé de deux ans et demi, a fait ses besoins dans sa couche-culotte et, par une sorte d'infime acte d'indépendance, a refusé de toutes ses forces que sa mère ou grand-mère Esther le changent. Et quand Esther lui a demandé par qui il voulait être changé, il s'est écrié avec allégresse « Tata Véra ! », sous les rires déchaînés de l'assistance.

Véra a bondi de son fauteuil avec une agilité surprenante, a déployé l'énergie d'une jeune fille. Seul son corps penchait sur son flanc gauche, tandis qu'elle changeait la couche de Tom sur une table, tout en nous intimant de poursuivre nos discours et « d'en finir avec tout ça, une fois pour toutes ». Pendant ce temps, elle s'abîmait dans les traits rieurs de Tom et s'adressait à son nombril dans un gargouillis serbo-croate mâtiné d'accent hongrois, tout en prêtant une oreille attentive à ce qu'on disait d'elle dans son dos. Et lorsque, malgré le poids de ses quatre-vingt-dix ans, elle a soulevé en l'air Tom changé et propre, qui riait et tentait de lui arracher ses lunettes, j'ai aussitôt ressenti une morsure cuisante, la douleur de ce que je ne serais ni ne ferais jamais, en même temps que le manque douloureux de mon homme, Meïr, et j'ai pensé que j'aurais dû lui demander de m'accompagner : je savais d'avance combien je serais désarmée et vulnérable ici, en présence de Nina.

Quarante-cinq ans plus tôt, durant l'hiver 1963, le soir où Véra et son père Touvia s'apprêtaient à entamer leur vie commune, Raphaël se rendit au gymnase du kibboutz. Derrière la salle, s'étendait un terrain vague sablonneux où, durant l'année suivant le décès de sa mère, il avait pris l'habitude de s'entraîner au lancer du poids. Le soleil déclinait, mais une lumière blafarde s'attardait dans le ciel et des gouttes de pluie voletaient dans l'air. À des dizaines de reprises, Raphaël lançait le plus loin possible des boules métalliques pesant entre trois et quatre kilos. La colère et la haine démultipliaient étonnamment ses performances. Alors qu'il commençait à avoir froid et qu'il voulait regagner sa chambre pour enfouir sa tête sous un oreiller sans penser à ce que son père était en train de faire cette nuit-là, et peut-être à cet instant même, avec sa putain yougoslave, Véra surgit devant ses yeux. Elle portait une valise marron, presque aussi grande qu'elle, renforcée par des sangles en cuir et des rivets en fer (accessoire ravissant que je convoite depuis longtemps). Véra déposa la valise dans la boue et s'immobilisa devant Raphaël, bras écartés, comme si elle se soumettait à son jugement. Il n'avait pas le choix. Il continuait à lancer les boules sans lui accorder un regard. Au cours des deux semaines écoulées depuis qu'il l'avait rencontrée et mordue, Raphaël avait eu le temps d'apprendre que Véra était la mère de sa bien-aimée. Nouvelle si effrayante qu'il tentait de toutes ses forces de la chasser de son esprit, mais, maintenant, Véra était campée devant lui, en chair et en os.

La pluie l'avait surprise. Elle était vêtue d'un pull léger de couleur aubergine avec un col en mousseline d'un ivoire éclatant et des chaussures blanches déjà maculées de boue. Un petit chapeau violet, dont l'inclinaison agaçait Raphaël autant que le chapeau lui-même, était perché sur son crâne. Elle portait aussi une fine chaîne en or et des perles aux oreilles, des bijoux de femmes pomponnées de la ville.

En fait, maintenant que je restitue cette scène, je me rends compte d'une chose : Véra avait revêtu sa tenue de mariée.

C'était sa nuit de noces.

Avec son lourd accent magyar – chez elle en Croatie, on parlait le plus souvent hongrois –, elle l'interrogea : « Raphaël, tu acceptes de me parler ? » Mais il rabattit son capuchon sur les yeux, lui tourna le dos, et lança une autre boule dans l'obscurité. Véra hésita brièvement, puis s'avança, souleva une boule et la soupesa. Raphaël s'interrompit en plein élan, comme s'il avait oublié ce qu'il s'apprêtait à faire. Sans aucune préparation, sans rotation sur elle-même, poussant uniquement un ahanement puissant, Véra projeta la boule à une distance incroyable, dépassant d'un bon mètre celle de Raphaël.

Ce dernier était un adolescent mince mais costaud, l'un des plus robustes de sa promotion. Il prit une nouvelle boule, la posa au creux de son épaule, ferma les yeux en prenant tout son temps. Il injecta dans sa boule toute la répulsion que Véra lui inspirait. Pour une raison ou une autre, cela ne lui suffit pas, et il continua à pivoter sur lui-même, tout en bourrant sa boule de sa haine à l'égard de son père qui allait trahir sa mère avec une femme étrangère, la mère de Nina. Cette pensée, non plus, ne réussit pas à l'inciter à lancer sa boule, et il continua à toupiner, jusqu'à ce que, brusquement, une trouble décharge de fureur contre sa mère explose en lui, justement contre elle parce qu'elle s'était retranchée dans sa maladie, alors qu'il n'avait que cinq ans.

L'obscurité s'épaississait sous la pluie battante. Véra frottait ses mains rapidement, à cause du froid ou du plaisir de la compétition qui l'excitait. Raphaël a reproduit cette scène dans le film que j'ai tourné. Je connaissais ce trait de caractère de Véra, qui me déplaisait. Jusqu'à ce jour, elle n'a pas changé : quelque chose de métallique et de buté apparaît sur son visage, dans ses yeux, jusque sur sa peau, lors d'une discussion ou un différend, le plus souvent politiques. Si, par exemple, elle soupçonne quelqu'un de la famille ou du kibboutz d'adopter quelque opinion de droite, ou s'il ose dire du bien des colons, ou même, Dieu nous en préserve, commence à « se fortifier » dans la religion, alors là, terreur divine, foudre, tonnerre, flammes de l'enfer.

Adolescent, Raphaël sentait d'emblée que cela – il l'expliquerait plus tard – était tout sauf une « attitude maternelle ». Non qu'il sût exactement ce qu'était une attitude maternelle. En matière de maternité, c'était un total analphabète quand Véra fit irruption dans sa vie. Elle ôta prestement son collier, ses bracelets et ses boucles d'oreilles, les déposa sur la valise et les couvrit de son bibi ridicule. Lorsque tout fut en place, elle retroussa vite fait ses manches de pull et de chemisier. Alors,

Raphaël découvrit des bras musclés et un lacis de veines. Il les contemplait, bouche bée, stupéfait : avec des muscles pareils, comment peut-elle imaginer être une mère ?

Noir complet. Au-dessus de la chaîne du mont Carmel, le tonnerre grondait. Véra et Raphaël distinguaient à peine les boules qu'ils lançaient. Seul leur sombre éclat métallique fulgurait à la lueur d'un lampadaire ou, parfois, à travers un éclair lointain. Les boules retombaient de plus en plus proches d'eux, et lorsqu'ils les soulevaient, ils n'avaient presque plus la force de les relancer. Mais tous les deux s'acharnaient, lançaient en grognant, hors d'haleine, une main à la hanche. De temps à autre, ils marchaient côte à côte pour aller chercher les boules enfoncées dans la boue tels des têtards rassasiés dans les flaques.

Un peu avant que Raphaël n'avouât qu'il était épuisé, elle posa sa boule sur le sol, leva les mains et se dirigea vers la valise. Il avait l'impression qu'elle l'avait laissé gagner délibérément, et ce geste lui plut. Voilà la bonne attitude d'une mère (« Il faut que tu comprennes, Guili, à cette époque, je partageais l'humanité en deux camps, et tu vas rire, les hommes aussi : celui-là ou celle-là est une mère et celui-là ou celle-là ne l'est pas. »). Tournant le dos à Raphaël, Véra remit rapidement ses bracelets et ses boucles d'oreilles, puis coiffa son chapeau violet et l'inclina à un angle qui provoqua en Raphaël le désir de le lui arracher et de le piétiner. Ensuite, elle se tourna de son côté. Elle tremblait de froid, lèvres gelées, mais le regard toujours aussi ferme.

« Écoute-moi une minute. Je suis venue te parler avant d'entrer chez toi. Je veux être claire. Je veux pas être ta mère ni, qu'à Dieu ne plaise, ta mère adoptive. » Elle se débrouillait pas trop mal en hébreu – en Yougoslavie, pendant qu'elle attendait son visa pour Israël, elle et Nina avaient étudié l'hébreu chez une journaliste juive – mais, à cause de son accent, il crut entendre : ta mère *abortive*.

Tu ne seras jamais ma mère, se dit Raphaël, jamais tu ne pourras ressembler à ma mère. Durant les dernières années de sa maladie, sa mère restait cloîtrée dans la chambre à coucher, et il ne la voyait presque pas. Parfois, lorsqu'elle l'appelait de sa chambre avec la voix gutturale et masculine qui était devenue la sienne, il sautait par la fenêtre de sa chambre et prenait ses jambes à son cou. Il ne pouvait pas supporter son visage enflé comme un ballon, comme une caricature de la mère belle et délicate qu'il avait eue, ni l'odeur acre qui émanait d'elle, empuantissant la maison et imprégnant ses vêtements et son âme. Dans son enfance, entre l'âge de cinq et de six ans, certaines nuits, son père Touvia le portait endormi dans ses bras dans le lit de sa mère afin qu'elle le voie et le touche. Et lorsque Raphaël se réveillait au matin, il savait toujours – à cause de l'odeur de son pyjama – qu'il avait été transporté pendant la nuit chez sa mère, et alors, il exigeait, dans un accès de rage, qu'on mette immédiatement son pyjama à la lessive.

Véra dit à Raphaël : « Personne au monde peut remplacer ta mère, et ici, c'est chez toi, moi, je suis qu'une invitée, mais je te promets de faire de mon mieux, et si tu veux pas de moi, t'as qu'un mot à dire, et, aussitôt je prends mes cliques et claques et je disparais. »

Une minute ? Cinq minutes ? Combien de temps étaient-ils restés sous la pluie ? Les versions divergent. Véra jure – y compris en simulant un crachat solennel et sec à ses pieds, la lèvre supérieure mordant l'inférieure – que ça avait duré au moins dix minutes. Raphaël, sans crachat, estime que ça n'avait pas pris plus de trente secondes, et moi, comme d'habitude, j'ai tendance à le croire, *lui*.

Dans mon film antédiluvien projeté en ce moment sur l'écran télé de Véra, on m'entend citer à Raphaël les mots que j'avais entendus un jour de la bouche de son père, Touvia, mon grand-père agronome : « Certaines plantes n'ont besoin que d'un grain de terre pour germer », phrase qui, à quinze ans, m'émouvait profondément. Dix minutes ou trente secondes – Véra saisit fortement les mains de Raphaël, qui ne les retira pas. Elle avait encore le pansement sur les doigts qu'il avait mordus, mais avec ses minuscules pouces elle lui avait caressé sans fin ses paumes en attendant qu'il cesse de pleurer. Ainsi donc, un grain de terre peut suffire à deux personnes quand elles sont suffisamment désespérées.

Ensuite, Véra, avec sa voix de stentor à la Ben Gourion, lança : « Raphaël ! En route ! » Elle ne l'autorisa pas à porter sa valise. Ils se dirigèrent en silence jusqu'à l'appartement de Touvia. Cette marche, sous une pluie à verse le long des faisceaux lumineux jalonnant les allées, je meurs d'envie de la reconstituer le jour où je commencerai à tourner mes propres films, bientôt, *inch'Allah*. Nulle âme qui vive en chemin. Tout le kibboutz restait calfeutré dans les maisons à l'exception de ces deux-là, trempés, émus, entérinant leur pacte tacite, simple et absolu, un pacte respecté depuis quarante-cinq ans et jamais rompu.

Parvenus à la maison – la « chambre » en jargon kibboutzique – Véra déposa sa valise sur le seuil. Le père de Raphaël chantait une aria de *L'Enlèvement au sérail*, aria qu'il entonnait chaque fois qu'il était d'humeur enjouée. Véra lança un regard à Raphaël. « Tu viens demain pour le thé ? » Il se tenait là, tête basse, tourmenté. De ses deux doigts bandés, elle lui souleva le menton. Nul autre au monde n'aurait osé ce geste avec Raphaël. « Le monde, il tourne comme ça, Raphaël », lui dit-elle. Lui pensait qu'après cette nuit il ne pourrait plus regarder son père en face, ni Véra. « Bonne nuit », lui dit-elle, et il lui rendit son souhait dans un murmure.

Véra attendit qu'il disparaisse au tournant de l'allée. Ensuite, elle tira de la valise une petite sacoche, puis à l'aide d'un miroir de poche et d'un crayon de maquillage, elle se refit une beauté. Raphaël l'épiait derrière un bouquet de bougainvillées, l'observant en train d'essayer de bouffer en vain sa chevelure détrempée – qu'elle a toujours eue clairsemée, ce qui, à mes yeux, contredisait quelque peu sa force physique et spirituelle. Elle leva son visage vers les cieux, ses lèvres remuaient, et il se dit qu'elle priait, mais, alors, il saisit qu'elle s'adressait à quelqu'un d'absent, lui expliquait, l'écoutait, décochait un baiser aux nuages. Aux yeux de Raphaël, elle ressemblait à « une star de cinéma », mais, contrairement aux films, elle était pragmatique, concrète et aussi soupe au lait, et comme elle disait d'elle-même « sans une goutte de patience pour les méchants et les imbéciles ».

Véra redressa son nez, son menton, sa petite silhouette. Raphaël se força à penser à sa mère, sa mère si modeste, si sereine, mais son image s'estompait, refusait d'apparaître. Véra cogna la porte du poing. Son père cessa de fredonner. Raphaël avait conscience que c'était le moment ou jamais d'intervenir. Il rechercha fiévreusement en lui-même sa mère, afin qu'elle sache qu'au moins à cet instant-là, il lui restait fidèle, ou plus ou moins fidèle, et qu'elle le dispense désormais des châtiments et des jeûnes qu'il s'infligeait à cause d'elle. Elle ne lui adressa aucun signe. Sa disparition devenait terrifiante, comme si une part de l'âme de son fils avait été amputée après son départ. Alors il comprit que sa mère lui refusait à jamais son pardon. « Comme le signe de la malédiction de Caïn », Raphaël avait-il lâché d'une voix éteinte face à ma caméra. Moi, je l'ai déjà dit, je n'avais alors que quinze ans, mais je commençais déjà à connaître une ou deux choses en matière de liens familiaux, d'occasions perdues, et de ce qu'on ne pouvait pas réparer après coup, et, surtout, je désirais cesser de filmer pour l'étreindre et le consoler, et, bien sûr, je n'avais pas osé. Il ne m'aurait pas pardonné de gâcher un tel plan du film.

La pluie tombait faiblement. Le globe lumineux au-dessus de la porte répandait une lumière blafarde sur Véra. Touvia ouvrit la porte, prononça son nom, d'abord avec stupéfaction à cause de ses vêtements détrempés par la pluie, ensuite dans un chuchotement fiévreux, ininterrompu, lorsqu'il la prit dans ses bras.

La porte se referma. Raphaël était prostré, bras ballants. Sans savoir quoi faire. Il avait peur de la solitude, redoutait d'être obligé de s'en prendre à lui-même, de commettre quelque acte définitif qui s'imposait de plus en plus dans son esprit. Une main toucha son épaule, il sursauta, pris de panique. C'était Nina qui l'obsédait dans ses fantasmes de jour et de nuit. Son visage livide et beau, dénué de la moindre trace d'âme. Un rapace, voilà à quoi elle ressemblait à ce moment-là. « Mamy et Papy sont en train de faire joujou », chuchota Nina avec un sourire torve. « Et nous aussi, on pourrait… »

De nombreuses années plus tard, pendant la semaine de deuil de Touvia, Véra nous raconta ce qu'elle avait dit à Touvia en pénétrant dans sa chambre lors de leur nuit de noces : « Avant d'aller au lit, je t'avertis tout de suite. Je te respecterai toujours et je serai ta meilleure amie, la plus fidèle, mais mentir, je sais pas : je suis une femme capable d'aimer dans sa vie (elle avait prononcé *amer ;* j'adore cette altération, si judicieuse, tout compte fait) qu'un seul homme, pas plus. Milosz était mon mari et il est mort chez Tito, je l'aime plus que tout au monde, plus que ma vie. Je vais t'en parler chaque nuit, et te raconter ce qui m'est arrivé au camp parce que je l'aimais tant. Et puis, je pleure aussi beaucoup. » Et Touvia répondit : « J'apprécie ta franchise, Véra. Comme ça, il n'y aura ni illusions, ni malentendus entre nous. Ici, dans notre chambre à coucher, nous allons mettre des photos de tous les deux, de ton mari et de ma femme. Toi, tu me parleras de lui, et moi, d'elle, et nous chérirons ensemble leur mémoire. »

Nous, les jeunes de la famille – « toutes générations confondues », notre appellation générique – qui vénérions le sol que foulait Véra que nous n'avions pas quittée pendant les sept jours de deuil, avions baissé la tête comme il convenait à la gravité de la situation et au respect dû au défunt, et aussi pour ne pas croiser le regard de quelqu'un d'autre et éclater de rire. Véra essuya une larme au coin de ses yeux du bout de son mouchoir violet parfumé à la lavande (elle possédait vraiment ce mouchoir qui lui « faisait du bien ». Jusqu'à une période récente, Khaled, son ami bédouin du village voisin, lui apportait des sachets de lavande), et alors, à notre stupeur, Véra lâcha d'une voix neutre et totalement plate, « mais pendant, bon, vous savez bien, nos petites affaires, Touvia et moi, on retournait leurs photos contre le mur ». Puis, elle attendit, visage impassible, que « toutes générations confondues » achèvent de s'étrangler de rire et, avec un à-propos incroyable, elle ajouta : « Ce mur, ces deux-là, ils ont eu beaucoup d'occasions de bien le connaître. »

Et puisque je me suis déjà fourvoyée du côté de cette zone douteuse et que j'ai profané la pudeur de mon grand-père et de ma grand-mère, je me vois contrainte d'immortaliser ici une « anecdote » : je ne me souviens pas de la date exacte, mais elle et moi, nous nous trouvions comme d'habitude dans sa cuisinette d'un mètre sur un mètre et, soudain, au débotté, Véra a dégainé : « Pendant notre première nuit, la première fois que Touvia et moi, tu sais bien, quoi, Touvia a mis un “couvre-chef”, c'est comme ça qu'on appelait ça chez nous, même s'il savait très bien quel âge j'avais, et là, j'ai compris que c'était un gentleman, un vrai de vrai ! »

Le lendemain matin, tandis que Raphaël, fou de bonheur et ivre d'amour, était plongé dans le sommeil le plus doux qu'il eût connu depuis des années, Nina fourra ses affaires dans un sac à dos et quitta sur la pointe des pieds la chambre du quartier des lépreux où ils avaient passé la nuit. Elle traversa le kibboutz en ligne droite et pénétra, sans frapper, dans la chambre de Véra et Touvia tandis qu'ils prenaient leur premier petit déjeuner conjugal. Sans préambule, elle leur raconta dans le moindre détail ce qu'elle avait fait avec Raphaël. Véra la fixait, songeant que, même dans les cachots de torture de l'UDBA à Belgrade, et chez les gardiennes du camp de l'île désolée, personne ne l'avait haïe autant que sa propre fille. Elle posa son couteau et sa fourchette sur la table et dit : « Tu vas me torturer toute ma vie, Nina ? », et Nina répliqua : « Et même, plus longtemps. »

Des années plus tard, Nina m'a raconté que Véra s'était levée, s'était plantée devant Touvia et lui avait dit que, s'il la mettait à la porte, là, tout de suite, elle s'en irait, quitterait le kibboutz avec Nina, et, comme ça, il serait débarrassé d'elles. Il s'était approché, avait enlacé ses épaules et répondu :

« Ma petite Véra, tu n'as nulle part où aller. Ta maison, c'est ici. » Nina les observait en hochant la tête. Nina possède – jusqu'à ce jour – un hochement de joie mauvaise chaque fois qu'une de ses prophéties de malheur se réalise. Elle souleva son petit sac d'affaires personnelles, l'étreignit, mais, pour une raison inconnue, se montra incapable de bouger. Peut-être que quelque chose dans ce tableau idyllique l'exaspérait. Alors, une escarmouche brutale en serbo-croate éclata entre elles. Nina grommela que Véra trahissait Milosz. Véra se frappait les joues de ses deux mains et hurlait qu'elle n'avait jamais trahi Milosz, au contraire, elle lui restait fidèle à la folie, aucune femme n'aurait fait ce qu'elle-même avait fait pour son homme. Le silence retomba brusquement. Nina renifla quelque chose dans l'air et frissonna de tous ses membres. Véra pâlit et se tut, lèvres serrées, puis se rassit, épuisée.

Nina hissa le sac sur son épaule. Touvia lui dit : « Mais, Nina, nous souhaitons uniquement t'aider, tous les deux, laisse-nous t'aider », et elle, en pleurs, raclait du pied le sol : « Et n'allez surtout pas vous lancer à ma recherche, vous m'entendez ? N'ayez pas le culot de me chercher ! » Elle tourna les talons pour s'en aller mais s'immobilisa, puis elle lança à Touvia : « Transmets mon bon souvenir à ton fils. C'est le meilleur individu que j'aie jamais rencontré de toute ma vie. » Furtivement, son visage laissa percer une lueur d'enfance, une candeur déchirante. Parfois, lorsque je me laisse aller à me montrer un peu indulgente à son égard – de temps à autre, je connais de tels moments, l'être humain n'a pas un cœur de pierre –, je réussis à me remémorer que l'innocence lui avait été arrachée avec le reste à un âge trop tendre. « Et dis-lui que ça n'a rien à voir avec lui. Et aussi, que les femmes vont beaucoup l'aimer, des tas de femmes, et qu'il m'oubliera. Tu lui diras, je compte sur toi ? »

Et elle se volatilisa.

Cette fois encore, j'anticipe. J'écris, jour et nuit. Le vol est prévu pour après-demain matin et, jusque-là, je ne bouge pas de cette chaise. Voici un autre souvenir que je trouve pertinent : des années après la nuit de noces de Véra et Touvia – Touvia était encore de ce monde, le plus doux des grands-pères –, grand-mère Véra et moi, nous épluchons des légumes pour une quiche dans sa cuisine. Dans l'après-midi, durant les heures les plus belles au kibboutz et dans la cuisine. Le soleil bas lèche de ses rayons dorés les bocaux de concombres, d'oignons et d'aubergines marinés alignés sur l'appui de la fenêtre. Sur le marbre de l'évier est posé un seau rempli de noix de pécan que Véra et moi avons ramassées ce matin. Le gros magnéto de Véra diffuse *Besame mucho* et d'autres rengaines sirupeuses. Moment parfait et de profonde intimité entre nous – et, brusquement, sans crier gare : « Quand j'ai épousé ton grand-père Touvia, c'était douze ans après Milosz. Douze ans, je suis restée seule. Aucun homme ne m'avait touchée, même pas comme ça ! Avec un ongle ! Et je le désirais, le Touvia, oh, oui ! Mais ce que je voulais le plus, c'était vivre avec Touvia pour m'occuper de ton père Raphy, qui représentait pour moi, comme les sionistes, ils disent : le rêve devenu réalité. Mais, en même temps, j'avais une peur bleue du lit. J'étais terrifiée de ce qui allait arriver, et si je saurais encore comment faire, et si, de toute façon, le désir allait me revenir. Touvia, lui, il s'est pas découragé, tout de même, c'est un homme, il avait à peine cinquante-quatre ans à l'époque, et, la vérité, c'est qu'aujourd'hui encore il raccroche pas, alors que moi, ça fait belle lurette que je suis prête à fermer la boutique.

– Grand-mère – je bafouillai, j'avais à peine quinze ans, qu'est-ce qui leur prend aux adultes de cette famille ? Pas le moindre instinct de préserver l'innocence de leurs enfants ? –, pourquoi tu me racontes ça ?

– Parce que je veux que tu saches tout, tout ! Aucun secret entre nous.

– Quel secret ? Il y en a un ? »

Là, elle pousse un soupir remonté du fin fond d'un gouffre inconnu de moi. « Guili, chez toi, je veux déposer tout ce que j'ai vécu. Tout.

– Pourquoi moi, au fait ?

– Parce que tu me ressembles. »

Je savais déjà que, dans sa bouche, c'était un compliment, mais quelque chose dans sa voix, et encore plus dans son regard, me donnait des frissons.

« Grand-mère, je ne comprends pas. »

Elle lâche l'épluche-légumes, pose ses deux mains sur mes épaules. Les yeux dans les yeux. Je ne peux pas lui échapper. « Et moi, je sais, Guili, que tu laisseras jamais quelqu'un se servir de mon histoire contre moi. »

Je crois que j'ai ri. Plus exactement, que j'ai pouffé. J'ai tenté de prendre notre conversation à la blague. J'ignorais tout, alors, de « son histoire ».

Brusquement, ses yeux ont étincelé avec une sauvagerie incompréhensible, presque bestiale. Et je me souviens qu'une pensée fugace m'a traversée : Je ne voudrais pas être le petit d'un tel fauve.

Évidemment, ils se lancèrent à la recherche de Nina. Ils remuèrent ciel et terre, demandèrent l'aide de la police, mais en vain, ensuite, ils engagèrent un détective privé qui avait sillonné le pays du nord au sud, puis leur avait déclaré : « La terre l'a avalée. Commencez à vous faire à l'idée qu'elle ne reviendra plus jamais. » Mais, au bout d'une année environ, elle leur adressa des signes de vie. Toutes les quatre semaines, avec une étrange régularité, ils recevaient une carte postale vierge, sans aucun mot. D'Eilat, Tibériade, Mitspé Ramon, Kiryat Shmona. Véra et Touvia remontèrent la filière des cartes postales, arpentèrent des rues, pénétrèrent dans des magasins, des hôtels, des boîtes de nuit, des synagogues, en montrant à tous ceux qu'ils croisaient une photo d'elle prise à son arrivée en Israël. Véra avait beaucoup maigri pendant ces années-là, ses cheveux avaient blanchi. Touvia l'accompagnait partout, la conduisait dans son pick-up de fonction du kibboutz, veillait à ce qu'elle se nourrisse et boive correctement. Constatant le dépérissement de sa femme, il s'envola avec elle pour la Serbie, jusqu'au village où Milosz était né et avait été inhumé. Là, dans ce village, Véra avait été traitée comme une reine. Les proches de Milosz l'aimaient et l'admiraient, et ils venaient, le soir, l'écouter raconter son histoire d'amour avec Milosz. Le matin, Touvia réparait les moteurs de tracteurs et de moissonneuses-batteuses bons pour la casse, et Véra, coiffée d'un large chapeau de paille, s'asseyait sur un fauteuil à bascule en face de la stèle funéraire grisâtre et envahie de lichen de Milosz, allumait de longs cierges jaunes et lui racontait le calvaire que Nina, leur fille, lui faisait subir, ses recherches acharnées, et l'ange Touvia sans qui elle n'aurait pas pu affronter toutes les épreuves.

De son côté, Raphaël s'était lancé dans sa propre quête. Une fois au moins chaque semaine, il s'échappait de son institution éducative et errait à travers des rues, des kibboutzim, des villages arabes, en furetant partout. Au cours de ces années-là, il mûrissait rapidement, devenait de plus en plus beau et triste.

Folles de lui, les filles lui couraient après. Voici un peu plus de dix ans, lors de son cinquantième anniversaire – Véra, bien sûr, n'avait pas laissé passer cette date sans une fête grandiose ; même à cinquante ans, il restait son orphelin chéri –, elle retira un trésor d'un tiroir plein à craquer : une enveloppe contenant des photos de lui datant de ces années-là. Des photos de fêtes, d'excursions, de compétitions de course à pied, de matches de basket, de cérémonies de clôture d'année scolaire. De tous les regards humides qui lui étaient adressés, des sourires, des lèvres, des jeunes seins pointés sous son nez, de tout cet étalage de tentations, lui ne voyait rien, ne sentait rien. « Même dans sa soupe, il voit Nina », Véra citait une de ses phrases typiquement énigmatiques. Même durant son service militaire, Raphaël continua à la chercher pendant ses permissions. Véra lui acheta alors un Leica d'occasion avec l'argent reçu de Yougoslavie – le président de ce pays, le maréchal Tito en personne, avait ordonné de lui accorder une pension à vie. Elle espérait que l'appareil photo détournerait Raphaël de sa souffrance et le dédommagerait, qui sait, de sa nostalgie, mais, pour sa part, il entreprit de photographier son odyssée sur les traces de Nina.

Il sillonnait les routes et décrivait Nina aux gens qu'il rencontrait, puis, il leur demandait l'autorisation de les photographier. Il détaillait des centaines de fois devant des inconnus, hommes et femmes, le peu qu'il savait d'elle. Chaque fois, il leur montrait sa photo avec ces mots : « Elle s'appelle Nina, nous vivions ensemble, mais elle a disparu. Peut-être l'avez-vous aperçue ? » Parfois, il s'écoutait leur parler en songeant que tout ça n'était qu'une légende, que cela n'avait jamais existé.

Mais ces rencontres fortuites commençaient à le marquer. Ses yeux se dessillaient, c'est ce qu'il me déclara dans mon film de novice en évoquant cette période. Il apprenait à observer.

Il était surtout attiré par les visages de pauvres hères, aux traits impressionnants, voire majestueux, m'avait-il dit, « des gens dont on se rend compte qu'ils ont été pris au piège d'une existence médiocre et étouffante ». Véra et Touvia avaient essayé de le persuader de mettre fin à ses vagabondages, de se réveiller, de se couper les cheveux, d'étudier, d'accepter un poste de responsabilité au kibboutz. Au bout de deux années de recherche environ, il se résigna à l'idée qu'il ne retrouverait plus Nina, et il s'était fait une raison, mais sans renoncer à la photo, et qui plus est je pense, ou plutôt je sais mieux que personne, qu'il n'a pas pu abandonner sa quête, le regard fixe d'un être qui a perdu quelque chose.

Trente-deux ans après leur première nuit, Véra était en train de faire bouillir de l'eau pour le thé de l'après-midi, dans sa cuisine. Touvia était déjà très malade. Véra n'avait pas accepté qu'il soit hospitalisé loin de chez eux ou qu'un aide-soignant salarié pénètre dans leur demeure. Pendant quatre années, jour et nuit, elle l'avait nourri, accompagné au concert à Haïfa ou au théâtre à Tel-Aviv, avait remonté son moral, résolu des mots croisés avec lui, changé ses couches et lu à haute voix trois journaux par jour. Parmi les « toutes générations confondues », il était admis que, grâce à la guerre d'usure engagée par Véra, la mort envisageait de faire une exception en faveur de Touvia.

La bouilloire fumait, et elle adressa à Touvia leur sifflement habituel, les quatre premières notes de la chanson *Ris, ris de mes rêves*… Touvia arriva lentement, la peau sur les os, en toussant. Il avançait dans le couloir – le couloir où il s'était précipité des années plus tôt quand Raphaël avait mordu Véra (pardon de glisser ici cette digression, mais l'être humain raffole de sa modeste mythologie personnelle). En chemin, Touvia s'agrippa à un manteau suspendu à un cintre, puis au dossier d'une chaise. Il s'assit en poussant un soupir. Véra le regardait, le cœur serré. « Touvia ! le gronda-t-elle, encore en pyjama ? C'est comme ça qu'on se présente au *five o-clock* d'une *lady ?* » Touvia esquissa un faible sourire, retourna dans la chambre, enfila son pantalon noir en Tergal, sa chemise bleue à rayures qui flattait ses yeux bleus et, afin d'amuser Véra, sa veste en daim qu'il utilisait depuis vingt-cinq ans pour les occasions solennelles mais qui, désormais, flottait sur lui. « Et comme ça, ça va, *my lady ?* » la questionna-t-il en s'asseyant, à bout de souffle. Véra lui versa son thé. Tous les deux fixaient en silence le mince filet s'écoulant de la bouilloire, et Véra remarqua les yeux révulsés de Touvia, son visage qui noircissait, et hurla : « Touvia, m'abandonne pas ! » Et il s'affaissa sur le sol, mort.

Il me semble avoir déjà signalé que mon père et moi, nous sommes chez Véra trois jours après son quatre-vingt-dixième anniversaire et deux jours avant le voyage en Croatie. Où se trouve Véra ? Pourquoi on ne l'entend pas ? En fait, on allait l'entendre, et pas qu'un peu ! Comme chaque matin, Véra était sortie rendre visite à « ses vieux », lesquels étaient en fait tous plus jeunes qu'elle de quelques mauvaises années. Elle leur administrait son élixir du bonheur goguenard (« J'ai déjà averti Raphy : un quart d'heure tu me laisses pas en vie si je suis plus capable d'aller manifester aux carrefours, le vendredi, avec les Femmes en noir ! Pas un quart d'heure ! »), puis, elle effectuerait ses tours de piscine, son bonnet de bain rose enfoncé jusqu'aux yeux, lèvres serrées, avec des mouvements énergiques des bras. Ensuite, elle foncerait dans son engin pour personne à mobilité réduite – nez collé sur le pare-brise, fesses relevées, danger mortel ambulant pour quiconque oserait se balader dans les parages à cette heure-là – jusqu'au cimetière du kibboutz.

Comme chaque matin, elle déposerait une rose de son jardin sur la tombe de Doushy, la première épouse de Touvia, et de là, elle irait jusqu'à la tombe de Touvia avec deux roses, l'une pour lui, l'autre pour Milosz, qu'elle inviterait à faire le voyage souterrain depuis sa sépulture serbe, en recourant à une antique tradition ésotérique de résurrection en Terre sainte des morts à l'étranger.

Juchée au bord de la tombe de Touvia, elle se balance d'avant en arrière, rapporte à ses deux maris des nouvelles de la famille et du pays et se lamente sur l'état déplorable de ce monde, « le monde veut détruire toute l'humanité. Une partie, il a détruit et, maintenant, il veut détruire le reste », et se plaint de l'occupation des territoires palestiniens, « *Oïe !* Et dire que ça nous arrive à nous, les juifs, une tragédie de tragédie, voilà ce qu'on est ». Elle verse quelques larmes, soulage son cœur et les supplie : « Milosz et Touvia, mes chers époux, où vous êtes ? J'ai déjà plus de quatre-vingt-dix ans ! Quand est-ce que vous allez venir me prendre avec vous ? Oubliez pas votre Véra ici ! » De là, elle s'élance de nouveau dans sa voiturette vers la petite clinique voisine du cabinet médical, s'installe pendant trois heures sans interruption et dispense à tous ses fidèles ses conseils en matière de régimes, d'amours et de varices aux jambes.

Puis, un jour, il l'aperçut par hasard. Raphaël l'aperçut rue de Jaffa à Jérusalem, près de l'immeuble des assurances Generali, à un arrêt d'autobus. Il se dissimula en hâte derrière un panneau d'informations, la photographia pendant qu'elle montait dans l'autobus mais sans la suivre (« J'ai eu peur qu'elle fasse un scandale »). Le lendemain, à la même heure, elle était encore là, un foulard à fleurs sur la tête, avec d'énormes lunettes de soleil papillon et une mini-jupe verte moulante. Spectacle enchanteur pour qui la découvrait pour la première fois, mais elle semblait solitaire et éteinte aux yeux de Raphaël. Nina travaillait alors au Laboratoire public d'analyses chimiques, non loin du Plateau des Russes. Huit heures durant, elle analysait la toxicité éventuelle de colorants alimentaires.

(Cela semble si étrange d'écrire cela. Qu'avait-elle à voir avec un travail pareil ?)

Entre autres besognes dans ce labo, elle était aussi responsable de l'entretien et, chaque jour, elle s'y attardait après le départ de ses collègues. Par ennui – ou parce qu'elle ne se hâtait pas de rentrer chez elle pour retrouver l'étranger louche qui l'attendait –, elle s'était mise à exécuter des croquis à l'aide des colorants alimentaires sur des lamelles en verre servant aux analyses. Elle dessinait la rue aperçue à travers la fenêtre grillagée. Son père Milosz, le cheval qu'il adorait. Elle esquissait différents recoins de leur minuscule appartement de la rue Kosmajska à Belgrade. Parfois, Raphaël. Ses belles lèvres qui l'avaient embrassée, l'ardeur sombre et dévorante dans son regard, ses gestes de dévotion qui l'effrayaient.

Chaque après-midi, Raphaël arpentait les rues et les venelles menant à son arrêt d'autobus. Avec un peu de chance, il pourrait découvrir un nouveau tronçon de son itinéraire du labo à l'arrêt. Au bout de quelques jours de ce manège, il repéra le laboratoire dans lequel il pénétra au moment même où Nina lavait le sol. Aussitôt, elle poussa un cri de frayeur suivi d'un rire moqueur et s'appuya d'une main sur une table. De près, elle lui parut malade, anémiée. Des cernes noirs sous les yeux. Certains prétendent que le désir de racheter autrui est plutôt un fantasme de femme ; en l'occurrence, il n'y avait pas plus féminin que mon père : son bon sens lui dictait de prendre immédiatement ses jambes à son cou. De se guérir d'elle. Au lieu de cela il s'approcha et l'étreignit de toutes ses forces et s'entendit lui demander si elle accepterait de revenir vivre avec lui.

Elle posa sur lui un regard apathique, engourdi. Je peux vraiment la voir enfoncer Raphaël dans une sorte de désert intime et prolongé. Ensuite, avec un geste grandiloquent, elle lui mit la serpillière dans la main : « Mais, d'abord, il va falloir que tu tues le dragon ! » Il crut qu'elle plaisantait.

Or, il y avait bien un dragon.

« Je me suis enfuie du kibboutz, j'ai vadrouillé dans tout le pays et j'ai mené une vie de patachon et puis, à un certain moment, je me suis retrouvée ici à Jérusalem. » C'est ce que Nina racontait devant la caméra de mon père dans une vidéo que j'ai dénichée, il y a quelques mois, dans ses « archives » – quatre cageots de fruits du kibboutz dans lesquels il conserve des souvenirs de l'époque où il tournait des films. Une séquence de sept minutes et demie d'un film en seize millimètres sur Nina qu'il n'a pas terminé. Cette année, j'ai numérisé cette séquence et peut-être l'intégrerai-je à un film que je réaliserai sur eux, si je tire un matériau valable de notre expédition dans l'île. Voilà, je l'ai dit explicitement, et le ciel ne m'est pas tombé sur la tête.

Dans cette vidéo, Nina affiche un air juvénile, elle est belle, de bonne humeur, du moins au début de l'entretien. « … À Jérusalem, j'ai rencontré un homme, un Coréen, un authentique citoyen de Corée, tu te rends compte ! » Les dents de Nina sont éclatantes, petites, ses sourcils d'un noir magnifique sont presque rectilignes, le léger pli sous les yeux pare ses confidences d'une fine nuance d'ironie. « C'est lui qui m'a dégotté le poste au labo, il connaissait quelqu'un là-dedans, et, le week-end, il m'emmenait travailler avec lui. C'était un gars plutôt bizarre... »

Véra m'en avait parlé un jour. Une histoire si extravagante, si décousue et glaçante à force d'étrangeté, que ça me fait presque souffrir, moi aussi. C'était un biochimiste, il possédait un labo privé chez lui, « un type horrible, me confia Véra, il obligeait Nina à lui donner son sang pour ses expériences, une fois par semaine ». Mais Véra ne savait pas tout.

La Nina de la vidéo inhale délicieusement la fumée de sa cigarette et éclate d'un bref rire hystérique : « Moi, en général, je préfère les hommes grands et beaux, par exemple comme Raphy qui est en train de me filmer, hello, Raphy, *amore !* – elle lui décoche un baiser du bout des doigts – alors que lui était un minus, moche, avec de grandes oreilles. Bon, voilà, je raconte... il est né au Japon dans une famille pauvre, et, en plus de tous ses malheurs, il appartenait à la minorité coréenne de ce pays... »

Petit à petit, ses traits se durcissent. Je remarque sur son visage d'infimes changements auxquels, me semble-t-il, je suis particulièrement sensible chez elle, et non uniquement à cause de mes réflexes professionnels. À partir de là, son débit s'accélère, sa voix devient sèche et plate : « Quand les mormons ont débarqué au Japon, ils se sont immédiatement mis en chasse des enfants les plus miséreux, et ses parents étaient trop contents que quelqu'un s'occupe de leur enfant, ils l'ont donc envoyé profiter d'une éducation en Amérique, et c'est comme ça qu'il est devenu mormon et américain... »

On dirait qu'une parfaite étrangère s'exprime par sa bouche. Elle enchaîne les cigarettes, fume nerveusement, de façon presque mécanique. En regardant cette séquence pour la première fois, ma réaction a été : C'est quoi, ces bêtises ? Qui ça peut bien intéresser ? Qu'est-ce qu'elle a à me vriller la cervelle avec son Cormormon ?

« Et alors, il est tombé amoureux d'une jeune fille juive – depuis, elle est morte, bon, peu importe –, et il l'a suivie à Jérusalem, et c'est comme ça qu'il est tombé sur moi un jour que je cherchais un endroit où dormir, et ensuite, il m'a envoyée coucher avec des inconnus pour que je lui raconte à mon retour comment ça s'était passé. »

S'il fallait une ultime once de preuve susceptible de m'incriminer en tant que sa fille, c'est le fait qu'aujourd'hui encore, même à mon âge, j'ai envie de mourir lorsqu'elle parle de sa vie sexuelle. « C'est ça qu'il aimait, et plus c'était dingue et tordu, plus il prenait son pied. Il exigeait tout le temps des précisions. Que je fasse attention à chaque détail. » Super, je me dis, tu aurais pu être une excellente scripte. J'ai peut-être hérité ce don de toi. J'essaie de deviner où, dans quel lieu, Raphaël a filmé cette vidéo. En arrière-plan, on aperçoit des pins, un paysage montagneux. Un bosquet dans les monts de Jérusalem ? Au-dessus d'Eïn Kerem ? À Sataf ?

« Comment je me sentais ? » Elle glousse légèrement, avec un petit rire détaché. « Tu ne me poses pas la question, Raphy ? Bien sûr que non. Tu as toujours un peu peur de mes réponses, n'est-ce pas ?

– Comment… comment ça se passait pour toi ? » La voix de Raphy aussi est sèche et neutre. Sa caméra la cadre en gros plan, son visage, ses yeux. Sa bouche admirable.

« Comme boire de l'eau dans un gobelet jetable. »

Silence. Impatiente, Nina hausse les épaules, l'air de dire : Finissons-en…

« Et… combien de temps ça a duré avec le Coréen ?

– Deux ans.

– Pendant deux ans, tu as jeté des gobelets ?

– Deux, trois fois par semaine.

– Raconte.

– Qu'est-ce qu'il y a à raconter ? J'y allais, je draguais dans la rue un passant, un homme, parfois une femme, je faisais ce qu'il y avait à faire, puis je rentrais lui raconter. »

Raphy exhale un long souffle, inaudible. Au moment où cette vidéo avait été filmée, il ignorait encore ce que Nina allait lui réserver à l'avenir.

« Et, à la fin, tu m'as retrouvée, Raphy. Mais ça, vous le savez déjà tous. » Nina fixe tout droit la caméra, sourit brusquement dans tout l'éclat de sa beauté qui nous éclabousse. Pour elle, tout n'est qu'un jeu. « Saltimbanque de la vie » – cette expression provoque soudain en moi comme une nausée. Ces mots oubliés de ma jeunesse m'emplissaient d'effroi, même si, alors, j'en ignorais le sens après les avoir lus dans une phrase de ma bible secrète, *Les Secrets du mariage* (avec en annexe, *Le Manuel des relations conjugales* en édition populaire). J'avais onze ans lorsque je l'ai retirée de la bibliothèque de Véra et Touvia, et, pendant deux, trois ans, je l'ai épluchée, chaque fois que j'étais seule chez eux. Jusqu'aux titres des chapitres qui me mettaient dans tous mes états : « Objectifs de l'érotisme humain », « Informations tirées de la sexologie contemporaine au bénéfice des couples mariés ». Je dévorais, boulimique. Je mémorisais. « Comme préalable au choix d'un conjoint capable d'amour, c'est sa disponibilité amoureuse qui doit prévaloir : une sorte d'état physiologique dans lequel tout l'organisme parvient à une stimulation psychologique et physique, qui nécessite un relâchement des tensions. » Je ne comprenais rien, mais mon organisme, lui, frémissait avec une intensité nouvelle nécessitant un « relâchement des tensions ».

Je relisais sans fin. La langue était étrange, presque biblique. « La femme n'est pas l'objet le plus frêle, mais le plus délicat, car elle recherche en elle le nectar de la spiritualité. Elle incarne pour l'homme ce que l'aiguille magnétisée de la boussole est pour le timonier, et du fait qu'elle est l'instrument le plus délicat, elle a besoin nécessairement d'une protection redoublée… » Dans la rue, à Jérusalem ou dans les allées du kibboutz, je jetais mon dévolu sur de beaux hommes, mais pas toujours, des hommes qui ressemblaient à des timoniers, et des femmes qui recelaient en elles, sans aucun doute, le « nectar de la spiritualité ». Je les regardais droit dans les yeux et je les obligeais, à leur insu, à me faire entendre des passages choisis. « Il suffit qu'apparaisse une créature de l'autre sexe, douée des attributs physiques et psychologiques appropriés aux capacités amoureuses d'un certain individu et à ses rêves, et voilà que l'amour naît ! »

Comme je l'ai déjà signalé, j'avais alors onze ans, peut-être un peu plus, quand nous avons fait connaissance, mon guide au cœur de la jungle nuptiale et moi. Je n'ai rien révélé à personne, j'ai progressé, un chapitre après l'autre, et j'ai décrypté un mot après l'autre, parfois à l'aide d'un dictionnaire, j'ai donc appris à m'exprimer comme dans un livre, mais uniquement sous la couverture. J'aimais, par exemple, l'ouvrir au hasard et pointer du doigt un passage, sentant qu'une sorte de prophétie s'en dégageait à mon intention. Et je me souviens de la fois où j'ai lu ce passage : « Certains individus simulent leur affectivité. Ceux qui ont une émotivité réduite feignent les sentiments. Ceux-là, on les nomme les "saltimbanques de la vie". Ces individus sont rarement qualifiés pour une vie conjugale stable. »

Je souhaitais mourir. Pourquoi ça n'arrivait qu'à moi, qu'une femme comme celle-là…

« Hello, Raphy, mon cœur adoré ! » Nina gazouille dans la vidéo. Son hébreu est une pure merveille, sans l'ombre d'un accent, elle parle cinq ou six langues comme un rien, la saltimbanque de la vie. « Dans tout Israël, tu m'as cherchée avant de me trouver, tu m'as raccompagnée à la maison, et tu as mis une raclée à l'autre, tu l'as presque achevé, le dragon. Sachez, chers spectateurs, que Raphy a toujours rêvé d'arracher des princesses des griffes de dragons. Et depuis, nous vivons ensemble, mais pas toujours, entre-temps, est née la malheureuse Guili, et maintenant, notre situation est encore plus compliquée, et Raphy tourne un film sur nous », lance-t-elle avec un signe de la main à l'adresse de Raphaël.

Je rembobine la vidéo. Même à la centième fois, elle dit la même chose.

La caméra ne quitte pas son visage, comme si elle lui donnait une chance de se dédire, d'affirmer que tout cela n'est que mensonge. Mais cela fait longtemps que Nina a effacé la moindre expression de son visage. Elle n'est pas là. Tout simplement. Mais où se cache-t-elle quand elle n'est pas là ?

Et entre-temps est née la malheureuse Guili.

Raphaël dans la vidéo, tout comme dans la vie, est incapable de la laisser en paix. Il lui demande si, durant toute cette période, elle n'a pas éprouvé une émotion sincère à l'égard de quelqu'un.

Cela lui prend beaucoup de temps pour retourner au lieu d'où elle a été effacée. « Justement, il y a eu une fois… Je me baladais dans la vieille ville de Jérusalem, il m'envoyait souvent à la pêche là-bas. Il aimait que des choses m'arrivent avec des Arabes. Ça l'excitait encore plus. Soudain, j'entends parler en serbe, du pur serbe avec l'accent villageois de mon père, celui de Milosz. Trois marins débarqués d'un navire ancré à Haïfa, et l'un d'eux était vraiment mignon. Je suis passée devant lui et je lui ai lancé, comme ça, en anglais, comme au cinéma : "Eh, mon joli, *Come on, lose the others*", puis je l'ai ramené à la maison, et lui n'en croyait pas ses yeux, qu'une fille pas mal du tout, s'exprimant en serbe et dans son dialecte, le conduise chez elle, lui offre du *good time*, et, en plus, le reconduise à son autobus. Avec ce garçon-là, oui, j'ai ressenti quelque chose. »

Silence.

« Je sais, ce n'est pas agréable », lâche-t-elle, la mine défaite.

La caméra en gros plan sur elle.

« Qu'est-ce qui ne tourne pas rond chez moi, Raphy ? »

Raphy ne répond pas.

La vidéo s'achève là.

Je la rembobine de nouveau.

Ils vécurent en couple dans un appartement d'une pièce et demie au troisième étage d'un immeuble de Kiryat Yovel à Jérusalem. Nina travaillait dans son laboratoire d'analyses chimiques, Raphy avait de petits boulots. Il l'aimait de toutes les façons qu'elle lui permettait, ou lui imposait. Peut-être l'aimait-elle, elle aussi – je ne veux pas savoir ce qu'elle éprouvait à son égard. Il existe des zones qui, chaque fois que je suis tentée de les explorer, me conduisent à flipper jusqu'au suicide, ce dont je peux me passer –, mais son visage demeurait toujours aussi inexpressif. Et même ses traits magnifiques semblaient devenus encore plus ternes. Lui la soupçonnait de les vider intentionnellement de toute expression chaque fois qu'il la dévorait de ses yeux affectueux. « Comme si elle me punissait à cause de quelque chose », s'est-il écrié avec stupeur devant ma Sony, et l'intervieweuse, experte juvénile en secrets conjugaux complétés d'un manuel d'accouplement, s'était tue avec tact.

À chaque fois, racontait Raphaël, Nina lui revenait de ses frasques, « sale, puante, paumée, parfois blessée, balafrée, avec des escarres noir et bleu ». Lorsqu'elle surprenait son regard, elle se déchaînait subitement et s'en prenait à lui, et, plus d'une fois, le frappait, et lui se défendait, tentait de la maîtriser dans ses bras afin qu'elle se calme, mais elle était plus agile et plus violente que lui. Alors, le moment venait où il perdait la tête et la battait à son tour, Raphaël continuait à raconter à l'intervieweuse juvénile et horrifiée qui, malgré toute la puissance de son imagination débridée, n'avait jamais pensé à une telle possibilité. « Mais tu l'aimais ! a murmuré l'intervieweuse d'une voix étranglée, comment pouvais-tu la frapper si tu l'aimais ?

– Je ne sais pas, Guili, je ne sais pas. Ces deux-là – et il a relevé du doigt sa lèvre supérieure révélant à la caméra gênée un trou dans sa bouche et le vide laissé par deux molaires –, je les ai perdues pendant nos bagarres. »

Silence. La caméra le cadre en gros plan mais, maintenant, le drame se déroule surtout dans l'esprit de la cinéaste. Car soudain, maintenant, il est malheureusement évident que la jeune fille que j'étais alors, pendant le tournage de cette vidéo, paie sous nos yeux le prix de son grand subterfuge : poser comme une adulte.

Au fait, dans le film décoloré et terriblement granuleux, on constate que Raphaël aussi est mal à l'aise. Il gigote sans cesse sur sa chaise, évite de me regarder ne serait-ce qu'une fois. Il doit savoir qu'il devrait stopper là l'entretien. Que tout ce déballage est presque obscène. Que la psyché de la jeune fille que je suis alors est incapable d'encaisser tout ce qu'il déverse en elle. Que c'est presque criminel. Mais lui aussi se montre incapable de s'arrêter. Incapable.

Du moins, il m'a épargné les détails de leurs séances de baise quand je l'ai filmé pour mon premier film, ou il les a beaucoup édulcorés. Mais là encore, il n'a pas saisi que c'était la description de leurs batailles qui, justement, me perturbait et me faisait souffrir davantage.

Désormais, nous sommes tous deux des personnes adultes. Nous sommes assis dans l'appartement de Véra, au kibboutz, uniquement lui et moi, et nous regardons – quel mot bien récuré – l'entretien que nous avions filmé ici, dans cette pièce, il y a vingt-quatre ans.

Je n'ai rien fait de ce film.

Tous les deux, Raphaël et moi, nous n'en avons rien fait. Nous l'avons vite relégué dans le grenier et l'avons oublié.

« Je suis tellement désolé, me dit Raphaël, le visage torturé, j'étais si stupide. » Et je lui réponds : « C'est vrai », avec l'envie de pleurer sur moi mais en vain, je ne pleure jamais, et tous les deux, nous nous taisons.

Qu'y a-t-il à dire quand il n'y a rien à faire.

Au début, alors que Nina et lui goûtaient encore des moments tendres, le plus souvent à grand renfort de marijuana et de litres de cognac local, il osait encore espérer – sans le lui avouer bien sûr, car comment est-ce possible de dire une chose pareille – que, si un enfant naissait, Nina retrouverait ses expressions. Mais même après la naissance d'une nouveau-née pesant deux kilos deux cent cinquante – un quasi-avorton, honteux d'être prématuré, qui semblait aspirer de toutes ses forces à se rapetisser de plus en plus jusqu'à disparaître totalement –, même alors, elles ne revinrent pas, les expressions enfuies de Nina, au contraire peut-être, ses yeux avaient l'air de plus en plus vides et regardaient à travers vous sans presque jamais ciller, comme figés sur un moment du passé ou sur quelque chose qu'elle avait soudain découvert ou compris. C'était le visage que la nouveau-née découvrait lorsque son regard commença à se focaliser et à distinguer des détails. C'étaient les yeux qui regardaient à travers elle au moment de la tétée (pendant trois jours, peut-être quatre, un flou persiste à ce sujet, Raphaël affirme parfois trois, à d'autres, quatre), quand on lui changeait ses langes, et lorsqu'elle avait tenté prudemment, sans grand espoir, de vérifier l'influence de son sourire sur le visage qui lui faisait face, et c'est peut-être pour cette raison que, jusqu'à ce jour, son sourire défaille quelque peu et est ravalé d'avance.

C'est tout ? Aucun autre souvenir ? Pas même un mauvais ? Aucun moment de douceur, de réconfort, alors qu'elle est blottie dans le lit de ses parents ? Aucun baiser mouillé sur son ventre potelé ? Et qu'en est-il d'un cri d'étonnement devant ses premiers pas, ses premiers mots ? *Où se trouve la lumière ? Dis : eau...*

Une gomme gigantesque abrase sans cesse ma conscience.

Puis Nina disparut. Un beau matin, à notre réveil, elle s'était envolée. Elle avait dû entendre un sifflet sous la fenêtre sur une fréquence que seules les chiennes comme elle captent. Sans même emporter une brosse à dents, elle était sortie et s'était volatilisée pendant des années. Elle s'était embarquée – des lettres qu'elle commença à envoyer à Véra le confirmèrent – pour New York, qui l'engloutit, et cette fois plus personne ne la rechercha. Soudain, Raphaël et la fillette se retrouvaient seuls. Grand-mère Véra vint bien sûr les aider, au moins deux fois par semaine, avec, à la clé, trois trajets en autobus aller-retour, chargée de paniers pleins de nourriture, d'albums à colorier, d'animaux en bois que Touvia sculptait. Le reste de la semaine, la fillette était déposée, avec d'autres bambins plus jeunes qu'elle, dans une garderie qu'une voisine avait ouverte chez elle, une femme presque muette dont le mutisme contamina, semble-t-il, les enfants car cette crèche lui laisse le souvenir d'un endroit très silencieux (un peu illogique, mais c'est ainsi qu'elle se le rappelle). Lorsque Raphaël se trouvait à son travail de nuit, des amies dévouées de son père venaient la garder. Lui était employé comme aide-soignant à l'hôpital Bikour Holim, vigile de nuit au Zoo biblique et pompiste dans une station-service. Le matin, il étudiait pour devenir travailleur social à l'Université hébraïque et le cinéma grâce à une formation dispensée par le ministère du Travail. La fillette l'attendait tout le temps. Cette attente demeure son impression la plus forte de ce temps-là. Une faim permanente. Elle ne parvient pas à se rappeler ce qu'elle faisait pendant ces moments-là, mais, aujourd'hui encore, elle réussit à susciter cette attente en elle, et les spasmes dans son ventre, au bruit des pas lourds dans l'escalier. Qu'on me pardonne l'emploi de la troisième personne adopté ici tout à trac : la première personne souffre trop.

Véra les suppliait de les rejoindre, elle et Touvia, au kibboutz où les attendait une vie nouvelle. Tout ce que Nina leur avait dérobé, Véra le leur restituerait. Mais Raphaël, et peut-être la fillette à sa façon – qui sait, qui sait ce que l'univers a chuchoté à ses instincts animaux –, réagissaient comme s'ils se contraignaient à boire jusqu'à la lie la déréliction à laquelle Nina les avait condamnés.

Et pourtant, pourtant, que garde-t-elle en mémoire de cette période ? Pas grand-chose. Presque rien. Des repas silencieux. Raphaël planté devant l'armoire, le visage enfoui dans les robes de Nina. Un chiot bien réel aux longues oreilles que Raphaël avait trouvé et qu'il lui avait apporté. Lequel, au bout d'une semaine de bonheur indescriptible, s'était échappé de la maison lorsque quelqu'un, par mégarde, avait laissé la porte d'entrée ouverte. Ou un morne après-midi au parc de jeux de Kiryat Yovel. Une jeune mère s'adresse à Raphaël pour lui signaler que la fillette n'est pas chaudement habillée par un temps pareil, et tous les deux, Raphaël et elle, se lèvent sans un mot et s'éloignent.

Il y avait l'existence qu'elle menait sous la couverture. Pendant de longues heures, des demi-journées entières, sous la couverture, à raconter des histoires et à donner des spectacles. Là, elle ne parlait pas l'hébreu. Une autre langue s'imposait. Une langue qui n'existait que sous la couverture et dont, semble-t-il, elle oubliait tout dès qu'elle quittait ce refuge. Mais, un soir, la couverture fut soulevée brusquement, son père se tenait devant elle, troublé, affirmant qu'elle s'exprimait en serbo-croate, des phrases complètes. Il ne connaissait pas cette langue, à l'exception de quelques mots que Nina lui avait appris (papa, maman, fillette, famille, et quelques gros mots). La fillette, bien sûr, ignorait de quoi il parlait.

« Mais souviens-toi que nous avons vécu aussi de très bons moments ensemble, affirme Raphaël dans le film, la suppliant presque. Le spectacle de marionnettes que je te jouais, toute une famille que nous avions créée avec des morceaux de pommes de terre, et une poignée d'allumettes et de capsules de bière, et nous jouions au baby-foot avec des clous pour les joueurs, et une bille pour le ballon, et nous regardions plein de films, tu ne te rappelles pas ? » Il se penche vers moi et, soudain, il m'arrache la caméra de la main et la braque sur moi, et alors on me voit dans le film en train de crier et de protester, tentant de me dérober en gesticulant comme une hystérique. « Cesse une minute de te déchaîner et tu vas voir comme tu es adorable », s'exclame le Raphaël du film en riant, et moi, sur l'écran, je fais semblant de rire avec lui en toute décontraction : « Nina et toi, vous êtes si beaux, comment se fait-il que vous ayez mis au monde une catastrophe pareille ? » Et Raphaël de redoubler de rire : « T'es totalement givrée, Guili, je te jure. » Réponse hautement insatisfaisante quant à ce qui, à cette époque, empoisonnait ma vie – j'ai remarqué la grimace tordant mon visage sur la vidéo –, et c'est encore l'une de ces occasions où j'ai haï Nina du plus profond de mon cœur, car tout ce qui me manquait, tout ce qui m'asséchait était visible à l'œil nu, parce que, à la fin des fins, autant j'adore mon père et autant *Les Secrets du mariage* savait titiller mes cachotteries intimes, tout de même, une ado de quinze ans a parfois besoin d'une mère, même d'une mère cinglée, même d'une mère volage, mais, au moins, d'une femme qui la regarde de temps à autre de femme à femme, qui étreigne son corps désemparé, et qui lui révèle, ravie, à quel point elle est femme.

Et c'est précisément sur ce plan que l'image est coupée, juste quand mon visage envahit tout l'écran. L'émulsion magnétique a dû s'écailler, des taches blanches et noires tournoient, et, d'un seul coup, mon visage se désintègre en éclats difformes et se fige, et cela ressemble un peu à un miroir brisé après que Nina l'aura regardé, et c'est si réel et si effrayant, tandis que tous deux, nous restons pétrifiés, bouche bée, jusqu'à ce que Raphy bondisse et débranche l'appareil.

Je me souviens : le magasin de la première Bolex seize millimètres de mon père contenait une pellicule de cent vingt mètres. Onze minutes et onze secondes prêtes à emmagasiner des images animées. Jusqu'à ce jour, mes doigts gardent une mémoire vivace pour charger et décharger un film. J'avais peut-être sept ans, mes mains et celles de mon père s'activaient à l'intérieur du sac noir et opaque. Ce sac était adapté à une seule paire de mains, mais nous réussissions à nous y glisser tous les deux. Il m'apprenait en guidant mes doigts tout fins. Lorsqu'il chargeait ou déchargeait la pellicule, il fermait les yeux, tête rejetée en arrière, et moi, je l'imitais. À l'intérieur du sac, nous ouvrions ensemble, yeux clos, le capot de la caméra, saisissions délicatement l'amorce du film neuf et l'introduisions dans la bobine. Ses doigts épais agissaient rapidement et délicatement. Aujourd'hui, avec la vidéo et le numérique, tout cela semble ridicule, mais je me souviens avec tendresse de ses gestes – et de la sensation du temps écoulé depuis cette époque, les onze minutes et onze secondes défilant entre les molettes.

Où en étais-je ?

Dès l'âge de cinq ans, la fillette inhalait des produits chimiques. Elle s'était habituée à s'endormir sur un matelas dans la salle de montage. Son père était, semble-t-il, l'assistant d'un homme très important. Lequel avait des yeux de chat, et ses grimaces faisaient rire la fillette. Mais, la plupart du temps, il était penché au-dessus d'une console Steenbeck à couper des films et à coller des raccords avec du ruban adhésif, tout en marmonnant à voix basse. La pièce était de plus en plus tapissée de pellicules suspendues. Elle déambulait au milieu de ces sortes de rideaux, bras écartés, en les faisant bruire.

Raphaël emmenait sa fille voir des films à Beït Lessin ou dans la demeure de Lia van Leer au quartier Carmel de Haïfa. Il ramassait – dans les poubelles de producteurs – des films dont les droits de diffusion étaient périmés. Il piquait des bobines à la filmothèque de l'Union des Travailleurs. Il s'était fixé un programme d'études : une semaine, Antonioni, une semaine, Howard Hawks, Frank Capra, Wilder, Truffaut… Elle s'endormait, la tête sur l'épaule de son père. Elle se réveillait dans le noir, dans des salles inconnues, apercevant le reflet du film sur les lunettes paternelles.

À l'âge de sept ans, en pleine année scolaire, la fillette fut inscrite à l'école Guerchon-Agron et présentée à sa classe comme « une enfant qu'il faut aider ». D'un autre côté, presque ce même jour, elle découvrit l'écriture, le prodige de la lecture, et une vie nouvelle débuta alors.

Bon, j'ai travaillé dur ce matin. Il y a longtemps que je n'ai pas écrit autant et, en plus, à la main. Voici une autre brève anecdote avant que R. et moi allions déjeuner au réfectoire du kibboutz et y rencontrions ceux qui m'ont connue dans la carriole des enfants du kibboutz et, avec un tact suprême, ne me poseront aucune question sur moi-même.

Lorsque la fillette eut onze ans et, qu'à la surprise générale et à son grand désarroi, elle atteignit la taille d'un mètre soixante – elle avait bien poussé, la quasi-prématurée –, elle avait déjà pondu en secret des poèmes échevelés et de mélancoliques histoires d'orpheline, avait lu presque tous les livres pour adultes de la bibliothèque du kibboutz et de la bibliothèque Philippe-Léon du centre communautaire de Kiryat Yovel et décortiqué *Les Secrets du mariage* et *Le Jardin des parfums* dénichés aussi dans la bibliothèque de grand-mère Véra et grand-père Touvia, ouvrages qui l'avaient chamboulée, mais de manière inattendue – à la fin de toutes ces initiations, un beau matin, lors de la Journée du Souvenir, debout devant toute l'école, au lieu de déclamer, comme prévu, la célèbre oraison funèbre de Haïm Gouri *Et maintenant, voilà que nos dépouilles gisent,* elle récita un lamento personnel, pénible à mourir, qui débutait par ces mots : « Où s'envolent les expressions d'un être humain lorsqu'il est gelé ? »

Nina débarqua au kibboutz en soirée, la veille de la fête du quatre-vingt-dixième anniversaire. Il avait fallu trois vols pour l'amener de son village arctique jusqu'au kibboutz – évidemment, Raphaël avait payé les billets avec un argent qu'il ne possédait pas, et Véra y avait contribué de son côté, Nina étant toujours aussi cul nu. Malgré sa fatigue, elle fit des merveilles, m'a-t-on dit, et travailla très tard à la décoration du club des camarades en vue de l'événement, et ce n'est qu'après minuit et s'être obstinée à briquer et à éponger toute seule le plancher du club qu'elle appela un taxi pour la ramener à Haïfa. Elle préférait ne pas dormir chez Véra au kibboutz, ni à Acre chez Raphaël, décision qui blessa et irrita ce dernier, et, bien sûr, l'hypothèse terrifiante d'être invitée au mochav dans la pièce et demie de Meïr et moi ne fut pas évoquée non plus. Nina avait trouvé une location Airbnb dans le quartier de Névé Shaanan pour une durée de trois jours. Elle se refusait à accorder davantage de temps à sa visite dans notre trou perdu. De l'aéroport de Tromsø en Norvège, elle avait appelé Raphaël, lui promettant de rédiger ses vœux à Véra et de les lire pendant la réception. Mais, à deux reprises pendant la matinée, elle l'aborda pour lui demander à voix basse s'il trouvait à redire qu'elle n'ait rien préparé, et Raphaël répondit quelque chose comme : l'essentiel, c'est que tu parles avec ton cœur, que tu dises quelques mots gentils à Véra. Nina lui promit qu'elle le ferait, elle s'adresserait à elle, c'est simple, elle la regarderait et lui parlerait. « Après tout, j'ai tellement de choses agréables à lui exprimer », déclara Nina en hochant la tête énergiquement. Mais chaque fois que tante Hannah, qui orchestrait les festivités, se tournait vers elle avec une interrogation muette, Nina faisait un geste de la main signifiant « Plus tard » ou « Après ce discours, ce sera mon tour » et, en fin de compte, elle n'ouvrit pas la bouche. Pas un mot à l'adresse de Véra.

Plus le silence de Nina durait, plus nous lisions, tous, la déception sur le visage de Véra. Et nous nous rendions compte aussi à quel point Nina était au supplice mais impuissante, tout simplement incapable de prononcer l'éloge de Véra. Toute la famille s'agglutinait autour de Véra en ces moments-là, comme le corps protège l'un de ses membres vulnérables. Véra était des nôtres, Nina ne l'était pas. Nina, nous étions disposés à l'accepter uniquement à cause de Véra. Qui plus est : toute la famille savait que la ligne de partage entre Véra et Nina était une zone incandescente, voire un foyer de métastases, et qu'il valait mieux pour nous, les Bruck, nous en tenir à distance. De toute façon – songe par-devers lui le Bruck lambda à la nuque épaisse – de toute façon, il n'y a aucune chance que je comprenne l'imbroglio qui s'est produit autrefois, il y a de cela presque soixante ans, entre Véra et Nina. Que les choses soient claires : les Bruck, en principe, n'ont aucune notion de gradations en matière de psychologie et, pour ma part, je n'ai aucune récrimination : on ne choisit pas sa famille.

Que voulais-je écrire d'autre ?

Il y a des années que ce cahier m'autorise un plaisir suprême.

Des années que je n'ai pas écrit à la main. Je croyais que ces muscles s'étaient atrophiés depuis longtemps en moi.

Avec un stylo et un cahier, comme il convient à l'époque où ces événements se sont déroulés.

Viens, viens donc me chercher, ô tendinite du poignet !

La fête du quatre-vingt-dixième anniversaire bat son plein. Au club des camarades. Ameublement hideux. Tout semble avoir été enduit de boue au tournant des années 1950. Raphaël et Nina ne se sont pas revus depuis cinq ans, depuis la précédente visite de cette dernière en Israël. Moi aussi et Nina, nous ne nous sommes pas rencontrées depuis cinq ans. Et lors de cette visite, nous avons échangé à peine quelques mots, ensuite de quoi je me suis déchaînée contre elle devant tout le monde, j'en ai fait des tonnes et je me suis humiliée de façon spectaculaire. Sans aucun doute, nous offrons une interprétation inédite du concept « famille ».

Et pendant le sabbat, à la veille de la fête, tandis que tous étaient là à papoter et à combler le retard au chapitre des commérages familiaux, j'ai fermé les yeux et compté lentement de dix à zéro, et, à zéro, elle a fait son entrée. Je n'ai aucune explication à ce phénomène. Nina a pénétré dans la petite salle, et le cœur de Raphaël a défailli. Je m'en suis aperçue. À ce moment-là, une mini-tornade d'embrassades et d'étreintes s'est déclenchée autour d'elle, au milieu de laquelle Nina se tenait, bras croisés sur la poitrine comme si, même là, elle avait froid, souriant en silence, tandis que notre parentèle profitait de l'occasion pour humer un peu le parfum de l'étranger, je veux dire pépier des *Oh my God* et autres criailleries américaines chargées d'émotion et puantes d'hypocrisie, et sous toutes effusions, on coulait bien sûr des regards inquisiteurs et on dressait le bilan des rides, de la peau, des cheveux et des yeux. Le bazar habituel. J'ai constaté aussitôt, comme toute l'assistance, que Nina n'était pas au mieux de sa forme. Non seulement sa beauté s'était fanée – voilà un décret du destin dont nous, les laiderons, étions dispensées –, mais aussi son front, ses longues joues merveilleuses de même que les commissures de ses lèvres étaient désormais ravinées de rayures, de ridules infimes, sèches, comme si on les avait fouettés avec de minuscules brindilles. Mais ce qui tétanisa Raphaël – son regard le trahissait – c'est que, soudain,

Nina montrait un visage expressif. Moi-même, je l'ai remarqué. Le rôle d'une scripte (en anglais, on m'appelle aussi la « préposée à la continuité », la responsable des raccords – j'adore) est de saisir des modifications surprenantes de ce genre, des sauts illogiques dans le cadrage ou les dialogues. Observant Nina, j'ai été saisie d'un trouble. Raphaël s'est levé, lourd et bouleversé. Je me suis précipitée vers lui et j'ai glissé mon bras sous le sien, je sentais qu'il s'appuyait sur moi et que son pouls battait à tout rompre. J'avais dans la poche de l'aspirine à sucer et un spray Isoket contre l'angine de poitrine, que je conserve toujours pour lui. Je lui en ai proposé. Il a repoussé les deux d'un geste courroucé et un peu déplaisant à mon égard, mais je lui ai accordé les circonstances atténuantes.

Comment décrire une chose pareille, ce phénomène où quelqu'un dépourvu d'expression en a soudain ? Certes elle en avait un peu, Nina. Je joue cartes sur table : ce n'était pas une statue, ni un iceberg, et pas vraiment un sphinx, et ce n'est qu'afin d'entretenir et d'exciter ma hargne à son encontre que je l'ai décrite de cette façon et, à en croire Raphy, j'exagère à ce sujet. Et pourtant, maintenant elle était incroyablement différente, et l'on peut affirmer avec prudence et malgré toute la difficulté à l'admettre : soudain, elle existait.

Cet enfant capturé par des romanichels ? L'enfant de *L'Homme qui rit* de Victor Hugo que des voleurs d'enfants avaient défiguré afin qu'il arbore un rire permanent et favorise ainsi leur trafic de mendicité ? Cette histoire m'effrayait dans mon enfance, cette expression figée de l'enfant dessinée sur la couverture, et à la lecture, son destin cruel me tirait souvent des larmes.

Voici une question à laquelle Google est incapable de répondre : qu'est-ce qui fait qu'un individu ordinaire et convenable, autrement dit un individu que des romanichels n'ont pas défiguré dans son enfance, affiche toujours un air indifférent ou apathique ? Ou sarcastique. Quelque chose dans les yeux ? Un léger pli sous les paupières ? Un regard distant, vide, et toujours un peu ailleurs ?

De son allure gracile de pouliche, qu'elle a conservée jusqu'à un âge relativement mûr, jusqu'il y a cinq ans environ lorsque je l'ai vue pour la dernière fois, elle est passée d'un bond au stade du dépérissement sans même connaître une phase de féminité pleine, entière.

Au cœur de la vie.

Son visage fascine mon père et, comme si on nous projetait un film – encore un film – archivé depuis des décennies. Un film sur la vie que nous n'avons pas vécue. La vie que nous aurions pu avoir. Des bouffées de tendresse, de joie, de déception et de tristesse se mêlent sur son visage, et des sourires, mon Dieu, son sourire chaleureux, paisible, simple, où cachait-elle tout cela quand j'en avais besoin ? Raphaël, à côté de moi, la dévore des yeux, bouche bée, le cœur battant, le souffle court – je crois l'avoir déjà dit –, et je jure que je ne le laisserai pas s'effondrer à cause d'elle, plus jamais, il y a une limite aux sévices infligés à un être humain.

Nina a surpris le regard effrayé de Raphaël au moment où elle a pénétré dans la salle. Il ne pouvait pas le dissimuler. Au-dessus de tous les gens qui l'entouraient, elle a haussé une épaule à son intention, comme pour s'excuser, et quelque chose dans son geste m'a rappelé une séquence du film que Raphaël avait essayé de lui consacrer quelque part dans les années 1970 avant qu'elle ne nous plaque définitivement. « Crois-tu que tu continueras à encore m'aimer quand je serai devenue vieille et moche ? » le questionne-t-elle dans ce plan. Ils sont au lit – ben voyons – au milieu des draps en désordre, partageant un rare moment de tendresse. « Tu me connais, lui répond-il en s'étirant avec une once de grandiloquence, si, un jour ou l'autre, tu devenais, disons, bossue, je me mettrais aussitôt à aimer les bossues. » « Ah, rétorque-t-elle en agitant sa main racée, je parie que tu as dit ça des milliers de fois à des bossues. »

Ensuite, après le flot des discours, sans compter celui de Nina jamais prononcé, ni la conversation qui n'a pas eu lieu entre Nina et moi, notre petite tribu, déjà plus si petite, a fondu sur les tables croulant sous les victuailles. Les femmes de la famille, et quelques-uns de ses caciques, avaient préparé des mets inspirés de la cuisine de Véra. Seuls nous quatre – Véra, Nina, Raphaël et moi – sommes restés chacun à sa place, un peu meurtris avant même de nous être vraiment retrouvés. Nina et Véra se dévisageaient, et ce regard entre elles…

Brusquement, un sourire horrible est apparu sur les lèvres de Nina. J'avais la conviction que ce sourire était presque involontaire, une sorte de grimace que Véra provoque en Nina par sa seule existence, un rictus crânien qui, tout en même temps, moquait et démentait tous les éloges déversés sur Véra, comme pour mieux révéler quelque faille secrète…

L'effroi me gagnait, celui que l'on éprouve toujours à l'heure de contempler un abîme humain. Et je savais que ce sourire de Nina n'était traduisible en aucune langue parlée au grand jour. J'ai vu ma grand-mère se recroqueviller, comme si le sourire de Nina sapait toute la sève qui fait de Véra ce qu'elle est, même à quatre-vingt-dix ans.

Au même moment, voyant la contenance de Véra, Nina comprit ce qu'elle venait de lui infliger, et elle en fut horrifiée.

J'en fus témoin. Elle se leva de sa chaise et, d'un pas mal assuré, se dirigea vers Véra…

Elle s'agenouilla devant le fauteuil de Véra, geste étrange tout autant qu'émouvant – je fus quelque peu surprise, je l'avoue –, et étreignit Véra, posa la tête sur ses genoux, tandis que Véra se penchait au-dessus d'elle et caressait le cou gracile, fragile, de sa fille.

Gestes lents et doux.

Ayant surpris cette scène, quelques proches firent signe aux autres, et le silence retomba. Véra et Nina enlacées. En moi-même, je songeais que, jusqu'à leur dernière heure, ces deux-là seraient isolées par une barrière qui les séparerait des autres. De l'univers entier.

Et je me suis dit que, moi aussi, que je le veuille ou non, j'étais un peu confinée derrière ce mur.

Nina se redressa, elle avait du mal à se lever. Son corps avait perdu sa souplesse juvénile d'autrefois. Elle essuya ses yeux des deux mains, « Pfuit, je ne sais pas ce qui m'a… », puis elle regagna sa place. Véra prit dans son sac à main un miroir de poche et, prestement, effaça avec une serviette en papier le mascara écoulé au coin des yeux, puis elle arrondit ses lèvres peintes en rouge aux commissures face au miroir. Nina la regardait, la dévorait des yeux et, furtivement, j'imaginai que c'est ainsi qu'elle l'avait contemplée, fillette de six ans, à Belgrade, dans leur bel appartement de la rue Kosmajska, qu'elle épiait sa mère en train de se maquiller devant – je devine – une psyché ovale ornée d'une ferrure de grappes de raisin qui exaltait sa silhouette avec, peut-être, une petite photo de Milosz, le teint pâle et l'air grave, glissée dans le cadre.

Esther, la sœur de Papa, incapable de supporter une seconde de gêne ou de silence, fit tinter un verre avec une cuillère à café et annonça qu'Orly et Adili, ses petites-filles, avaient préparé une saynète à partir de « deux, trois anecdotes drôles » que Véra leur avait racontées à l'occasion d'un exposé sur leurs racines familiales. Nina était sur le qui-vive, sans doute ne trouvait-elle pas beaucoup de drôlerie aux souvenirs maternels. Les deux adolescentes pleines de vitalité avec leurs boucles noires et leurs joues rouges déclarèrent à quel point elles avaient de la chance que grand-mère Véra ait choisi de jouer son rôle de grand-mère justement dans leur famille et comment, par sa sagesse et son cœur énorme, elle avait redonné de la joie à tout le monde après le décès de grand-mère Doushy, la première épouse adorée de grand-père Touvia. Elles parlaient en même temps, se coupaient l'une l'autre mais avec une harmonie et une douceur que seule une famille équilibrée – alors, là, Guili, chapeau pour l'oxymore ! – sait instiller.

Elles demandèrent à Véra de leur pardonner si elles exagéraient un peu en l'imitant, c'était uniquement par amour. Véra eut un geste de la main et leur répondit « *Go ahead !* », et alors, les filles firent signe à Éviatar, leur cousin, et la mélodie *I did it my way* de Sinatra noya la salle sous une nuée de guimauve. De dessous une table, les deux adolescentes sortirent une valise, et la scripte manqua s'évanouir, car c'était la valise que Véra avait apportée chez Touvia, le soir où elle et Raphaël avaient rivalisé au lancer du poids. Elles commencèrent à extraire de la valise des colliers multicolores, grands et petits, qu'elles nouèrent à leur cou, et se trémoussèrent au rythme de la mélodie en une danse amoureuse, voire sensuelle – spectacle assez navrant, à mon avis –, puis les adolescentes sortirent de la valise, telles des magiciennes, toutes sortes de chapeaux bleus ou violets, les couleurs de Véra, des bibis et des capelines, les uns convenables, les autres osés, européens et exotiques, indigènes et coloniaux. Je le jure ici, les yeux fermés : il n'y a aucune femme dans le kibboutz, voire dans tout le mouvement kibboutzique, pour concilier, comme Véra, une besogne pénible à l'étable et au poulailler, au milieu des épines et des ronces, avec une élégance naturellement aristocratique.

Encore une anecdote : à l'époque où elle avait emménagé chez Touvia qui, jusque-là, était un veuf convoité dans tous les kibboutz d'Israël, les femmes chargées de la répartition des tâches affectaient systématiquement Véra au nettoyage du réfectoire et au lavage du plancher après les repas. En fin de journée, de retour chez Touvia, elle lui montrait ses doigts abîmés et dévorés par les détergents et ses ongles crasseux et fendillés. Touvia les trempait dans de l'eau chaude parfumée à la camomille, ensuite, il lui mettait du vernis – Véra l'imitait, le bout de la langue entre les dents. « Lève la tête, ma petite Véra ! » lui recommandait-il à chaque fois. Et ainsi, tête haute et ongles tendus, telles dix gouttes de sang brillantes – « Mais, moi, dans mon âme, je suis une prolétaire, hein ! Je méprise aucun boulot ! » –, le lendemain, elle repartait au champ de bataille.

Ensuite, les jeunes filles s'assirent sur la valise en se tenant la main et racontèrent, en un duo parfait, avec la voix, l'accent et l'hébreu approximatif de Véra, l'histoire familière à la majorité de la famille : « Quand je suis née à Čakovec en Croatie, en 1918, c'était encore la Première Guerre mondiale, et les soldats autrichiens, qui se rendaient compte que l'Autriche allait être battue, se sont enfuis tout de suite chez eux, et ma mère avait peur de ce qu'ils allaient nous faire, elle m'a emmenée en train chez ses parents à Belgrade. Et moi, il manquait tellement de nourriture, j'étais terriblement laide, la peau sur les os, avec une pneumonie, un rhume et des quintes de toux, et ma mère me tenait au-dessus des gens dans le train, et tous les wagons étaient bondés, ça puait, des ivrognes, et les gens lui criaient "Jette ta chatte horrible par la fenêtre ! Bientôt, des hommes de l'armée vont arriver, et vous ferez d'autres bébés tout mignons" ! »

La petite assemblée riait aux éclats. Véra cria « Bravo ! » en les applaudissant. Nina, assise en face de Raphaël et de moi, hochait la tête en un étrange mélange de plaisir et d'ironie. « Regardez comme elle se délecte de tout ça », disait son sourire amer, et Raphaël et moi aussi, nous avons détaché d'un seul coup notre regard de Nina, refusant d'être ses complices d'un complot contre Véra.

« Et mon père, les deux jumelles se levèrent et poursuivirent avec la voix de Véra, c'était un militaire dans l'âme ! Oh, là, là ! Et notre mère lui disait tout le temps : "Mais, Bela, y a pas de soldats chez toi, tu as quatre filles !" Mais lui, il connaissait rien d'autre, d'où il aurait su ? Dans son âme, il était sergent-major même si, pas un seul jour, il n'a été à l'armée. Et quand il rentrait chez nous, tout de suite, on se levait en son honneur, même si, pardonnez-moi, on était aux toilettes. Un Hongrois pur jus, une terreur ! »

Et les deux filles s'accroupirent, se redressèrent, claquèrent ensemble les talons. « Toutes générations confondues » se tenaient les côtes à force de rires et de vivats. « Et ma mère, elle était très renfermée », les deux filles posèrent avec une mélancolie étudiée le menton au bout de leurs doigts : « Elle en avait une peur bleue. Tout le monde en avait peur ! Personne dans la ville, il osait lui dire un mot ! » Les jumelles redressèrent le menton et, l'espace d'un instant, toutes deux ressemblaient à Véra jeune, et cela n'avait rien de logique car son sang ne coulait pas dans leurs veines : « Une fois, j'avais quoi, quinze ans ? – Véra s'exprimait par leurs bouches –, j'ai entendu Papa lever la main sur Maman. Je sais pas d'où j'ai eu le courage, je suis entrée dans leur chambre sans frapper et j'ai dit à Papa : "Ça suffit, fini ! C'est la dernière fois ! Tu lui donnes plus une gifle ! Tu cries plus sur ma mère !" Et Papa est resté comme ça, bouche bée, et moi, deux ans je lui ai pas parlé à cause de ça… »

Déjà à quinze ans – disait le regard de Nina s'attardant sur Raphaël – déjà à l'époque, dure comme l'acier.

« Et Papa, conclurent les deux filles, il glissait chaque soir un mot sous ma porte : "Peut-être la dame en colère, elle s'est un peu adoucie ?" Mais moi, pas question ! »

Et, de nouveau, toutes deux redressèrent la tête d'un mouvement brusque, avec l'expression inflexible de Véra, lèvres pincées, et la salle explosa en applaudissements et hourras, et Véra bondit du fauteuil décoré qu'on lui avait préparé, se plaça entre les deux filles plus grandes qu'elle d'une bonne tête et leva leurs bras au-dessus d'elle : « Minute, minute, écoutez, les enfants, quelque chose que vous avez oublié de raconter sur mon père… »

« Il y a eu une fois que ma sœur aînée, Mira, elle avait déjà dix-neuf ans, peut-être vingt, et dans une petite ville à côté de chez nous on donnait des spectacles du genre *dilettante*, et il y en avait un *très* fameux, et Mira tenait le rôle d'une dame très importante avec une longue cigarette, et mon père saute sur la scène, et, devant tout le monde, il lui flanque une *pljuska*, une baffe, et point final. "Tu fumes pas !" »

« Mais, Véra, laisse ces fillettes respirer, tu leur étrangles les mains », s'est exclamé Shleïmalè, le mari d'Esther, et Véra : « Encore une minute, les filles, écoutez bien, pour avoir un peu de matériau pour mon centième anniversaire : moi, depuis le jour de mes dix-sept ans, mon père, chaque soir, il mettait devant ma porte un paquet de cigarettes et il écrivait dessus qu'il espère que la *smarkatch*, la morveuse, elle sera un peu plus gentille... »

« Mais la *smarkatch* ne s'est jamais amadouée », murmura de loin Nina du bout des lèvres à Raphaël.

« Quoi ? Qu'est-ce que t'as dit ? » La tête de Véra pivota du côté de Nina. J'ai du mal à comprendre comment – sur quelle longueur d'onde – Véra avait cueilli au vol que Nina avait dit quelque chose à son sujet sans émettre un son. « Rien, non, rien du tout », balbutia Nina. Véra se détacha des jeunes filles et regagna son fauteuil à pas soudain las.

Mais, aussitôt, elle se ressaisit, se redressa, croisa une jambe sur l'autre – ses deux jambes ne touchaient pas le plancher et se balançaient. « Mes enfants, mes chéris, d'abord, je veux vous remercier du fond du cœur pour cette belle fête que vous avez organisée en mon honneur, et je sais très bien combien vous tous vous avez travaillé hier, jusqu'à tard dans la nuit, vous vous êtes démenés, vous avez cuisiné, et vous avez mis sur le mur des photos avec moi pour que tous voient combien j'étais jolie avant... » Protestations bruyantes dans la salle : « Aujourd'hui encore ! Aujourd'hui encore ! » « Et vous aussi vous êtes arrivés d'endroits, oh, oh, du bout du monde, vous êtes venus, et ma Nina est même partie de la Norvège dans trois avions, de son petit village dans la neige, et je sais bien combien ça t'est pénible, Nina, et combien tu es occupée, et combien ton travail là-bas est important et sacré, et, pourtant, tu as trouvé du temps pour moi et tu es venue pour être avec moi pendant ma fête… » Nina remuait sur sa chaise en marmonnant. « Bon, bon, Véra s'empressa d'abréger, je veux juste vous dire combien je suis contente et heureuse de vous avoir tous ici, sauf mon cher Touvia qui est plus là, et mon Milosz bien-aimé, qui est plus là depuis cinquante-sept ans, et combien je vous remercie de m'avoir acceptée de bon cœur dans votre belle famille et autorisée en à faire partie. Et chaque matin, je redis merci, pas à Dieu, à Dieu ne plaise, et commence pas à me chercher des poux, Shleïmalè, pas question ! T'as pas raison, et je vais te dire pourquoi, parce que si Dieu existait, ça fait longtemps qu'il aurait dû se suicider, ça suffit, on sait, on t'a entendu, cléricaliste ! Qu'est-ce que vous avez à rigoler, hein ? J'ai pas raison ? »

Nina, de sa place, observait la ruche familiale bourdonnante sur laquelle Véra régnait sans états d'âme, et ce spectacle l'attirait et lui répugnait tout à la fois, je le constatais, et moi-même, je le ressentais aussi un peu, puis, soudain, j'eus pitié d'elle, de cette femme.

« Mais même sans mêler ici le bon Dieu de Shleïmalè, poursuivit Véra, je dis chaque jour merci à ma chance pour avoir rencontré ici mon cher Touvia qui m'a donné trente-deux bonnes années ensemble, et merci, merci, merci, pour avoir aussi connu Raphy, et Hannah, et Esther, ses enfants qui ont accepté de m'accueillir, et Raphy, c'était alors qu'un gamin, à peine seize ans, quel bon cœur il avait pour accepter qu'une femme étrangère vienne… » Des larmes perlaient à ses yeux, d'autres personnes pleuraient. Les yeux de Raphy étaient rougis, son nez aussi, sa grosse fraise grêlée…

Je lui ai pris la caméra ; comme toujours, j'ai eu du mal à la lui arracher, et j'ai filmé lentement la salle. Les figures familières, les visages jeunes et brouillés, les bien-aimés et les horripilants dont je connaissais chaque ride et chaque grain de beauté. Lorsque j'ai cadré Nina, elle a incliné légèrement la tête, et je suis passée un peu au-dessus d'elle, et cette synchronisation parfaite de nos deux mouvements m'a bouleversée pour je ne sais quelle raison. J'ai rendu la Sony à Raphaël et me suis rassise, genoux tremblants.

La fête commençait à languir peu à peu. Nous avons bu du café et englouti les gâteaux cuisinés par Véra, puis, nous nous sommes dispersés. Véra a invité Raphaël et Nina à venir boire un dernier café dans sa chambre avant leur départ, elle pour Haïfa dans son appartement loué, et lui, pour Acre dans son appartement austère où il se morfondait. Cela fait pas mal de temps qu'il n'a aucune femme dans sa vie, et cela aussi m'inquiète. Raphaël sans une femme est un peu plus énigmatique à mes yeux, or, j'aime que mon Raphaël soit transparent. Véra, bien sûr, m'a proposé de rester et de passer le reste de la journée avec elle. Mais moi, j'étais déjà sur des charbons ardents et je sentais que je devais rentrer à la maison où m'attendait une discussion avec Meïr que, soudain, je ne pouvais plus différer, ne fût-ce que d'une seconde. Une discussion décisive, voire fatale. C'est pourquoi tout ce que je raconte dorénavant est ce que j'ai appris a posteriori de mon père et mentor Raphaël, même si j'ai un peu extrapolé. « Et voilà, encore une fois, nous nous sommes rencontrés sans échanger un mot », a lancé Raphaël à Nina alors qu'elle le raccompagnait à sa voiture. Comme d'habitude, Nina marchait tête baissée, bras croisés sur la poitrine. Raphaël se demandait si elle pensait, comme lui, à ce qu'elle lui avait raconté dans les ultimes minutes de leur rencontre précédente, cinq ans plus tôt.

Elle vivait alors à New York, et, à cette heure, il souhaitait lui demander si, dans son nouveau lieu, sur cette île située à mi-chemin entre la Laponie et le pôle Nord, elle s'adonnait toujours à son ancienne frénésie avec des « baiseurs » américains – c'est ainsi qu'elle les appelait. Il était incapable de se résoudre à en parler. Il se souvenait de ce qu'il avait ressenti alors devant ses confidences.

À un moment quelconque, elle lui prit le bras, ils marchaient lentement à l'allure qu'elle imposait. « Ça me paraissait étrange, cette lenteur, me confia-t-il, alors que tout le temps, pendant toute ma vie, j'ai dû courir pour la rattraper. » Ils arrivèrent devant sa Contessa 900, vingt-trois ans d'âge, et « au sommet de sa forme » à en croire Raphaël. « Chapeau, tu en jettes plein la vue ! » s'esclaffa Nina qui gratta du bout de l'ongle une saleté imaginaire sur le pare-brise maculé de boue et de fiente. « Si je comprends bien, ton activité de travailleur social est en plein boom. » « Bravo à toi aussi ! » répliqua Raphaël. « Pourquoi, qu'est-ce que j'ai encore fait ? » « Non, rien. C'est juste que tu es là depuis deux jours et, demain matin, tu vas disparaître pendant on ne sait combien de temps, et tu as réussi à ne pas rester seule avec moi ne serait-ce qu'une minute. » Nina laissa échapper un rire forcé. « Pourquoi as-tu si peur de moi ? » demanda Raphaël, échauffé, comme d'habitude, par l'humiliation. « Nous ne sommes plus tout jeunes, Nina, et ce monde est cruel et merdique. Le moment n'est-il pas venu de nous faire un peu de bien l'un à l'autre ?

– Je n'ai rien de "bien" en moi, Raphy. Je ne suis qu'un fardeau, une épine dans le cul, voilà ce que je suis, admets-le, renonce à moi une fois pour toutes.

– Ça fait un bail que j'ai renoncé à toi », dit-il, tentant de simuler un rire, mais ces mots lourds et hachés fusèrent.

Il s'aperçut qu'elle serrait les lèvres. Pas mécontent de lui faire du mal, tout en le regrettant amèrement. Leur rite ancien, mais Raphaël sentait qu'il y avait quelque chose de changé. Qu'un nouveau protagoniste, dissimulé, participait à leur discussion.

« Et si tu essayais de m'offrir un peu d'affection ? Au moins, pour donner le change ? » dit-elle, avec un roucoulement d'enfant gâté dans les mots mais non dans l'intonation. Sa voix était tendue, presque désespérée. Raphaël se taisait, sur ses gardes, tentant d'élucider ce qu'il venait d'entendre.

« Impossible, hein ? marmonna-t-elle douloureusement, tu as raison. »

Elle détacha son bras du sien, s'enlaça elle-même en frissonnant. La loi non écrite de leur torture réciproque exigeait qu'elle soit aimée d'un amour sans retour. L'adoration obstinée, absolue de Raphaël était l'un des rares éléments de stabilité dans l'existence de Nina. Mais, là, quelque chose d'inédit se faisait jour, me raconta Raphaël qui sentait le sol se dérober peu à peu sous lui. Il essaya de revenir sur un terrain connu, à leur badinage : « Parfois, tu vas rire, j'ai l'impression d'avoir un ulcère ou une blessure que je dois gratter tout le temps afin de continuer à éprouver quelque chose pour toi. » « Un ulcère... on ne m'avait jamais comparée à ça, grinça Nina avec un rire amer, *yallah*, claque-moi une bise, et on se dit bye-bye. » Elle l'étreignit, lâcha au passage, pour ne pas changer, qu'il avait grossi, en tapotant sa bedaine de ses deux paumes : « J'ai l'impression de ceinturer une montagne », se plaignit-elle au creux de son torse, tout en s'accrochant à lui plus longtemps que nécessaire, c'est ce que mon père, l'amateur de futiles anecdotes érotiques, m'a raconté. Bon, je vais me montrer objective envers Nina et lui rendre les armes : il est difficile de ne pas s'accrocher à lui, difficile de renoncer à ses étreintes. Quelque chose dans le contact avec son corps, grand et robuste, agit – sur moi aussi, je l'avoue – autant qu'un complément alimentaire euphorisant de marque Ensure. Et c'est vraiment étonnant (« Écris tout, m'avait-il appris lorsque j'étais sa scripte et qu'il était encore réalisateur, note tout ce qui te passe par la tête, à la fin, tout est dans tout, c'est la règle ! »), oui, vraiment étonnant qu'un homme fragile, vulnérable et en mauvaise santé comme lui, puisse offrir un tel sentiment de sécurité et de stabilité. Lui, de son côté, c'est ce qu'il m'a affirmé, s'efforça de ne pas commettre le moindre impair à l'heure de leur séparation. Il restait sur ses gardes. Le corps de Nina n'avait presque pas changé, m'a précisé Raphaël de sa propre initiative. Au contraire, je l'ai prié sur un ton véhément d'abréger et de ne me fournir aucun détail – ne l'avais-je pas constaté moi-même ? Une silhouette élancée et mince, plus maigre et plus décharnée qu'autrefois, et les mêmes seins navrants – comme je les avais décrits pendant mon adolescence, fière. Nina picora furtivement sa joue, et, à sa grande surprise, ses doigts caressèrent sa joue, avec un geste tendre qu'il avait oublié depuis longtemps.

Il essayait de se contrôler. Mais il ne put s'empêcher de lui demander s'il devait attendre encore cinq ans avant de la revoir, et Nina répondit : « Qui sait ? Cette fois, ça peut être beaucoup plus rapide que tu crois, ma vie est un tel foutoir… » Le rire de gorge de Nina lui fit de nouveau sentir qu'elle faisait allusion à quelque chose tout en le dissimulant, comme toujours, afin de l'égarer. Elles étaient si épuisantes, les retrouvailles avec elle. Il était trop vieux pour continuer à supporter cette instabilité émotionnelle. Sentant qu'il battait en retraite, Nina s'empressa de le pousser dans la Contessa afin qu'il soit clair, à cette heure, qu'elle prenait l'initiative des adieux, puis elle prit soin de refermer la portière et s'appuya des deux bras sur la vitre ouverte. Le visage de Nina était proche de celui de Raphaël, ils se dévisagèrent les yeux dans les yeux un long moment. « Aucune femme ne me regarde comme elle », m'a confié Raphaël. « Comment ça ? » lui ai-je demandé en me raidissant. « Eh bien, avec un tel mélange. » « Quel mélange ? Explique-toi. » Ma voix avait l'air artificielle, on aurait dit un message d'ascenseur. « D'amour et de chagrin », a répondu Raphaël, sous le feu de mon regard mais refusant d'en dire plus. « Ou de désir et de chagrin », ajouta-t-il, et moi, j'ai presque hurlé, je me suis fait violence pour garder bouche cousue, c'est quoi ce désir, hein ? Elle s'en fout de toi, et pour ses « petites affaires » – comme Véra appelle ça – elle dispose de tas de baiseurs qu'elle chevauche l'un après l'autre, alors, du désir, laisse-moi rire.

Mais, en mon for intérieur, je savais que Raphaël voyait juste. Oui, l'ironie et le chagrin se confondent en elle, et aussi la cruauté et le chagrin. La mélancolie est toujours là – la couleur primaire de ses yeux, en quelque sorte. Et j'ai gravé en moi cette image d'eux, que je pourrais restituer si je réalisais un jour, qui sait, mon film sur lui et elle (la version de la victime). Le visage de Nina devant celui de Raphaël à travers la vitre ouverte de la voiture ; ils ne se touchent pas mais ils sont ensemble avec une gravité frémissante, telle une flèche avant qu'on la décoche. Est-ce qu'ils se regardaient de cette façon quand ils m'ont faite ? L'a-t-elle arrêté juste avant qu'il jouisse et l'a-t-elle obligé à la regarder au fond des yeux ? L'a-t-elle averti alors, par ce regard, qu'elle en était incapable, qu'elle n'avait pas ça en elle ? Qu'il était en train de fabriquer un enfant pour lui tout seul ?

Et, entre-temps, la malheureuse Guili est née.

Nina passa de nouveau sa main sur le visage de Raphaël. Sur sa barbe en broussaille. Impression étrange. Il sentait que, cette fois, elle avait du mal à s'en aller. Soudain, elle effleura le front à l'endroit où elle l'avait cogné quarante-cinq ans plus tôt en lui laissant la *boulkalè*, la petite bosse mythologique, présage raffiné de toutes les cornes qu'elle lui planterait sur le front à l'avenir. « Au revoir, mon demi-frère », lâcha-t-elle avec un soupir, en administrant une légère tape du plat de la main sur la Contessa, puis elle s'éloigna, et Raphaël murmura sa repartie des adieux, et moi, je me suis dit pour la millième fois : Holà, je suis tout de même le produit d'une union entre proches, et on s'étonne, après ça, que je sois ce que je suis ?

Raphaël quittait à faible allure le parking du quartier des vétérans en direction de la sortie, quand il entendit un coup de sifflet avec les doigts, à la tonalité familière, et, dans le rétroviseur extérieur, il vit Nina se ruer à sa poursuite. Quelque chose lui sembla inhabituel : malgré toutes ses sarabandes effrénées autour du monde, le langage corporel de Nina avait toujours été celui d'une lady. Elle ouvrit brusquement la portière et s'assit à côté de lui. « Démarre. » « Pour où ? » « Peu importe, bouge-moi un peu. » Aux anges, Raphaël accéléra, et ils s'éloignèrent.

« Pendant dix minutes au moins, nous n'avons pas échangé un mot, Raphaël m'a confié au téléphone. Ta mère était assise, la tête rejetée en arrière, les yeux clos. » Comme on l'a compris, le rôle d'une scripte est de noter les détails les plus infimes. Par exemple, le passage opéré par Raphaël de « Nina » à « ta mère », expression somme toute abusive, annonciatrice d'un danger imminent. Sur ses cuisses, les mains effilées aux veines apparentes de Nina, flasques. Selon mon père, elles avaient l'air épuisées. Il surmonta à grand-peine l'envie de saisir sa main dans sa patte d'ours. Sans ouvrir les yeux, Nina lui demanda s'il y avait de la musique dans cette voiture, il lui répondit de fouiller dans la boîte à gants, un peu honteux de lui révéler ses goûts. Dans ce domaine aussi, il restait enkysté dans les années 1960, avec ces éternels tubes des Moody Blues, des New Seekers et de Mungo Jerry, mais apparemment elle n'avait ni la force ni le désir d'ouvrir la boîte, ni même les yeux.

« Et moi, j'ai démarré, a poursuivi Raphaël, je fonçais, tu ne m'as jamais vu rouler comme ça, et je sentais que nous étions… – je pouvais entendre son sourire lugubre – comme un couple de cinéma ? Lorsque l'homme enlève sa bien-aimée à son futur époux en pleine cérémonie nuptiale ? » J'écoutais sans décrypter totalement sa voix. Qu'est-ce qu'il lui prend à pépier avec cette voix flûtée de midinette ? Sans le regarder, yeux clos, Nina lui a dit : « Raphy, il faut que je te dise quelque chose, tu es bien assis ? »

Il a ri, mais sa bouche était sèche.

« Je crois que j'ai quelque chose.

– Quelle chose ?

– Un problème. Une maladie.

– C'est pas vrai…

– Cette maladie rigolote, poursuivit Nina, celle où on oublie. Où on répète cent fois la même chose, où on pose cent fois la même question… »

Raphaël ralentit subitement : « Tu me fais une blague, n'est-ce pas ? Tu ne parles pas sérieusement. Tu es trop jeune pour ça. » Elle tourna la tête de son côté : « Oubli, amnésie, Alzheimer, démence, quelque chose de cet acabit. Ça va prendre encore du temps, peut-être quelques années, c'est ce qu'on m'a dit, et donc je n'en suis qu'au début du début, avec tout le plaisir de la nouveauté et de la découverte. Mais ce train a quitté la gare. Déjà, en cet instant, je m'efface un peu, regarde. » Elle leva une main devant ses yeux : « Maintenant je suis en couleurs, dans trois, quatre ans, ce sera blanc mat, ensuite, transparent. Non, ne n'arrête pas !

– Je ne peux pas parler de ça sans voir ton visage.

– Tout va s'effacer, même toi, et Guili aussi, peut-être même Véra, bien que ça, je n'y croie pas. Roule ! Ne t'arrête pas. Si tu stoppes, je ne pourrais plus parler. » Puis, avec un rire : « Je suis comme ces poupées qu'on doit secouer pour qu'elles parlent. *Ma-man*, *ma-man*. »

Il lui demanda comment elle l'avait appris, elle lui répondit, et, cette fois, sans ses entourloupes. Là où elle habite, dans le Nord, sur une petite île de l'archipel situé entre la Laponie et le pôle Nord, il est impossible d'inhumer. La couche de glace se contracte et expulse les cadavres qui servent de festin aux ours polaires, sans compter qu'ils peuvent répandre la pollution et des épidémies, c'est pourquoi, une fois l'an, les habitants doivent subir des examens, et toute personne atteinte d'une affection incurable ou susceptible de mettre en danger la vie d'autrui est contrainte de quitter l'île et de regagner le continent.

« C'est horrible, quelle cruauté », murmura Raphaël, et Nina rétorqua : « Certainement pas. Là-bas, c'est la loi, et quiconque vient s'installer là-bas en est informé d'avance. » « Ce n'est pas à cela que je pensais », répliqua mon père. Il roulait lentement. Les conducteurs klaxonnaient et l'invectivaient en gesticulant. Dans sa tête, objections et arguments susceptibles de démentir sa révélation tourbillonnaient. Elle s'en rendit compte et soupira : « Ça suffit, Raphy. Laisse-moi mourir. De toute façon, cette vie n'a été qu'un ratage. » Encore un rire aigu qui sonna aux oreilles de mon père comme un gémissement. « Peut-être que la vie n'est pas vraiment faite pour tout un chacun. »

Au premier échangeur, ils firent demi-tour en direction du kibboutz. Raphaël songeait : « Voilà, je la ramène à son dais nuptial noir. En fin de compte, il m'a vaincu, son "laisse-moi mourir". » Il lui demanda si Véra était au courant. « Véra va l'apprendre dans quelques minutes, mais je voulais que tu sois le premier, comme pour une grossesse. » Il se taisait. « Tu es vraiment le premier, Raphy, c'est la première fois que je m'entends prononcer ces mots à haute voix. » Il était incapable de proférer un mot. « Ton silence me stresse un peu », dit-elle, sa main chercha la sienne, puis ses doigts se glissèrent entre les siens.

Elle dit : « En fait, c'est plutôt logique, non ?

– Qu'est-ce qu'il y a de logique là-dedans ? grogna-t-il.

– Logique, parce que, si pendant cinquante et quelques années tu t'es acharnée sans cesse à oublier un fait particulier, disons… que ta mère t'a abandonnée et t'a jetée aux chiens à l'âge de six ans et demi, eh bien, à la fin, tu oublies aussi tous les autres faits.

– Ta mère ne t'a pas abandonnée, rétorqua Raphaël du tac au tac. Et elle aussi, on l'a jetée aux chiens, en prison, aux travaux forcés, elle ne pouvait pas faire autrement.

– Va donc expliquer ça à une enfant de six ans et demi, dégaina Nina.

– Tu n'as plus six ans et demi.

– Si, je les ai toujours. »

Raphaël se gara sur le parking. Il coupa le contact et se tourna vers elle. « Ne dis rien », lui ordonna-t-elle en posant un doigt sur les lèvres de Raphaël. « Je ne veux ni pitié, ni consolation. » Il embrassa son doigt. Il n'osait pas lui demander où elle irait si l'on ne l'autorisait pas à rester sur son île. Il craignait qu'elle ne retourne à New York, vers ces types louches qui la laisseraient tomber dès l'instant où ils la sauraient malade. Il l'imaginait, là-bas, prisonnière, solitaire, s'enfoncer dans sa maladie en oubliant comment revenir, et il se dit que, si nécessaire, il surmonterait sa propre peur de l'avion et la rejoindrait pour demeurer auprès d'elle, ou pour la raccompagner en Israël, si elle le souhaitait. « Toutes les options sont sur la table, murmura Nina, je veux dire : tout est bouclé maintenant. Et se referme de plus en plus. C'est même assez intéressant de voir comment ça se passe. Tous ces mouvements microscopiques que le corps effectue maintenant, et aussi l'âme. Toute une procédure bureaucratique d'admission au sein de la maladie, avant même que j'aie compris quoi que ce soit. »

Dans le rétroviseur, il vit Véra avancer vers eux, silhouette un peu tordue, une main à la hanche. « Qu'est-ce qui vous a pris de m'abandonner et de disparaître, vous deux ? » « Nina, tu m'as pas dit que tu restais à dîner ? J'ai déjà préparé la salade. » Elle introduisit son visage à l'intérieur du véhicule et renifla. « Qu'est-ce qu'il y a ? Qu'est-ce qui s'est passé, les enfants ? Vous vous êtes encore disputés ? Qu'est-ce que tu as à pleurer ? Qu'est-ce que tu lui as dit, Raphy ? »

Nina s'empara soudain de la main de Raphaël et lui baisa un doigt après l'autre. Geste bizarre qui les embarrassa tous les trois. Véra retira en hâte sa tête de la voiture et regarda au loin. Nina sortit, s'approcha de Véra et posa un bras sur ses épaules, avec un soupir : « Viens, *Majko*, Maman, il faut qu'on discute un peu. »

« Tu veux la vérité ? a dit Raphaël en me téléphonant de sa voiture aussitôt après les avoir quittées, tout ce dont elle m'a privé, ta mère, pendant toutes ces années, déborde maintenant en moi, je vais exploser. Je me sens comme avant un AVC, crois-moi. » Lorsqu'il m'a appelée, je me trouvais à l'entrée du mochav, et moi aussi j'ai cru avoir une crise cardiaque à cause de la maladie de Nina. J'avais l'impression qu'on enlevait d'un seul coup la clé de voûte de je ne sais quel édifice élaboré que j'avais bâti durant toute ma vie. Je me suis rangée sur le bas-côté de la route. La première pensée qui m'est venue à l'esprit : dans ces circonstances, impossible d'avoir la discussion que j'envisageais avec Meïr. Il vaut sans doute mieux la remettre à plus tard. Dans quelques jours. « Vois-tu, Guili, on va parler franchement, a crié Raphaël, je ne possède pas beaucoup de talents... non, ne me coupe pas. À mon âge, je sais exactement ce que je vaux. Faire des films, par exemple, je sais plus ou moins bien. En tout cas, j'ai su. Je ne suis ni Antonioni, ni Truffaut, et encore moins Tarantino, mais je connaissais le boulot, et si l'on m'avait offert dans ce pays la moindre chance, et si on ne m'avait pas fait tout le temps des crocs-en-jambe, j'aurais pu réaliser de meilleurs films. » Je me taisais. Je trouvais horrible que mon père se soit résigné à la poisse que lui ont portée les critiques. « Un artisan, voilà ce que j'étais. Pas un génie, je le sais, mais on a besoin de gens comme moi dans n'importe quel métier, ça me convient parfaitement, et qu'on ne prétende pas que je suis hypersensible, un ratiocineur à deux balles, comme on voudra... » Et là, comme d'habitude, il s'est égaré dans un chemin de traverse et a détaillé les chefs d'accusation à sa charge que je connaissais par cœur, je les ai entendus des dizaines de fois de sa bouche et de la part d'autres individus, mais, cette fois, il s'est repris immédiatement : « Moi, sur cette période de ma vie, j'ai tourné la page depuis longtemps, Guili, j'ai laissé tomber, j'ai nettoyé la plaie, aucune métastase, j'ai continué de l'avant et je fais un métier que j'aime, qui me convient davantage, dans le monde réel, avec des gens réels... »

Sur ce point, il ne mentait pas. Même si l'amertume ne l'a jamais quitté lorsque son rêve de cinéma s'est brisé, il a opéré sur-le-champ un « redémarrage ». Quelque six mois après avoir récupéré de la crise cardiaque qui l'avait frappé sur le plateau de tournage, il commençait à travailler avec des groupes d'adolescents en danger, à Acre et à Ramleh. Là, je saute du coq à l'âne. Il y a un tas de choses que je veux raconter, le plus possible de choses avant que nous embarquions pour l'île. J'ai attendu trop longtemps, j'ai attendu toute une vie.

Où en étais-je...

« Papa, écoute-moi une minute...

– Attends, laisse-moi finir. Tu me suis ?

– Toujours.

– Mais il y a un talent infime que je suis certain de posséder, et je suis peut-être le seul au monde à l'avoir, ne rigole pas...

– Je ne rigole pas, Papa. »

Je savais exactement ce qu'il allait dire.

« Je sais l'aimer. Ça peut te paraître pathétique, elle n'est peut-être pas digne d'amour à tes yeux, mais je sais tout simplement l'aimer, en toute circonstance. C'est mon don en ce bas monde : aimer une personne qui n'est guère facile à aimer. Faire en sorte qu'elle-même puisse s'accepter un peu. » J'entendais des coups violents. Je devinais qu'il martelait de sa paume le volant. « Et justement ça, l'aimer, elle ne m'y a jamais autorisé, ta mère, c'est justement ça qu'elle a fui à l'autre bout du monde. Et moi, je te le dis, Guili, si elle était restée avec moi, elle aurait eu une vie... » Il s'est étranglé, a encore cogné son volant. Je l'imaginais haletant, les joues gonflées, un Poséidon gigantesque, tel qu'il avait été. Comme autrefois lorsque, enfant, je me juchais sur ses épaules tandis qu'il régnait sur le plateau, ou qu'il avait décidé – malgré tous les conseils qu'on lui prodiguait et malgré toutes les pressions – que je serais sa scripte. Qui n'a jamais entendu parler d'une scripte de dix-sept ans, une gamine qui n'a jamais travaillé un seul jour dans ce métier…

Et je ne sais pas d'où ça m'est venu à cet instant-là, mais au milieu de sa harangue rugissante et blessée, j'ai été submergée par l'ancienne sensation au creux de mon corps lorsque je claquais le clap et que Raphaël lançait « Moteur ! », et que tout le plateau s'éveillait à la vie et était hypnotisé par Raphaël qui lui imposait ses quatre volontés. Une sensation à nulle autre pareille, me fondre entièrement dans sa volonté, celle de Raphaël mon père, qui, à cette heure, exhale un long souffle plaintif, et le voilà redevenu ce gros homme déplumé, aux lèvres épaisses et pendantes qui conduit une Contessa hors d'âge et marmonne dans sa barbe « J'aurais pu, j'aurais pu ».

Après une inspiration profonde, je suis rentrée chez moi. « Tu es de retour », a dit Meïr. Il a l'air toujours un peu surpris, et aussi reconnaissant que ce soit réel. C'est pourquoi nous restions encore chacun à sa place. Du bout du doigt, il effleura le bas de mon cou, la clavicule. Je fermai les yeux en attendant que notre branchement électromagnétique soit rétabli.

Raphaël roula jusqu'à Acre, tout retourné par son inquiétude pour Nina, et, le lendemain, à sept heures du matin, la sonnerie du téléphone le réveilla, et il s'aperçut qu'il s'était endormi devant l'ordinateur après une nuit blanche passée à surfer sur des sites traitant de sa maladie. Persuadé que Nina était déjà dans les airs, il lui demanda si son vol avait du retard. « Un retard de deux, trois jours. Je me trouve encore chez Véra.

– Je croyais que tu avais loué un appartement à Haïfa.

– Écoute-moi une minute... », elle balaya ses derniers lambeaux de sommeil, bien qu'elle sache à la perfection que Raphaël avait le réveil difficile et qu'il fallait lui laisser du temps.

« Écoute, Raphy, j'ai passé une nuit de merde, des pensées... je ne peux même pas te les décrire.

– Je m'imagine.

– Peut-être parce que je t'ai parlé. Brusquement, je me suis entendue, j'ai eu le déclic et j'ai compris : ça y est, c'est mon tour. Écoute, j'ai un service à te demander. » De l'argent. Il passa en revue dans sa tête ses maigres plans d'épargne en se demandant lequel il pourrait clôturer sans une pénalité trop forte.

« Hier, après ton départ, et après avoir informé Véra, je me suis dit qu'on pourrait tout de même le faire.

– Quoi ?

– Filmer Véra en train de nous raconter son histoire. »

Raphy ne dit mot.

« Elle n'est plus toute jeune... Et j'ai pensé qu'une fois au moins nous devions entendre, de façon méthodique, du début à la fin, ce qui s'est vraiment passé là-bas.

– Où ça ?

– Dans l'île. À Goli Otok. Mais aussi tout ce qui s'est passé avant. Disons : depuis sa rencontre avec Milosz. Leur histoire d'amour était si particulière, or, qu'est-ce que nous savons de lui ? Deux, trois épisodes, toujours les mêmes, presque rien. » Raphaël ravala sa salive. Songeant que Nina n'imaginait même pas à quel point cette histoire d'amour était extraordinaire.

« Tu veux la vérité ?

– Rien que la vérité.

– Je ne suis pas sûr que ça lui convienne aujourd'hui. Cette idée était valable en son temps, alors qu'elle était plus jeune. » Il continuait à pérorer sans savoir laquelle des deux il voulait protéger face à la vérité : Véra ou Nina. « Elle n'est plus ce qu'elle était, tu l'as toi-même constaté.

– Moi non plus, je ne suis plus celle que j'étais, Nina rétorqua sèchement. Mais, j'ai le droit, et c'est ce que je lui ai dit, le droit, une fois au moins, d'entendre toute l'histoire, du début à la fin, non ?

– Oui, bien sûr, chacun… il y a que… en fait, que veux-tu que nous fassions ?

– On va l'installer devant la caméra, deux, trois heures, peut-être un peu plus, et tu vas lui poser des questions. C'est tout. Et moi aussi je l'interrogerai à un moment ou à un autre.

– Mais pourquoi as-tu besoin de moi ? Ça ne serait pas plus logique que *toi*, tu te poses devant elle et que tu lui parles comme une fille à sa mère ? »

Nina se montra suffisamment stoïque pour ne pas éclater de rire, ou en sanglots.

« *Tous les deux*, nous allons lui parler. Toi et moi. Toi aussi, tu as été un peu son enfant.

– Pas qu'un peu, lâcha Raphaël.

– C'est vrai, dit-elle aussitôt, pardon, Raphy, non, pas du tout un peu. Le peu, c'est moi qui l'ai eu. »

Elle fit une pause, laissant le passé resurgir et les submerger tous les deux, puis refluer et s'absorber de nouveau dans des zones plus supportables.

« Et tu vas aussi la filmer. » Raphaël hésitait toujours. Tentant de digérer le sens de cette proposition. « Nous devrons louer le matériel, bredouilla-t-il, tu vas sûrement vouloir que ce soit de bonne qualité », dressant déjà dans sa tête une liste, une caméra meilleure que sa Sony vieille de dix ans, un trépied, des câbles, une table de mixage, des écouteurs...

– Non, pas question, l'interrompit Nina, ne va pas me jouer les nababs d'Hollywood. Une caméra, la plus simple possible, familiale. Pas du tout pro. Celle avec laquelle tu as filmé samedi nous suffira.

– Impeccable, fit Raphy avec un soupir de soulagement, ça me va parfaitement. »

Il lui demanda comment Véra avait réagi à l'annonce de sa maladie. « Comme d'habitude, le déni total. Sûrement une erreur de diagnostic, ou du labo, ils ont peut-être interverti les résultats, ou alors, tout ça, c'est dans ma tête, ce qui, hélas, est on ne peut plus exact... Tu as entendu ce que j'ai dit ? Tu as le droit de te moquer, ça m'aiderait si tu continuais à rire de mes blagues. » Il émit un léger reniflement, susceptible d'être interprété au gré de chacun. Nina se déchaîna : « Évidemment, tout de suite, elle a débité ses diagnostics médicaux savants, fondés sur rien, rien de rien ! Juste parce que c'est ce que veut Véra, et elle tordra le cou aux faits jusqu'à ce qu'ils lui obéissent. Et bien sûr : on ne voit rien sur moi, j'ai l'air en pleine forme, et même resplendissante, et tout n'est qu'une affaire de mode de vie correct et d'alimentation saine, boire un verre de jus d'herbes chaque matin, et elle connaît une merveilleuse doctoresse chinoise à Afoula qui pourrait me piquer trois, quatre fois, et *'halas*, bon débarras de cet Avrémalè ! » Nina rapportait là l'un des aphorismes de Véra dont je n'ai pas le temps d'expliquer l'origine maintenant car un nuage commence à s'assombrir au-dessus de ma tête.

« Et moi, poursuivit Nina, j'ai eu l'audace d'affirmer qu'en matière de maladies, il vaut sans doute mieux conserver une hérédité correcte, et alors, elle a pris la mouche, et comment qu'elle s'est vexée, parce que, malgré ses quatre-vingt-dix ans, chacun de nous devrait souhaiter d'avoir sa tête. Non, ça ne vient pas d'elle, cette saloperie, Nina réfléchit-elle à haute voix, peut-être de mon père, Milosz, sauf qu'il est mort à trente-six ans, et va savoir comment ça aurait évolué ou se serait détérioré ? Ensuite, pendant une bonne partie de la nuit, je l'ai entendue taper, tac, tac, tac, tac, et je te le garantis, Raphy : elle a déjà visité tous les sites traitant de…

– Tu es donc restée dormir chez elle, ne put-il s'empêcher de remarquer.

– Oui, je ne pouvais pas la laisser seule après ça. »

Parce que, moi, tu as pu ? songea-t-il.

« Dis-moi, et… qu'est-ce, qu'est-ce que Véra pense de ton idée ?

– Qu'on la filme ? Je ne prétends pas que ça l'enchante. Tout de même, elle reste un peu sous le choc de ce que je lui ai raconté, le cœur d'une mère, quoi ! » C'était plus fort qu'elle, Nina. « Et elle est aussi fatiguée à cause de la grande fête et de tout le tralala que vous lui avez organisés, mais tu la connais, elle ne peut pas refuser, ni à moi, ni à ma requête qui, reconnais-le, est celle d'un condamné à mort. » Nina s'interrompit, laissant à Raphaël le temps de protester. Il ne dit mot. Je m'imagine qu'elle en eut le cœur serré et brisé par la solitude et la peur. « Et surtout, elle ne peut pas refuser l'occasion d'un petit numéro sous les feux de la rampe, même si les seuls qui verront le film seront toi et moi.

– Et Guili, souffla Raphaël.

– Puisses-tu dire vrai. Mais, pour ma part, je l'ai déjà libérée. De tout. »

Raphaël ne pipa mot. La plaie de son existence saignait encore un peu. Quelques gouttes, guère plus.

« Raphy, encore une chose.

– Je t'écoute.

– Ce n'est pas que pour Véra que je le fais.

– Ah bon ?

– Je te le dis le plus clairement possible, d'accord ?

– C'est aussi pour toi-même, c'est évident. Tu ne sais pas à quel point cela me réjouit que tu aies décidé de… de l'enregistrer sérieusement.

– Et moi aussi. Tu m'écoutes, n'est-ce pas ? Je veux qu'on me filme moi aussi. J'ai des questions à lui poser. »

Il se crispa. Je l'imagine gigotant sur son siège, mal à l'aise. De nouveau, il lui demanda pourquoi elle avait tant besoin de lui pour interviewer sa mère.

« Tu sais pertinemment pourquoi. Avec toi, ce sera plus facile.

– Pour toi ou pour elle ?

– Pour nous deux. »

Silence.

« Mais ce n'est qu'une part de mon idée, ajouta Nina.

– Ah, bon ?

– Écoute-moi ! »

« Elle m'a totalement surpris », m'avoue-t-il au téléphone à ce moment-là. Je m'installe avec mon premier café de la journée sur le rebord de ma fenêtre. J'observe Meïr en train de creuser le flanc de la colline en face, et sans presque m'en rendre compte, je tiens un stylo à la main et je reporte chaque mot de mon père dans un cahier, comme si nous étions revenus à l'époque de la production où je lui servais de scripte, mais le stylo perd de sa vigueur.

« Je me disais, lâcha Nina, que nous pourrions peut-être nous rendre là-bas tous ensemble.

– Où ça ? » fit Raphaël, perplexe.

« À Goli Otok, je lui lance aussitôt.

– Comment tu l'as su, Guili ? s'étonne Raphaël.

– Je le sentais », je murmure tout en songeant : depuis hier, depuis que tu m'as révélé sa maladie. Comme une avalanche au ralenti se déversant sur moi, m'engloutissant.

Nina l'interroge : « Dis-moi, tu crois que Guili accepterait de venir ?

– Je ne crois pas.

– Ce sera court, répliqua Nina – comme si la durée du voyage était l'essentiel –, deux, trois jours, pas plus.

– Alors pourquoi tu ne lui proposes pas toi-même ? » suggéra Raphaël.

Guili – celle dont il est question en ce moment – griffonne hâtivement le champignon atomique au-dessus d'Hiroshima.

« Moi ? s'écria Nina avec un rire amer, elle ne voudra même pas entendre ma voix. Tu as vu comment elle m'a évitée pendant toute la fête. Elle est incapable de me regarder droit dans les yeux plus d'une seconde tellement je la dégoûte. Mais si toi, tu lui proposais ? À toi, elle ne refusera pas. Essaie, qu'est-ce que tu risques ? Elle ne va pas te bouffer.

– Tu sais quoi ? Je vais le faire. Au pire, elle me dira non. »

À cet instant, il y eut un silence prolongé. Je connais Goli Otok comme si j'y étais née. Je pourrais servir de guide touristique là-bas. Pour mon devoir de généalogie en classe de cinquième, j'ai réalisé une maquette en carton de l'île. Quoi d'autre ? Mon adresse ?

Guili.otok@gmail.com

J'en ai terminé…

Raphaël se tait. Je dessine le bord du précipice au-dessus de l'abîme et de la mer. Là, sur le point culminant de l'île, ma Véra est restée juchée pendant cinquante-sept jours sous un soleil brûlant, et elle n'a pas sauté. Si jamais je dois débarquer un jour sur cette île, je sais exactement ce que je ferai : je gravirai cette montagne jusqu'au sommet, j'y resterai une heure, deux heures, et je crierai face aux vagues, aux rochers et à l'abîme, car ils demeurent toujours là et ils font partie de l'histoire.

« Guili a l'air en forme, dit Nina à Raphaël.

– C'est vrai ! (Mon père se réjouit de confirmer, et de me le répéter.)

– Elle a embelli, ces dernières années, ajoute Nina.

– Ça roule pour elle en ce moment, et on le constate tout de suite.

– Et, dis-moi…

– Oui.

– Elle a quelqu'un ?

– Oui, oui, depuis un bon bout de temps.

– Combien de temps ?

– Pas mal, environ six ans.

– Six ans, et tu ne m'as rien dit.

– Non. »

Silence prolongé.

Raphaël se racle la gorge : « Au fait, il… n'a pas le même âge qu'elle.

– Qu'est-ce que ça veut dire ?

– Il est un peu plus âgé qu'elle.

– Ah, ah…

– Onze, douze ans de plus, un garçon spécial, terriblement délicat, avec une histoire compliquée.

– Je n'ai jamais cru que Guili trouverait quelqu'un avec une histoire simple », réplique Nina.

Soit dit en passant, il y avait là une infraction flagrante à une loi fondamentale. En général, avant leur conversation hebdomadaire, Raphaël me demande l'autorisation de lui raconter quelque chose sur ma vie, une miette, ce que je refuse toujours. Raphaël affirme que, chaque semaine, au cours de chacune de leurs discussions, elle demande toujours de mes nouvelles, comme si elle jouissait du mal causé par mes refus.

« Je vais en parler à Guili, d'accord, dit Raphaël.

– Seulement, ne lui dis pas que l'idée vient de moi, lui demande Nina.

– Évidemment.

– Propose-lui de nous accompagner. Elle n'est même pas obligée de me parler pendant le voyage. Je suis prête à rester aussi transparente que l'air. Mais ce serait tellement mieux, y compris pour Véra, si Guili nous accompagnait pendant le tournage du film et, qui sait, pourquoi tu ne lui proposerais pas de noter un peu ce qui se passera ? » Il sourit, les joues empourprées. (Comment je le sais ? Je le connais) « Elle sera de nouveau ta scripte », dit Nina, sachant précisément, je n'ai aucun doute là-dessus, quel mécanisme déclencher en lui. « Propose-lui de suivre l'expédition et de décrire “ce que la caméra saisit et, surtout, ce qu'elle ne capte pas”, ce n'était pas le leitmotiv ? » Raphaël s'esclaffe. Quel naïf, mon père ! C'est si facile de l'embobiner. Ensuite, elle lui pose une ou deux questions à mon sujet, sur mes projets d'avenir. Raphaël ne s'étend pas là-dessus dans son compte rendu, et moi, je n'insiste pas. Il y avait là, comme je l'ai dit, une infraction flagrante mais, d'un autre côté, je souhaite signaler qu'en ces instants-là ils effectuaient ensemble quelque chose qui n'était pas arrivé depuis des années : à leur manière dérisoire et lamentable, ils étaient mes parents.

« Alors, qu'en dis-tu, Guili ? Raphaël me questionne-t-il prudemment.

– Je viendrai.

– Oui, bien sûr, dit-il avec un soupir. Je comprends totalement. C'est ce que j'ai dit à Nina. Je n'avais aucun…

– Je viendrai.

– Je dis juste, je ne fais que suggérer, hein ? Tout de même… Qu'est-ce que tu as dit ?

– Je viendrai.

– À Goli Otok ?

– Oui.

– Et tu resteras avec nous pendant le tournage ?

– Oui. »

Silence.

« Simplement, Papa, moi aussi, je pose une condition.

– Ce que tu veux, ma Guilouch. Tout ce que tu…

– C'est mon film.

– Quoi ? Qu'est-ce que ça signifie, "ton" film ? Comment ça ?

– Toi et moi, nous allons réaliser le tout ensemble mais, au montage, j'aurai le dernier mot. »

Je m'étonne d'avoir proféré cette phrase. Et de l'affronter ainsi.

Comme si je m'étais préparée pendant des années en vue de cet instant.

« Tu sais, ce sera… je ne sais pas… pas simple.

– C'est vrai. Tu seras capable de le supporter ?

– Je ne sais pas. On peut essayer.

– Non. J'ai besoin de ta promesse, Papa. Sinon, je ne viens pas.

– Et tu ne me laisses pas le temps d'y réfléchir ?

– Non. »

Silence. Prolongé.

Je ne cède pas. Je ne cède pas.

« Je suis d'accord.

– C'est tout ?

– Tu m'as laissé le choix ? »

Silence, de nouveau. Très long. Il respire péniblement. J'espère que je ne l'ai pas trop blessé.

« On va faire comme ça.

– Dans ce cas, je viens.

– Et je peux le confirmer à Nina ?

– Oui. Mais n'oublie pas ma condition. »

Il expire de nouveau longuement, relâchant ses joues prêtes à exploser. Poséidon soufflant dans les voiles d'un bateau. Mon cœur bat la chamade. Le voyage aura lieu. Bientôt, nous prendrons la route.

« Bien, parfait » lâche-t-il, avec une sérénité un peu suspecte. « Parfait, vraiment. Très bien, merci.

– Ne me remercie pas. Je le fais pour moi.

– Tout de même…

– Dis-moi seulement où et quand je dois vous rejoindre. Veux-tu que je m'occupe des billets ? Et qu'en est-il de l'hôtel ? D'une voiture ?

– Minute, je dois… dis donc, c'est quelque chose… et, pour ton travail, ça ne te pose pas de problèmes ?

– J'ai un projet en vue, mais seulement dans quelques semaines. »

Il ravale l'envie cuisante de demander quel est le projet et qui est le metteur en scène. Ce qui le chagrine le plus, c'est lorsque le réalisateur appartient à sa génération. J'ai dû refuser deux fois des propositions intéressantes pour cette unique raison.

« Bon, j'appelle Nina, et je reviens vers toi avec tous les détails… », glousse-t-il. Peut-être se sent-il soulagé de savoir que ce sera mon film et non le sien. « Incroyable, ma Guilouch, ce que tu viens de m'offrir, c'est… », puis il pousse un jappement incongru et coupe la communication.

Je griffonne une silhouette élancée et imposante avec une toison de boucles noires, prenant sa tête à deux mains, des yeux horrifiés qui lui mangent à moitié le visage. Je regarde le flanc de la colline devant moi. Un homme de haute taille et mince travaille là. Mon rayon de soleil triste. En jean déchiré, T-shirt noir, le crâne rasé brillant de sueur. Même le dos tourné, il sent que je l'observe. Il cesse de creuser, se tourne vers moi en s'appuyant sur la pioche. Peut-être a-t-il aussi compris que j'ai déjà décidé de la suite de notre histoire. Peut-être qu'hier, pendant le rituel de nos retrouvailles, il a compris ce que j'avais en tête. Il éponge la sueur de son front, sourit et me fait un signe de la main, embarrassé. Soupir de soulagement : il ne sait pas. Je lui rends son salut. À mon retour de Goli Otok, je lui dirai qu'il est libre.

Libre de moi, je veux dire. Libre de me quitter.

Je n'ai pas le droit de t'empêcher d'être père, je lui dirai.

Voilà, c'est écrit.

Entre Raphaël et Véra, c'est l'osmose depuis longtemps. Toute information transmise à l'un s'achemine aussitôt vers l'autre. Guère plus de sept minutes après ma conversation avec lui, le téléphone sonnait. « Guili, rugit ma grand-mère, à l'instant Raphy m'a raconté ! Je voulais tellement te dire combien je te remercie pour ça !

– Tu n'as pas du tout besoin de me remercier, Grand-mère, je le fais aussi pour moi.

– Quand même, c'est très important pour ton père, et pour moi, et surtout pour Nina.

– Bon, on verra. Comment vas-tu, *saftik*, Mamie ?

– Vois-tu, depuis hier, et la fête que vous m'avez faite, pour laquelle vous vous êtes démenés comme des fous, et après que Nina m'a raconté ce qu'elle croit avoir, tu es déjà au courant, j'ai un peu cherché sur l'ordinateur, et je n'ai plus de repos à cause de ça. Et pendant la nuit, que j'ai commencé à réfléchir qu'on allait nous rendre là-bas, à Goli, et, à ce moment-là, je ne savais pas que toi aussi, j'étais allongée sur mon lit et ça tournait dans ma tête, et je voyais des choses défiler comme dans un film, et une partie de ces choses, je vous les ai déjà racontées, et une partie, vous ignorez, et j'ai eu une sorte de tremblement jusqu'au matin… Et je sais à quel point, toi, Guilouch, tu as toujours ressenti toute ma douleur, toute ma tristesse… »

Quelque chose dans sa voix, je ne sais quel infléchissement, m'a brusquement rappelé ce qu'elle m'avait dit, alors que j'étais adolescente, dans sa cuisine, quand elle m'avait ordonné expressément de ne laisser personne exploiter son histoire contre elle.

Voilà, c'était l'occasion où j'aurais dû lui demander si ce que je me rappelais, ou croyais me rappeler, était vrai. Ça s'était passé une nuit, il y a de nombreuses années, tandis que je gisais à demi morte en réanimation à l'hôpital Hadassah, les veines tranchées et que, au cas où ça n'aurait pas suffi, j'avais ingurgité un cocktail de comprimés à cause d'une ordure qui venait de me planter au bout de trois ans. En un clin d'œil, il en avait eu assez de moi : une nuit, il s'était détaché de mes bras, et, soudain, je le voyais assis sur le lit à fixer le plancher, l'air perplexe, ce qui était bizarre car ce n'était pas le genre à ruminer, puis il avait passé la main dans sa merveilleuse chevelure couleur de blé et m'avait dit : « Écoute, Guili, ça ne me convient pas. » Et moi j'ai fixé le point qu'il fixait au cas où il aurait découvert le secret de l'existence, et j'ai aperçu mes mules, un poil plus grandes que ses chaussures, et donc, du coup, j'ai compris que ce serait tant mieux pour moi, et l'empire s'est écroulé… Après trois années de camaraderie passionnée, entre âmes sœurs, et « tu es venue au monde pour moi », et de promesses d'un avenir partagé. Grand-mère Véra m'a veillée en réanimation pendant trois nuits et trois jours, me suppliant de ne pas mourir, Guili, meurs pas, Guili, tu pars pas, Guili, relève la tête. Et mon père faisait les cent pas dans le couloir et, littéralement, rugissait tel un lion blessé, tout l'étage l'entendait, et, à chaque fois, les vigiles l'évacuaient, et à chaque fois il promettait de se taire, et, dès qu'il s'approchait de mon lit, les rugissements reprenaient de plus belle. Et pendant tout le temps que je me trouvais en réanimation, Véra me parlait sans cesse, sans dormir, elle s'est bagarrée et elle m'a retirée de là où j'étais restée, trois jours et trois nuits presque sans manger – mon père me l'a raconté à mon réveil – et pour ne pas s'endormir, elle lacérait la peau de ses bras avec ses ongles soignés. Et bien que comateuse, je l'entendais, ou il me semble que je l'entendais, grogner comme saisie de transe : « *Oïe*, comment nous, les femmes de la dynastie Bauer, sommes folles d'amour et nous aimons notre homme plus que nous-mêmes, plus que la vie. » Je percevais une sorte de fierté étrange dans sa voix, quelque chose que, même dans mon état pitoyable, je trouvais déplacé, inconvenant, dans cette situation, et c'était comme si elle m'indiquait que je venais d'être enfin admise dans je ne sais quel club fermé de Spiderwomen. Et, dans mon brouillard, au cours de la deuxième ou de la troisième nuit, pendant l'une de ces heures confuses où elle luttait en ma faveur, j'ai entendu de sa bouche ou, d'une façon quelconque, l'ai-je absorbé à la manière dont une information se fraie parfois un chemin entre deux individus sans qu'ils échangent un mot, ou peut-être ai-je eu des hallucinations sur un estomac vide après le lavement de trente comprimés d'anxiolytique Clonex et vingt de paracétamol, oui, il est plus vraisemblable que j'aie halluciné la version non censurée de ce qui s'était déroulé dans la salle d'interrogatoire de l'UDBA à Belgrade, qui avait ruiné l'existence de Nina et continuait à empoisonner notre famille depuis trois générations.

« Et voilà, maintenant, Raphy, il m'a dit, toi aussi, tu viens avec nous, et ensemble vous allez faire ton film… », Véra exultait au téléphone, et moi j'ai été à deux doigts d'oser, je l'avais sur le bout de la langue, la questionner si cela avait eu lieu ou si j'avais rêvé, mais je n'ai pas eu le courage, soudain j'ai eu peur de ne pas pouvoir empêcher quelqu'un (mais qui ?) d'exploiter son histoire contre elle. J'avais si peur de ne plus pouvoir l'aimer. « Et que tu viennes avec nous, ça m'a encore plus secouée que n'importe quelle réanimation, Guili, et soudain je me suis aperçue que j'étais déjà vraiment très vieille, une Mathusalem, voilà ce que je suis ! » s'esclaffa-t-elle. « Je suis aussi vieille comme la *Biblia*, et pendant tellement d'années j'ai été comme un ours qui dort tout l'hiver, et maintenant – oh, oh ! – le printemps arrive, et, encore une fois, je suis obligée de me battre pour la vie, et pour la vérité de ce qui est arrivé. »

Comme première mesure aux préparatifs de guerre, ma grand-mère âgée de quatre-vingt-dix ans et des poussières a grimpé sur une chaise posée sur la table et rampé à l'intérieur du grenier d'où elle a retiré une énorme valise, non pas celle de sa nuit de noces, mais celle que Touvia et elle avaient trimballée lors de leurs voyages, jusqu'au Japon, en Patagonie et au Groenland. Et tout en manœuvrant pour s'extraire à reculons du grenier – je suis épouvantée à la pensée qu'elle a fait cela, à son âge, seule, tout ce chamboulement dangereux ; je l'imagine la tête coincée dans la lucarne, et ses jambes grêles en jean gigotant à l'extérieur me font penser aux contractions des grenouilles dans les expériences de Luigi Galvani. Et alors, tout en s'extirpant, elle a buté sur une caisse en carton poussiéreuse sur laquelle elle avait inscrit jadis au feutre noir « Guili : vrac », avec ma Sony antédiluvienne et quelques cassettes vidéo dégradées et une cassette poussiéreuse mais intacte, mon premier et dernier film à l'âge de quinze ans, qui n'avait jamais été projeté et qui peut-être, grâce à ce que nous filmerions à Goli Otok, serait enfin ressuscité.

Jeudi, 23 octobre 2008. Six heures du matin. Aéroport Ben-Gourion, zone des boutiques hors taxes. Dans l'attente qu'une table se libère sous le dôme. Véra et Raphaël bavardent tranquillement à l'écart. Parfois ils nous jettent un coup d'œil. Nina et moi, nous nous faisons face comme deux fillettes qu'on vient de gronder, sans nous regarder dans les yeux. Raphaël tire de son sac à dos la caméra Sony, et Nina et moi, avec une synchronisation parfaite, nous nous éloignons l'une de l'autre. Il filme, et moi, je lui tourne le dos. Être filmée au saut du lit est inacceptable, et apparaître en compagnie de Nina sur la même image me rend claustrophobe. Il s'approche en zoomant sur Véra. Le visage minuscule et énergique, la bouche crispée, le rouge aux lèvres et le geste irrité de la main, « Ça suffit, Raphy, laisse tomber, il y a ici des filles bien plus jolies ! » Il l'abandonne et passe à Nina. Il tourne autour d'elle ; elle n'a pas la force de le chasser. Elle se pelotonne dans l'ancienne parka bleue de Touvia, et ça aussi me tape sur les nerfs. Non mais, pense à la façon dont tu lui as pourri la vie, à lui et à Véra, et maintenant, tu l'enroules autour de toi ? Pour autant, je ne peux m'empêcher de continuer à l'observer. Sa pâleur. Son visage exsangue. Ses lèvres translucides. Presque pas de poitrine. « Jamais elle n'a été plus féminine, m'a-t-il dit un jour, que durant les premières semaines après ta naissance.

– Ben, voyons, c'est évident, ai-je répliqué en bouffant d'un geste gracieux ma chevelure abondante, c'est le contact avec moi. »

Qu'est-ce qu'il lui a trouvé, en tant qu'homme, et qu'est-ce qu'il lui trouve encore – Dieu seul le sait. Presque toutes les femmes qu'il a eues après elle étaient des femmes-femmes, pas toujours des modèles de sagesse, du moins avec une marge d'erreur acceptable, et c'est à ces fesses plates qu'il reste accroché depuis quarante-cinq ans ?

Il n'arrête pas de virevolter autour d'elle avec sa caméra, elle patiente en silence, comprenant que c'est une sorte de taxe de voyage qu'elle doit acquitter. Elle se retranche en elle-même, sans se fermer totalement devant lui. Je surveille la scène. Impossible de nier que quelque chose les lie. Qu'est-ce qui fait que deux êtres forment un couple ? Une étincelle ? Un attachement ? Une appartenance ? Un battement de paupières rêveur accompagnant un regard apparemment anodin ? Tout est possible. Mais le plus important : la sensation d'être chez soi. Un peu comme une patrie. Tu divagues, Guili. Définis la patrie. Peut-être… un lieu où ton corps pressent la seconde où les feux de signalisation vont changer ? Pas mal, mais quand il s'agit de deux, Guili, de deux individus, qu'est-ce qui en fait un couple ? C'est peut-être comme avec les feux de signalisation.

Cela fait six ans que Meïr et moi nous vivons ensemble. Ma première expérience du couple. Mais maintenant, il veut un enfant. Cela fait un bon bout de temps qu'il le désire. Avec sa délicatesse, il a cessé d'en parler, mais ça plane tout le temps au-dessus de nous, et moi, je ne peux pas, je suis incapable d'avoir un enfant à moi. Une paria de l'enfantement, voilà ce que je suis.

Et, à rebours de mon élan nostalgique, j'expulse Meïr de moi, et moi de moi-même. Ce n'est pas nous le sujet, en ce moment. Je l'efface pour les jours prochains. Il ne participe pas à ce voyage. Aucune trace de Meïr, pas de Meïr et Guili.

Je songe par exemple à l'idée que mon père a eue, pendant son adolescence, à savoir que s'il couchait avec Nina elle recouvrerait ses expressions, et comment ce qui a débuté comme une sottise puérile et romantique a déterminé son propre destin, celui de Nina, et le mien. Et comment une notion stupide et arrogante s'est muée, en fin de compte, en un amour si absolu qu'il ne dépendait guère de ce que Nina faisait ou pas, était ou n'était pas. Paradoxalement cet amour provoque en moi du respect à l'égard de mon père qui, en ce moment, s'abaisse plutôt à la harceler avec sa caméra. Car vraiment, combien d'hommes de son âge continuent à entretenir un amour aussi vivace en eux, un amour dévoué, obstiné, presque servile, parfois pitoyable et, de surcroît, à sens unique ?

Maintenant, Nina susurre : « Rafi, ça suffit », et lui s'exécute aussitôt, comme s'il sortait d'une attaque, s'éloigne, puis s'essuie le front avec son mouchoir. Cela fait des années que je le supplie de préférer des mouchoirs en papier, mais, en l'occurrence, mon père est un dandy rétro particulièrement têtu.

Avec un pull à losanges que Véra lui a tricoté.

Il se tient solitaire, fend le flot des passagers. Ils se dirigent tous vers quelque objectif, seul lui demeure amarré à sa place, avec l'air d'un individu sans but. Certes, il y a bien ses bandes des rues, quatre bandes de petits voyous à Acre et à Ramleh, qu'il traite comme ses propres enfants, je n'exagère pas, tandis qu'eux le regardent comme leur père. Mais qu'est-ce qui l'animerait, qu'est-ce qui améliorerait son existence s'il renonçait aux battements de cœur que son amour pour elle provoque en lui ?

Le voilà qui se tourne vers moi en hochant la tête, comme s'il avait entendu ma question.

Aussi, au boulot maintenant, G., afin que R. ne t'accuse pas d'être un tire-au-flanc. Nina – comme je l'ai écrit, en parka bleue rembourrée, jean gris clair, une fine ceinture bleue avec une petite boucle argentée. Un chemisier azur aussi anémique qu'elle, et un pull bleu au col arrondi. La chevelure en chignon, sans teinture, d'un gris tirant sur l'argent. Des lunettes à fine monture verte. Pas de bagues. Pas de boucles d'oreilles. Ni de bracelets, ni de montre. Une fine chaîne en argent au cou. Des talons plats. Aucun maquillage. Jamais. Mais pourquoi diable est-ce que je dresse cet inventaire superflu pour le minuscule film familial que nous tournons ? Parce que Raphaël et moi, comme toujours, nous réalisons notre film avec un sérieux abyssal.

Parce que, peut-être, qui sait, il en sortira quelque chose de différent, de plus grand ?

C'est pourquoi j'adhère à l'esprit jusqu'au-boutiste de Raphaël, mon père et mon mentor, qui a demandé à sa jeune scripte d'assumer la responsabilité de l'expérience tout entière, y compris de celle extérieure au cadrage, « car même ce qui est presque arrivé fait partie de la réalité ». Il me semble que j'ai déjà évoqué le fait que j'avais dix-sept ans lorsqu'il m'a prise sous sa grande aile et qu'il m'a enseigné, à sa manière intransigeante, la prise de vues et la mise en scène, et, par-dessus tout, s'est obstiné à ce que j'écrive – tu possèdes un œil et une main, peut-être que ta vocation, c'est l'écriture de toute façon, m'a-t-il répété plus d'une fois. Il voulait que je consigne les choses qui n'apparaissent pas à l'œil nu explicitement dans le film : des pensées, des associations d'idées, voire des souvenirs fortuits de membres de l'équipe, mais aussi les miens. Il accordait de la valeur même aux pensées et aux souvenirs d'une adolescente chaotique, et il ne craignait pas la profusion, comme certains des réalisateurs avec qui je travaille aujourd'hui et qui me semblent considérer que l'abondance est synonyme de mauvais goût.

Il m'a appris la profusion – des idées, des étincelles, des « bâtards d'idées », il les appelait, c'est comme ça qu'il s'exprimait, il utilisait ce genre de vocabulaire, vraiment, et j'aimais penser que moi aussi, d'une manière ou d'une autre, j'étais sa bâtarde d'idées. Une fois, même, j'ai commis la bêtise de dire devant des gens que j'avais surgi de sa tête dans le monde, telle, je demande vraiment pardon, Athéna de la tête de Zeus, et il était devenu cramoisi, je l'ai vu, il n'a pas du tout aimé ça, et aussitôt, il a dégainé je ne sais quelle plaisanterie – au mieux j'avais surgi de la bosse que Nina lui avait faite quand il était adolescent. Et c'est ainsi qu'il a réussi, là encore, à impliquer Nina, et j'ai dû m'avouer vaincue devant elle. Pas grave.

Et afin de mener à bonne fin l'expérience exhaustive que R. exige, je me plante au beau milieu de l'aéroport Ben-Gourion et me force à réfléchir, par exemple, à ce que Nina a vécu depuis la fête d'anniversaire de samedi. J'essaie d'imaginer la scène quand elle a révélé sa maladie à Véra, comment ça s'est passé réellement, minute par minute. Le visage de Véra a-t-il trahi ou non, ou aurait pu trahir, un léger spasme de désapprobation, voire de mépris, à l'égard de Nina malade, vaincue, défaite ? (« Nina, c'est une enfant gâtée, me répétait-elle souvent, elle a pas la force de vivre comme moi ou toi, Guilouch. Chez nous, y a pas à dire, l'hérédité a sauté une génération. »)

Elle m'observe bouche bée, Nina, et, brusquement, tout son corps se durcit, elle me plante un regard épouvanté, aussitôt, je panique, qu'est-ce qu'elle voit, que capte-t-elle de mes pensées, et je l'écarte par un clignement d'œil énergique. Hello ! Qu'est-ce qui t'arrive ? Le traitement de texte est bloqué ? Éteindre puis Redémarrer ?

Elle ferme les yeux, son visage devient tout d'un coup livide. Je crie à Raphy d'accourir, mais avant qu'il ait le temps de bouger, elle avance d'un pas et chute – elle chute ? Elle s'écroule sur moi. « Pardon, bredouille-t-elle, pardon, Guili. » Je suis tétanisée, mais la dame ne me lâche pas. « Pardon, je ne sais pas ce qu'il m'arrive… » Elle continue à s'excuser dans mon cou, plus que jamais collée contre moi, alors que, en temps normal, je n'aime pas du tout qu'on me touche à part Meïr et aussi mon père qui n'arrête pas de nous filmer ensemble. C'est ce qui m'énerve le plus : qu'au lieu de la faire déguerpir, il immortalise ce moment grotesque, en trompe-l'œil. En outre, je perds toute notion de la réalité car, soudain, il y a la peau, une peau chaude, soyeuse, soudain, l'odeur du shampoing Dove que, par hasard, j'utilise aussi, et il y a le corps, sa poitrine, je le sens s'écraser sur moi, tendre, où le cache-t-elle ? Et le moelleux d'une joue, les poignets délicats.

Elle m'enlace, cette femme qui, il y a trente-six ans, m'a amputée de sa vie, m'a avortée, et m'a bel et bien avortée, certes avec un élégant retard de trois ans et demi, car j'existais déjà après tout, la pauvre Guili était née, une enfant plutôt mignonne à en juger par les photos et les témoignages, mais celle-là m'a récurée d'elle-même, et voilà que maintenant elle enfonce sa tête dans mon cou, et moi, au lieu de l'expédier à tous les diables, je reste inerte. Soit dit en passant je découvre qu'elle est légère à faire peur. J'ai l'impression qu'elle est non seulement dénuée de cœur mais aussi dépourvue de la totalité de ses organes internes.

Et dire qu'elle pesait des tonnes quand elle n'existait pas.

Mon père continue à filmer comme un possédé, papillonne autour de nous, nous greffe l'une à l'autre. Le visage luisant. Ses lèvres charnues et tombantes s'emplissent. Cet homme-là a attendu toute sa vie cette séquence. Je le regarde en train de me trahir, et je sais qu'il ne peut pas se contrôler. C'est ce père qui avait collé des éponges aux coins des étagères et des tables quand j'apprenais à marcher, et le voilà pris de délire à cette heure et il me laisse tomber. Je le jure : je vais vomir.

Et alors, je la saisis aux hanches. Pas une once de chair. Je peux maintenant, face à la caméra, appuyer fortement une seule fois et dépecer Nina en deux, deux moitiés de guêpe tomberont à terre. Sauf que, brusquement, ma main grimpe et lui caresse par-derrière les cheveux. Comment ne pas exploser de rage ? Comment moi, une personne sensée, pourrais-je comprendre que ma main, la chair de ma chair, vole une caresse comme la dernière des mendiantes ? Ses cheveux sont lisses et fins, mes doigts s'incrustent rapidement jusqu'à l'endroit où ils sont attachés, et j'effleure son chouchou en tissu, mon Dieu, la chochotte fofolle porte un chouchou. Et ce n'est qu'alors que je me ressaisis ; de mes deux mains, je me détache d'elle. Que je ne t'y reprenne pas, je lui souffle d'une voix suave et calme dans le creux de son oreille aussi délicate qu'une feuille, étrange, on dirait une oreille de fillette ; ne t'avise plus de me toucher, compris ? Ton unique chance de me toucher, tu l'as perdue quand j'avais trois ans et demi, et il n'existe pas de session de rattrapage en matière d'amour maternel…

Je ne suis pas sûre d'avoir réussi à lui transmettre toute ma diatribe. Mon cœur battait à tout rompre, je suffoquais. Peut-être n'ai-je prononcé qu'un ou deux mots de tout cela. Au demeurant, jamais je ne m'adresse à quelqu'un de cette façon, jamais. Même pas dans les moments les plus pénibles sur un plateau, lorsque le film déraille et se désagrège en même temps que le metteur en scène sous mes yeux. Et comment se fait-il que j'aie pu proférer des insanités pareilles à la place de tout ce que j'avais préparé chez moi ? Nous en avons fait des répétitions, Meïr et moi, je l'ai rendu dingue. Il ne s'est pas plaint. Il sait s'adapter. J'ai élaboré un véritable communiqué de presse avant de quitter la maison, cinq, six phrases claires et pondérées qu'il m'importait de proférer avant notre départ, avec Raphaël et Véra pour témoins : Je ne ressens rien à ton égard, ni en bien, ni en mal. Ça fait longtemps que tu as cessé de me faire souffrir. Durant toute mon existence, tu n'existais pas et, même maintenant, continue à ne pas exister, et si je participe à ce voyage, c'est uniquement afin de conserver les souvenirs de grand-mère Véra, tu piges ?

Je soupçonne vaguement que je n'ai rien dit de tout cela.

Elle ouvre des yeux immenses. Des yeux fabuleux, sans conteste, sa part la plus vivante. Les yeux de Véra. D'un vert émeraude intense. En l'occurrence, « l'hérédité » n'a sauté aucune génération. Elle se détache de moi et glisse entre les dents à Raphaël d'arrêter de filmer, et il s'exécute. Les gens nous regardent. Elle remet de l'ordre dans ses vêtements et sa chevelure, dérangés au cours du *Farhoud*, le pogrom qu'elle a déclenché, non celui de 1941 à Bagdad, bien sûr, mais ici, à l'aéroport Ben-Gourion. Ses mains tremblent légèrement. J'ai l'impression que ce qui vient de lui arriver la bouleverse vraiment. Elle ne peut tout de même pas simuler une telle pâleur. Soudain, je saisis : redoute-t-elle que ce soit un signe ? Un symptôme de sa maladie ?

Cette nuit, j'ai lu quelques données sur son cas. Je me fiche de Nina comme de ma première chemise, pourtant, je porte un certain intérêt aux maladies héréditaires qui coulent à flots dans ses veines vers l'avenir. On évoquait pas mal là-dedans le besoin du malade, surtout lors des premières phases, de toucher et de caresser, voire d'étreindre de parfaits inconnus. (Ah, ah, ça explique peut-être ses amants ? Se pourrait-il que, pendant toutes ces années, j'aie fustigé une femme malade et désemparée ?)

Je fais signe à Raphaël : Et si on renonçait ? Regarde son état. Comment pourrait-on voyager dans ces conditions ? Véra s'approche de Nina, se plante devant elle, pose les mains sur ses épaules puis caresse ses bras à plusieurs reprises, et ce geste nous apaise tous pour je ne sais quelle raison, et même nous hypnotise un peu. Nous sommes là, regards rivés sur ce geste, et il semble que les mains de Véra passent directement sur mes bras, cette Véra qui a trahi Nina, qui m'a abandonnée, *moi* – nous voilà à chanter *Had gadya*, la comptine de la Pâque avec sa succession de victimes sacrifiées…

L'appel à l'embarquement. Raphaël recommence à filmer, mais, cette fois, dans le terminal. Deux hôtesses de l'air indiennes, un chiot déprimé dans une cage de transport, un employé de l'aéroport manœuvrant une longue chenille de chariots. Autant d'images qui nous serviront au montage. Une famille, avec deux jumeaux, des blondinets angéliques, nous suit et s'intéresse à nous. Raphaël leur explique que nous partons à la recherche de nos racines. D'abord, nous nous rendrons dans la ville natale de Grand-mère – il dit « Grand-mère » comme si Véra était une minuscule et charmante Madame Pepperpote – ensuite, nous naviguerons jusqu'à l'île où elle a purgé ses trois ans de travaux forcés. Raphaël adore parler à des étrangers, toujours avide de nouer des relations familières. S'il le pouvait, il transformerait l'humanité tout entière en intimes. Trait de caractère qui m'est étranger.

À travers le hublot de l'avion, on découvre des montagnes recouvertes de forêts. De lourds nuages couronnent la cime des montagnes. La cabine est plongée dans la pénombre. Si la météo ne change pas, demain, nous ne pourrons pas voguer vers Goli Otok.

Au cours du vol, mon père et moi, nous nous croisons à un moment donné dans la file des toilettes. Il est pâle et en sueur. Sa peur de l'avion a un coût. Je lui demande s'il a une idée de ce que Nina nous mijote. Quel genre de film veut-elle que nous réalisions pour elle. Un film sur Véra ? Sur Véra et Nina, et ce qui s'est passé entre elles ? Sur quoi devons-nous mettre l'accent ?

Il n'a pas de réponses. Il ignore, tout simplement. Nina lui a dit, au cours d'une conversation téléphonique pendant les préparatifs, qu'elle avait bien une idée, mais elle a été incapable de la formuler. « Ce n'est pas encore tout à fait mûr », a-t-elle dit, et devant l'insistance de Raphaël, elle a répondu que ce ne serait que sur place, dans l'île, qu'elle sentirait si elle était prête à ça. Pour mémoire, notre dialogue se déroule devant les toilettes et s'interrompt au moment où mon père y pénètre.

Il s'attarde là-dedans. Ces dernières années, il est un peu lent dans ces affaires-là, et moi, dès lors que j'ai entretenu avec lui un rapport public, je passe aux yeux de la file d'attente pour son substitut et j'encaisse donc la vague des récriminations.

Raphaël sort. Entre Guili.

Je nettoie vite ici et là, efface les indices, même si personne ne me soupçonnerait d'avoir causé les giclées laissées là. Bon, après tout, c'est tout de même mon père, et j'assume une part de responsabilité à son sujet.

Zagreb – jolie ville vue des cieux. Pluie sur les hublots. Atterrissage impeccable. Par la même occasion, j'apprends que les Croates, eux aussi, applaudissent frénétiquement le pilote automatique.

Contrôle des passeports. Tout se déroule comme sur des roulettes. Nous nous dispersons : Véra et Nina surveillent les valises. Raphaël et moi, nous allons chercher le véhicule de location. Cette fois encore, Raphaël évoque devant la caméra le moment pendant la fête d'anniversaire – scène qui m'avait, moi aussi, secouée – où Véra avait soulevé en l'air le petit Tom et tout un pan d'un cycle de vie s'était révélé brièvement dans ce geste. Et, soudain, la pensée banale que, bientôt, Véra ne serait plus des nôtres – me confie Raphaël tandis que nous attendons que le grouillot d'Avis à la crête d'Iroquois apporte la Mazda –, cette idée l'avait fait souffrir de façon insupportable, comme s'il s'agissait de la mort d'un individu très jeune, dans la fleur de l'âge, mais ajoute-t-il, hébété – Raphaël, ce doux personnage, parfois il ressemble tellement à un touriste tombé par hasard dans les méandres de sa propre âme –, il se sentait lui-même encore comme un jeune enfant sur le point de perdre sa propre mère. « Pensée plutôt ridicule pour un homme de mon âge, en plus, un homme qui a déjà perdu sa mère une fois », dit-il avec une stupeur candide face à la caméra que je tiens en main, et, à cet instant, je constate ce que j'avais remarqué plus d'une fois dans des documentaires : comment les propos ordinaires et banals qu'un être humain profère devant un objectif – une caméra attentive, empathique – le frappent comme s'il les entendait pour la première fois, et l'histoire qu'il se raconte depuis tant d'années vole en éclats.

Raphaël se tait, passe une main distraite sur son large visage, sur sa barbe en broussaille et sur son front haut et ridé, m'offrant l'image émouvante d'un homme désemparé, puis il se ressaisit : « Ça suffit, Guili, je ne suis pas le héros du film, c'est Véra, ne l'oublie pas. » Mais moi, je commence à penser différemment. Ce film nous concerne tous, dis-je à mon père, toi, et Nina, et peut-être un peu moi, personne n'en sortira indemne. Et je songe que ce sera un film catastrophe classique, sauf que, pour nous, c'est une catastrophe au ralenti, la catastrophe ordinaire de la vie que nous avons apprivoisée et qui nous mange désormais dans la main.

Raphaël dit : « *Yallah*, éteins l'appareil, dommage de gâcher la batterie, tiens, voilà notre Mustang ! » Et moi, je me retourne avec la caméra en un mouvement fluide et élégant – il existe aujourd'hui des caméras qui effectuent des mouvements fluides de ce genre, tout comme dans la nature ; un jour, lorsque je serai riche… – et je découvre un petit citron jaune roulant tout doucement dans notre direction, les bras m'en tombent, non, mais quelle pouffiasse je fais, qu'est-ce qui m'a pris à jouer les radines ? Raphaël avait spécifié de ne pas mégoter sur le véhicule, mais, moi, comme d'habitude, j'étais préoccupée par le budget de tournage, c'est-à-dire le budget personnel de mon père, à savoir les clopinettes que recevait chaque semaine le travailleur social le plus ancien du pays, le manitou des bandes de rue, je crois l'avoir déjà mentionné.

Le citron freine devant nous, et expulse le grouillot comme un pépin. Raphaël me lance un regard du genre « Qu'est-ce qui t'est passé par la tête ? ». Il reste là à se gratter le crâne. Il faudrait un chausse-pied pour nous permettre à nous quatre de nous introduire là-dedans, et nous allons étouffer. Eh bien, nous voilà embarqués dans une mini-session de préparation militaire. C'est simple, nous allons être fondus en une entité homogène. Mais, bien vite, la petitesse du citron s'avère grosse de potentialités : les valises, les sacs à dos et mon père trouvent leur place, et moi, je m'assois à côté de lui, et il y a même de l'espace en abondance pour mes jambes, et même derrière, ça semble supportable. Véra et Nina sont installées, muettes et sinistres, peut-être encore étourdies par le vol ou parce qu'elles saisissent enfin que, maintenant, nous sommes unis, à la vie, à la mort.

« Le quatrième côté du triangle des Bermudes », je note dans mon cahier, et Véra se penche en avant et me questionne : « Qu'est-ce que t'écris dans ton machin ? » « Rien de spécial. Pour moi-même. Des notes. Pour m'en souvenir au montage. » Et Nina, du fond de ses cache-misère, s'enquiert : « Des notes ? Quel genre de notes ? » Je ne lui réponds pas, et Véra grogne : « Guili, ta mère t'a posé une question », et moi : « Ce n'est pas ma mère. »

Nous roulons. Je me bagarre avec le GPS dernier cri, lequel s'obstine à livrer ses indications en croate. Véra se plaint que ces directives lui rappellent les haut-parleurs du camp. Nina est enroulée dans son manteau telle une chrysalide dans son cocon.

Midi. Véra nous distribue des sandwiches. Encore cent kilomètres jusqu'à Čakovec, la ville natale de Véra. Direction : nord-ouest. Des collines douces. Du vert à l'infini. Abondance. Véra commence à réprimer des cris d'émotion étouffés. Frappe ses joues à deux mains, montrant du doigt : « *Yoï !* Ces forêts ! Ces montagnes ! Qu'elle est belle ma patrie ! »

Pluie fine. Jolis jeux de lumière et de nuages. Je filme en images fixes.

Raphaël est un excellent conducteur (cet homme a été metteur en scène ; aujourd'hui, il s'occupe d'adolescents tout ce qu'il y a de coriaces, et, pourtant, il me surprend toujours lorsqu'il manifeste un savoir-faire quelconque dans la vie pratique).

J'ai réussi à convertir le GPS. Je soupçonne des Israéliens d'avoir loué cette voiture : le guide a la voix en hébreu de Shimon Pérès.

Čakovec. Dans toute sa splendeur. Cinquante mille habitants.

La pluie a cessé.

Maintenant, c'est mon tour d'être troublée. Ici, Véra a vu le jour. Ici, elle a passé son enfance. Toute ma vie, j'ai entendu parler de cette ville, de la maison, du magasin – « la Firme » – et des entourloupes de mon arrière-grand-père. Je me désole déjà de ne pas avoir eu de temps pour me préparer et affronter les émotions. Tout est arrivé si vite. La fête de Véra, la visite de Nina, l'annonce de sa maladie.

Sans compter l'émotion purement profane qui me submerge : Je me trouve à l'étranger !

Sept ans que je ne suis pas sortie d'Israël.

Je sens que peu à peu le stress israélien me quitte (ce qui me remplit aussitôt de stress).

Parking municipal. Allée B, emplacement 3. Nous gagnons le centre-ville à pied. Ça y est, nous y sommes enfin. Ça arrive vraiment. Je tiens mon cahier en main. Raphaël nous devance. Il nous filme, me fait signe de prendre des notes, de coucher des idées. Je note. Des parterres de fleurs, des cafés, des parasols ornés du logo Coca-Cola, des monuments commémoratifs. Des toits en tuiles. Des pigeons. « Note ! » Impossible de savoir ce dont nous aurons besoin lorsque je monterai ce film en devenir.

La rue principale de Čakovec. Une rue piétonnière paisible. Silence. Seul un orgue de Barbarie mouline quelque part. Aucun gratte-ciel. Des érables (il me semble. Je les ai photographiés sur mon portable pour identification ultérieure). Des maisons de briques rouges et blanches. Une église à la façade claire. Des cafés presque vides. Des couples promenant des poussettes. « Note donc ! » De gros chiens assoupis vautrés en travers de la chaussée dégagent je ne sais quoi d'enfantin et de rassurant. Véra trottine devant nous, se dandinant sur ses frêles jambes de cavalière. Ici, c'était comme ça, et là, comme ci. Elle aborde une femme âgée accompagnée d'un chien nain, le cou orné d'un ruban : « Excusez-moi, madame, peut-être vous me reconnaissez ? »

Et pendant tout ce temps, Nina ne dit mot. À la traîne. Tête basse. Comme à la recherche de quelque objet perdu.

Et c'est cette femme qui m'a pourri l'existence ?

À tout instant, à chaque seconde, sans même lui jeter un regard, mon corps sait exactement où elle se trouve.

En route vers la maison natale de Véra.

J'ai l'impression qu'elle redoute un peu ces retrouvailles. Elle demande qu'on s'arrête pour reprendre d'abord des forces dans un café. Et proclame qu'un seul café digne de ce nom existe dans tous les Balkans. Elle nous guide rapidement à travers d'étroites ruelles, s'orientant sans carte jusqu'à un café, le Cabana Royal, qu'elle connaissait dans son enfance. Étonnant qu'elle n'ait aucun doute qu'il existe toujours et l'attende, obéissant, après plus de quatre-vingts ans. « Comment peut-on ne pas l'envier ? » Raphy me chuchote à l'oreille tandis qu'il me dépasse et la prend en chasse avec sa caméra.

À notre grande surprise, le café existe toujours. Véra frissonne de tous ses membres. « Là ! *Yoï !* C'est là qu'on s'installait. C'est là où mon père jouait au jeu de cartes "préférence" avec ses amis, et moi, pendant ce temps, je dégustais une glace à la fraise ! » Au-dessus du bar une affiche annonce le spectacle d'un hypnotiseur ; une étoile argentée scintille sur une de ses incisives. Le chef de salle – à vrai dire, c'est l'unique serveur dans les lieux, mais il arbore une moustache digne de Sa Majesté l'empereur, d'où sa promotion – désigne du doigt une vitrine contre le mur et contenant un ravissant service en porcelaine, des théières ouvragées, de fines tasses décorées : « Un service semblable à celui-ci, messieurs, se trouvait chez le roi George au palais de Buckingham ! À Londres ! »

Il ignore s'il y a une synagogue à Čakovec. « Mais vous trouverez une statue en mémoire des juifs de la ville morts pendant la guerre. On les a emmenés à Auschwitz.

– Mon père et ma mère sont partis là-bas, dit Véra.

– C'est une chose horrible, dit l'homme. Jusqu'à ce jour, on ne comprend pas que ça ait pu arriver », dit-il simplement, d'un ton sincère, les larmes aux yeux.

Un homme d'âge mûr est attablé près de nous à lire un journal enfilé sur une tige de bois. Il nous entend parler l'hébreu, nous aborde avec une légère courbette, et nous demande la permission de se joindre à nous. Une barbichette, des lunettes. Une veste en daim marron avec des coudières, comme il se doit. Professeur de littérature slave. Il nous rétablit un peu d'ordre dans le chaos balkanique. Nous raconte la guerre qui a fait rage dans les années 1990. « Non ! s'emporte-t-il devant une bévue de ma part. Ce n'était pas une guerre civile ! » Le visage cramoisi : « Il s'agit d'une agression militaire barbare de la part des soldats serbes avec leurs tanks serbes ! » Maintenant, impossible de l'arrêter. Il discourt avec fougue sur les fleuves de sang, les massacres et les viols. Quatre membres de sa famille ont été assassinés par leurs voisins et leurs amis proches.

Je commence à me sentir mal. Vraiment mal. Jusqu'à en frissonner. Tout ce sang versé, toute cette cruauté, et cette population.

Le professeur poursuit sa conférence, et j'essaie de noter, à la fois par respect de cet homme et pour ma culture générale. Assez vite, je me lasse, saute des passages, y a pas plus superficielle que moi. « Gavé, César ! » comme on dit sur la Toile, je ne te salue pas et je ne vais pas te lire... Raphy et moi, nous échangeons des regards à la dérobée sur notre canal privé. Une véritable macédoine, ces Balkans, et moi, ça fait juste trois heures que j'ai atterri, alors qu'en Israël, je dispose de mon propre conflit pittoresque, et celui-là aussi, je ne le comprends plus tout à fait.

La maison natale de Véra est située dans la rue principale non loin du café. Nous nous hâtons vers l'endroit. Véra nous précède de quelques pas. À notre arrivée, elle se trouve déjà là, le bras tendu : « C'est là, les enfants, c'est là que je suis née. » J'arrache la caméra des mains de Raphy. Il ne lâche pas facilement. Je la filme avec la maison en arrière-plan. Je connais son histoire par cœur. Au premier étage, il y avait la « maison de commerce de Bauer », le père de Véra, mon arrière-grand-père, et, au deuxième étage, l'appartement de la famille où vivaient le père, la mère et les quatre sœurs. Aujourd'hui, se trouvent, au premier étage, l'agence principale de la Zagrebačka Banka et, au second, un appartement privé. À travers le portail fermé, on peut jeter un œil sur un grand jardin à l'abandon. Je filme. Passant sans cesse de la vidéo à l'image fixe. La caméra de mon portable est pourrie, elle donne des photos bourrées de taches blanches et de longues fissures. Je demande à Véra si elle souhaite que nous tentions d'entrer dans son ancien appartement au second étage.

« Plus rien ici ressemble à ce que c'était, et j'ai plus rien à chercher ici. »

Ce qui ne l'empêche pas de s'épancher de bon gré : « Au total, ici, on a eu une vie agréable, aisée. On avait une cuisinière, et ma gouvernante, jusqu'à l'âge de dix ans, et une femme de ménage, un jardinier, et un autre qui s'occupait des arbres derrière, et un four qu'on allumait avec du bois, un four en céramique à trois compartiments… »

Elle nous décrit un salon immense, lumineux, des tapis épais, une cage d'escalier menant au deuxième étage. À côté de la cuisine, il y avait le *shpayz*, le cellier avec les saucissons suspendus et de grands sacs de toile pleins de riz, de farine et de sucre, des bocaux de graisse d'oie et des tonneaux de cornichons marinés et de choux aigres. Et, dans la cave, sur un lit de paille, des pommes de terre pour une année entière…

Raphy réclame la caméra, la mine cramoisie d'enthousiasme, les yeux rieurs. Cette expédition commence à le captiver. Il se focalise sur moi. Arrête de filmer. Mais il s'obstine, me demande une déclaration afin de marquer le début du périple. Je ne suis pas bonne pour ce genre d'exercice, mais, soudain, je me souviens de quelque chose : « Un vers de Moti Baharav :

“Avant de renaître à nouveau, examine avec soin l’endroit où tu te trouves”. »

Raphy me demande où je souhaiterais renaître.

« Pourquoi crois-tu que je souhaite renaître ? »

Il se détourne de moi à la recherche d’une collaboratrice plus accommodante : « Véra, regarde-moi, regarde-moi. Raconte-nous quelque chose sur tes parents, il y avait de l’amour entre eux ? » S’il cherche auprès de ceux-là la source d’inspiration de l’amour absolu entre Véra et Milosz, je crains qu’il ne fasse fausse route.

« De l’amour ? s’esclaffe Véra, pas question ! Bon, elle s’est habituée à lui à la fin. Mais ma mère était une femme très réservée, et il y avait de grosses différences entre eux. Lui, par exemple, aimait profiter de la vie, se payer du bon temps, mais elle, rien de rien. Lui, chaque hiver, à Noël, il se rendait à Budapest. Il emportait dans les cinquante mille dinars, et vadrouillait de café en café, puis au théâtre et va savoir où encore. Et toujours à faire la bringue ! Il dansait ! C’est comme ça avec les peuples magyars, Raphy, ils entendent de la musique tsigane et ils se mettent à casser des verres ! Pareil pour mon Milosz. Il avait beau être délicat et timide, il dansait comme un diable. On ne l’aurait jamais cru à le voir. Lorsque lui et sa mère la paysanne dansaient, leurs pieds ils touchaient pas le sol ! Et elle, ma belle-mère, comme ça, avec son foulard… » Et la voilà à tournoyer au beau milieu de la rue, à effectuer des claquettes pataudes avec ses chaussures de sport violettes fluorescentes. Quel plan extraordinaire ! Raphaël me sourit, béat.

Mais où est passée Nina ? La scripte, comme on sait, est le chien de berger qui veille sur le troupeau, et Nina remplit tous les critères : elle est à la fois l’agnelle égarée et le mouton noir. Elle nous tourne le dos, le regard rivé au sol, l’air un peu timbrée.

Véra raconte : « À douze ans, pour la première fois, j'ai pensé sérieusement que, tandis que je dors encore dans mon lit sous les couvertures, la femme de ménage est déjà arrivée, elle fait du feu dans les chambres et dans la salle de bains, et quand je vais me lever, quand les maîtres vont se lever, ils auront chaud. Et c'est la première fois qu'une idée pareille a commencé à me travailler.

– Quelle idée ? la questionne Raphy.

– L'idée de responsabilité envers les gens, et l'idée de l'argent, et de la pauvreté. Parce que je me rendais en train au collège, et dans tous les villages environnants, on voyait des enfants marcher à pied vers l'école, le long des rails. Et là, à l'école, il y avait un poêle sur lequel ils mettaient leurs chaussettes. Et, de retour chez moi, j'ai interrogé ma mère : "Je pourrais ramener deux ou trois enfants comme ceux-là à la maison ?" Alors, mes trois grandes sœurs se sont énervées : "Ces gosses puants avec leurs poux ? Quelle idiote, cette gamine !"

« Or, Maman, au contraire, était d'accord, mais elle n'avait pas son mot à dire chez nous. Elle s'est assise et m'a lu un passage de *La Mère* de Gorki, et alors j'ai compris que ma mère était de mon côté, et, là, dans mon ventre, ça a commencé à travailler au sujet des pauvres et des riches et de l'injustice dans le monde. »

Soudain, elle se tourne vers moi : « Qu'est-ce que t'as à écrire tout le temps, Guili ?

– Je note ce que tu dis, *saftika*, Grand-mère. Et aussi ce qu'on filme, et ce qui se passe autour de nous. » Et encore : le non-dit et l'invisible.

« Ah bon ? Mais pour quoi faire ?

– C'est comme ça que Raphy et moi, on travaille, ça nous aidera plus tard au montage. »

L'ancienne partisane en elle n'est pas rassérénée. La femme qui, après la guerre mondiale, a travaillé pendant deux ans dans les services de contre-espionnage de Tito n'est pas rassurée. Elle me scrute. Pour l'heure, le fait que je sois sa petite-fille depuis presque quarante ans n'est pas porté à mon crédit. Son œil droit s'approche de moi en gros plan : « Par exemple, qu'est-ce que t'as écrit, là, tout de suite ? »

Je lui lis : « "Véra est une communiste dans l'âme." Ce n'est pas vrai ?

– Non ! Trois fois non ! Tu vois, j'ai bien fait de te poser la question ! Socialiste dans l'âme, ça, d'accord ! Et ce n'est qu'ensuite que j'ai été dans le communisme, mais, surtout pas le communisme de Staline… Pas celui des assassins ! » De nouveau, elle me lance un regard perplexe. Son instinct ne la trompe pas. Depuis le début du voyage, et même les jours précédents, j'ai observé une certaine distance par rapport à elle. Chaque fois que nos regards se croisent, je la mets en garde de cette façon : Tu es ma grand-mère, je t'adore, tu m'as sauvé la vie dans mon enfance, tu t'es occupée de moi et de mon père après le départ de Nina, et tu m'as élevée comme ta fille, plus qu'une fille. Car ta fille Nina, tu ne l'as pas élevée comme ça. Et tu m'as encore sauvé la vie quand je me suis suicidée, toute une année, tu m'as ranimée avec tes quiches, tes soupes et tes gâteaux, tu m'as cuisinée, tu m'as pétrie, je ne l'oublie pas, Grand-mère… Mais si, pendant toutes ces journées où nous sommes tous réunis, tu ne racontes pas à ta fille ce que tu m'as raconté cette nuit-là, en salle de réanimation, je te jure que je ne sais pas ce que je suis capable de faire.

En fait, je le sais.

Moi, je vais lui raconter.

Mais pourquoi lui raconterais-je ? Bonne question. D'un côté, je dis : laissons Nina se trimballer jusqu'à son dernier jour sans savoir réellement ce qui a bousillé sa vie. Voilà la punition que je lui ai infligée : jusqu'à son dernier jour, qu'elle sente qu'elle n'est qu'une énorme dissonance. Une poulette, au cou tranché, qui continue à détaler pendant toute son existence, sans comprendre ce qui lui arrive. D'un autre côté…

Y a-t-il un autre côté ?

Et même si, au nom du nourrisson que je fus, de l'enfant que je fus, je ne devrais pas faire la moindre concession : jamais, c'est ce que je me suis juré, j'en ai fait le serment, je n'ai pas le droit de trahir ce nourrisson et cette enfant, car personne d'autre que moi ne pourra les venger. Et pourtant, quand je la vois rester à la traîne derrière nous…

Je ne sais pas. Depuis le matin, depuis qu'elle s'est affalée sur moi à l'aéroport Ben-Gourion, soudain, je n'ai pas aimé ce qu'elle extirpe de moi.

Le mal qu'elle extirpe de mes entrailles ne me plaît guère.

Nous sommes encore dans la rue, à proximité de la maison natale de Véra : « À l'âge de cinq ans, on m'a enlevé les amygdales dans un sanatorium privé, et Maman m'a dit : "Parce que tu t'es bien conduite, tu as pas pleuré et tu as pas eu peur, tu vas recevoir un cadeau." Et c'était quoi ? Une fillette de cinq ans, pour la première fois de sa vie, a été à l'Opéra ! Je me souviens plus quel opéra on donnait, mais, à l'entracte, il y avait un ténor avec une perruque de juge qui chantait *Funiculì funiculà*. »

Et la voilà, au beau milieu de la rue, à chanter en napolitain. Un petit cercle de badauds s'attroupe autour de nous, quelques personnes fredonnent avec elle, deux spectateurs agitent leur chapeau en cadence, l'un d'eux frappe le sol avec sa canne.

Véra les dirige de ses deux mains – son sac en plastique avec la fermeture dorée repose au creux du coude – et elle est aux anges. Resplendissante. Les badauds l'applaudissent. Et moi, je suis partagée – depuis que Nina a débarqué samedi pour l'anniversaire, elle me gâche un peu la grand-mère qui était la mienne. Sans aucun effort, juste avec son regard, elle incite Véra à révéler, comment dire, sa tendance narcissique.

« Nous, à Čakovec, Véra explique-t-elle à la caméra avec le bagout d'une guide touristique, on était proches de la frontière hongroise, et aussi de la frontière autrichienne. On allait au théâtre et à l'Opéra, à Budapest et à Vienne. C'était notre culture, et le hongrois était notre première langue. Et comme ça, je suis pas une juive des Balkans, ni une *ghetto-jude*. Je suis une juive de l'Europe centrale, moi ! L'Europe la plus authentique ! Il n'existe plus une Europe comme moi ! »

Son petit public, des habitants du cru, bien sûr, ne comprend pas l'hébreu, mais sa grandiloquence le captive. Sous les applaudissements, elle incline la tête en un geste plein de grâce. Il faut l'évacuer d'ici. Le soleil va bientôt se coucher, et un long trajet nous attend. Dommage, dommage que je n'aie pas eu suffisamment de temps pour organiser ce voyage comme il convient. Nous aurions dû rester ici au moins une journée de plus. Permettre à Véra de se laisser absorber un peu plus par sa ville natale. J'ai le cœur brisé à la pensée que c'est la dernière fois qu'elle revient ici.

Nous arrivons à l'école au pas de course. À cette heure-ci, elle est vide et fermée. Un édifice terne, sans originalité. Des tuiles, des cheminées. J'imagine la petite Véra gambadant ici, un rayon de lumière. Véra : « Et moi, j'étais la plus petite de ma classe, à la fois par l'âge et par la taille. J'étais comme une enfant de six ans, et eux comme de huit ans, et dans la classe il y avait une fillette, Jagoda, ça veut dire fraise, et elle, dès mon premier jour à l'école, elle s'est nommée mon garde du corps. Et une semaine plus tard, j'étais sa cheffe en tout. Et toutes les excursions dans la neige et la forêt, je prenais Jagoda par la main et lui disais où on allait, et ce qu'on faisait, et quand on rentrait… »

Nina, en marge du petit attroupement des badauds, hoche la tête pour elle-même, le visage défait, aussi joviale qu'une vésicule biliaire. Elle se force à se cantonner dans le rôle de chien errant crotté et blessé, traînant à nos basques, mais conscient que nous allons tout de suite soulever une pierre et la lui jeter.

Véra, je le constate, est déchirée entre l'émotion que cet endroit suscite en elle et la douleur que lui cause Nina. Moi, j'en ai plus qu'assez. J'aborde Nina : « Dis-moi, tu es avec nous ou non ? Nous faisons tout cela pour toi ou peut-être que je me trompe ? »

Elle lève vers moi un visage totalement amorphe. Mon Dieu, je m'affole brusquement, elle est à peine en vie. Elle s'appuie à un tronc d'arbre. Nous ne saisissons sans doute pas la gravité de son état. Sans doute ne nous a-t-elle pas révélé toute la vérité. « Tout ça est un peu trop pour moi, lâche-t-elle avec difficulté, les lèvres exsangues, je ne me rendais pas compte. Allez-y doucement, d'accord ?

– Qu'est-ce qu'il y a de trop pour toi ? Nous n'avons même pas commencé. Tu n'es même pas encore née, je lui lance en lui tournant le dos.

– Guili.

– Quoi encore ?

– J'ai pensé à quelque chose… »

Je prends soin de me dresser devant elle dans la posture d'un corps frémissant d'impatience. Grâce à cette femme, je resterai jeune pour l'éternité, ou, du moins, à l'âge perpétuel de trois ans.

« J'ai une idée, Guili, et je me suis dit que peut-être…

– Les idées, c'est le rayon de Raphaël. Adresse-toi à lui », je lui jette et m'échappe.

Puis je reviens. « Veux-tu un peu d'eau ?

– Non. J'ai juste besoin de parler.

– Raphaël sera trop content.

– Guili- »

Pouce ! Ce mot que je viens d'écrire, Guili avec un trait d'union…

Voici l'origine de cette bizarrerie : l'adolescente que j'étais à cette époque, à l'âge de seize ans, et, à son grand dépit, culminant à un mètre soixante-dix, avec une mâchoire de boxeur débonnaire et des tas de boutons d'acné, s'était rendue à l'antenne du ministère de l'Intérieur de Haïfa afin de faire corriger la carte d'identité qu'elle venait de recevoir de l'Administration. Au guichet, face à elle, trônait une gorgone au visage fermé qui avait refusé de rayer le nom de sa mère sur sa carte. Et l'adolescente qui, à cause de sa taille et de son poids, était dissuadée de provoquer un scandale ou d'attirer une attention quelconque, s'apprêtait déjà à décamper, toute honte bue, mais juste avant d'admettre sa défaite, elle demanda, stupéfiée par son audace, s'il était peut-être possible, s'il vous plaît, d'ajouter à son prénom celui de Nina.

Elle avait lancé ça, la requête, en l'air, presque dans un cri, et l'avait aussitôt effacée de sa mémoire, car il était impossible de croire qu'une telle éventualité pût exister dans la réalité.

Et lorsque la poste délivra, deux semaines plus tard, la nouvelle carte avec le prénom Guili-Nina, la jeune fille eut l'impression que quelqu'un lui avait jeté un sort…

Et, à dix-huit ans, alors qu'elle mesurait désormais un mètre soixante-dix-sept (mon Dieu, songeait-elle en ce temps-là, et si ça n'arrête pas ? Et si elle continue à se prolonger comme une mauvaise blague, et où se situe la ligne rouge pour y mettre fin ?), la jeune fille revint au ministère de l'Intérieur à Haïfa. Cette fois-là, une jeune femme rousse et souriante, qui travaillait là pendant les vacances d'été, l'accueillit et sans difficulté, ni anesthésie, elle amputa Nina de Guili. Et Guili la pria en outre, avec l'humilité d'un vorace incapable de se refréner, s'il était possible, à tout hasard, de laisser le trait d'union, juste comme ça, pour le *fun*. La jeune fille la questionna : « Que voulez-vous dire ? » Guili énonça d'une voix douce son prénom avec le trait d'union à la fin, comme un appel lancé vers l'inconnu, la jeune femme l'examina de pied en cap et, sans doute dut-elle saisir quelque chose, car elle regarda autour d'elle et murmura que ce n'était pas autorisé, un prénom avec un trait d'union, mais, essayons, advienne que pourra, et si quelqu'un pose la question, nous dirons qu'il s'agit d'une erreur humaine.

Extérieur. Jour. De nouveau, devant la maison natale. Un peu chaotique et tortueux, notre itinéraire jusqu'à Čakovec. La petite foule d'admirateurs s'est dispersée, et nous voilà seuls tous les quatre. Véra : « Mon père et ma mère, leur mariage, c'était pas le bonheur. Je vous l'ai déjà dit, les enfants. Elle, dès le début, elle l'aimait pas, et lui, je vous l'ai dit aussi, il lui était infidèle tout le temps. Et moi, j'étais comme, disons, le conjoint de ma mère. Avec moi, elle parlait de tout, avec moi, elle livrait tout ce qu'elle avait sur le cœur. Ni avec lui, ni avec mes trois grandes sœurs.

« Il y a une vingtaine d'années, tu t'en souviens, Raphy, pour mon soixante-dixième anniversaire que vous m'avez organisé si joliment, par surprise, mes trois sœurs sont venues au kibboutz de la Yougoslavie, pour voir de leurs propres yeux comment Véra l'imbécile vivait et renonçait à un capital privé. On était ensemble pendant quelques jours, et qu'est-ce qu'on fait dans ce cas ? On parle du passé. Alors, mes sœurs m'ont interrogée : « Comment tu t'es débrouillée pour être proche de ce sphinx, notre mère, alors qu'elle n'a jamais ri ou pleuré ? »

Nina redresse la tête. Je me souviens : au kibboutz, quand Véra et elle avaient débarqué de Yougoslavie, on avait surnommé Nina « le Sphinx ».

« Et j'ai répondu à mes sœurs : "Vous avez posé une question, une fois, à Maman ? Vous étiez au courant de ses chagrins ? Vous lui avez ouvert votre cœur ?" "Non !" "Pourquoi ça ? Vous n'aviez aucun sentiment pour elle ?" "Peut-être que notre mère n'était pas un être tellement intéressant à nos yeux." "Mais, pour moi, chaque individu est intéressant ! Ça existe pas, un être ordinaire ! Vous savez, par exemple, que Papa l'a mise enceinte huit fois, et qu'on l'a avortée sur une table ?" "Non… On ne le savait pas… Mais, toi, comment tu l'as su ?" "Parce qu'avec moi, elle parlait, et à moi, elle a raconté, et moi, elle m'a amenée à chaque fois chez la femme qui faisait ça !" "Toi, elle t'a emmenée ?" "Et qui elle avait d'autre à part moi ?" "Mais tu n'étais qu'une enfant, Véra !" "Quelle importance, une enfant ? Oui, j'étais qu'une enfant et je l'ai accompagnée ! Je l'ai vue ! Elle entrait là-dedans, une demi-heure peut-être, pas plus, et moi, je jouais dans la cour…" »

Raphaël, Nina et moi la dévisageons, sans presque respirer. Elle déroule son récit avec une aisance déconcertante, distanciée, comme si elle évoquait quelqu'un d'autre et non elle-même et sa mère. « Dans cette cour, il y avait des rayonnages métalliques avec des boîtes de boulons et de clous, sûrement celles du mari de la faiseuse d'anges, et moi, je jouais avec ces clous comme si c'étaient Papa, Maman et les filles, et je leur parlais pour les rassurer, jusqu'à ce que Maman sorte, on se prenait par la main et on marchait lentement, avec précaution, jusqu'à la maison. »

Son débit devient embarrassé, son regard s'épaissit, comme si cette histoire ne pénétrait en elle qu'à cet instant, pour la première fois depuis cet événement remontant à plus de quatre-vingts ans. « Et pendant tout le chemin, elle pleurait, et moi, je lui racontais la famille des clous… »

Elle se tait. Lèche sa lèvre supérieure. « Bon, ça vous intéresse sûrement pas. Allez, en route. »

Nous n'avons pas le temps de récupérer de cette histoire qu'un homme corpulent au crâne rasé, tenant en laisse un joli husky aux yeux bleus, s'arrête pour nous regarder. Il nous demande en quelle langue Véra s'exprime, et lorsque je lui réponds, il crache sur la chaussée et s'éloigne. Véra a saisi la scène, bien sûr. Elle lui crie en croate et tend le poing dans son dos. Raphaël filme. Le visage de Véra s'empourpre brusquement. Encore un peu, elle va poursuivre ce type et lui tomber dessus. Raphaël lui bloque le passage, et elle percute la caméra (quel plan exceptionnel !). L'homme crache encore une fois, sans se retourner. Quelque chose chez lui, je ne sais quoi, peut-être les plis sur sa nuque, m'évoque le père de Véra écrabouillant sa mère, mon arrière-grand-mère que je n'ai pas connue mais qui m'émeut en ce moment. Le chien aux yeux bleus tourne au contraire le museau de notre côté. Il dégage une certaine noblesse et une sorte de supériorité qui rend toute cette affaire encore plus déprimante.

Notre humeur s'est assombrie. Bientôt, le soleil va se coucher, et il nous reste trois cents kilomètres à avaler jusqu'à l'hôtel sur la côte d'où nous nous embarquerons demain vers l'île.

Mais le clou de la visite à Čakovec nous attend encore : nous retournons en hâte au Cabana Royal et là, face au café, se dresse un bâtiment en briques jaunâtres. Une porte impressionnante. « Voilà, c'est là », s'écrie Véra, et soudain tout ralentit, le silence s'installe, et la gravité.

Comme un voile de mariée retombant sur nous.

Raphaël : « Alors, c'est ici que vous vous êtes rencontrés ? Qu'est-ce que c'était, au juste ?

– C'était une salle de bal, de réception. Maintenant, c'est… » Véra chausse ses lunettes, s'approche de la façade de l'édifice au point que son nez touche presque les annonces placardées. « Maintenant, ça sert à des expositions d'art. »

Raphaël : « Comment se fait-il que vous vous soyez rencontrés justement ici ?

– Ça se passait pendant la fête de fin d'année scolaire. J'étais adolescente, dix-sept ans et quelques, je dansais avec tout le monde, j'étais joyeuse, j'étais la reine du bal, et voilà qu'un jeune homme se pointe, il m'invite à danser, et moi… »

Véra se tait brusquement. Je lève les yeux du cahier et je m'aperçois que Nina pénètre sans crier gare dans l'histoire.

Je veux dire, dans le cadrage.

Elle a avancé de trois, quatre pas et s'est inscrite dans le plan de sa propre initiative. Maintenant, elle se tient à côté de Véra, épaule contre épaule face à l'objectif. Elle affiche un air buté, la mine crispée. Il se passe quelque chose en elle. Véra roule des yeux vers elle. Lance un regard à Raphy. Tente de comprendre ce qui se passe.

« S'il te plaît, continue, dit Nina d'une voix étrange.

– Je continue ?

– Oui. »

Véra questionne Raphy du regard. Il hoche la tête. Véra inspire une longue bouffée d'air : « Bon. D'accord. D'accord. Où j'en étais ?

– Un jeune homme t'avait abordée, dit Nina.

– Oui. Bon. Un bon petit soldat, en fait, un officier, très maigre, élancé, avec de grandes oreilles et un front de philosophe… »

Le regard de Véra erre de Raphaël à Nina. Les mots sont comme du gravier dans sa bouche.

« Continue, dit Nina, d'une voix presque implorante.

– Voilà, d'accord. Et il s'approche de moi, m'invite à danser. Et pendant que nous dansons, il me dit qu'il ne connaît personne dans notre ville. »

Elle ravale sa salive. Une vague odeur de tromperie menaçante plane dans l'air. Comme si une fissure s'élargissait dans le tableau de la réalité.

« Nous dansons sans dire un mot, et peu à peu "sans parler" devient "parler un peu plus qu'avant". Je continue ?

– Oui.

– Et moi, j'ai du plaisir à danser comme ça et, pour la première fois, je me dis que c'est ce que les gens appellent l'amour. »

Silence.

Peut-être est-ce à cause du mot « amour ». Nina dit à voix haute à la caméra : « Salut, Nina. »

Silence. Raphy abaisse lentement la caméra : « Nina, ma mignonne, tu t'es un peu embrouillée.

– Pourquoi tu m'interromps ? »

Avec un sourire forcé : « Tu t'es embrouillée.

– En quoi ?

– Juste comme ça, un petit rien, l'émotion, sûrement. Tu n'as pas fait attention, tu as dit : “Salut, Nina.”

– Ne… m'interromps… pas… Raphy.

– D'accord. Je me tais. Et maintenant ?

– Filme, simplement.

– OK. Ça tourne.

– Salut, Nina, répète Nina en fixant l'objectif. Regarde-moi. Redresse la tête, s'il te plaît, et regarde-moi. » Nina fait un signe de la main à la caméra. « Oui, comme ça, c'est parfait. Tu me vois ? Tu me reconnais ? »

Sa voix est tendue, étranglée. Voilà, c'est parti, ça commence le plus souvent avec ce genre d'infime absurdité. Nous n'avions pas saisi la gravité de son état. D'un autre côté, non. Ça ne peut pas être. Après tout, impossible qu'en un délai si bref… mais quand sa maladie a-t-elle été diagnostiquée, en fait ?

« Je m'appelle Nina, regarde-moi. Je suis toi. Mais toi, comme tu étais il y a quelque temps, il y a quelques années même. » Véra est incapable de remuer la tête pour regarder sa fille. Elle se tient à côté d'elle, bouche bée face à la caméra. J'aperçois des gouttes de sueur sur le front de Raphaël.

« N'aie pas peur de moi, Nina, lance Nina à l'objectif. Je ne souhaite que ton bien. Uniquement ton bien. Regarde-moi, ne ferme pas les yeux, tu vois ? Nous sommes en fait une seule et même personne. La même femme, le même être, voilà ce que nous sommes. Regarde-moi : voilà ce que tu étais, il y a quatre, cinq ans. Je suis toi. »

Raphaël filme. À en juger par son visage, la Sony doit peser une tonne.

« Dis-moi, Nina, est-ce que je te plais ? Me trouves-tu charmante ? » Longue pause. En moi, dans ma bouche, entre la bouche et le nez, le froid d'une catastrophe commence à se répandre. Je me dis que ce qui arrive à Nina est peut-être un minuscule accident cérébral. J'essaie de me rappeler si nous avons aperçu, dans cette ville, un panneau indicateur pour un hôpital.

Cependant, son intervention semble si sincère et si convaincante que, pour un instant, je m'attends à ce qu'une voix humaine lui réponde du cœur de la caméra.

« Regarde-moi, ma douce, dit-elle en ouvrant la parka qui l'enveloppe, tu vois ce pull que je porte ? Te souviens-tu à quel point tu étais contente de le trouver dans un petit marché de Provence ?

« Tu te souviens d'être allée en Provence ? » Nina sourit à la caméra, et je constate que tout cela – mais quoi ? Qu'est-ce qu'il se passe en ce moment ? – la fait souffrir, mais elle n'en démord pas. « C'est un bel endroit, en France, le pays des Français. Tu te souviens qu'un tel pays existe, la France ? »

Et de sourire de nouveau à l'objectif : « Tu étais en Provence, il y a de nombreuses années, avec Raphy, tu te souviens de Raphy ? Tu étais jeune. Tous les deux, vous étiez jeunes, vous étiez deux jeunes et toi une beauté, comme Raphy dit toujours. Et Raphy t'aimait beaucoup, tu te souviens de Raphy qui t'aimait tant ? »

Je regarde mon père. Au milieu de toute cette folie, il donne l'impression que tout son sort dépend désormais de la réponse à la question de Nina. Qui plus est : sa réponse déterminera s'il a réellement existé au cours de toutes ces années-là.

« Et toi aussi, tu l'aimais, chuchote Nina, peut-être ne l'as-tu jamais dit comme il faut, mais tu l'aimais. »

Raphaël lâche un soupir étouffé.

« Et j'espère qu'on te traite bien là où tu te trouves. » Nina avance d'un pas, tandis que mon père, peut-être par affolement, recule d'autant. Elle fait un pas de plus dans sa direction, et lui se campe devant elle, de nouveau solide sur ses jambes. Il filme. Et elle lui sourit reconnaissante.

Elle dit : « J'espère, Nina, que tu as suffisamment chaud, et que tu es bien vêtue, qu'on te met de beaux vêtements, et de bon goût, et qu'on te prépare les mets que tu aimes, et qu'on te lave une fois par jour, et délicatement, et qu'on te met une bonne crème pour les mains, et aussi aux poignets, Nina, parce que tu as toujours la peau sèche aux poignets… »

Je ne comprends pas ce qui se passe. Ça dépasse mon entendement.

« … Et qu'on prend soin de tes cheveux et de tes ongles. Ne les laisse pas négliger tes ongles, souviens-toi de ce que ta mère Véra dit toujours : les ongles, c'est la carte de visite d'une lady… »

Maintenant, c'est au tour de Véra de lâcher un soupir étouffé.

« Sans bruits de fond, s'il te plaît », lui murmure Nina, puis elle se tourne vers la caméra avec un savoir-faire qui m'étonne. « Je désire te raconter une histoire, Nina », poursuit-elle avec la même voix bizarre, hésitante et un peu douceâtre. « Elle a trait à toi, Nina, ton père et ta mère, Véra et Milosz. »

Elle n'est pas folle.

Pas du tout.

Elle est en train de faire quelque chose, mais les mots me manquent pour le décrire.

À cet instant précis, Nina croise les bras sur la poitrine et, avec une voix radicalement différente, sa voix habituelle, elle lance : « Et voilà ! Raphy, tu peux arrêter de filmer. C'est ce que je vous demande à tous. »

Silence.

« Mais c'est quoi ? Raphy s'enquiert-il prudemment.

– C'est ma demande.

– Ta demande ?

– Il n'y a qu'à vous trois que je peux la faire. »

Véra avance de quelques pas, trébuche et tombe sur le trottoir. Elle se prend la tête à deux mains.

« Ça va, Maman ?

– Tu m'as tellement effrayée, ma fille. »

Raphaël ravale sa salive. « Et quand penses-tu… je veux dire, où tu… où elle verra cela ?

– Dans n'importe quel endroit où elle se trouvera.

– Où ça ?

– Je ne sais pas encore. À notre retour de l'île, je vais commencer à chercher. Un endroit où des gens dans mon état habitent.

– En Israël ? la questionne Raphy d'une toute petite voix.

– Oui ? » répond-elle d'un air désemparé.

Un très vieil homme avance dans la ruelle. Entièrement courbé. Il s'appuie sur deux cannes. Nous nous taisons. Il s'arrête et nous dévisage longuement. Les rouages de son cerveau s'activent lentement tandis qu'il essaie de comprendre notre histoire.

« Je vais lui trouver un bon endroit, un endroit où l'on acceptera de lui montrer ça au moins une fois par semaine, dit Nina après que le vieillard s'est éloigné.

– Montrer à qui ? l'interroge Véra, en pleine confusion.

– À la femme que je vais devenir bientôt.

– Et qu'est-ce qu'on va lui montrer ? murmure Véra.

– Le film que nous sommes en train de tourner et ce que nous allons filmer demain dans l'île.

– Et elle sera installée devant un écran ou un ordinateur… », bredouille mon père, et moi, je sais qu'il a la tête ailleurs : Nina va vraiment revenir. Nina vivra en Israël.

« J'ignore ce qu'elle pourra comprendre de tout ça, dit Nina, mais de temps à autre, disons une fois par semaine, ou par mois, elle s'installera, regardera et écoutera sa propre histoire, ce qu'elle était autrefois.

– Comme une histoire qu'on raconte à un enfant avant qu'il s'endorme ? » Cette fois, c'est moi qui lui chuchote.

« Exactement. » Surprise par ma suggestion, Nina me remercie d'un hochement de tête. C'est tout à fait ça, une histoire avant qu'elle… » Raclement de gorge, Nina ravale sa salive. « Avant qu'elle ne s'enfonce dans l'obscurité. »

Aussi douloureux qu'un coup de poing. Je ne m'imaginais pas que c'était aussi grave.

« Elle s'installera et écoutera sa propre histoire », répète Nina, avec étonnement, comme si elle commençait à peine à comprendre sa suggestion. « Peut-être que cela lui restituera son moi pendant quelques instants. Peut-être même que cela lui donnera l'impression d'être quelqu'un. Elle aura une histoire, enfin. »

Silence.

« On va le faire », dit Véra en se levant. Elle redresse sa petite taille. « N'est-ce pas, les enfants ? » Raphy approuve : « Oui, bien sûr qu'on va le faire. » Il s'approche et étreint Nina : « C'est simple, on va lui parler, uniquement à elle.

– Mais ce n'est pas “elle”, c'est toi, chicane Véra.

– C'est moi lorsque je serai très malade. Lorsque je serai devenue "elle". »

Les gestes, les regards entre nous. Tout se déroule au ralenti avec gravité. Nous ne comprenons pas tout à fait à quoi nous nous engageons ensemble, mais je ne sais quelle crainte muette nous submerge.

« Alors, c'est ce que tu désires… l'interroge Raphaël.

– Oui.

– Par quoi allons-nous commencer ?

– Peut-être à partir d'ici, de la rencontre entre Véra et Milosz, répond Nina. C'est ce qu'il y a de plus logique, non ?

– En quel sens, logique ?

– En ce sens que c'est comme ça qu'elle est venue au monde.

– Toi.

– Elle. Moi. Elle. »

Nina fait la moue, mal à l'aise : « Et si vous acceptiez simplement que c'est ce qui va m'arriver au cours des prochaines années. Moi, elle.

– Et donc, je dois recommencer depuis le début ? demande Véra qui semble si triste. Comment je l'ai connu ?

– Oui, mais, maintenant, simplement, raconte-lui à *elle*, parle avec elle, répond Nina.

– Fais comme si l'objectif de la caméra était ses yeux à elle, dit Raphaël.

– D'accord.

– Et essaie de sourire, Majko, ne la déprime pas. »

Ils discutent avec une efficacité absolue. Entre chaque phrase, une pause. Ils ont l'air d'individus en plein brouillard, naviguant l'un vers l'autre.

« Et toi, qu'en dis-tu, Guili, m'interroge Raphaël, tu es si silencieuse. » Je ne réponds pas. De toute façon, ils ont décidé d'eux-mêmes. De toute façon, ils ont renoncé en un clin d'œil au film que nous voulions réaliser – mon film. D'un seul coup, je suis reléguée dans un mauvais endroit. J'ai la gorge nouée. Je suis trop vieille pour de brusques chambardements créatifs de ce genre. Et, à vrai dire, ça me rend dingue qu'en une seconde elle ait ensorcelé Raphaël et Véra afin qu'ils fassent exactement ce qu'elle veut, et quel génie manipulateur, cette femme. D'un autre côté, oui, d'accord, d'un autre côté…

Mais ce bébé, et cette fillette d'antan, me sautent, toutes griffes dehors, à la gorge. Ne la laisse pas t'attendrir. Il n'y a pas d'« autre côté », n'oublie pas un seul instant ce qu'elle t'a fait. Je m'écarte et m'assois au bord du trottoir, lève des yeux gonflés en direction de mon père qui s'approche et me caresse la tête, regarde au fond de moi avec tristesse et me lit à livre ouvert.

« Note, Guili. Transcris tout, et aussi ce qui te concerne. »

Mais nous ne commençons qu'au bout d'un certain temps. « Nina, dit Véra, te mets pas en colère, mais je suis incapable de continuer quoi que ce soit avant de savoir une chose : tu es vraiment sûre que tu as ça ?

– Je suis malade, Véra, et tu vas me rendre folle si tu continues à en douter. *Je suis malade !*

– Bon, bon, pas besoin de… »

Raphaël : « Combien de temps ?

– Depuis combien de temps je sais que je suis malade, ou combien de temps il me reste ?

– Les deux.

– Savoir réellement, je veux dire savoir que c'est ça clairement, je le sais depuis six mois. Peut-être plus. Huit, neuf mois, depuis à peu près janvier dernier, lâche Nina en soupirant. Pour le moment, je ne vais pas trop mal et, comme tu le vois, je suis plutôt en possession de tous mes moyens, raille-t-elle. Mais, au fait, monsieur peut-il me dire qui il est ? »

Raphaël rit, mais il se souvient, tout comme moi, que, pendant l'anniversaire de Véra, Nina ne se rappelait pas les prénoms d'Orly et d'Adili, et qu'elle avait aussi interrogé Shleïmalè, le mari d'Esther : « Comment va ta femme ? », question qu'elle avait tout de suite tournée à la blague.

« Et les médecins ? s'enquiert Véra.

– Ils vont bien, merci, forts comme des bœufs.

– Nina ! gémit Véra.

– Ça dépend du médecin que je consulte. Selon la moyenne des pronostics que j'ai entendus, il me reste entre trois et cinq ans avant de perdre totalement la mémoire et de cesser d'être moi-même, mais on peut tout à fait craindre qu'après ça je continue à vivre encore de nombreuses années. *Oïe !* comme nous allons nous moquer de moi. »

C'est à mon tour de gémir. Un bruit étrange m'échappe, entre cri et lamentation. Aigu et ridicule à la fois.

« Je l'avais sur le bout de la langue », me dit Nina.

Elle se campe devant Raphaël et lui pose ses deux mains sur les épaules. « Tu saisis dans quoi tu t'embarques ?

– Je te l'ai déjà dit, je veillerai sur toi.

– Et tu comprends ce que ça implique : tu m'aideras à en finir, le moment venu ? »

Il opine de la tête.

« Toi, Véra et Guili.

– Moi ? dis-je en m'étranglant. Pourquoi moi ? Qu'est-ce que j'ai à voir là-dedans ?

– Parce que Raphy va flancher au dernier moment.

– Et moi, je suis quoi ?

– Toi, tu es une *smarkatch*, une morveuse à la tête dure. »

Elle ne plaisante pas. Elle est totalement sérieuse. Elle me dévisage. Une discussion parallèle sur je ne sais quel canal secret se déroule tout le temps entre nous. Canal si secret que nous ignorons son contenu.

« Guili, dit-elle après que nous avons pressé tout le jus de cet échange, cela me soulage de savoir que tu es dans les parages.

– Merci.

– On continue ? » s'écrie Nina.

Mais Raphaël n'est pas encore prêt. Il demande une pause. Me passe la caméra. Arpente la ruelle en tous sens, sa tête énorme prise dans l'étau de ses mains. C'est ainsi qu'il arpentait les couloirs de l'hôpital après mon suicide. Puis il revient et bombarde Nina de toutes les questions qu'il a oublié de lui poser depuis qu'elle lui a raconté. Comme d'habitude, lorsqu'il est effrayé, il écume en vain.

Nina retrouve sa dureté coutumière, et, du coup, ça nous soulage. Ses réponses sont laconiques et sarcastiques. La démence, l'amnésie, l'agonie et la mort y apparaissent à la cadence de signes de ponctuation. Elle les exprime avec une satisfaction bizarre. Elle prend plaisir à nous faire souffrir, et elle-même davantage. Je la filme en plan américain, puis me rapproche en gros plan. Je connais cette aigreur lovée dans les entrailles de cette âme.

Mais Véra, par un ultime sursaut d'opposition, rechigne : « Je suis pas sûre à cent pour cent que tu… que tu as ce que tu dis. Non, tu l'as pas ! Regarde comment tu te portes ! Comme un charme ! D'où tu aurais attrapé ça ? C'est quelque chose d'héréditaire, et moi, je possède une mémoire fantastique… »

Nina – je vois bien que le doute obstiné de Véra lui porte sur les nerfs. Elle se retient de toutes ses forces : « Mais ça vient peut-être de Papa ?

– Comment ça, de ton père ? Milosz connaissait par cœur peut-être cent poèmes !

– Mais il est mort jeune, et on ne pouvait pas savoir. »

Soudain, Véra porte la main à sa bouche : « *Oïe*, son père, le père de Milosz… ton grand-père… à mon retour de Goli…

– Qu'est-ce qu'il lui est arrivé ?

– Quelque chose. Aucune importance. Des bêtises. » Véra expectore un crachat sec, cette fois du côté gauche. Un jour, je rédigerai le dictionnaire exhaustif de ses crachats.

« Qu'est-ce qu'il lui est arrivé, Maman ?

– Eh bien, voilà, parfois, il s'égarait un peu, mais pas très loin, juste dans le village…

– En plein dans le mille ! s'écrie Nina, les traits affaissés.

– Et sa femme lui avait accroché une clochette…

– Épargne-moi les détails. »

Véra s'adosse au mur de l'immeuble. Raphaël pénètre dans le Cabana pour uriner. Se rince les mains, le visage. Se regarde dans le miroir. La porte est entrouverte, de sorte que nous l'apercevons dans le rectangle de lumière appuyé des deux mains au lavabo. Et alors, sa tête retombe, comme décapitée. Il pleure. Il fait ce que ni Véra, ni Nina, ni moi ne sommes capables de faire à cet instant, chacune à cause de sa tare intime.

« On continue ? » questionne Nina, au retour de Raphaël. Nina possède soudain un avantage sur nous. Non seulement la sensation du couperet de cette maladie qui l'isole de nous, mais aussi ce qu'elle est en train de faire en ce moment avec nous. Comme si elle bénéficiait de quelque excédent, d'une fine pellicule d'existence différente.

Il y a quelque chose de fantomatique là-dedans.

Si je vais faire un film sur elle…

Vais-je faire un film sur elle ?

Raphaël s'approche et me prend la caméra : « Nina, je suis prêt si tu l'es. » Nina, de nouveau dos au mur, épaules affaissées. Maintenant, G., c'est ton boulot, maintenant, c'est le moment de te montrer professionnelle : je me campe devant elle et lui arrange le col. Tout à l'heure, il rebiquait à droite, et il convient de garder ce défaut. Modeste pédantisme de scripte qu'en anglais, je l'ai déjà dit si je ne m'abuse, on appelle « responsable de la continuité ». Bêtises, c'est juste le besoin que ma main ressent d'effleurer sa joue.

Et pendant tout ce temps, elle me fixe droit dans les yeux.

Le soir tombe. Un réverbère s'allume au-dessus de nous. Nous sommes dans une petite ville de Croatie où, sans aucun doute, je ne remettrai plus jamais les pieds. Sensation bizarre d'avoir rompu les amarres. De dériver dans un non-lieu. C'est peut-être ce qui guette bientôt Nina. Je saisis furtivement avec quelle terreur elle vit désormais chaque phrase fautive, chaque erreur, chaque confusion infime et chaque oubli susceptibles de servir de preuve à charge contre elle.

Qui suis-je, au fond, sans ma haine de Nina ?

« Prologue, Nina, troisième prise », murmure Raphy à lui-même.

Nina inspire profondément. Ferme les yeux. La ride verticale sur son front se creuse, puis se détend. Elle rouvre les yeux. « Salut, Nina, lance-t-elle à la caméra, aujourd'hui, on va te raconter une histoire. C'est une histoire belle et émouvante, à ton sujet et aussi au sujet du grand amour qui t'a engendrée, et aussi… »

Mais le sort a décidé que nous ne commencerions pas à tourner ce film, car, brusquement, Véra effectue un demi-tour telle une figurine d'horloge sur un clocher d'église, se campe devant Nina, dos à la caméra : « Pourquoi tu lui parles comme ça ? » l'interroge-t-elle à voix basse, comme si celle dans la caméra pouvait l'entendre.

Nina est surprise par son intrusion. « Comment “comme ça” ?

– Comme ça, comme si elle était un peu stupide.

– Elle est vraiment stupide, réplique Nina avec un calme à glacer le sang, je te l'ai dit. Elle sera totalement en morceaux le jour où elle regardera tout ça. Arrête-toi un moment, ordonne-t-elle à Raphy qui continue à filmer, et puis, fais-moi plaisir, Véra, ne me mets pas en scène. Tu m'as assez mise en scène comme ça ! »

Comme un coup de cravache jailli de sa bouche.

« Guili, note, m'enjoint Raphy entre ses dents.

– Mais c'est à un gamin qu'on parle comme ça, s'obstine Véra. Y a que quelqu'un qui a pas d'enfants pour parler comme à un bambin.

– Sans doute ai-je manqué d'expérience avec les enfants ? grince Nina. Et si tu me donnais des cours particuliers ? »

Véra retourne à sa place. Elle se tiennent côte à côte.

Après coup, je me rends compte qu'il me restait une cellule grise encore active, car j'ai retrouvé cette note dans mon cahier : « Quelque chose dans leur posture à toutes deux, dos au mur, fait penser qu'elles sont face à un peloton d'exécution. »

« Ma Nina, bonjour, bonjour, ma douce », lance Nina à la caméra, et, dès ces premiers mots, je sens qu'elle obéit en fait à la consigne scénique (justifiée) de Véra. « Aujourd'hui, je souhaite te raconter une histoire, une histoire qui te concerne, et c'est une bonne histoire, n'aie crainte, une histoire d'amour. Tu sais, Nina, tu as été entourée de beaucoup d'amour, et c'est avec un grand amour que tu as été conçue. » Après une profonde inspiration : « Tiens, ta mère se trouve à côté de moi. Elle s'appelle Véra, elle te fait un salut… » Véra agite une main crispée devant l'objectif. « Et maintenant, elle va te raconter, avec moi, l'histoire de ta vie depuis le début. »

La voix de Nina est apaisée, comme si elle venait de trouver le ton approprié : « Et si, par hasard, tu ne te souviens pas de moi, ou de Véra, pas grave, ça arrive d'oublier. Sache seulement que celle qui se tient à mon côté est ta mère, Véra, qui t'aime beaucoup. Qui te protège toujours. Et maintenant, elle va te raconter comment elle a connu son bien-aimé, Milosz, qui fut ton père. S'il te plaît, Maman. »

Véra se frotte les joues avec ses deux mains. Elle se redresse. Mon corps se souvient de ses sursauts. Jadis, cette vieille lionne s'est battue pour moi, et elle a gagné.

« Je suis prête, les enfants.

– Prise 4, Raphy murmure à lui-même. Moteur !

– Cela se passait pendant la fête de fin d'année scolaire, ici, en Croatie, dans ma ville de Čakovec qui, avant, appartenait à la Hongrie et qu'on appelait Csáktornya…

– Parle-lui à *elle*, lâche Nina du coin des lèvres, et souris-lui, souris-lui tout le temps, pense tout le temps combien elle a besoin de toi.

– J'essaie, Nina, mais ça me tourneboule un peu, tout ça.

– Je sais. Mais pense à elle, elle aussi est tourneboulée.

– J'étais une jeune fille, dix-sept ans et quelques, et moi, je danse avec tout le monde, et je suis la reine de la fête, et patati et patata, et voilà qu'un jeune homme me demande à moi de danser.

– Parle un peu plus lentement. Qu'elle comprenne. Pas de panique. On a tout notre temps.

– Et il me dit, le jeune homme : “Savez-vous, *Gospođica* – c’est comme qui dirait *Miss* en anglais, explique-t-elle à la caméra –, il y a quelque chose que je veux vous dire tout de suite : je suis né dans un hameau, dans une écurie, sur la paille, à côté d’un cochon, une poule et une brebis. Mes parents sont des paysans, mais ils ne possèdent pas de terres, et nous étions très, très pauvres, et moi, chaque mois, je leur envoie la moitié de ma solde. »

D’un mot à l’autre, sa voix s’amplifie. Près d’elle, Nina écoute, tête baissée. Parfois, elle la relève et adresse un sourire épanoui à la caméra. Je me demande ce que cette autre Nina, celle du futur, saisira de toutes ces informations. De ces deux femmes.

Elle ne comprendra rien.

« Et lui, il s’aperçoit que je suis pas du tout affolée par sa pauvreté, et il me raconte qu’ils ont eu une revue, et que son général lui a dit : “Monsieur le capitaine, votre col est déchiré.” Et ce jeune homme lui a répondu : “C’est le seul que j’ai, pour aller à l’église et aussi pour mourir ! Je n’ai pas d’autre col ! Je suis le fils d’un paysan sans terre !” »

Nina encourage Véra d’un mouvement de la tête et d’un sourire. Oui, continue comme ça. Adresse-toi à elle, à elle…

« Et on danse, et je vois que danser, ça, il sait, et moi aussi, j’aime beaucoup danser, jusqu’à ce jour, c’est comme ça, et tu sais, Nina, lorsqu’on donne l’après-midi “Moments enchanteurs” ? L’émission à la radio ? Je danse avec le transistor dans la main… »

Et elle montre aussitôt à la caméra comment elle danse avec le transistor, comme si elle était née à Harlem, se trémoussant avec une souplesse incroyable (elle a quatre-vingt-dix ans !), fredonnant *Bella ciao*, le chant des partisans italiens et yougoslaves de sa jeunesse, « et pendant qu'on danse, il me parle presque pas, Milosz. Il me tient parfaitement, comme un gentleman, il profite pas de l'occasion, et c'est juste quand je le questionne qu'il me répond. Et comme ça, il me dit qu'il a fini l'académie militaire, avec des notes excellentes, et on l'a envoyé dans notre ville où il connaît personne, et il est seul… » Elle se tait, embarrassée. « C'est bien comme ça ? interroge-t-elle dans un murmure Nina et Raphy. Vous me captez bien ?

– C'est parfait, Maman, ne te soucie pas du film, Raphy et Guili vont monter ensuite le tout, comme ça, elle aura plus de facilité à comprendre. » Moi, j'ai les sangs retournés chaque fois que Nina dit « à elle » ou « elle » à cette Nina future. Comme s'il s'agissait de deux individus qu'elle aurait séparés l'un de l'autre, et que chacun d'eux soulève son chapeau pour saluer l'autre et s'éloigner.

Mais pourquoi je joue les étonnées ? C'est la championne des séparations.

J'ai oublié de noter cela plus tôt. Depuis que Raphy a téléphoné pour m'informer de sa maladie, je fouine chaque fois que j'en ai le loisir pour trouver des informations. Je lis surtout la nuit, quand je ne peux pas m'endormir, et alors, je ne m'endors pas à force d'avoir lu. Je compulse des études sur la vitesse à laquelle la conscience s'efface et sur les zones atrophiées du cerveau. La langue est effacée. La mémoire, bien sûr. La capacité d'identifier les individus. S'orienter dans l'espace et dans le temps, comprendre des situations. Tirer des conclusions. La perception de soi se brouille.

Je regarde la tête de Nina, cette jolie petite boîte. Quel drame se déroule en ce moment là-dedans. Une guerre à la vie, à la mort.

Dans toutes mes recherches, je n'ai pas trouvé qu'on ait étudié à quel rythme ou dans quel ordre des sentiments tels que le remords, la honte, la culpabilité disparaissent.

« Bon, raconte ce que tu as pensé de lui quand tu l'as vu, mon père, pour la première fois. Quelle impression t'a-t-il faite ?

– Aucune impression j'ai eu de lui !

– Aucune impression ? réagit Nina en éclatant de rire. Juste comme ça ?

– Ton père, Nina, c'était pas du genre à faire une impression. C'était pas du tout un bel homme, je veux dire, oui, il était beau, même très beau, toute sa famille, tous les hommes Nowak étaient beaux, les femmes, pas tellement, mais les hommes ! Oh que oui ! Très ! Et virils avec ça ! Mais lui était justement un Nowak pas spécialement viril, et pas spécialement beau, et ça aussi, c'est ce que j'ai aimé chez lui, qu'il était à la fois dur et tendre, fort et faible, comme s'il y avait beaucoup d'hommes dans un seul. Et il était aussi très maigre, comme un lévrier. Peut-être cinquante-cinq kilos pour un mètre soixante-dix-huit. Et donc, du point de vue de la taille et de la prestance, il avait presque rien pour lui. Juste du caractère il avait, ça, pas qu'un peu !

– Encore, raconte encore. »

Véra fixe droit l'objectif : « Moi, je suis pas quelqu'un qui se laisse impressionner, Nina, mais je l'ai *senti*, tu comprends ? Je l'ai senti, et ça m'a impressionnée. Je me suis pas dit : *Oïe*, quel beau gars ! *Oïe*, ces muscles ! »

Assise sur le trottoir, j'écris. De nous tous, Véra s'exprime le plus rapidement (et c'est Raphy qui avale le plus les mots, sans compter la barbe qui les parasite). Je continue à me demander ce que cette Nina-là, celle du futur, pourra comprendre à ce que Véra raconte en ce moment. Nous serons obligés d'ajouter des sous-titres pour lui faciliter les choses. Si, toutefois, elle sait encore lire.

Mais peut-être que ce n'est pas ce qui lui importera dans ce film que nous réalisons.

Ni les mots, ni les faits, mais quelque chose d'indicible.

« … Et j'ai tout de suite vu qu'il avait un esprit ouvert et une âme libre. Avec son caractère sérieux, j'ai vu que c'était un homme à qui personne au monde lui dirait ce qu'il doit penser. Et comment il parlait de l'injustice, et comment il parlait de ses parents ! Et je me suis dit, calme-toi, c'est un *goï*, un Serbe, un soldat, et qu'est-ce qu'on a de commun. Et si on s'en tient aux conventions, y a aucun rapport entre l'un et l'autre, mais, voilà, c'était l'âme qui m'était destinée. »

La tendresse irradie le visage de Nina. Une tendresse enfantine que je n'ai jamais relevée chez elle. En un clin d'œil, l'enfant qu'elle était se tient devant l'enfant que j'étais, et, une idée passe lentement devant mes yeux : le voilà, notre épiderme sensible.

Mais alors, telle une gifle, ce qu'elle a raconté à mon père lors de leur rencontre précédente, il y a cinq ans, me secoue. Ses amis. Elle résidait encore à New York. « Les soupirants de Pénélope », elle les appelait et aussi, avec une bizarre tendresse, « mes baiseurs ». « Et juste au moment où quelque chose en elle se rallumait presque à mon égard », m'avait dit Raphaël ce matin-là, il y a cinq ans, après le retour de Nina à New York. Il se trouvait en ma compagnie dans la cuisine de notre maison au mochav, il se sentait obligé de venir me parler, alors que tous les deux nous savions que c'était une erreur, que cela nous souillait tous les deux. Il tenait sa tête dans les mains, comme si ce qu'il avait appris était trop lourd à porter. « Elle et moi, nous étions si proches à ce moment-là, avant qu'elle ne me parle de ces types », avait-il dit en mimant un intervalle d'un centimètre entre ses doigts, « et alors, comme un coup de poing.

– Comme des coups de poing, l'ai-je corrigé – avec la gentillesse dont seule une fille toxique et aimante est capable –, pour être précis, petit Papa, un, deux, trois, quatre coups de poing.

– Tu sais, Guili – il n'avait même pas entendu ma remarque –, quand nous vivions ensemble, Nina et moi, pendant nos années à Jérusalem, je ne l'ai jamais appelée "mon aimée" mais toujours "mon amour". J'en ai eu d'autres, des bien-aimées après elle, mais elle seule a été mon amour. »

« Et comme ça, une danse après l'autre, reprend Véra, tout d'un coup, ça m'effraie un peu. Ça m'effraie, mais j'en veux une, puis une autre, encore une. Et tout le temps, je le regarde et je me dis : qui c'est, ce type ? Il débarque de nulle part et s'empare aussitôt de mon cœur ? »

Nina s'éloigne sur la pointe des pieds, sort du cadre.

« Et le père de Milosz, poursuit Véra, pendant que Milosz était au collège en ville, avant même l'armée, deux fois par semaine, son père marchait peut-être quinze kilomètres aller-retour, pour que Milosz, il mange du pain de leur maison, et du maïs de leur champ, et du fromage que sa mère a fait. Tu comprends, Ninélè ? » interroge-t-elle la caméra.

Ninélè, ma petite Nina. De ma vie, je ne l'ai entendue appeler ainsi Nina. Je m'aperçois que Nina aussi s'est figée sur place.

« Et moi, je l'observais pendant qu'il parlait, et je me disais : quel courage il a. Il avait vingt-deux ans et paraissait si jeune ! Je lui ai demandé comment s'appelait sa mère, il a répondu : “Nina.” J’ai dit : “Quel beau nom. Si j’ai une fille, je l’appelle Nina.” »

Nina frissonne, se penche en avant, dos courbé, ses mains glissées entre les genoux.

« Et il me questionne : “Qu’est-ce qu’elle fait demain, la *Gospođica ?*” J’ai répondu : “Demain, c’est dimanche, je prends le train pour aller voir mon amie et je reviens en train chez moi.” Il a demandé : “Quand revenez-vous ?” “Dans la soirée.”

« Et voilà, bonjour-bonsoir, merci, *Gospođica*, il a fait une courbette comme un cavalier, comme ça, il s’est éloigné à reculons. Il a quitté la salle des fêtes, par cette porte, il est sorti, et, dès ce moment-là, j’ai su. »

Sur ces mots, elle se tait, plonge en elle-même.

« Voilà. Ça s’est passé comme ça. Qu’est-ce qu’on disait ?

– Que tu as su.

– Oui, reprend-elle avec un soupir. Milosz. Exact. Je suis revenue de la fête et j’ai dit à ma mère : “Mama, aujourd’hui, j’ai rencontré un jeune homme qui m’est destiné, et moi, je lui suis destinée.” Et ma mère a répondu : “Qu’est-ce qu’il a de si spécial ?” J’ai dit : “Mama, il est si fier de sa pauvreté ! Les gens veulent cacher leur pauvreté et ils mentent là-dessus, et lui, chaque mois, il reçoit un stère de bois de chauffage, et il en vend la moitié et envoie l’argent à ses parents, et il a si froid, Mama.”

« Le lendemain soir, je reviens en train de chez mon amie Jagoda, et ma mère, soudain, est là sur le quai. “Mama, qu’est-ce que tu fais ici ?” Et ma mère : “Je savais qu’il serait là !” Et moi, je cherche de tous les côtés et, là-bas, dans un coin, près d’un vélo, quelqu’un observe autour de lui, un certain Milosz… »

Nina sourit. À en juger par son sourire, par la manière dont ses traits desséchés boivent, absorbent cette anecdote, je me prends à songer que, sans aucun doute, elle l'entend pour la première fois.

Des dizaines de fois – je n'exagère pas –, Véra m'a raconté l'histoire de sa première rencontre avec Milosz. Et qui sait combien de fois supplémentaires elle l'a rapportée dans toutes sortes d'événements avec la famille de Touvia. Et au moins une dizaine de fois elle l'a évoquée pour les travaux en généalogie des petits-enfants et des arrière-petits-enfants de Touvia quand ils arrivaient à l'âge de la bar-mitsva et de la bat-mitsva. Comment peux-tu priver ta propre fille d'une telle histoire ? Sur ma vie, ai-je envie de crier à Véra, j'aurais fait un enfant uniquement pour lui raconter une histoire pareille !

Nina aussi est accablée, totalement dévastée. « Mille fois, je t'ai entendue parler de Goli, des coups et des tortures, des punaises, des marécages et des rochers, et jamais tu ne m'as raconté comment toi et Papa vous vous êtes rencontrés.

– C'est possible. » La bouche de Véra s'incurve comme une faux. « Tu étais très jeune, y avait Goli. Y avait la guerre.

– Eh bien, allons-y, murmure Nina, la mine décomposée, maintenant, raconte-moi. Raconte-lui, à elle. En fait, à moi aussi.

– Eh bien, c'est comme ça que j'ai connu Milosz, ici, dans cette maison. Et depuis et jusqu'à ce qu'il meure…

– Minute, s'écrie Nina, pas si vite, il s'est passé du temps avant sa mort.

– Depuis et jusqu'à ce qu'il meure, s'obstine Véra, nous, on a presque pas été séparés. J'ai attendu presque cinq ans jusqu'à ce que l'armée l'autorise à se marier. En 36, nous nous sommes connus, en 41, nous nous sommes mariés et en 51, il est mort. Au total, nous avons eu quinze ans. »

Nina fait un signe en claquant ses doigts à Raphy, attire à elle la caméra et le réalisateur, en riant d'un air dépité : « Vous avez remarqué que je suis absente des dates importantes de la famille ?

– Bon, vraiment, Nina, s'emporte Véra, toujours tu fais que chercher mes fautes ? Je te le dis dès maintenant qu'il y en a beaucoup, et inutile de trop s'entêter là-dessus. »

Raphy et moi, nous échangeons des regards. Nous pensons tous les deux que Véra se trompe sur ce point : elle n'a pas commis tant que ça de fautes, vraiment pas, mais il y en a une qui suffit à toute une existence. « Et quel choix j'avais, hein ? » Véra nous rétorque par un regard acéré, à moi et à Raphy.

Quant à Nina – nous le remarquons, tous les trois –, ses yeux courent de moi à Véra, à Raphy et retour, elle a l'air d'un animal traqué sentant que ses maîtres sont en train de décider de son sort.

« Pause », décrète Raphy en replaçant la caméra dans sa sacoche. Il prend une pomme qu'il découpe avec un canif. Un goût rafraîchissant nous emplit la bouche. Tous, nous nous sentons plus légers dès l'instant où la caméra a fermé l'œil. Nous allons tout de suite nous mettre en route, et demain, nous voguerons vers l'île.

« Est-ce que j'ai bien parlé au cinématographe ? » demande Véra, tout en jetant un œil sur son miroir de poche et en redressant avec un peu de salive une boucle rebelle sur son front.

« Tu t'es exprimée à la perfection, je lui réponds, tu es une conteuse née.

– Allons, allons, lâche-t-elle dans un soupir, on a sorti la grand-mère de la naphtaline. »

À vingt heures, en pleine tempête déchaînée, sous la pluie et les éclairs, nous avons pris la route. En direction du sud, vers Crikvenica, cité balnéaire sur l'Adriatique où nous avons prévu de passer la nuit avant d'embarquer pour l'île. Véra et Nina étaient tassées à l'arrière du véhicule, mais chacune était repliée sur elle-même. De mon côté, je complétais des lacunes dans mon cahier. Je décryptais des notes jetées à la va-vite pendant la journée et couchais quelques idées qui me venaient. Ensuite, je suis passée à mes messages et j'ai écrit à Meïr que la journée avait été épuisante et que cette expédition représentait, à tous égards, davantage que ce que je croyais. « Je suis en lambeaux », ai-je écrit, puis effacé. Inutile d'accabler cet homme, il est allergique aux outrances. J'ai attendu quelques instants. Il peut passer toute une journée sans consulter sa boîte de messages. Cette fois, la réponse est vite tombée : « Prends soin de toi. »

Pas de doute : ce garçon se consume de nostalgie.

Le brouillard s'épaissit autour de nous. La pluie se fait de plus en plus cinglante, et de brusques bourrasques secouent le citron. Le chauffage commence à faire des siennes. Nous nous emmitouflons avec nos blousons et nos gants, et aussi les bonnets de laine divers et variés que chacun de nous a emportés pour ce voyage (et nous nous apercevons que tous ont été tricotés par Véra), ce qui nous donne l'apparence de participants à l'excursion annuelle des idiots du village. Raphy roule à faible allure, le visage presque plaqué contre le pare-brise. Il me demande sans cesse de nettoyer ses lunettes embuées. Deux fois, nous échouons dans une fondrière de la taille d'une fosse commune, convaincus que c'est la fin, que la voiture va rendre l'âme, mais le citron fougueux surmonte tous les obstacles et les crises, mille bravos !

« Presque aux premiers jours où nous nous sommes connus », j'entends soudain Véra chuchoter à elle-même sur le siège arrière, je plonge aussitôt dans le sac de Raphy posé entre mes jambes, j'en extrais le Sony et l'actionne, prête à me lancer, je défais ma ceinture de sécurité pour me retourner et me mettre à genoux, je démonte mon appuie-tête afin qu'il ne me gêne pas, et je constate du coin de l'œil que Raphy est content de moi. Me voilà donc avec un grand angle braqué sur Véra, et Nina à côté d'elle, louchant, confuse. « Je ne dormais pas ! » dit-elle brusquement, comme si quelqu'un avait prétendu le contraire.

Eh bien, elle ressemble à ça quand elle se réveille

Une frayeur obscure sur son visage. Comme la peur enlaidit. Une enfant épouvantée, prête à recevoir des coups, soumise devant la catastrophe.

Et aussitôt : l'effacement.

J'ai vu.

Aucune expression.

Un sphinx âgé de six ans et demi.

« Dès nos premiers jours, dit Véra à la caméra, Milosz passe chaque jour à une heure de l'après-midi précise près de notre maison, là où vous avez vu, et son épée fait clic-clac sur le trottoir, et moi, tout de suite, je me mets à la fenêtre. Lui me regarde et moi, je le regarde, pas un mot entre nous.

« Et, le soir, mon père et ses amis, dans ce café où on était avant, jouent à la "préférence", Maman reste seule, moi et Milosz, on se promène, on discute. Et après une semaine environ, je dis à Milosz : "Je peux pas laisser Maman toute seule, à partir de demain, elle nous accompagne !" et Milosz répond : "Je t'aime encore plus parce que tu penses à ta mère !" »

Raphy me fait signe avec les doigts : voit-on quelque chose dans le viseur de la caméra avec cette obscurité ? Il suggère d'allumer le plafonnier au-dessus de Véra et Nina. J'improvise un petit réflecteur avec le papier aluminium d'emballage des biscuits apportés par Véra. Certes, l'éclairage n'est pas optimal, mais j'aime assez le rendu rougeâtre granuleux.

« Juste souviens-toi… demande Nina.

– Nina ! la houspille Véra, je l'oublie pas, même pas un instant.

– Merci, Maman.

– Et trois années, on se balade, comme ça, nous trois. On pousse jusqu'à l'usine textile des frères Grüner, on s'installe dehors sur des bancs et on bavarde, on marche jusqu'à la gare et on revient, toujours en discutant… et souvenez-vous, souviens-toi, Ninotchka, lance Véra avec un doigt recourbé face à la caméra, souviens-toi que ma mère venait de Hongrie et parlait pas un seul mot de serbe, et Milosz était serbe et parlait que le serbe. Et, moi, entre les deux, je traduisais. "Qu'est-ce qu'elle a dit ?" "Qu'est-ce qu'il a dit ?" Et moi, ma tête va de ce côté, puis de l'autre. »

Nina sourit de plaisir. « Trois ans ? » la questionne-t-elle. Et Véra : « Incroyable, hein ? » Elles rient. Dans le viseur du Sony s'encadrent deux silhouettes vagues, rondouillettes et engoncées dans les parkas, collées l'une à l'autre au point qu'on ne distingue pas bien Véra de Nina. Leurs visages – des fragments de taches rougeâtres et d'ombres bourbeuses. Et là aussi… j'apprécie justement que, parfois, il soit difficile de savoir laquelle s'exprime et laquelle écoute. Cette histoire coule entre elles, comme si elles la partageaient de nouveau.

« Et Maman, elle a caché à mon père que je sortais avec un non-juif, et dans la ville personne avait le courage de raconter à mon père que sa Véra avait un ami non-juif, ni même qu'elle avait un ami, et Maman et nous, on discutait tout le temps de ce qui arriverait s'il l'apprenait, ce qu'il ferait et ce que nous, on ferait, et si on s'enfuirait ou si on resterait, et si on emmènerait Maman avec nous. Tu me comprends, Nina, tout ce que je te raconte, oui ? »

Elle est à fond dans le scénario, Véra, comme si cette Nina-là l'observait réellement à cet instant depuis le cœur de la caméra. Nina qui l'observe à l'écart est amusée mais aussi un peu décontenancée et, soudain, avec un geste touchant, elle s'appuie contre Véra comme pour attirer son attention.

« Pour la famille de Milosz, y avait aucun problème. Il a été voir son père et il lui a dit : "J'aime une petite juive, et si tu ne me laisses pas l'épouser, je m'en vais, et tu ne me reverras plus." Et son père lui a répondu : "Que tu amènes une Tsigane noiraude ou une petite juive, c'est *toi* qui vas vivre avec elle, pas moi."

« En février 40, une commère juive a dit à mon père : "Écoute, Bauer, tu te rends compte de quoi elle a l'air, ta fille ? Elle va attraper au moins la tuberculose. Ils sont si maigres, elle et son ami, cet officier serbe, qui vadrouillent dans la rue comme deux trench-coats sans personne dedans !" Et c'est comme ça, ma douce Nina, que pour la première fois mon père a été au courant de mon ami, Milosz, et il s'est presque évanoui ! » Elle assène un coup formidable sur ses genoux. « Il s'est précipité à la maison et a demandé à Maman si c'était vrai. Elle lui a dit : "Demande à ta fille." Et il m'a crié de venir immédiatement dans la chambre. Je me précipite et, tout de suite, je vois son visage, et je comprends. »

Raphy roule à moins de trente kilomètres à l'heure. Nous sommes seuls sur la route, et la pluie, faute d'un autre public, se concentre sur nous et nous offre le meilleur spectacle de sa vie. Je me demande si le micro de la caméra capte la voix de Véra au milieu du grincement des essuie-glace et du déchaînement de la tempête, Raphy aussi y songe au même moment et réduit la vitesse des balais, mais, du coup, c'est au péril de nos vies, et nous nous accordons pour transiger aussi sur la qualité du son.

« Alors, voilà mon père debout près du grand poêle, sa jambe tressaille comme sur un courant électrique, et il m'interroge : "C'est vrai que tu as un petit ami ?" "Oui." "Et c'est vrai que tu as un petit ami officier ?" "Oui." Et alors il me dit : "Pour la dernière fois, je te pose la question, Véra, réfléchis bien, parce que c'est ta dernière chance : C'est vrai que tu as un petit ami officier serbe ?" Et moi, le visage dressé le plus haut que je peux : "Oui ! Oui ! Oui !"

« Il est devenu tout pâle : " D'abord, tu devras me tuer." Et moi : "Papa, laisse-moi me marier avec lui." Et lui : "Avant que tu me fasses une honte pareille, je sauterai par la fenêtre." Je lui ai dit : "Tiens, je t'ouvre la fenêtre."

« Le lendemain, mon père va voir le rabbin, c'était un rabbin néolithe… pardon, je veux dire néologue, très libéral, et le rabbin dit : "Monsieur Bauer, ça fait trois ans que nous observons votre fille et son ami, et la manière dont ils se promènent honorablement avec votre épouse. Nous le connaissons dans la ville, c'est un excellent garçon. Hitler est déjà en Autriche, et qui sait, peut-être que grâce à ce garçon votre fille nous survivra, nous tous. Nous n'avons pas osé vous le dire de crainte que vous n'assassiniez votre fille. Invitez-le chez vous, apprenez à le connaître et vous verrez qui il est."

« Mon père a cru devenir fou mais il a dit : "Amenez-moi ce garçon."

« Et moi, de ma vie, j'oublie pas cette image, ma petite Nina : dans notre salon, près de la grande cheminée, mon père au garde-à-vous comme un soldat. Milosz arrive, met un genou à terre devant mon père, prend sa main et l'embrasse.

« Et mon père s'écrie : "*Mein Gott !* Devant un vieux juif, un officier à genoux ? Véra, dis-lui de se relever tout de suite !"

« Et depuis, mon père l'a aimé plus que ses autres gendres. "*Oïe*, mon gendre goï qu'il disait, y a pas un homme au monde comme le mari de Véra !" »

Elle se rejette en arrière, épuisée. Hoche la tête en direction de la personne qui, semble-t-il, lui fait face dans la caméra, tisse avec elle un fil très fin que je ne parviens pas à élucider complètement.

« Tu veux en entendre encore, Ninotchka ? interroge-t-elle l'objectif à voix basse.

– Oui, raconte », répond Nina à côté d'elle qui, elle aussi, a l'air à bout de forces et anéantie. Un flash de Nina dans deux, trois ou cinq ans me passe par la tête. Installée dans un fauteuil roulant dans une chambre vide d'un asile quelconque. Sur le mur face à elle, entre deux vases de plantes en plastique, un écran télé diffuse ce périple. Sa tête retombe sur la poitrine.

« Au bout d'une année qu'on se fréquentait, à cause de la loi qu'un officier peut pas se marier avant d'avoir vingt-six ans, Milosz est allé acheter une bague en or… » Véra ôte la bague de son doigt. Ses doigts sont décharnés et déformés, ils brillent comme s'ils étaient en cire. Elle tient l'anneau devant la caméra, je me focalise sur elle. La bouche de Véra ressemble à un cerceau avec la bague en arrière-plan.

« Tu vois, ma Nina, dit-elle tendrement à l'objectif, c'est la bague que ton père a offerte à ta mère. »

Raphy me martèle précipitamment la cuisse. Nina. Il sent que je la délaisse. Il a saisi d'instinct où le drame se jouait à cet instant. Les yeux de Nina, deux braises mourantes et renaissantes. Regarde comme Véra nous oublie totalement, proclament ses yeux.

« Et Milosz a dit : "Maintenant, tu es ma femme devant Dieu et devant moi." Et moi, je lui ai dit : "Y a rien qui peut nous séparer. Une chose comme celle-là, elle a jamais existé." Et j'ai montré à personne la bague qu'il m'a donnée, ni à ma mère, ni à mes sœurs, ni aux amies, je l'ai recouverte avec une bague plus grande, et on a continué à vivre comme avant… on a eu une vie agréable, je peux le dire… »

Véra pose une main sur sa poitrine et ferme les yeux. D'abord, je pense que c'est encore l'une de ses mimiques. Elle se rejette en arrière, bouche bée, murmurant qu'elle a chaud, que son cœur bat trop fort. Je filme. Un peu affolée, mais je ne rate pas la prise. Nina la masse d'une main entre les omoplates, lui fait boire de l'eau. Véra s'étouffe. Grimace avant de vomir. Effrayant. Raphy jette des regards paniqués par-dessus son épaule mais tambourine de la main afin que je ne cesse pas de filmer (un jour, il m'a résumé la règle d'or : les cadreurs ne se lèvent jamais, même pendant l'hymne national). Véra nous fait signe d'ouvrir la vitre. La tempête déferle sur nous à travers l'interstice. Un souffle glacial fait irruption avec un gémissement étrange, presque humain. Maman ! J'ai envie de me blottir sur les genoux de ma mère. Et je m'aperçois que Nina, ma propre mère au sens technique, semble souhaiter la même chose. La voiture tangue à la dérive sur la chaussée, tirée et repoussée de-ci, de-là, tandis que Raphy secoue la tête – non, non, non –, et au milieu de ce foutoir et de la peur, et c'est peut-être cette tempête qui me brouille le cerveau, une pensée me vient : grâce à certains produits de base – un certain type d'humour, une bonne tolérance de la solitude et, de manière générale, un tempérament de cactus en matière de relations humaines – c'est Nina, pour le coup, davantage que tout le monde, qui peut me comprendre.

« Tu sais, Maman, intervient Nina, après que nous avons remonté la vitre et que Véra a repris ses esprits, tout ça, jamais, mais alors jamais, tu ne me l'as raconté. »

Elle l'a déjà signalé. Ça continue à la préoccuper.

« Je te l'ai pas raconté ? Mais je t'en ai raconté beaucoup.

– Non. Uniquement ce que tu as vécu à Goli, et ça, tu me l'as raconté jusqu'à plus soif.

– Impossible, tu as dû oublier. »

Le coup bas, serait-il involontaire.

« Tu crois que j'oublierais des choses pareilles ? »

Véra ne répond pas. Croise les bras sur sa poitrine. Ses yeux divaguent, sa moue affiche un air innocent. Une renarde, une lionne.

« C'est vrai, Maman, chuchote Nina, tu sais à quel point ça aurait pu m'aider ? M'offrir une terre ferme sous les pieds ?

– Allons, Véra, raconte encore, intervient Raphy, désireux d'éteindre l'incendie avant qu'il n'échappe à tout contrôle, tu en as la force ?

– Et *vous*, vous avez la force ? réplique Véra.

– Ça me tient réveillé, répond-il en éclatant de rire et en frappant le volant.

– Mais c'est Nina qui doit le dire. Qu'est-ce que t'en dis, Nina ? Je continue à raconter ? Tu veux pas dormir un peu ?

– J'ai suffisamment dormi. »

« Et il faut aussi que tu saches, Ninotchka, reprend Véra en se retournant brusquement vers ma caméra, que ton père, Milosz, il était pas en très bonne santé. Il a eu des maladies graves, car c'était un enfant des montagnes, des collines et d'un village, et d'un ciel pur et de grand air, et le voilà qui, soudain, arrive en ville, à l'armée, dans la fumée, la nourriture avariée, tous les poisons, et il a attrapé la tuberculose. » Avec un soupir : « La nuit, il toussait, comme un chien, il toussait. Je lui posais des compresses avec de l'oignon et du miel sur la poitrine. Les médecins lui ont dit qu'il était le champion national du bacille de Koch, parce qu'il était, écoute bien, ma petite Nina, l'individu le plus rongé par la tuberculose de toute la Yougoslavie ! Il avait deux cavernes creusées dans les poumons ! Et, six mois environ après que je l'ai rencontré et après que nous avons dansé pendant la fête, il a attrapé en plus la jaunisse. Et bon, on l'a mis aussitôt dans un hôpital militaire à Zagreb, et, depuis, Milosz, il a jamais été en bonne santé. Et ça a eu beaucoup de conséquences. Je continue ? » nous questionne-t-elle du coin de la bouche. Nina s'emporte de nouveau : « Raconte tout, chaque détail, je n'ai presque rien, tu ne comprends vraiment pas ? » « D'accord, d'accord, pas la peine de crier. Je raconte. Je raconte tout. » Véra baisse la tête. Elle reste un long moment dans cette position. Le front plissé, le visage grave, ses lèvres remuent sans émettre un son.

« *Oïe*, Ninotchka, dit-elle doucement – et j'ai l'impression qu'elle se redresse en se tirant par les cheveux face à la caméra –, plus rien marchait comme il faut dans son corps. Des douleurs au ventre, des diarrhées tout le temps, et du sang, tout le temps, la fièvre, et faible avec ça, avec un régime spécial, il mangeait comme un oiseau, "mais je vais bien, Miko", comme ça il dit, "Miko", il m'appelait, Miko, pour nous, c'est comme tu dirais “mon petit copain”, de toute façon, il s’adressait à moi comme si j’étais un garçon, un jeune homme, on aimait bien parler comme ça, et moi aussi je m’y étais habituée, “Si toi et moi, ça va bien, Miko, le monde entier ira bien, à nous deux, nous deux ensemble, nous portons le monde entier !”

– Miko ? Nina éclate de rire de plaisir, d’étonnement. C’est vrai, il t’appelait comme ça… de ça, je me souviens… » Elle se rapproche de nouveau de Véra, lentement, subrepticement, et pose sa tête sur l’épaule de Véra.

Entre-temps, Raphy et moi, nous élaborons un code : sa main sur ma cuisse, il me signale par une pression de l’auriculaire, du majeur et du pouce dans quelle direction orienter la caméra. À vrai dire, ça m’exaspère. C’est mon film, dois-je le rappeler, et je constate qu’il est incapable de renoncer à ses prérogatives. D’un autre côté, dans la situation azimutée qui naît ici, ce n’est pas plus mal d’avoir une deuxième paire d’yeux.

D’une manière ou d’une autre, très bientôt, je vais devoir lui rappeler nos accords, et alors, chacun devra choisir son camp.

« Et ma mère, ça la dérange pas du tout qu’il soit pas juif, ça avait aucune importance pour elle ! Je te l’ai dit : nous, Maman surtout, on était des juifs modernes, des athées ; mais elle pouvait pas, alors là pas du tout, comprendre comment une fille jeune et en bonne santé pensait vivre avec quelqu’un d’aussi malade.

« Et moi, j’ai dit à ma mère : “Malade ? D’accord, il est malade ! Quand je l’ai rencontré il y a six mois, il était pas malade, et quand j’ai dansé avec lui, il était pas malade, et quand je l’ai vu à la gare avec le vélo, il était pas malade, alors, maintenant, je vais l’abandonner parce qu’il est malade ?” Au contraire, plus il était affaibli, plus je m’attachais à lui !

« Et ma sœur de Zagreb, Rosie, ta tante, Nina, elle m'a pas parlé pendant dix ans. Milosz, elle l'appelait le "Serbe pourri" – Véra éructe le "p" –, et son mari a invité Milosz à Zagreb pour lui parler, écoute-moi... » Véra se penche en avant, se lance dans un conciliabule avec la Nina tapie au plus profond de la caméra : « Ce beau-frère à moi, qui jouait les sympathiques, il lui a dit : "Je suis disposé à te donner une forte somme si tu demandes à l'armée de te muter dans une ville loin d'ici, et que tu oublies l'existence de Véra dans ce monde." Mais Milosz a répondu : "Je suis très pauvre mais je ne suis pas une vache qu'on achète !"

« Et ils lui ont fait souffrir mille morts ! » s'écrie-t-elle en soumettant le cas à Nina-du-futur, et, moi, je n'en reviens pas qu'en un tournemain, elle ait saisi et adopté totalement l'idée bizarre formulée par Nina, ce dialogue avec la Nina-du-futur, et qu'elle l'ait traduite dans un langage pratique, simple et efficace, exactement comme il y a cinq ans, à l'âge de quatre-vingt-cinq ans, elle a décidé d'apprendre à se servir d'un ordinateur. « Je reste pas à l'arrière ! » Elle a bondi et martelé le sol du pied devant la commission des besoins individuels du kibboutz, en lui soutirant une subvention pour l'emploi de deux geeks âgés de quatorze ans. Deux fois par semaine, ils s'installaient avec elle, et, bien sûr, ils en étaient tombés raides dingues, et en un ou deux jours, elle avait commencé à communiquer sur Messenger et par mail à la cadence d'un envoi toutes les deux heures, à tapoter le clavier avec des griffes d'acier, à surfer sur les forums des sites Tapuz et Nana, à transférer des liens avec des caricatures du *New Yorker*, et ses recettes de tarte aux prunes (« Milosz s'en léchait les doigts ! »). Au bout de quelques semaines, elle régnait sur un empire de contacts et de correspondance avec ses anciens amis de Belgrade et de

Zagreb, et de nouveaux amis qui surgissaient chaque jour à Prague et à Montevideo, aussitôt agrégés à la famille, et qui savaient exactement qui était tante Hannah, et où les petites-filles d'Esther effectueraient leur année de préparation militaire et quel était l'état de la prostate de Shleïmalè. Et le tout, avec une aisance et un savoir-faire technique, et un flair excellent pour comprendre le monde intérieur des objets et des appareils, comme si elle était l'un d'eux. Et c'est ainsi, exactement, qu'elle saisit – même sans jeter un œil sur le mode d'emploi – comment faire fonctionner l'aspirateur, le micro-ondes, le portable et autres instruments que Raphy lui achète sans regarder à la dépense car, de cette façon, il sent qu'il la conserve encore jeune, tous instruments avec lesquels moi, par exemple, je m'escrime pendant des heures pour savoir comment ouvrir leur emballage (mon bien-aimé n'est qu'un pur empoté dans les choses nécessitant une intelligence manuelle).

(Correction : dans la plupart des choses.)

« Encore cent trente », Raphy lit-il sur un panneau routier, et nous nous demandons s'il s'agit de kilomètres ou de miles, aussi, notre petite bande entame un débat hâtif : faut-il continuer à rouler ou faire un arrêt-pipi car le froid exerce des ravages sur nous, et de nous tous, seule Véra, à la vessie aussi résistante que celle de feu le président Hafez el-Assad, est disposée à continuer jusqu'à l'hôtel. Mais elle se retrouve en minorité, et Raphy fait glisser la voiture jusqu'à une aire de repos gigantesque, brillant de mille feux, où, à cette heure, quelques rares employés s'activent devant des comptoirs de nourriture et de boissons – pizzas, pâtes, hamburgers et café. La musique *metal* assourdit l'atmosphère, et, tous les quatre, nous avons du mal à nous adapter à la réalité du monde extérieur et au grincement de ses rouages.

Nous nous traînons, déboussolés, entre de longs rayonnages de joujoux, animaux en peluche aux couleurs fluorescentes, appareils électriques et bonbonnières d'un autre temps. Et, sans arrêt, nous nous tournons les uns vers les autres comme si nous voulions nous raccrocher à quelque chose que nous possédions et qui s'est évanoui rapidement sous la lumière, et Nina et moi, nous nous retrouvons face à face dans un cul-de-sac, sans possibilité de nous esquiver, et elle, au contraire, en toute sérénité, me dit : « Rappelle-moi ce que nous venons de rêver à l'instant ? »

Elle dit ça avec la dose précise de sécheresse qui lui permet de retenir mon attention, et je découvre un mouvement charmant sur son visage : ses sourcils ont l'air de hausser les épaules. Et sans y penser, je tends la main et j'effleure sa clavicule délicate, et ça marche. Incroyable. Elle sait comment réagir à ce geste. Elle écoute mon doigt tremblant, puis hoche la tête.

Cela dure longtemps, une masse d'informations circulent. Arrive le moment où il me semble qu'elle souhaite échanger les rôles, me toucher de son doigt, mais elle est suffisamment intelligente pour savoir que ce n'est pas d'actualité. Ensuite, nous nous écartons l'une de l'autre et nous continuons à errer dans la forêt éternelle du capitalisme, tandis que mon cœur bat à tout rompre.

Quelque part à distance, mon père est assis sur un haut tabouret à boire un double expresso, et je suis attirée vers lui tel l'alevin de tilapia vers la bouche de son géniteur, je vais m'installer à côté de lui et je me rends compte qu'il m'a commandé un café au lait avec beaucoup de mousse et un roulé à la cannelle et aux raisins secs, réchauffé pendant quinze secondes.

Au-dessus de nos têtes, trône un grand miroir sur le mur dans lequel on peut voir Véra et Nina passer l'une en face de l'autre dans des allées parallèles. Raphy m'interroge : « Ça nous fait un film ?

– Peut-être. En tout cas, j'en ai l'impression.

– Ne m'en veux pas si, de temps à autre, je m'autorise quelques suggestions, ce film est totalement le tien.

– Ça va sans dire mais ça va mieux en le disant…

– Ah, répond-il au bout d'une courte pause, je ne pensais pas que c'était aussi sensible.

– Fais juste attention. »

« Et après, quand à l'armée ils ont appris que moi et Milosz on est fiancés, reprend Véra dès que Raphy met le contact, Milosz a reçu un transfert à mille kilomètres, le plus loin possible, en Macédoine, à Skopje, et c'était sa punition parce qu'il avait épousé une juive, faut dire qu'au gouvernement y avait déjà des pro-Allemands, et aussi des lois contre les juifs, et le numerus clausus dans les universités. Alors, mon père a dit : "Justement parce qu'ils ont expédié Milosz au bout du monde, toi, tu vas l'épouser !" Et donc, moi et Maman : En avant, marche ! Ni une, ni deux, nous sommes parties en Macédoine pour rencontrer Milosz et me marier avec lui.

« Mais, en route, on s'est dit qu'on allait passer par le village de Milosz pour que Maman rencontre ses parents et toute sa famille. C'était un tout petit village en Serbie. D'abord, on a pris le train, et le père de Milosz nous attendait à la gare avec une charrette et un cheval. Maman est montée devant avec le tailleur que lui avait fait son tailleur de Vienne, et un chapeau et une voilette, une ombrelle bleue et des chaussures à talons. Et après quelque chose comme trente kilomètres, on est arrivés devant une rivière, et mon beau-père m'a dit : "Viens, ma bru, je vais tirer la corde d'un côté et toi, de l'autre." Et Maman, là-haut, me murmure : "Où tu m'emmènes, Véra ? En enfer ?"

« Et comme ça, six kilomètres, on tire. Pas de chaussée, pas d'électricité, pas d'égout, uniquement des montagnes, des rochers et un bout de rivière, et c'est pour ça que les Allemands, ils sont pas allés là-bas.

« On est là, et tout le village sort pour admirer le spectacle fabuleux : des dames arrivées de la ville ! Et on m'apporte des cadeaux en tant que fiancée de Milosz : trois noix, un œuf, deux morceaux de sucre, un poussin... Le poussin, ils ont voulu le donner à Maman, mais elle tremblait de peur, dégoûtée...

« Après, on a continué jusqu'en Macédoine, moi et Maman, et là, Milosz nous attendait, et des embrassades et des baisers, et lui, il s'était déjà arrangé avec un prêtre, il avait juste besoin d'un garçon d'honneur, pour lui le fiancé, et le prêtre lui a donné un cheval et un chariot pour qu'on cherche un officier ivrogne qui accepte de le faire, et voilà qu'en chemin, sur le bas-côté, nous tombons sur un certain Simo Mirković, et c'était l'officier le plus ivrogne que Milosz connaissait, alors, on l'a fait monter dans le chariot, on l'a emmené avec nous, et comme ça, on s'est mariés.

« Mais le plus important que j'ai oublié : en arrivant chez Milosz, on a vu qu'il avait un nouveau souci, l'opération d'un ulcère qu'on lui avait faite – *oïe*, quelle bête je suis, j'ai oublié de les montrer ! » – et la voilà qui plonge dans les profondeurs du sac blanc et en retire une pochette en nylon usée par le temps et contenant quelques photos dont l'une de Milosz après l'opération. Je filme la photo. Je croyais avoir vu toutes les photos de Milosz et je me demande pourquoi Véra avait caché cette photo jusqu'à ce jour.

Milosz. Torse nu, un gros pansement carré sur l'abdomen. Il paraît émacié et frêle, mais pas du tout maladif. Véra affirme que, de toutes ses photos, c'est celle qu'elle préfère.

Cet officier serbe à demi nu, aux côtes saillantes, aux yeux immenses et au regard perçant, presque gênant, c'est mon grand-père.

Cet homme plein d'autorité au front haut et au nez proéminent : Milosz Nowak, le père de Nina, commandant de la sélection équestre yougoslave, officier de cavalerie du maréchal Tito et, pendant la Seconde Guerre mondiale, partisan, héros de guerre. Mon grand-père.

Il est très blond et très décharné. Sa maigreur imprime une aura spirituelle à son visage. Ses joues sont enfoncées, du coup, ses oreilles ont l'air grandes et comiques. Mais, l'essentiel, ce sont ses yeux, incontestablement. Ils ont l'air sans âge. Ils ressemblent aux yeux écarquillés d'un aveugle, d'une âme très complexe et très pénétrante. Plus je les contemple, plus j'ai l'impression que nous aurions pu être de bons amis. Le genre d'homme que j'apprécie.

Là, il doit avoir dans les trente ans, plus jeune que moi aujourd'hui de neuf ans. Il me rappelle un peu mon père adolescent. Je peux même supposer que quelque chose en Raphaël avait paru familier à Véra, et chéri, lorsqu'elle l'avait rencontré au verger d'avocatiers. C'est pourquoi elle avait foncé sur lui de cette manière, avec toute sa fougue.

Et moi, je lui ressemble ?

Si, dans une réalité parallèle quelconque, nos regards se croisaient par hasard dans la rue, devinerions-nous que son sang coule dans mes veines ? Que je suis sa petite-fille, son unique ? Ralentirions-nous un instant nos pas ?

Cette pensée m'attriste (j'ai un problème avec le chagrin qui survient par hasard. Mais c'est hors sujet pour l'heure).

« Il t'aimait tellement, confie Véra à Nina, tu sais qu'il acceptait pas que je te lave ? Il disait que j'étais pas assez délicate avec toi. Et il faisait tout : ta toilette, il t'essuyait et changeait tes langes. »

Nina réclame la photo. Elle l'observe, puis me dévisage. Longuement. Je ne me dérobe pas devant son regard. Au contraire ! Qu'elle me scrute, qu'elle constate qui est passé par sa matrice. Qu'elle comprenne qui elle a perdu.

Nina chuchote : « À chaque fois, ça m'étonne. » La photo passe de main en main, y compris celles du conducteur, et, à en juger par le silence, je comprends que tous saisissent quelque chose qui m'échappe.

Véra : « C'est pour ça que j'aime tellement regarder le visage de Guili. »

Nina : « Les yeux.

– Des yeux comme ceux-là, y avait qu'un seul homme au monde pour les avoir, dit Véra. Milosz est mort, et maintenant, ce sont ceux de Guili.

– Dites donc, je m'écrie, c'est quoi, ce trafic d'organes ? »

Véra fait face à la caméra. « Et maintenant, on va raconter des histoires joyeuses : une fois, un dimanche, je crois, Nina, que c'était ton cinquième anniversaire. Le sixième ? Après la fin de la revue de l'école équestre, soudain, tous les cavaliers, sur leurs chevaux, sont entrés dans notre rue, avec leurs sabres en l'air, et ils ont chanté tous ensemble "Nina ! Nina !", et toi, tu leur as fait comme ça avec les mains… »

Véra tire une autre photo : elle est debout devant la minuscule demeure que Milosz et sa famille avaient construite au village en prévision du mariage. Une maison comme sur un dessin d'enfant : deux fenêtres carrées et une porte, un toit de tuiles et une cheminée. Véra a environ vingt-deux ans, elle porte un léger pull de laine sous lequel pointe un col d'un blanc éclatant, très décent, mais son regard est provocant, insolent, prêt à mordre la vie. Elle est magnifique. Des sourcils arqués, dessinés d'un trait fin, la lèvre inférieure gonflée, brillante. L'accroche-cœur retombe parfaitement sur le front.

« Déjà quand j'avais dix-huit ans, Milosz m'envoyait les lettres les plus belles, tu peux pas croire, ma petite Nina, qu'un homme aussi jeune les a écrites. Mais je voyais aussi en lui quelque chose qui m'effrayait. Comme une tristesse dans son âme. » Véra se penche vers la caméra : « Parce qu'il n'avait pas d'espoir, il avait aucune confiance dans les gens. Et c'était assez étrange parce que c'était un communiste, un idéaliste, et humaniste comme tout, mais y avait que moi qui connaissais la vérité : très jeune, il a cessé de croire à la bonté des hommes. »

Nina, émue par ce qu'elle vient d'entendre, croise les bras sur sa poitrine, son réflexe de solitaire.

« Il disait toujours : “Pour faire un peu de bien dans ce monde, Véra, il faut vraiment s'acharner, mais le mal, il suffit de le suivre et de l'accompagner.”

« Et il me disait aussi : “Tu m'as apporté la lumière, Véra, tu m'as donné la joie, un but. Seul, je n'avais pas de but et je n'avais rien.” Car il faut que tu comprennes, Ninotchka, moi, j'ai toujours eu beaucoup d'amis, et toujours pas mal de boucan autour de moi, c'est mon tempérament, j'y peux rien, certains aiment ça, d'autres pas du tout. Alors que Milosz, il avait pas un seul ami. Jamais. Même lorsqu'il était enfant. Pas plus dans son village. Il croyait pas tellement dans les êtres humains. Il faisait confiance qu'à moi. »

Ces derniers mots incitent Nina à lever les yeux vers ceux de Raphy dans le rétroviseur. Ces deux-là entretiennent un dialogue permanent. Les propos de Véra éveillent en eux des échos que je ne partage pas.

Et pour la millième fois, je saisis que je n'ai pas le courage de saisir combien – en dépit de tout – leurs liens étaient forts et profonds.

« Nous étions destinés l'un à l'autre », m'a-t-il expliqué un jour.

« Et moi, je lui ai ouvert les yeux, à ton père. Lui, par exemple, c'était pas du tout un révolutionnaire ! Pas du tout ! Des fois, à cause de ce qu'il a fait pendant la guerre, dans les forêts, les gens croient que c'est un grand révolutionnaire, un grand héros, un partisan courageux, un idéologue, mais, alors là pas du tout, du tout, et c'est juste grâce à moi que ça lui est venu. C'est moi qui lui ai appris dès le début tout ce vocabulaire.

– Voilà ce qui me rend dingue, intervient brusquement Nina, toutes griffes dehors. N'importe qui d'autre tenant ce genre de propos sur lui-même passerait pour arrogant, égocentrique, et chez toi, d'une façon ou d'une autre, je ne sais vraiment pourquoi, ça passe… ça fait partie de… tu comprends ce que je dis ?

– Non – Véra humecte furtivement sa lèvre supérieure –, explique-moi s'il te plaît.

– Venant de toi, on l'accepte. Tout le monde. Partout. Dans la famille, au kibboutz, tes amis en Yougoslavie, et on ne se contente pas de l'accepter : on t'admire. Comment est-ce possible ? Non, vraiment, Maman, explique-moi, apprends-moi… »

Véra hausse ses épaules. Geste cruel, horrible.

Je devais avoir quinze ou seize ans. Nous étions, Véra et moi, en train de cuisiner et de bavarder, et elle, comme à son habitude, évoquait Nina, sa plaie béante, et quelque chose lui a échappé : « Elle a aucun charisme, Nina. » C'est ce qu'elle a dit. Je crois que je ne connaissais pas la signification exacte de ce mot mais, bien sûr, j'ai été d'accord avec elle immédiatement, avec ferveur. Elle ne possède aucun charisme, Nina, et elle s'est toujours conduite en enfant gâtée, aucun caractère, une vraie princesse, et nous, Véra et moi, chez nous, « l'héritage » a sauté une génération… Mais comment ai-je pu me laisser embobiner ? Quelle crétine ! Comment l'ai-je laissée me manipuler ainsi et avaler sa version ?

« Et tu dois comprendre, ma douce Nina… » Véra ignore l'accès de colère de sa fille, déjoue le piège sans ciller et s'adresse directement à la Nina soumise, celle de la caméra. « Tu dois comprendre que chez les hommes Nowak l'esprit révolutionnaire coule pas du tout dans leurs veines. Ils sont passifs. Sans aucune initiative. Mais moi, tout le temps, j'étais révolutionnaire. J'étais une combattante depuis mon plus jeune âge et durant toute ma vie.

– Combattante pour quelle cause ? l'asticote Nina, la tête ailleurs.

– Ah bon, pour quelle cause, Nina ? Tu le sais toujours pas ?

– Je veux l'entendre. Je veux que ce soit enregistré.

– Je voulais plus de justice pour l'humanité ! »

Le pli farouche entre les yeux de Véra. Le point d'exclamation qui, en même temps, pointe sa mâchoire en avant, redresse son nez, ma gentille grand-mère, drôle, généreuse, chaleureuse, dévouée jusqu'au bout, fanatique, inflexible, brutale. La grand-mère et le loup sous un même pelage. Comment la tolérer ? Comment tolérer ce qu'elle fait subir à Nina ?

Et comment continuer à rester moi-même et, en même temps, l'aimer ?

« Eh bien, dans ce cas, dit Nina, explique-moi comment une révolutionnaire de ta trempe a pu s'amouracher d'un homme qui était, à en croire ta description, un soldat obéissant ?

– D'abord, répond Véra, y avait son cerveau, et on avait beaucoup, beaucoup de discussions. Pendant six mois après le mariage, on faisait que parler. On s'est pas touchés. »

Mon père écrase la pédale de frein, les pneus crissent, la voiture nous ballotte dans tous les sens.

Nina s'étouffe : « Vous ne vous êtes pas touchés ?

– C'est comme je t'dis. » Véra croise les bras sur sa poitrine, le regard rivé au loin.

Nina demande une explication.

« On avait un accord depuis le début : pendant une demi-année après la noce, on se touche pas. C'était une sorte d'union platonique, Nina, que tu peux pas imaginer... comme deux aimants on était, on dormait dans le même lit, tout brûlants, mais rien de rien !

– Mais pourquoi ? Nina crie-t-elle presque.

– Comme ça, Milosz, il a dit tout de suite, au départ. Comme un sacrifice. Tu offres ce que tu as de plus précieux. Voilà ce qu'il a trouvé, et moi, j'aimais son cerveau et je l'ai suivi, et on était fiers de ça. »

Nina, en arrière-plan, cligne des yeux. « Et de quoi discutiez-vous, toi et mon père, quand vous ne vous touchiez pas ?

– Oh, oh ! On parlait beaucoup de ce qui se passait dans le monde. Hitler était déjà là, y avait aussi Mussolini, beaucoup à réfléchir. Des idées, des programmes, des discussions, des nouvelles voies à trouver, et y avait aussi le sionisme. Là où on se sent chez soi et là où on se sent étrangers. »

Elle continue à parler, mais moi, et peut-être Nina et Raphy, nous sommes absents en ce moment. L'image de ce jeune couple abstinent, si déterminé, projette sur eux une lumière peu flatteuse.

« Par exemple, en 42, on nous a informés de Moscou que le slogan était maintenant "Pour la patrie et pour Staline !", et moi, j'ai dit : "Milosz, moi, j'en ai fini avec tout ça. Où elle est ma patrie ? Là où il y a un prolétariat, là, elle est ma patrie ! Je suis une internationaliste !" Et Milosz s'est affolé : "*Oïe*, tu es une trotskiste ! Une nihiliste ! Ne dis pas une chose pareille !" Il était malheureux que je sois comme ça, et, qu'à Dieu ne plaise, ça pouvait nous éloigner l'un de l'autre. Et pour moi, c'était évident que cette histoire de Staline, c'était un mensonge. Que Staline ne va pas résoudre mes problèmes en tant que juive parce que, moi, je voulais le socialisme comme celui, plus tard, de Dubček, un socialisme à visage humain… »

Elle s'interrompt, pousse un soupir. Peut-être a-t-elle perçu un soupçon de froideur et d'indifférence de notre part. « Vous pouvez pas comprendre tout ça, hein ? Pour vous, c'est comme le temps des dinosaures…

– Qu'est-ce qui te fait croire ça ? Ça s'est passé il n'y a pas si longtemps, murmure mon père, tandis que Nina et moi lâchons un marmonnement qui n'engage à rien.

– Non, non et non, vous pouvez pas comprendre mon monde. Et mes guerres et l'air que je respirais. »

Elle plisse son visage et se recroqueville. Sa solitude se révèle à découvert, la solitude d'une femme de quatre-vingt-dix ans dont les amis sont morts.

« Vous pouvez pas comprendre, bougonne-t-elle, vous dites "la guerre", mais la guerre dans les Balkans, c'est pas comme chez nous, en Israël. Dans les Balkans, la guerre a une logique différente. La guerre dans les Balkans, c'est avant tout le viol. Là-bas, c'est la règle. On viole. C'est pas qu'un homme désire une femme. On la viole avec un revolver sur la tête pour qu'elle enfante de son sperme, et alors, son mari aussi la rejette. C'est ça, la logique de la guerre. Et là-bas, les Tchetniks serbes ont égorgé au couteau des enfants de communistes, puis ils ont léché le sang sur la lame. Et les Oustachis croates qui étaient les collabos des nazis – je veux même pas raconter ce qu'ils ont fait. Les Balkans aimaient ça. Quelque chose leur est resté de ce que les Turcs leur ont fait. Quelque chose d'anormal est resté ici. Et vous avez vu leur cruauté pendant la guerre qui a eu lieu ici y a pas longtemps, on a jamais vu ça dans le monde, peut-être au Moyen Âge, et encore... »

Silence. Véra laisse ses propos pénétrer en nous. Quelque chose d'impalpable vient de s'insinuer.

« Mais, vous, vous voulez entendre d'autres choses... une histoire d'amour... Hollywood... soupire-t-elle.

– Raconte ce que tu as envie de raconter », lui répond mon père d'une voix calme.

Elle ferme les yeux. « Je veux parler de Milosz et de moi.

– Nous désirons t'écouter, la rassure mon père.

– Par exemple, on avait un grand intérêt pour les livres. Ah, Ninotchka, ton père, c'était un grand lecteur ! J'ai jamais rencontré un homme qui lisait autant que lui ! » Son visage se recompose peu à peu, illuminant la Nina de l'objectif. Le fait qu'elle tourne le dos – physiquement – à Nina, assise à côté d'elle, commence à m'inquiéter.

« Toi, tu étais toute petite, ma douce, et ton père me lisait des livres tous les soirs, à voix haute et, une fois, tu devais avoir peut-être quatre ans, j'étais assise sur son lit en train de tricoter, et toi tu jouais à côté du lit avec tes poupées, et on se disait :

cette enfant est trop petite pour comprendre. Et lui me lisait une histoire sur Momych-Ouli, le héros des Kazakhs pendant la Seconde Guerre. Eh bien, quelques semaines plus tard, tu as eu une forte fièvre, tu as commencé à avoir des hallucinations et tu as crié : “Je suis Momych-Ouli ! Donnez-moi une mitrailleuse pour tuer tous les Allemands !” »

Rire général dans la voiture. Et rire donne l’occasion de respirer. Nina s’essuie les yeux. J’espère que c’est à force de rire : « Tu vois, Guili, même mes cauchemars, ils les ont rendus patriotiques. »

« Sais-tu quand s’achève l’enfance ? » mon père m’a dit un jour, après l’une de mes récriminations à l’encontre de Nina. « Quand un individu commence vraiment à grandir ? C’est quand il peut accepter que ses parents ont un droit sur leur psychologie. »

« Et moi et ton père, Nina, on avait une sorte de jeu : comparer l’avis de chacun de nous sur des tas d’idées. Des pensées. Une phrase lui, une phrase moi. Voir comment fonctionne notre logique ensemble. Chaque chose, on la pensait ensemble. Pour chaque chose, on avait la même intention. Un seul cerveau, une seule âme. Et va pas croire, Nina, même après six mois sans se toucher, pour nous, c’était pas uniquement le sexe et le lit – explique-t-elle gravement à la caméra –, c’était un pacte entre nos deux âmes. Dans notre cerveau, là, il y avait une sorte d’accord intérieur, et on avait pas besoin de parler beaucoup.

« Avant notre mariage, Milosz m’a dit comme ça : “Écoute, nous sommes très jeunes. Aucun de nous n’a l’assurance que, durant toute l’existence, nous n’aimerons qu’un seul individu. Mais je te promets que, si dans ma tête quelque chose m’attire vers une autre personne, je te le dirai tout de suite, et toi aussi, tu me le diras, et nous nous séparerons comme des êtres humains. La tête haute. Et tout ce que nous faisons, les bêtises, les erreurs, on le dira à l'autre. Comme ça, jamais tu ne me tromperas et moi, je ne te tromperai pas. Ça n'existe pas entre nous, l'infidélité." »

Raphy tambourine sauvagement mon genou. Mon Dieu, me dit-il dans notre morse intime, elle ne l'a vraiment jamais trompé.

C'est à mourir qu'elle lui ait été fidèle à ce point.

« Oui… c'était quelqu'un de spécial, Ninotchka. » Son regard sans défense dans les profondeurs de mon objectif me désarçonne comme s'il plongeait dans mes entrailles. Dans l'espace confiné de la voiture, elle offre quelque chose de précieux et d'intense, mais elle le donne à la Nina du futur, sans, me semble-t-il, l'avoir jamais prodigué à la Nina présente qui se blottit maintenant contre elle sans retenue, et voilà que je peux constater pour une fois, en direct, à quoi ressemblent cette nécessité toute nue, ce gémissement.

« Et ton père, ma petite Nina, *mila moja*, ma chérie, ma mignonne, c'était pas un bel homme en bonne santé, je te l'ai dit, mais c'était un individu tellement, tellement humain… son âme et la mienne discutaient même quand on dormait… souvent, je savais ce qu'il allait dire dans un instant. "Je sais, Milosz, ce que tu veux…" » Brusquement, sa voix s'altère, ses yeux se ferment, ses deux mains se joignent comme si elle priait. « Jusqu'à ce jour, je sais réfléchir avec toi, et combien je suis profondément avec toi, que, même après cinquante-sept ans, j'ai encore des larmes rentrées parce que tu es parti. » Elle s'exprime à voix basse, à peine audible. « J'ai perdu quelque chose, un bonheur comme celui-là, ça existe pas dans le monde. Aucune femme, je pense, a goûté un bonheur avec un homme comme celui-là. Avec un homme qui parle, réfléchit et aime, et qui est faible et fort… »

Nina s'écarte d'elle. Toute son attitude clame : Quelle chance me restait-il par rapport à tout cela ?

« Mais, alors, y avait déjà la guerre, et puis Hitler, et voilà que, brusquement, je sais plus où Milosz il se trouve, et je sais pas où sont mes pauvres parents, et c'est plus tard qu'on les a emmenés tous les deux à Auschwitz. Véra hésite, chuchote du coin de la bouche à Nina à côté d'elle. « Je peux lui parler d'Auschwitz ?

– À… cette Nina ? la questionne Nina.

– Oui. Ce qu'elle sait, ce qu'elle sait pas…

– Essaie, je n'en ai aucune idée.

– Rends-toi compte, me marmonne Raphy, oublier Auschwitz, quel cadeau !

– En tout cas, moi, je me trouve au village dans la famille de Milosz, et il fait un froid de canard, et y a rien à manger. Juste deux kilos de graisse d'oie, et dix kilos de maïs peut-être, pour tout le monde. Et les listes des morts et des prisonniers des Allemands commencent à arriver. On les accroche sur le panneau de l'école, et Milosz se trouve pas sur les listes, et moi je dis à mon beau-père : “Beau-père, je m'en vais le chercher.” Et lui me répond : “T'es folle, ma bru, comment tu vas y aller ? Où tu vas le chercher ? Y a la guerre !” Passe un jour, puis un autre, il voit bien que je m'accroche à ça, et il me dit : “J'ai juré à mon fils de veiller sur toi, alors, je vais t'accompagner.”

« Et comme ça, avec le pistolet que Milosz m'avait donné autrefois, en tenue de paysanne serbe, avec des chaussures *opanki* pointues, et mon beau-père avec moi, lui, dans le costume de son village, des chaussettes épaisses, brodées, des pantalons gonflés par-derrière, et une large ceinture. Il était très beau. Un Nowak splendide. On marche quelque chose comme cent kilomètres, parce qu'il faut toujours faire des détours. On traverse des montagnes, des bergeries. Lorsque la nuit tombe, mon beau-père dit : "Couche-toi là !" Et lui se tient à la porte, tout droit, il veille sur moi, le pistolet à la main. Chaque fois que j'ouvre l'œil pendant la nuit, je le vois debout à garder. »

Je fais pivoter la caméra pour cadrer Raphy. Son large visage barbu et sillonné de rides. Je me demande s'il songe à ses propres expéditions à la recherche de Nina.

« Et en route, on a pas arrêté de parler. Tout le temps, il voulait tout connaître encore et encore, l'univers, les cafés, le théâtre, le cinéma... Il était très intelligent. Je te l'ai dit, tous les hommes Nowak sont intelligents. Et lui, le père de Milosz, c'était un paysan analphabète, mais quelles discussions, Nina ! Quelle philosophie ! Lorsque le soir tombait, on faisait un petit feu en le cachant sous des pierres, pour qu'on voie pas, et on grillait des pommes de terre ou du maïs, et on discutait. Il me demandait : "Ma bru, raconte-moi le grand monde, parle-moi des juifs, de votre religion." De sa vie il avait jamais entendu parler d'un peuple comme ça, les juifs. Il croyait qu'on était des Aroumains, une espèce de peuple, un mélange de Grecs et de Serbes qui vivaient en Macédoine.

« Et tout le temps, il me dit : "Tu es folle, ma bru, qu'est-ce qui va arriver si on nous attrape ?" "Personne va nous attraper." "Mais jusqu'où tu veux aller le chercher ?" "Jusqu'en Allemagne ! Jusqu'à Hitler ! Je vais le retrouver !"

« Comme ça, on marchait, du matin au soir. On mangeait un peu de pain et de graisse, on buvait dans les ruisseaux, on rencontrait pas un être humain. Si on apercevait quelqu'un de loin, on se cachait.

« C'était un homme pur, et je lui faisais confiance. Il avait de grands yeux bleus, comme ceux d'un enfant. » Véra pouffe de rire. « Sa femme, la mère de Milosz, elle était pas belle, mais elle était plus robuste que lui. Une vraie diablesse, pour ça, oui ! Viens, écoute celle-là, ma Nina… »

Véra se carre sur son siège, s'incline vers la caméra et se frotte joyeusement les mains : « Une fois, j'ai interrogé ma belle-mère si, pendant la Première Guerre alors qu'il était à l'armée, elle l'avait trompé. Et elle m'a répondu : “Tu sais comment c'est, Véra, quand on dansait, j'avais là, sur la tête, une fleur rouge, et alors, celui-ci et celui-là, il prenait la fleur de mes cheveux avec ses dents…” Bon, de là, j'ai su qu'elle avait eu une liaison avec celui-ci et celui-là.

« En fait, je te l'ai déjà dit et je te le redis : les hommes Nowak sont paisibles, très beaux, intelligents à faire peur, mais pas du tout sexy. Les filles, des démons. Pas du tout belles, mais leur nature, c'est le sexe. Et les sœurs de Milosz, alors là ! y a eu beaucoup de problèmes avec elles, beaucoup d'histoires… »

Les regards de Nina et Raphy se croisent de nouveau dans le rétroviseur. On peut presque entendre le cliquetis des fleurets. À cause de ma position sur le siège, je dois me tortiller pour voir le rétroviseur. Raphy adresse à Nina un sourire un peu torve, qu'elle lui rend, et moi, j'observe toute la scène. Je demeure à ce point impassible que Nina l'interroge du regard : m'a-t-il déjà raconté ? Il opine.

« Je t'avais demandé de ne pas lui raconter, le fusillent ses yeux offensés.

– Je n'ai aucun secret pour Guili », répliquent les épaules de mon père.

Et maintenant Véra fronce les sourcils : « Minute, minute, qu'est-ce que vous avez à faire ça ?

– C'est rien, Grand-mère, je lui dis, les rescapés partagent un moment. » Nina éclate de rire, et moi, je me gonfle d'une fierté stupide : J'ai réussi à dérider la princesse mélancolique.

« Tu m'as l'air un peu sous le choc », lui avait dit Nina. Cela se passait il y a cinq ans, en août 2003, durant la fête d'anniversaire des quatre-vingt-cinq ans de Véra. Nina avait entraîné Raphy jusqu'à l'ancien verger d'avocatiers où ils s'étaient rencontrés autrefois. Aujourd'hui, s'élève là une fabrique d'écrans de téléphones portables, d'où le kibboutz tire des revenus confortables. « Je vois bien que tu as du mal, Raphy mon mignon, tes yeux... tu n'arrives pas à croire que ce que je te raconte est véridique. Et ça n'est peut-être pas vrai, écoute..., avait-elle dit avec un rire de gorge, parfois, le matin, avant de me réveiller vraiment, je reste couchée pendant quelques minutes à réfléchir, impossible que ce soit cela, ma vie, qu'elle ressemble à cela, que je vive ce truc dément...

« Je ne sais pas pourquoi je te raconte tout ça, avait-elle ricané, toute cette affaire, tout le sel de ces rencontres, c'est que chacun d'eux ne connaît qu'un aspect de moi, uniquement la fille qu'il croit être la sienne, et voilà que moi, je me pointe de mon plein gré et je donne tout, tout le paquet à un type – à un autre individu avec une caméra à la main, et c'est l'homme en qui j'ai le plus confiance au monde, il n'est personne en qui j'aie le plus confiance que toi, tu le sais, n'est-ce pas, Raphy ? »

Raphy avait répondu que oui. Il est allergique à l'alcool, et l'haleine de Nina lui donnait la migraine.

« Mais tu es aussi celui à qui ça convient le moins d'entendre ça, avait ri Nina, celui qui sera le plus blessé par ça... Tu peux encore refuser.

– Je t'écoute », avait-il répondu sèchement. Cela m'étonnait qu'elle ait demandé, et même exigé, qu'il filme ce qu'elle désirait lui raconter – confession ? Testament ? Mise en accusation supplémentaire de Véra ? –, il ne pouvait pas se décider, mais un froid commençait déjà à l'envahir et il devinait qu'après cet instant beaucoup de choses seraient irréparables.

« Parce que, moi aussi, dans les moments de lucidité, quand le cerveau, comment dit-on, me fait redémarrer, je n'arrive pas à saisir que c'est réel. Que j'ai ainsi foutu ma vie en l'air, et désormais je ne vois pas comment revenir à l'existence d'un individu normal, d'un être ordinaire, honnête... et chez moi, là – soudain, elle avait frappé brutalement sa nuque –, il y a tant de secrets et de mensonges, et comment je peux garder la raison avec tout ça, dis-moi ? Comment je peux enfermer tout ce fouillis dans cette petite boîte... »

Raphy s'était dit qu'il n'était que l'œil en train de filmer. Qu'il tenterait de comprendre plus tard.

« Quand toi et moi, nous vivions ensemble à Jérusalem, être avec toi me protégeait un peu. Comme une sorte de ligne que tu dessinais autour de moi. J'avais une limite. Je savais où se trouvait le vrai, où la lumière finissait et l'obscurité commençait. Bon, c'est vrai que, la plupart du temps, j'avais envie de fuir tout ça, et je me suis enfuie, mais, à la fin, je revenais. Écoute, Raphy...

– J'écoute, avait-il chuchoté.

– En ce moment, je me déchaîne comme jamais. » Raphy avait songé que rien de ce qu'elle s'apprêtait à lui raconter ne le briserait.

« Et sache, qu'à personne, personne au monde, je ne... comme ça... et c'est pour ça que j'ai voulu que tu me filmes en train de le dire, tu saisis ? »

Il opina de la tête.

« Tu ne comprends pas, n'est-ce pas ? » Un sombre désespoir voilait ses yeux. « Pour qu'une fois au moins, dans un endroit quelconque de l'univers, toutes ces choses soient réunies, tous les mensonges, et alors, pendant un court laps de temps, ce sera la vérité...

– Nina, avait-il soufflé doucement, ça suffit, non ? Retournons chez Véra !

– ... Et maintenant, je me vois, je me vois avec tes yeux, et je ne crois pas que ce soit moi, que cela m'arrive à moi, que ma vie ait dérapé comme ça, et aussi mon amour, je ne parle pas de l'amour pour quelqu'un, ça, je n'en ai plus en ce moment. Je parle de la place de l'amour que j'avais en moi, le lieu où je pouvais aimer d'un amour simple, fidèle, comme on aime un père et une mère, quand on a trois ans...

« Et saisir qu'il ait pu devenir aussi corruptible ? On dit corruptible ? Ah, corrompu. Les mots me manquent brusquement, j'ai un peu trop bu... Mon amour est corrompu, et moi aussi, et ça n'aurait pas dû se passer comme ça ! » Elle avait crié ces derniers mots, Raphy avait eu un mouvement de recul, elle avait éclaté de rire : « Je te fais peur, hein ? Ce n'est pas ce qui était écrit pour moi dans les cartes, Raphy, et je crois aussi que ce n'est pas, non plus, dans mon tempérament... Ma véritable personnalité, on me l'a arrachée à l'âge de six ans et demi, et on me l'a rendue, au bout de trois années, amochée, détruite... parce que je me souviens encore de celle que j'étais, l'enfant que j'étais, hurlait-elle du plus profond d'elle-même, je m'en souviens, je m'en souviens parce que j'étais une enfant joyeuse, sérieuse mais gaie, et elle demeure mon bien le plus précieux, et c'est en elle que je puise ma force jusqu'à ce jour, je n'ai pas d'autre force en dehors d'elle, rends-toi compte, une femme de mon âge puise tout ce qu'elle possède dans une enfant de six ans et demi…

– C'est une chance que tu l'aies, avait-il dit. Maintenant, on va rentrer. Véra doit s'inquiéter.

– Brusquement, ça me revient… je le dis comme ça, sans aucun rapport, j'avais six ans, et Papa s'était rendu à Rome avec la sélection équestre nationale, et il m'en avait rapporté des sandales blanches, magnifiques… et, une autre fois, une chemise en *silk*, comment dit-on, ah oui, en soie, en shantung, et il a dit qu'elle mettrait encore plus en valeur mes yeux… mais je voulais te dire autre chose. Je perds le fil… j'oublie un peu les choses ces derniers temps, c'est rigolo, à force de compliquer, à force de dissimuler la double vie – si seulement elle n'était que double… triple, quadruple… mais on parlait d'autre chose... qu'est-ce que je voulais… attends, je me souviens. Au sujet de la différence entre ce qu'on voit de l'extérieur et ce qui existe vraiment… Regarde-moi, par exemple, oublie un instant que tu m'aimes un peu, fais cet effort pour moi, dis-moi ce que tu vois. Une fille plutôt normale, non ? Plus très fraîche. Pas une de celles, comme on dit, qui font tourner les têtes, sauf la tienne, c'est ma chance, mais ça, c'est lié au fait que tu es détraqué, et là-dessus, je décline toute responsabilité… Bon, voilà une fille assez ordinaire à première vue. Dans son travail à Brooklyn, ça fait sept ans qu'elle est employée, cinq personnes tout au plus parmi le millier de salariés de la compagnie connaissent son prénom, celui de Miss Nowak, ou même qu'elle en a un… Une femme un peu anémiée, pas assez de chair sur les os, même si, parfois, disons sous un certain éclairage, elle peut être assez jolie, presque belle, bien qu'il soit évident qu'elle n'est pas au sommet de sa forme, tu es d'accord avec cette formulation ?

– Je te le dirai plus tard. » Brusquement, Raphy comprenait à quel point elle jugeait important qu'il la filme à cet instant-là, dès la fin de la fête familiale, avec la même caméra qui avait immortalisé tous les événements dont elle s'était volontairement exilée.

« Et donc, songe que, sous l'épiderme délicat de Miss Nowak, la blonde blafarde du service des traductions commerciales, économiques et techniques, département des langues du Moyen-Orient, Iran, Turquie, service de l'hébreu, un démon s'agite tout le temps, un vrai de vrai avec une queue et des yeux rouges déments, et c'est quoi, ce démon en moi, Raphy, d'où il m'est venu, dis-moi si jamais tu le sais, si, une fois dans ta vie, tu as ressenti comment il te brûle la cervelle et les tripes tout en glissant sur ta bite, et comment il t'agrippe par les couilles, et te retourne comme un gant, il se fiche de toi, tu comprends, et il se fiche totalement de moi, et moi, je l'accepte, ça me convient, *suits me well*, il ne fait que se servir de moi pour exister. Pour son plaisir, *le sien*, beaucoup plus que pour le *mien*, il me frotte à chaque bite qui passe, c'est ce dont il a besoin, mon démon, et moi, j'ai conclu un deal avec lui, ça me va parce que ce qu'il cherche, c'est que ça bouge, que ça frotte, tu saisis ? La vitesse, le mouvement, le frottement, c'est, semble-t-il, ce qui lui donne son énergie, et ça, moi aussi, j'en ai besoin, tu le sais après tout, la vitesse, et le frottement et la ronde incessante, la ronde de mes baiseurs crédules loin d'imaginer un seul instant qu'ils ne sont pas le *"one and only"* sur mon carnet de bal, mais maintenant, tu sais, et tu es le seul au monde à savoir, Raphy, qu'à ce jour ils sont quatre, quatre à assurer la relève, tac, tac, tac, tac ! » Elle agitait ses mains avec la dextérité d'un joueur de bonneteau. Ses paupières papillotaient et ses yeux se fermaient, et il y avait on ne sait quelle qualité étrange, éméchée mais vigilante, dans son élocution balbutiante. « Et peut-être que, bientôt, quatre ne me suffiront pas, je t'avertis, Raphy, peut-être que quatre ne suffiront pas car j'ai appris ce que c'est, quatre, tu comprends ? J'ai appris à jongler avec quatre, aucun ne retombe, aucun ne percute l'autre, et il se pourrait que je doive augmenter la dose prochainement, jongler avec cinq, non, six, pourquoi pas six, et, peut-être qu'au bout d'un certain temps, six aussi ne suffiront pas, et j'aurai besoin de sept, va savoir… »

Elle respirait difficilement, les joues en feu. En la voyant ainsi – m'avait dit mon père –, en observant le regard égaré de Nina, il avait compris l'expression du Lévitique « un feu profane ».

À la fin, d'ailleurs, il m'a montré ce qu'il avait filmé, toute la séquence sans retouches. Il me l'a montré après d'infinies supplications de ma part. Et, en même temps, je priais qu'il refuse, qu'il se montre un adulte responsable et me préserve, qu'il soit *mon père*. Mais, à la fin, il a cédé et ensuite, selon ses dires, il l'a regretté chaque jour de son existence. Et moi aussi.

Où en étais-je ?

« La manière dont tu me regardes, Raphy… je sais ce que tu penses, mais je veux que tu m'écoutes jusqu'au bout, puis tu décideras, d'accord ? Ensuite, tu me fixeras la sentence d'un individu tel que toi, honnête, prudent, sensé. » Elle avait craché ces mots. « Et sans doute décideras-tu de m'expédier en rééducation, peut-être dans quelque prison sur *an island*, une île, c'est ce qui convient à ma famille, surtout une *naked island* comme Goli, mais n'oublie pas, Raphy, n'oublie pas qu'on ne peut pas m'effrayer par cette menace parce que ça fait longtemps que je suis là-bas, sur l'île, depuis l'âge de six ans et demi, je me trouve là-bas, et j'y suis solitaire, on m'a envoyée là-bas sans aucun procès, et on l'a fait d'entrée, je n'ai même pas pu faire venir au tribunal un témoin à décharge, et toi, tu es peut-être le seul au monde à prendre ma défense, et le seul à croire encore que je puisse être acquittée, je me trompe, Raphy ? »

Les doigts de Nina se déploient sous le nez de Raphy et se contractent en un geste de procureur : « M'acquitter non seulement dans l'affaire de ceux-là, les baiseurs – mais m'acquitter en général... Une fois, une unique fois, si l'on pouvait me plonger dans un liquide quelconque et me sortir de là propre et pure, et par-dessus tout, *simple*, c'est ce dont je me languis le plus, oublie tout le reste, uniquement simple, comme je l'étais autrefois, tu sais bien, avant ce qui est arrivé, avant ce qui est arrivé à Véra, à Milosz et à moi. Revivre encore une fois, même cinq minutes, avant ce qui est arrivé ce matin-là à Belgrade quand Maman m'a envoyée chez son amie Jovanka, et, quand je suis sortie de la maison, le froid était déjà là, on était en octobre, et sur le trottoir il y avait une marelle à demi effacée, j'ai sauté sur les cases, il y avait des feuilles mortes, je m'en souviens si bien. » Son cou s'étire en arrière, ses paupières se ferment. « De grandes feuilles jaunes et rouges, le marchand de marrons grillés venait de poser sa carriole au coin de notre rue, j'ai regardé derrière moi, je m'en souviens, du côté de la maison, je sentais que Maman était à la fois inquiète et distraite, ce matin-là... Véra, tu le sais, n'est jamais distraite, mais ce matin-là, elle m'a enfilé mon pull à l'envers et, deux fois, elle a essayé de tresser mes nattes et ses mains, comme si... J'ai jeté un regard derrière moi, j'ai vu devant notre porte un homme de haute taille et imposant en manteau noir. Il me fixait, ça m'a fait peur, et je me suis mise à courir en direction de la maison de Jovanka, mais je n'ai pas couru pour revenir chez moi, même pas pour retrouver Maman, pour qu'elle ne soit pas seule avec cet homme qui m'effrayait. J'ai pris mes jambes à mon cou, mon instinct me disait de m'éloigner, mais comment j'en suis venue à te parler de tout ça ? »

Elle avait lancé à Raphy un regard traqué, désemparé.

« De quoi on parlait déjà ?

– De ton désir d'être simple.

– Simple, oui, transparente. Qu'on puisse voir à l'intérieur de moi jusqu'au tréfonds. Mais, c'est désormais impossible, la lentille est ternie ou, en fait, il existe plusieurs lentilles empilées les unes sur les autres… Combien de lentilles peut-on accumuler, dis-moi ? Combien de mensonges peut-on fourrer dans la vie de quelqu'un avant que le cerveau ne commence à fuir ? L'un après l'autre, ils débarquent chez moi, parfois deux le même jour, l'un s'en va et, deux heures plus tard, j'accueille le second, et surtout ne va pas croire que je fais ça pour de l'argent, et si l'un d'eux commet l'erreur de m'en proposer, il est expulsé aussi sec de l'équipe, aucune indulgence dans ce cas, mais avec tous les autres, je suis la plus charmante et la plus *crunchy*, la plus craquante, je suis candide, tendre et maternelle, ou putassière, le tout à la demande du public, Nina accepte chaque idée, chaque initiative, et plus c'est dingue, mieux c'est, tu ne peux pas t'imaginer, Raphy, me vautrer dans la boue encore et encore, et c'est ce qui excite mes bonshommes, que tout soit permis, chaque fantasme et chaque caprice. Je te dégoûte, n'est-ce pas ? J'arrête là ?

– Pour le moment, je me contente de filmer.

– Filme, je te l'ai dit, il faut qu'une fois au moins, tous ces mensonges, tous ensemble… mon pauvre Raphy… quelle vie tu aurais pu avoir si ton âme n'avait pas été accrochée par le clou que je… Je continue ? »

La caméra acquiesce.

« Et ils n'en croient pas leur bonne fortune, ils ne croient pas que la donzelle chétive et poitrinaire du service *so and so*, celle avec qui ils ont flirtouillé dans l'ascenseur, dans le métro, ou dans la file pour un *frozen yogurt*, qu'ils ont draguée en passant, peut-être par politesse, pour la flatter un peu – que cette chouette anémique s'excite et s'enflamme brusquement entre leurs mains, se trémousse et se déchaîne comme s'ils couchaient avec trois, quatre, cinq femmes différentes, sauf qu'elle ne leur permet pas de l'embrasser sur la bouche, et en cela, elle ressemble à ses consœurs prostituées, *oïe*, mon Raphy, mon chéri », et là, elle fit un pas en avant et noua ses bras autour de son cou, haletante, désespérée, puis elle se ressaisit, s'écarta de lui et s'adressa à la caméra : « Je radote, tant et plus sans avouer l'essentiel, l'essentiel, c'est... c'est quoi l'essentiel, soudain je ne m'en souviens plus, c'est quoi, l'essentiel, dis-moi, toi...

– L'essentiel, c'est que tu inventes tout ça pour me torturer, répondit Raphy à voix basse avec une colère rentrée qu'il réprimait à grand-peine.

– Oh, comme j'aimerais, comme j'aimerais, soupira-t-elle... s'il y avait un moyen, ce serait si beau de ramener tout ça à un fantasme... Tout est véridique, Raphy, mais tu ne comprends pas, tu es trop bon, trop logique pour comprendre une chose pareille, et maintenant, écoute et laisse-moi poursuivre jusqu'au bout, car ça ne m'arrivera pas une seconde fois dans la vie, raconter ces choses à quelqu'un, et ce que nous filmons en ce moment, tu vas me le remettre gentiment, puis je vais le jeter dans le puits le plus profond que je puisse trouver. Le plus important que je souhaitais te raconter, sache-le, le plus important, ce sont les derniers instants avant que le suivant frappe à ma porte, c'est le moment où mon cerveau s'embrase le plus, ça va t'étonner, justement *avant* qu'il n'arrive, le queutard numéro 2, ou numéro 3, tu piges ? Le plus important, ce sont les quinze minutes qui précèdent, quand je l'imagine sortant du *subway*, et je l'imagine en train de venir vers moi, de marcher, il se rapproche, et à chacun de ses pas je le ralentis, doucement, *darling*, tandis que lui vole vers moi comme une flèche, mais au ralenti, et le voilà qui passe devant l'onglerie de la jeune Coréenne, puis, il y a un *Deli*, ensuite, l'épicerie de l'Indien, et moi, je défaille déjà à l'attendre, *oïe*, Raphy, pourquoi nous ne sommes pas restés tous les deux ensemble dans ma chambre du kibboutz quand nous étions des enfants, pourquoi ne m'as-tu pas bouclée là après que nous avons couché jusqu'à ce que je me purge de ce poison, de cette drogue ? »

Raphy se taisait.

« Et ce type est déjà à proximité de la pharmacie du coin, et il commence à sourire en lui-même car mes fluides brûlants se mettent à l'humecter, s'élèvent de la chaussée, de l'asphalte, et il y a aussi, comment dire, des cercles de feu, comme au cirque, le mot m'échappe…

– Des cerceaux ? chuchota Raphy avec répulsion.

– Des cer-ceaux… (Elle goûta délicieusement le mot.) Mais seul lui les voit, les passants, eux, ne les remarquent pas, déambulent à droite ou à gauche, seul lui franchit mes cerceaux de feu, et il saute dedans d'un pas léger tel un lion élégant, sa crinière se hérisse, et son costume craque sous la fourrure, et il sait, oui, il sait, il sent qu'il bondit jusqu'à moi à travers les cerceaux enflammés, et il comprend qu'il a perdu son libre arbitre dans la rue, et ce qui l'attire en ce moment, ce n'est que moi, moi, l'aimant irrésistible que je suis, mais qu'est-ce que j'ai à te niquer la tête, Raphy, arrête-moi dès que tu en as assez, comment se fait-il que tu n'en aies pas marre de moi, et voilà, regarde, imagine, reste avec moi, ne te taille pas maintenant, regarde de tous tes yeux l'ascenseur poussif grincer en bas, et s'élever lentement vers moi, neuvième étage, dix, onze, douze… et il désire, ce type, il est totalement consumé par le désir. C'est moi qu'il désire, Raphy, moi, tu saisis ? Et moi je suis tout entière le désir d'être désirée, et je brûle entièrement parce qu'il me choisit en ce moment, sa petite Nina, et moi, je suis dans son pur désir, et sa bite est comme l'aiguille d'une boussole qui pointe vers moi parce que c'est moi qu'il choisit au milieu des millions d'individus vivant à New York à cet instant, et lui est déterminé, pas une once d'équivoque, et, soit dit au passage, tous mes baiseurs sont comme ça, aucun prétexte du genre "Je ne sais pas ce qui me prend aujourd'hui, de ma vie, ça ne m'était jamais arrivé", pas question. Celui-là, éliminé d'office, et, fissa, on lui trouve un remplaçant, parce que, moi, mon cher Raphy, il faut me désirer. Tu comprends ? Tu comprends ? »

Raphaël poussa un soupir, sa tête lui faisait mal comme si on la perforait. « Tu es saoule, Nina. Viens, on va retourner chez Véra, on va te préparer un café bien fort…

– Me désirer, me convoiter, et encore me désirer, jusqu'à ce qu'il ne me reste aucune place dans le cerveau pour rien d'autre, sauf le fait qu'on me désire, c'est la condition pour être accepté par moi, choisir, je veux être choisie… », cria-t-elle puis, brusquement, elle éclata en sanglots.

Raphy ravala sa salive. Depuis quelques minutes, il était hors de lui. Maintenant, il avait l'impression qu'un hypnotiseur avait frappé du doigt près de son oreille et l'avait réveillé. En même temps que sa douleur.

« Quoi ? s'écria-t-elle après un bref silence.

– Quoi, quoi ?

– Dis quelque chose, crache sur moi, écrase-moi sous ta semelle comme un mégot, rameute tout le kibboutz pour me lapider. Je n'arrive pas à croire que c'est moi qui ai fait ça. »

Elle s'affaissa et s'assit sur une plaque d'égout. Elle prit sa tête dans les mains.

« Je ne peux pas le croire, gémissait-elle, justement à toi et à nul autre ? Passe-moi la caméra.

– On décidera de ça demain matin. Après ta gueule de bois. »

Et, à la surprise de Raphy, elle accepta. Elle leva vers lui des yeux exorbités. « Dis quelque chose au moins. Ne me laisse pas comme ça, à me vider de mon sang. »

Il s'assit à côté d'elle. Il respira un bon coup puis l'enlaça.

« Je suis abjecte à tes yeux ?

– J'ignore ce que je ressens.

– Je suis abjecte à tes yeux.

– Autrefois, quand nous étions… quand nous en étions à peine au début, alors que je te cherchais dans tout le pays, j'ai fait un vœu, dit-il en soupirant. Bon, quoi, je vais te raconter. J'ai fait le vœu que j'absorberais toujours tous tes poisons, jusqu'à ce que tu t'en libères totalement et alors, c'est ce que je me suis dit alors, nous pourrions commencer à vivre réellement.

– Et maintenant, hein ?

– Je ne sais pas. Je pense que j'ai atteint la limite de ma capacité d'absorption.

– La limite, ou au-delà de cette limite ? » La voix de Nina se brisa, Raphy se tut. Il pensa que le moment était peut-être vraiment venu de l'expulser de sa vie.

« Je comprends, dit-elle.

– Viens, on rentre, Véra nous attend. »

Nina s'appuya sur son bras, plaquée contre lui. Il pensait au corps de sa femme, à sa vie physique. Une fois, elle lui avait affirmé qu'on pouvait écrire deux biographies entièrement différentes : l'une sur sa personne, l'autre sur son corps.

La main de Raphy sur l'épaule de Nina pesait moins que d'habitude.

« Je le rebute, songeait Nina, je le dégoûte. »

La déception à l'égard de Nina submergeait Raphy, du fait qu'elle s'était autant éloignée, au-delà de ce qu'il pouvait comprendre. Il sentait qu'elle sombrait, plongeait dans un abîme. Brusquement, il la fit pivoter et l'embrassa sur la bouche.

Il l'embrassait. Sans fin. Elle aussi. Ils s'embrassaient.

Ensuite, ils se détachèrent et, face à face, ils se dévisageaient.

« Bon, dit-elle sans respirer, tu as absorbé un peu mes poisons ?

– Comme si c'était notre premier baiser », murmura-t-il.

Une bande d'adolescentes les croisa : « Prenez une chambre ! » cria l'une d'elles, à quoi une autre ajouta : « Dans une maison de retraite médicalisée ! »

Nina et Raphy éclatèrent de rire.

« Mon premier baiser remonte à si longtemps, dit Nina.

– Tes lèvres sont si douces.

– Nous nous sommes embrassés, chuchota-t-elle. Qu'est-ce que tu m'as fait, Raphy ?

– J'ai embrassé l'amour de ma vie. »

Elle laissa échapper un léger soupir. « T'es vraiment givré. » Sur ces mots, elle s'emporta brusquement, comme s'il venait à l'instant de bousiller par étourderie quelque plan compliqué qu'elle avait concocté pendant des années.

Mais, aussitôt, elle revint plaquer tout son corps contre lui. « Enfuis-toi, sauve-toi. » Ils s'embrassèrent de nouveau. « Nous avons déjà atteint neuf baisers », marmonna-t-elle. Il rit, elle se réjouit. Il l'embrassa encore une fois. Elle s'enquit : « C'est le baiser d'adieu ? » Il l'embrassa encore. La tête de Nina reposait sur le bras de Raphy. Elle gardait les yeux clos, lèvres entrouvertes. Elle dit : « Tu connais cette sensation ? Tu commences à manger quelque chose, et ce n'est qu'à ce moment-là que tu comprends à quel point tu avais faim ? »

Le corps de Nina s'alanguissait, chancelait entre les bras de Raphy. « Nos corps et nos âmes n'avaient jamais été aussi proches », me confia Raphy après que j'eus fini de regarder son film, et que l'envie de mourir me fit presque défaillir.

Le lendemain matin, deux jours avant la date prévue, sans faire ses adieux à mon père et à Véra, elle repartait à New York.

« Nous arrivons à Belgrade, mon beau-père et moi, en pleine nuit, et on doit passer en Croatie, mon pays, mais je veux d'abord revoir ma maison et celle de Milosz à Zemun, juste à côté de Belgrade. Je veux rester même pas plus de dix minutes dans mon joli appartement et emporter un peu de vêtements et d'affaires à vendre, l'argent nous aidera à retrouver Milosz.

« Mais à Belgrade, il y a le couvre-feu, et un ponton militaire sur le fleuve, où l'armée allemande circule déjà, et j'aperçois un véhicule militaire avec un fanion hongrois, je lui hurle en hongrois : "Emmène-moi !" Et lui, il me prend avec mon beau-père et traverse le ponton. Et nous voilà en Croatie, dans une obscurité totale, nous marchons et nous arrivons devant ma maison, il y a là des immeubles de quatre étages, et je vois mes volets ouverts, et des uniformes de soldats allemands accrochés dehors sur une corde, je monte l'escalier dans le noir et j'arrive à la porte, et sur la porte il y a une plaque rouge avec leur oiseau et c'est écrit : "Réquisitionné par l'armée allemande".

« J'ouvre un peu la porte et je jette un coup d'œil, il y a de la lumière, des soldats, et des putains, et mes beaux verres en cristal sont brisés, je referme doucement, redescends et dis à mon beau-père, on va attendre un peu, et après, je vais rentrer là-dedans. Et lui, il me dit : "Tu es folle, ma bru, je te laisserai pas retourner seule là-dedans, parce que j'ai promis à ton mari de veiller sur toi." Et moi, je lui réponds : "J'ai besoin de mes affaires pour sauver Milosz, et j'ai déjà un plan." Et lui, il me dit : "Mais où tu vas chercher Milosz ? Peut-être qu'il n'y a plus de Milosz ?" et moi, je lui dis : "Milosz vit toujours, et je vais le trouver." Et comme ça, on fait des plans grandioses, et aucun de nous réfléchit qu'on est au beau milieu de la Croatie, et que mon beau-père porte des habits serbes, et moi, je suis habillée comme une paysanne serbe, mais quand on s'en rend compte, tous les deux, on est très malheureux.

« Moi, je me dis tout de suite, j'arrive à faire rien de correct, et c'est peut-être la preuve que j'aime pas assez Milosz ? Et, soudain, je vois près de ma jambe, peut-être à deux mètres de moi, sur le trottoir, une forme humaine allongée qui me dit : "Miko, d'où tu débarques maintenant ?" et je lui réponds : "Milosz, qu'est-ce qui t'a pris de choisir justement cet endroit ?", et Milosz, il m'a dit : "Je savais que tu viendrais à notre appartement pour prendre des affaires, pour que tu aies de quoi arriver jusqu'à moi." Et moi, je lui dis : "Milosz, tu m'as l'air très malade, t'es vraiment encore en vie ?" Et il me dit : "Je suis vivant mais grièvement blessé. Ça fait presque deux semaines que je me traîne jusqu'ici."

– Ce n'est pas vrai, murmure Nina.

– Qu'est-ce qui est pas vrai ? proteste Véra.

– Ça s'est réellement passé comme ça ?

– Ça s'est passé comme ça.

– À vous deux, vous êtes tout un roman… » J'ai du mal à décoder ses mots.

« Oui, approuve Véra avec une joie étrange, nous sommes tout un roman.

– Continue, Grand-mère...

– … Et Milosz raconte que sa division a été dissoute, et que des fascistes croates ont emmené en captivité des Serbes comme lui et les ont enfermés dans un lycée de Bjelovar, mais Milosz a sauté par une fenêtre et il est tombé dans la rue, sur le ventre, à l'endroit où il avait eu son opération. Alors son ventre s'est ouvert, et il s'est mis en route et à tomber dans la rue, toujours dans son uniforme serbe, et alors il aperçoit le magasin de vêtements Grünhut, un juif ! Il frappe à la porte et dit : “Monsieur Grünhut, ouvrez-moi.” Le juif s'affole mais il lui ouvre. Et Milosz lui a dit : “Ma femme est juive, Véra Bauer.” “Bauer ? J'ai connu une Clara Bauer de la société Bauer, c'est sûrement sa mère ! Entrez vite.” Il lui a donné à manger, a brûlé l'uniforme serbe et lui a remis un habit croate, et Milosz a dormi quelques nuits dans l'entrepôt jusqu'au jour où il a dit : “Maintenant, je dois aller retrouver ma femme.”

« C'est comme ça que Milosz nous raconte, et je remarque qu'il s'adresse à moi en tant que femme, et non à un garçon comme avant, peut-être parce que son père est avec nous, et peut-être parce qu'il s'est tellement langui de moi. Entre-temps, nous sommes assis tous les trois sur le trottoir dans le noir, et je me retiens pour pas l'enlacer et pour pas danser autour de lui, et lui aussi se retient pour pas me toucher, même pas d'un ongle, à cause du respect pour son père. Et nous, on aperçoit des soldats et des putains en train de sortir, ivres, en chantant. Je dis aux deux hommes : “Maintenant, laissez-moi faire, ça me connaît. Je vais entrer. S'il reste quelqu'un là-dedans, un ivrogne ou une pute, je l'abats." Je prends mon pistolet et je pénètre chez moi, personne, c'est un chaos total. Ils ont dévasté l'appartement, ces putes et ces soldats. Je commence à jeter à mon beau-père par la fenêtre les bijoux de ma mère que j'avais cachés dans un bocal de marmelade, et je trouve un peu d'argent et des couverts en argent. Je remplis deux valises et je les jette sur le trottoir, des draps et une couette que je garde jusqu'à ce jour, et Raphy, quand il était petit, ensuite Guili, aimaient dormir dedans, même en été. »

Raphy affirme que cette couette dégageait un parfum venu d'ailleurs. Je me souviens à quel point j'aimais la sentir sur ma peau. Je filme le silence de Nina.

« Et comme ça, j'ai volé mes propres affaires, je suis descendue et revenue vers mon beau-père et Milosz et j'ai dit : "Maintenant, doucement, on va prendre Milosz et rentrer à la maison."

« Maintenant, il est où, le problème ? Le problème, c'est que Milosz a du mal à marcher, il s'appuie sur moi, il souffre beaucoup. La cicatrice de l'opération s'est ouverte, le pus s'écoule, une vraie pourriture, et lui, il tient son ventre avec les deux mains pour que ses intestins se répandent pas dehors, mais on est ensemble, alors, tout va bien, et son père marche devant nous à quelques pas, il fait semblant de pas regarder, il voit pas comment je caresse les cheveux de Milosz pour qu'ils lui tombent pas sur les yeux. Et moi, je pense dans mon cœur, si seulement on pouvait être comme ça toute la vie, j'en demande pas plus. Mais Milosz, il est épuisé, et je le traîne sur mon dos car son père a gardé une blessure dans le dos de la Première Guerre mondiale.

« On arrive au ponton, trois heures du matin, on attend qu'il y ait un peu de lumière, à ce moment-là, ils replacent le ponton et laissent passer d'abord les paysans qui ont des terres en Serbie. Je me dirige vers un paysan avec un chariot et deux vaches. “On a un blessé, je lui dis. J'ai des fourchettes et des cuillères en argent, c'est pour toi.” Il me dit : “Mets-le là.” On monte dans le chariot, et lui nous emmène jusqu'après le pont, et là, après le pont, il y a le marché “Couronne verte”, les paysans sont déjà là. Je laisse Milosz et son père et je prends une bague en *diamont*…

– Diamant, la corrige Nina, l'air ailleurs. On dit : *diamant*.

– Mais c'est ce que j'ai dit.

– Tu as dit : *diamont*. Peu importe, continue.

– Exactement ce que j'ai dit : *diamont*.

– Ça va, ne t'énerve pas », réplique Nina qui se rejette en arrière et lâche entre les dents : « Quarante-cinq ans en Israël, et elle parle encore comme une immigrante à peine débarquée.

– Et là, il y avait une sorte de *buvette*, dit Véra en insistant sur le mot. C'est comme ça qu'on dit, Nina ? Ou c'est encore le mot d'une immigrante ? »

Nina éclate de rire : « Tu as gagné, Maman, je voulais juste… Bon, basta, continue.

– Alors, j'entre là-dedans et je crie : “Qui a un cheval et une charrette, je lui donne cette bague avec un *diamont* !” Le patron examine le bijou et déclare : “Ça vaut trois charrettes, plus des chevaux.” “J'ai besoin que d'une charrette !” On met Milosz dans la charrette. J'enveloppe soigneusement Milosz dans les draps et la couette de l'appartement. Je dis au patron de partir pour le village de Milosz, et que je veux rentrer dans le village pendant la nuit, comme ça personne sait que Milosz est revenu parce qu'on pouvait le dénoncer et l'arrêter encore une fois, et, encore une fois, je devrais le chercher. Et comme ça, on est arrivés, et sa mère, ma belle-mère, illico, elle a égorgé un mouton, a enlevé sa fourrure et enveloppé Milosz dedans, elle l'a cousue avec une grosse aiguille, et Milosz s'est endormi dedans presque deux jours, et quand on l'a sorti de la peau, la couleur commençait à revenir sur son visage, puis on l'a placé dans une petite chambre sans fenêtre, et uniquement moi et sa mère, on s'en est occupées.

« Mon pauvre Milosz souffrait plus à cause de moi qu'à cause de lui. "Comment tu tiens le coup, Véra ? Cette existence n'est pas du tout faite pour toi !" Et moi : "Qu'est-ce que ça peut me faire ? Je suis avec toi ? Alors, tout va bien ! Tu es vivant ? Tu es près de moi ? Tout est pour le mieux !" »

Raphy désigne du doigt un panneau : plus que quarante miles, ou kilomètres. La pluie a un peu faibli. Le citron avance avec l'aisance qui succède à un grand effort. Raphy s'étire et sature l'habitacle de son corps et de ses bâillements – dignes du rugissement du lion de la Metro-Goldwyn-Mayer. Nous roulons en silence pendant un long moment. J'ai l'impression que Nina commence à piquer du nez.

« Et pendant tout ce temps, j'ai commencé à travailler là-bas, dans le village, raconte Véra à la caméra, à voix basse, presque dans un murmure. Dans les champs j'ai travaillé, et dans les vignes. Et Milosz était toujours malade, couché, et sa mère m'a dit : "Tu dois faire deux rangées, pour ton mari aussi !

– Mais c'est ton fils !

– Oui, mais c'est aussi une bouche à nourrir !" Bon, c'est leur logique aux paysans, et ça, je l'ai accepté. »

Je scrute le visage de Nina. La tension et la colère ont disparu. Yeux clos, elle écoute. Avec un sourire.

« Et chaque matin, j'examinais le cul de la poule pour voir si elle avait pondu, et je préparais la nourriture du cochon – des épluchures de pommes de terre, de la citrouille, avec du son, et, le matin, je faisais du pain pour tout le monde avec de la farine de maïs, de grosses miches, que j'avais du mal à sortir du four. Et je cuisinais pour les hommes dans le champ, des choux ou des haricots, leur plat national. Presque pas de viande. Uniquement pour les fêtes. De temps à autre, une poule. Le cochon, on l'égorge peut-être une fois par an. »

Elle se frotte les yeux. Nina, à côté d'elle, somnole. Véra, d'un geste brusque, d'un geste impulsif, l'attire pour qu'elle s'appuie contre elle, tête contre tête.

« J'aimais vivre au village », dit-elle au creux de la chevelure de Nina, en prenant la main de sa fille dans la sienne et en la caressant lentement. « J'aimais bien là-bas, Nina. Je me sentais si bien. Je me lavais dans la cave, dans un grand tonneau. Chez eux, on se lavait les pieds chaque soir, et moi, comme j'étais leur belle-fille, je m'agenouillais, j'enlevais les *offenbach*, les bottes, et les chaussettes de mon beau-père, et je lui lavais les pieds dans l'eau. »

Elle chuchote presque. J'espère que la Sony enregistre son récit. Peut-être que, maintenant, les mots deviennent moins importants. Ses lèvres sont collées à l'oreille de Nina, qui s'efforce de ne pas s'endormir. Nina-du-futur semble avoir disparu, elle s'est volatilisée d'un seul coup. On a l'impression que les choses reprennent leur cours normal. Qu'elles sont enfin enracinées au cœur du temps et de la famille.

« Et à moi, chacun dans le village me racontait des choses. Parce que, d'une façon ou d'une autre, je savais les aborder. Tout m'intéressait. Pour moi, chaque individu était spécial. Alors, la mère de Milosz m'a confié que sa belle-mère était méchante et horrible, et sa belle-mère m'a dit que la mère de Milosz avait trompé le père pendant la Première Guerre… Et moi, tout ça m'intéressait, je voulais tout avaler… »

La caméra cadre Nina. Elle sourit à elle-même, les yeux mi-clos, cherche un emplacement commode pour se lover contre le corps de Véra.

« Et j'allais au cimetière pour bavarder avec les femmes, assises en pleurs sur la tombe de leur mari, et je les interrogeais, dites-moi, s'il vous plaît, mes bonnes voisines, qui était votre cher défunt, parlez-moi de lui, je vous en prie. Je me souvenais de tout. Et jusqu'à ce jour, je m'en souviens comme si c'était hier.

« Tu vois, ma petite Nina, chuchote-t-elle, je voulais tellement m'imprégner de ce qui appartenait à Milosz, tout son univers. Je devais comprendre toutes ces choses pour le comprendre, lui, parce que c'étaient ses racines... »

Sa bouche effleure la joue de Nina. Nina ouvre des yeux embrumés, peut-être tente-t-elle de se souvenir comment elle s'est retrouvée dans cette situation, mais elle cède peu à peu au sommeil. Quelque chose dans tout ce tableau brise le cœur : Raphy la conduit, je la filme, et Véra lui raconte une histoire. Tous les trois, nous sommes éveillés, et elle, entre nous, s'assoupit.

« On m'aimait beaucoup là-bas parce que je jouais pas à la "Madame". Je portais des habits sales et puants, et, là-bas, au lieu des toilettes, il y avait un trou dans la terre, et il y avait pas du tout de lits, et quand moi et Milosz, on est arrivés la première fois, ils ont emprunté deux lits dans le village voisin et ils les ont rembourrés avec de la paille, il y avait des puces qui sautaient, et, en ce temps-là, les filles se rasaient pas les jambes, et, moi, j'avais des poils, et, là-dedans... des puces.

– Beurk, Grand-mère, je dis en rigolant.

– Beurk, ça, c'est bon pour aujourd'hui, rétorque sèchement Véra. Là-bas, tout était différent. Là-bas, c'était la misère, c'était la guerre, et c'était les Balkans. Moi, je voulais ça, je voulais en faire partie. Pour la première fois de ma vie je sentais que je faisais partie d'un endroit. Et moi, je faisais la cuisine, et eux, ils allaient au travail, et moi, à midi, je posais un grand bâton sur mes épaules, avec les marmites accrochées de chaque côté, et je marchais à travers les champs jusqu'à la vigne, pour leur apporter, et je chantais, pleine de joie, je me sentais si heureuse, parce que Milosz était près de moi, et qu'il échappait petit à petit à tous ses malheurs et à ses maladies, et les paysans dans les champs tout autour : "Hé, Miloslav, c'est qui, celle-là qui se ramène là-bas ? C'est qui, celle-là qui chante comme un oiseau ?" "C'est la fiancée de Nowak ! Elle leur apporte le manger !" »

Nina dort. Au bout de quelques instants, Véra s'assoupit aussi, sa tête contre la sienne. J'éteins la caméra. Jusqu'à la fin du trajet, mon père et moi, nous gardons le silence.

Un cafard morose, sans raison précise m'envahit. (Écrit sur le rebord de la fenêtre pendant la nuit face à un petit débarcadère. Mer Adriatique, dans une bourgade dont je ne tenterai pas de prononcer le nom une nouvelle fois, de crainte d'avoir recours à un stomatologue.) Le mini-bar ne diffuse qu'une lumière blanche. Sur la promenade en face de moi, des monceaux de feuilles mortes et de sacs en plastique voltigent. C'est une cité balnéaire peu attirante, avec un alignement d'hôtels face à la mer et des restaurants ouverts même à cette heure tardive, vides et éclairés a giorno par des néons clinquants, d'où s'échappent des volutes de fumée nocive et, néanmoins, légèrement appétissante de shawarma, et dans tous ces établissements, dotés de longs containers de congélation débordant de montagnes de crèmes glacées aux couleurs repoussantes.

Dans trois autres chambres de l'hôtel, Véra, Raphaël et Nina dorment. Demain matin, si la mer le permet, si la tempête ne reprend pas, nous voguerons vers l'île désolée tapie quelque part dans le brouillard. C'est l'île, je ne me souviens plus si je l'ai déjà mentionné, où une grande partie de mon enfance et de mon adolescence s'est déroulée, même si je n'y ai jamais mis les pieds, et c'est là que s'achèvera ce périple et que je pourrai enfin être de nouveau moi-même, loin de cet hologramme de foutoir que mon père et Nina produisent par chacun de leurs gestes et par chaque frisson d'allergie qui parcourt mon échine, tel un pompier glissant sur la rampe en route vers un incendie, chaque fois qu'ils s'adressent l'un à l'autre, se regardent dans les yeux, s'étreignent, soupirent.

Et d'un seul coup, cette idée me tétanise : ces deux-là continuent à me fabriquer.

Milieu de la nuit. Quand les autres ne s'agglutinent pas autour de moi, je me retrouve aussitôt avec Meïr. Incapable de cesser de penser à lui et à moi, et à l'avenir de notre couple. J'avais juré de le caviarder durant ce voyage afin de ne pas perturber ma lucidité, mais je n'y parviens pas. Je me dis que ça m'aiderait un peu si j'écrivais à son sujet. Ou au nôtre. Non, pas au nôtre, ce sujet ne me convient pas en ce moment. Je vais décrire la niche que nous nous sommes aménagée. Une start-up pas spécialement sexy, disons-le comme ça, plutôt très *low-tech*, mais qui nous suffit et nous maintient la tête hors de l'eau entre deux tournages : sur la montagne face à notre maison, au milieu des pins, nous enterrons les dépouilles d'animaux domestiques. Des gens – surtout du coin, mais pas uniquement – nous apportent leurs chiens, chats, perroquets et hamsters. Une fois même, nous avons inhumé un poney, et deux fois, un âne. Et même un faucon apprivoisé (nous avions trouvé pour lui une jolie urne illustrée d'un oiseau de proie), et nous avons tout un carré de lapins. En général, un parent et son enfant assistent à l'enterrement mais, parfois, c'est toute la famille. J'y participe toujours. Meïr, ça lui prend du temps pour se dégeler et s'ouvrir et, entre-temps, je dresse une petite table – un Thermos de café et une théière, des jus de fruits, des biscuits, des fruits, et un bouquet de fleurs. Meïr retire l'animal du coffre du véhicule familial. La plupart du temps, les animaux arrivent enveloppés dans un drap ou une couverture, à notre demande. Toute la beauté de Meïr se dégage de ces moments-là, une aura paternelle paisible, tendre.

Non, il n'y a aucun doute.

C'est moi, le problème. C'est à moi-même que je ne fais pas confiance.

La tombe est creusée d'avance. Meïr dépose l'animal dans la terre et le recouvre, c'est le moment le plus pénible pour tout le monde. Puis il place sur la sépulture un carton portant le nom du chien, du chat ou du perroquet. Parfois, la famille souhaite mettre une photo de l'animal. Ou elle demande qu'on ajoute son nom de famille. Et il y a toujours une petite cérémonie (nous l'organisons au préalable avec la famille) et alors, l'enfant lit une lettre d'adieu à son hamster, ou une adolescente joue de la guitare pour sa chienne. Si la famille n'a rien prévu, Meïr l'incite à parler. Pose des questions sur l'animal et sur ses maîtres. La plupart du temps, les souvenirs affluent au milieu des rires et des larmes. C'est si beau de le voir soulager leur détresse.

Après la cérémonie, nous encourageons la famille à se promener au milieu des tombes. Ça lui remonte le moral. Ces personnes sentent que leur animal adoré ne sera pas esseulé.

Après leur départ, nous restons assis près de la tombe à boire du thé et à évoquer la famille que nous venons de rencontrer.

Ces derniers temps, nous nous heurtons à quelques problèmes. Quelqu'un, sans doute du mochav, nous a dénoncés, et le Kéren Kayémet, l'office public propriétaire du foncier, menace de nous traîner en justice et de raser notre cimetière car il occupe un terrain domanial ou quelque chose de ce genre, et le fisc nous est tombé dessus, pas grave. Nous en sortirons la tête haute, ah, tiens, on toque à la porte.

Nina debout sur le seuil, mains dans le dos : « Ne me chasse pas. »

Je lui fais de la place. Elle entre. Une heure et demie du matin.

Elle pose une bouteille de whisky sur la table. Sur l'étiquette est dessiné un ours polaire blanc, et il manque déjà deux doigts de liquide. Elle me demande la permission de s'asseoir sur l'unique chaise de la chambre. Je m'installe en face d'elle au bord du lit.

« Je n'arrive pas à trouver le sommeil, dit-elle.

– Je m'en aperçois.

– Hôtel de merde.

– Ah bon ? Moi, au contraire, ça me va.

– Il ne dégage aucune… je ne sais pas, sensation de foyer ? »

J'éructe un rire comme un crachat.

« Pourquoi, j'ai dit quelque chose de marrant ?

– Non, sauf que moi, à ta place, je n'utiliserais pas des mots que je ne comprends pas.

– Oh, tu es si futée ! »

Ça se passe comme si, à chaque fois, nous devions reprendre tout de zéro pour nous rejoindre l'une et l'autre. Elle boit et me tend la bouteille. Je ne bois jamais et, chez nous, avec Meïr, l'alcool est un démon que j'ai éliminé. En tout cas, l'un des démons. Mais j'en humecte mes lèvres et j'expectore aussitôt mes entrailles. J'ai les larmes aux yeux tant ça me brûle.

« Il y a un pub dans mon village, dit-elle. En fait, deux. Le premier prétend que son whisky est le meilleur du monde. Et le second, mon préféré, affirme que le sien est le meilleur du village. En fin de journée, ça me fait du bien d'y aller. Je ne suis pas la seule. Dès le début de la soirée, surtout pendant la saison de la nuit polaire – quatre mois sans soleil –, les gens commencent à affluer là-dedans. Une sorte de besoin de se retrouver à barboter tous ensemble dans une chaude bouillie. Bref, l'humanité. »

J'écoute.

« Parfois, débarquent des gars de la station satellite du cercle arctique, parfois aussi, des mineurs. Cette rencontre entre eux, on n'a qu'une envie, c'est se trouver là… et, presque chaque soir, nous chantons.

– *Tu* chantes ?

– Je fredonne. »

Elle boit. Des gorgées plutôt généreuses.

« Autour du village, il y a des montagnes gigantesques, monstrueuses, recouvertes de neige et, pendant quatre mois, le noir total, je l'ai déjà dit ? Cette obscurité empêche de voir à un mètre. Les gens se servent de lampes torches. Le plus bizarre, c'est de marcher le long de la mer dans cette nuit. Entendre les vagues sans les voir.

– C'est beau, là-bas ?

– Si c'est beau ?… Impossible d'y penser en ces termes. De toute façon, les mots ne sont pas le fort de cet endroit.

– Explique. »

Elle rumine un instant. « Non. Ça me gâcherait cet endroit. »

Sa franchise me plaît. J'ai l'impression qu'elle et Meïr s'entendraient à merveille, si seulement elle n'essayait pas de me le piquer.

« Tout de même, donne-moi une idée.

– C'est comme la fin du monde et la création du monde, mais en même temps.

– Tu te sens bien là-bas ?

– Si je me sens bien ? Je ne saurais te dire. Ça me fait du bien que tout soit si étriqué là-bas. Un concentré. Je n'ai jamais connu une telle paix intérieure avant de vivre là-bas. »

Je laisse échapper un soupir. Et je pense à mon homme, le laconique.

« Et comme tout est restreint, poursuit-elle, on fait attention au détail le plus infime. Tout devient signe.

– Oui, je connais cette sensation. »

Toutes les deux, nous déployons des efforts en ce moment. Nous tâtonnons en quête du point où nous pourrons nous retrouver.

« Et ça fait combien de temps que tu vis là-bas ?

– Deux ans. Depuis que je me suis enfuie d'Amérique.

– Tu t'es enfuie ?

– Une embrouille avec le fisc », répond-elle en éclatant de rire. Moi aussi, je ris. Nous avons donc un ennemi commun. Encore un peu, et nous allons disserter de la TVA et de déductions pour investissement. « Mais, de toute façon, j'avais l'intention de partir. Il fallait que je bouge. Je suis quelqu'un qui bouge.

– À qui le dis-tu !

– Et là-bas, dans le Nord, quelque chose s'est apaisé en moi.

– Tu sais, lui dis-je après une lampée suicidaire, je t'observe et je me dis : Impossible que cette femme m'ait évacuée de sa vie alors que j'avais trois ans et demi.

– La preuve que si !

– Et, pourtant… hein, tu ne penses pas, disons, à t'excuser pour ça ?

– Non. Non. En aucun cas.

– Non ? »

Je hurle presque. Quel culot !

« Il n'y a aucune excuse pour ça, et même si je m'excusais, il n'y a pas de pardon. Cette horreur, je dois vivre avec. »

Yeux dans les yeux. Son regard se voile, et, brièvement, je la crois. Puis, je songe aux « saltimbanques de la vie » de Van de Velde, l'homme qui m'a enseigné les « secrets du mariage » (« Les individus émotionnellement pauvres jouent le rôle d'affectifs. Ce sont ceux-là qu'on nomme les "saltimbanques de la vie" »), et, du coup, je suis un peu moins crédule.

« Parle-moi encore, je lui dis.

– De quoi ?

– Je ne sais pas. De cet endroit.

– Ce qui est le plus beau dans les montagnes des environs, ce sont les ours. Des ours polaires. Blancs. Magnifiques.

– De vrais ours ?

– Tout ce qu'il y a de plus vrai. Environ deux mille. Une fois toutes les quelques semaines, l'un d'eux se faufile dans le village pour fouiller dans les poubelles à la recherche de nourriture, ou pour dévorer un humain. Nous avons une application alerte aux ours sur nos portables, pourtant, une fois tous les quelques mois, quelqu'un finit dans la gueule d'un ours. Depuis que je vis là-bas, quatre habitants ont été dévorés. Ça fait partie du truc.

– Quel truc ?

– La peur. »

Je lui fais signe de s'expliquer.

« Ce n'est pas la peur qu'on ressent devant quelqu'un qui t'insulte au feu tricolore, ou à cause d'un homme qui te suit dans une ruelle. Cela se produit dans un tout autre endroit du corps.

– Et les gens là-bas, ils n'ont pas, je ne sais pas, une arme ? Un pistolet ?

– Si on dépasse les limites du village, il faut se munir d'un fusil d'un modèle dont on est capable de se servir. Avec lequel on s'est exercé au tir.

– Tu te balades avec un fusil ? » La savoir munie d'une arme m'inquiète.

Elle rit. « La nuit, quand je quitte le pub pour rentrer chez moi, je marche sans fusil.

– Seule ?

– Là-bas, je vis seule.

– Ah… »

Elle me fixe d'un regard inquisiteur. C'est un peu absurde, mais j'ai l'impression qu'elle réfléchit pour savoir si je suis digne de sa confiance. « J'avance dans la grand-rue et je crie à l'ours de venir.

– Tu cries à tue-tête ?

– Les gens croient que je suis bourrée, mais c'est à ce moment-là que je suis la plus lucide.

– Et donc tu marches en appelant les ours ?

– Et même en hébreu, au cas où il y en aurait un polyglotte. »

Un ours polaire se jette sur elle par-derrière tandis qu'elle marche seule dans la nuit. Dans un silence absolu, il la déchiquette. Des griffes énormes lacèrent son corps chétif. Peu lui importe qui elle est. Peu lui importe qu'elle commence à oublier des noms. Qu'autrefois elle a abandonné sa fille. Pour lui, ce n'est que de la viande. Dans mon délire, elle ne crie pas et n'appelle pas à l'aide. Au contraire, elle affiche un sourire hideux, celui de quelqu'un qui souhaite uniquement être de la viande. Et me reviennent ses baiseurs, et aussi le Cormormon de Jérusalem, eux aussi, après tout, l'ont dépecée. Par-dessus leurs épaules, quand ils sont au-dessus d'elle, je peux faire son sourire hideux, le sourire d'un crâne, et je songe : combien de détachement un individu peut accepter tout en demeurant lui-même.

« Où étais-tu ? me questionne-t-elle. Maintenant, à cet instant, où étais-tu ? Qu'as-tu vu ? »

Son regard me fouille, fiévreux, anxieux.

« Pas encore. Laisse-moi m'habituer. »

« Et puis, nous avons cette mine de charbon, peut-être la dernière de toute la Scandinavie. Toutes les autres ont été fermées à cause de la pollution, et il n'y n'a plus que nous pour la subir.

– Tu es déjà descendue dans la mine ?

– J'y ai travaillé.

– Tu as travaillé à la mine ? Tu as vraiment extrait du charbon ? »

Elle rit. Avale une gorgée. « Je leur faisais à manger. Pendant quelques mois. Beaucoup d'hydrates de carbone. »

Sa manière de s'exprimer dégage un charme étrange, surtout sous l'effet du whisky. Un détachement rêveur, prolongé, comme si elle évoquait quelqu'un d'autre.

« Au fait, tu sais cuisiner ?

– Je suis un véritable cordon-bleu, Guili. J'aimerais tant que tu me permettes une fois de te préparer un repas. »

Brusquement, telle une piqûre de guêpe sur la langue : « Dis-moi, Nina, il y a quelque chose que j'ai besoin de savoir.

– Tout ce que tu veux.

– Pendant combien de jours tu m'as allaitée ? »

Sa main effleure furtivement un bouton de son chemisier.

« Pourquoi c'est important pour toi ?

– Juste comme ça, dis-moi seulement : trois, quatre ?

– Pas un seul.

– Ah bon ?

– Pendant la grossesse, j'ai attrapé un eczéma aux seins, ce qui m'a empêchée d'allaiter. »

Dans ce cas, Raphy m'a menti. Mais, quitte à mentir, pourquoi a-t-il lésiné autant ?

« Je suis désolée, Guili.

– Pas grave. Pas de problème. »

Mais impossible de décrire la souffrance que cette révélation provoque en moi.

« Je peux te poser encore une question ?

– Tout ce que tu voudras, Guili. »

Elle jouit de prononcer mon nom.

« Je n'ai toujours pas compris : qu'est-ce que tu as à voir avec cet endroit ?

– Le village ? Rien.

– Rien de rien ?

– Rien.

– Juste un trou perdu où tu as échoué par hasard ?

– Non. C'est un endroit spécial. Le lieu le plus émouvant où j'aie jamais vécu.

– Mais ?

– Il n'y a pas de "mais". Il est émouvant, et je l'indiffère. Il ne perd pas de temps avec moi. Ne fait aucun effort. Il s'en fiche de mon existence, ou que, là, à l'instant, je disparaisse. Ce n'est pas l'indifférence des rues de New York ou de New Delhi. Là aussi, nul ne se soucie de moi mais, dans ces montagnes, dans le Grand Nord, avec la mer tout autour, ça revient à se fondre de manière absolue… dans le néant.

– Et ça te plaît ?

– Difficile à comprendre, hein ? C'est ce qui me plaît le plus.

– Explique-moi. »

Elle m'adresse un sourire simple, chaleureux. « Tu ne me lâches rien. Tu m'obliges à réfléchir. Ça fait un bon bout de temps que je n'ai pas cogité. Je vais te dire ce qui me plaît là-bas. Ça me plaît qu'avec chacune de mes respirations je m'efface un peu plus. Un peu moins de Nina à exister. C'est quoi, ce regard que tu me jettes ?

– C'est rien. Ça me peine d'entendre ce que tu dis.

– Tu as de la peine ? Vraiment ? »

J'opine de la tête. Comment cela ne me ferait pas souffrir ? L'homme n'a pas un cœur de pierre.

Nina se mordille les lèvres. « Je souhaite te dire quelque chose, mais laisse-moi parler sans m'interrompre.

– Je t'écoute.

– Toi, c'est ta nature, même si tu le dénies, tu possèdes des attaches. » J'ignore s'il y a une trace d'ironie dans sa voix, ou si elle me jalouse, ou je ne sais quoi d'autre.

« Moi ? Elle est bien bonne celle-là ! » Sauf qu'à mon avis elle a vu juste.

Et cela me bouleverse aussi de penser qu'elle ait pu me prodiguer son attention, qu'elle ait des opinions à mon sujet.

« Tu possèdes des attaches, Guili, tu as ton lieu, et des gens, et des motivations, et des paysages et des couleurs de terre, et des odeurs, et l'hébreu, et tu as Véra et Raphy, Esther et

Shleïmalè, et toute la tribu. Mais moi ? s'exclame-t-elle avec un rire. Moi, je suis un fétu ballotté par le vent. Plus exactement : je suis cet oiseau qui ne touche jamais le sol ? J'ai oublié son nom…

– L'albatros, mais ce n'est qu'une légende. Il touche le sol parfois.

– Moi, si je le touche, c'est pour prendre mon élan afin de m'envoler de nouveau.

– Et j'ai l'amour », je lui dis, songeant que c'est peut-être la dernière fois où je peux exprimer cela au présent.

« Oui, Raphy m'a raconté, opine-t-elle d'un air grave. Et bientôt, tu vas avoir un enfant. »

Je ne réagis pas.

« Mon Dieu, s'écrie-t-elle, je n'aurais pas dû…

– Je ne suis pas enceinte.

– Ah bon ?

– Non.

– Bizarre. En général, je ne me trompe pas sur ces choses.

– Mais d'où t'est venue cette idée…

– Je ne sais pas. J'ai un instinct… La grossesse déclenche toujours en moi toutes les alarmes.

– Je n'arrive pas à croire que tu te permettes de cette façon…

– Minute, attends, laisse-moi t'expliquer. Lorsque je t'ai vue hier au terminal, lorsque je me suis jetée sur toi, pardon, encore une fois, mais ça m'a tout simplement tourneboulée quand je t'ai vue comme ça…

– Comment “comme ça” ?

– Perpétuer cette foutue lignée.

– Mais je ne suis pas enceinte, tu piges ! » Je lui hurle sous le nez, et toutes les deux, nous sommes là bouche bée, horrifiées par le hurlement qui creuse un abîme entre nous, et il est vrai que, brièvement, je suis presque tentée de croire qu'elle perçoit quelque chose d'invisible – un cœur de mère –, mais même s'il y a quelque chose, *et il n'y a pas* quelque chose, c'est la dernière personne qui puisse sentir cela en moi.

Un peu titubante, je me dirige vers la fenêtre, l'ouvre et inspire à pleins poumons. Une sueur froide envahit tout mon corps. *Yallah*, il faut qu'elle déguerpisse de ma chambre et de mes ovaires.

Elle murmure dans mon dos : « Mais quand tu le seras, au moins fais en sorte que ce soit un garçon. »

Je suis si furieuse contre elle que je me mets à rire de désespoir. Au bout d'un moment, elle m'imite. Nous gloussons, un peu hystériques. Je ne comprends pas vraiment : c'est un rire qui change de couleur au fur et à mesure qu'il retentit. Autrefois, dans mon enfance, il y avait des bonbons comme ça.

« Mais, dis-moi… », je lance après nous être calmées.

Nous nous dévisageons. Je dois vérifier ce qu'elle a perçu en moi.

« Pose ta question, Guili. »

J'inspire une grosse bouffée d'air.

« Tu penses vraiment que je suis capable d'être mère ?

– Guili, tu seras une excellente mère.

– Vraiment ? »

On peut comprimer ainsi toute une existence dans un mot et un point d'interrogation.

« Oui, répond-elle avec une assurance absolue – et j'ignore d'où elle lui vient. Une excellente mère avec des attaches. »

Ensuite, beaucoup plus tard, elle dit : « Raphy t'a parlé de ces hommes-là ?

– Oui.

– C'est quelque chose que je…

– Je n'ai vraiment pas envie d'entendre ça maintenant.

– Laisse-moi parler. J'ai vécu cette histoire pendant deux ans et demi. »

Je fais la sourde oreille, déplorant le moment de grâce maintenant évanoui. « Ce sont tes affaires.

– Écoute-moi, s'il te plaît. Pendant deux ans et demi, j'étais comme… bon, comment on appelle quelqu'un qui marche en dormant.

– Une nymphomane. »

Je l'ai blessée, je le constate. Mais elle me tend la bouteille avec une sorte de gentillesse étrange. Je la biberonne jusqu'à plus soif.

« Chaque fois qu'un mot m'échappe, ça m'angoisse.

– C'est sûr.

– Sois franche, Guili, on s'en aperçoit ?

– Non.

– J'ai tout le temps l'impression que je, comment dire… tu comprends ?

– Non.

– Comme si j'étais tout le temps à deux doigts de jouer la note juste. »

Je ne réagis pas. Étonnant à quel point elle ressent quelque chose qu'elle ne comprend pas.

Je retourne à la fenêtre. Un air froid s'infiltre dans la chambre. Nina s'approche de moi. Nous contemplons la mer nocturne. Ses moutonnements blancs.

« Mais maintenant, il y a une année environ », reprend-elle, et je repère aussitôt le venin cynique dans ses propos, « quelqu'un est arrivé enfin, et il me désire, moi et nulle autre, il s'accroche à moi à la vie, à la mort, et je n'ai donc plus besoin de quelqu'un d'autre.

– Qui ça ? Un nouvel ami ?

– Ma maladie. »

Quelle tristesse que la maladie lui ait restitué ses expressions, et non mon père. Elle pose une main hésitante sur mon épaule. Que faire d'un tel geste, à cette heure ? Je baisse mon épaule et me dégage. Il ne s'est rien passé. Debout devant la fenêtre ouverte, elle s'étreint de ses deux bras.

Un léger coup à la porte. Suivi, aussitôt, de trois coups puissants, quelqu'un essaie d'un geste impatient d'actionner la poignée. Un seul être est capable d'entrer sans façons, en ignorant les obstacles. J'ouvre, m'appuie sur la poignée, un peu étourdie par les dernières péripéties. « J'ai senti que vous êtes tous ici », grogne-t-elle en se ruant dans la chambre. C'est ainsi que, une fois toutes les quelques semaines, elle fait irruption sans prévenir chez nous au mochav avec des paniers pleins à ras bord. Maintenant, elle s'assoit sur le rebord du lit. Coiffée de son bonnet en laine aux oreilles en cuir pendantes, elle a enfilé un blouson sur son pyjama. « Extra ! dis-je. On se fait une soirée pyjamas ! » Véra renifle l'air, remarque le whisky et se précipite vers la bouteille. Elle boit. Pas qu'un peu. S'essuie la bouche d'un revers de la main. « C'est pas de la *šljivovica*, mais c'est pas mauvais. » Elle m'en propose. Je refuse. Grand-mère me dévisage : « Tu vas bien, ma Guiloush ?

– Ça va.

– Vous avez causé, toutes les deux ?

– Nous avons bavardé », répond Nina, et je me rends compte avec horreur que je n'ai pas filmé ma discussion avec Nina.

« Où est le problème ? dit Véra en se défaisant de son blouson et de son bonnet. Filme maintenant.

– La caméra est chez Papa. Je vais la chercher ?

– Non, non, s'écrient-elles en chœur, oublie, laisse-le dormir. »

Véra saisit la bouteille au goulot et boit. Elle et Nina la prennent par le col, non par le fût, et ingurgitent de la même façon. Elle la passe à Nina. Demain, toutes les deux seront hors service. Elles arpenteront l'île sans se souvenir d'y avoir posé le pied. Et moi, je ne filme pas ce genre de moments.

« Dis-moi, Véra, rugit Nina (j'identifie aussitôt en elle une légère hébétude due au whisky). Explique-moi, explique-moi, toi aussi, Guili, toi, tu as la tête sur les épaules et tu t'y connais en êtres humains, n'est-ce pas ?

– Alors là, pas du tout.

– Expliquez-moi maintenant pourquoi je reste encore coincée à Goli ? Pourquoi je n'arrive pas à prendre ça de façon plus simple ?

– Qu'est-ce qu'il y a de simple là-dedans ? s'emporte Véra.

– C'est simple : il y avait une dictature. Et, comme dans des centaines de dictatures à travers l'Histoire, on a jeté au goulag cette femme, Véra Nowak, et, en chemin, on a bousillé la vie de sa fille, la belle affaire ! Rien de plus ! C'est du passé, c'est fini, et la vie continue. Haut les cœurs ! »

Elle fixe Véra au fond des yeux comme si elle avait décidé d'affronter le soleil sans baisser le regard, advienne que pourra. Je me maudis de ne pas avoir la caméra à portée de main. Raphy va se déchaîner parce que je ne l'ai pas appelé pour réclamer la caméra. Il va se déchaîner à juste titre, mais je suis incapable de me détacher du spectacle de ces deux-là, pas maintenant, quand l'enjeu est capital.

Et je suis incapable d'accepter la présence de quelqu'un d'autre. Juste nous trois.

« Et pourquoi je suis enfoncée dans cette merde depuis presque soixante ans, fait Nina en se mouchant. Cinquante-six ans à rester une fillette de six ans et demi, c'est pas un peu trop ? C'est pas dingue ? » Tandis que Nina parle, Véra opine pour elle-même et laisse échapper une sorte de bourdonnement intérieur, comme si elle préparait sa réplique.

Nina compte sur ses doigts. « Cinquante-six ans reléguée dans un camp de rééducation, c'est pas un peu trop ? Je ne devrais pas être rééduquée à présent ? Avoir dépassé tout ça, pardonné, rejeté tout ça derrière moi et avoir avancé ? Non, vraiment… » Elle serre les poings contre sa bouche, refusant de céder aux larmes. « Nous sommes là toutes les trois, juste nous trois, l'univers n'existe plus, l'univers, c'est nous, et je veux que toutes les deux vous me disiez en face, une fois pour toutes, qu'est-ce qui est foutu en moi ? Où le programme a buggé ? » Elle lance à Véra un regard déchirant, implorant et effrayé à la fois.

Véra inspire à pleins poumons, se redresse. Ça y est, elle va parler. C'est le moment.

Mais alors, brutalement, comme si la dernière goutte de la substance qui la stabilisait encore avait disparu, Nina s'effondre. Elle gémit la bouche grande ouverte, à voix haute, la morve au nez. Véra s'empresse de la moucher, pose la tête de Nina sur son épaule. Nina est à bout de forces. Véra me regarde par-dessus la tête de sa fille, et je me souviens de ce qu'elle me disait d'elle (« Nina est faible, Nina est une enfant gâtée »). Nous étions à deux doigts de la vérité.

Avec l'exaltation de l'ivresse, Nina étreint soudain Véra, lui embrasse les joues et le crâne, s'agenouille et lui baise les mains, lui demande pardon, et encore pardon, pour tout le mal qu'elle lui a fait. Pour toutes ses souffrances, et ses inquiétudes, et sa honte. Elle secoue la bouteille vide. Demande qu'on la remplisse. Véra et moi, nous la soulevons, la conduisons au lit et la couchons. Je la déchausse. Ses plantes de pied sont menues et délicates, aucun homme ne déserterait sa couche en voyant ses chaussures à côté des siennes. Mais chez elle, comme chez moi, et comme chez Véra, le petit orteil du pied droit chevauche un peu son voisin, comme s'il le câlinait.

Soudain, elle se redresse sur le lit : « Majko, raconte-moi comment je suis née !

– Chut, chut, recouche-toi, fillette. D'où tu me sors maintenant ta naissance ?

– Maintenant ! Tout de suite ! » Elle tire violemment Véra par la manche. À croire qu'elle lui demande un certificat ou une preuve de sa naissance réelle.

Je me précipite sur mon cahier. Faute de photos, au moins, il restera les mots.

Comme ces quatre mots : Raphy va m'assassiner.

Véra s'assoit à côté d'elle au bord du lit et tient ses mains dans les siennes : « Ninotchka, tu es née le 20 juin 1945. À Belgrade. Par hasard, cette nuit-là, des amis de Čakovec, ma ville natale, étaient venus nous rendre visite. C'étaient des communistes comme nous, et quand la guerre avec Staline allait commencer, tous les communistes qui étaient pour Staline, on les a envoyés tout de suite au front pour qu'eux, avec leurs corps, ils repèrent les mines. Et alors, pendant la nuit, quand le Danube a gelé, tous ont détalé.

– Tu saisis, Guili ? s'esclaffe Nina, bouche bée. Je l'interroge sur ma naissance, et elle me balance le Danube et, en plus, gelé.

– Non, non, proteste Véra, tu vas tout de suite comprendre pourquoi : en 45, des camarades sont arrivés avec une brigade de Russie pour combattre les Allemands. Et, dans la soirée, un bon ami, Pišta Fišer, débarque chez nous pour passer la nuit, il est tellement fatigué, et moi, je cours dans toute la maison avec mes contractions, je l'empêche de dormir. Ce pauvre Pišta Fišer, il est venu dormir pour une nuit, et moi j'accouche !

– Quelle manque de pot ! » Nina rit à travers ses larmes. Moi aussi, je me tords de rire. Y a pas à dire, cette Véra, elle est trop…

« Rigolez, rigolez, grince Véra : ta naissance a été épouvantable… douze heures, ça a pris ! Nous, les Bauer, on a des bébés très gros. Guili est la seule qui est née toute petite, prématurée, mais moi, je pesais presque cinq kilos quand ma mère m'a accouchée, et dans toute ma vie, j'ai gagné que quarante-deux kilos de plus. Et pendant la grossesse, je ressemble à un monstre. Nina, tu mesurais soixante-dix centimètres, une géante ! Tu étais un bébé tellement beau, et tu me regardais avec des yeux grands ouverts comme si tu voulais déjà me parler… »

Véra masse les cheveux de Nina, lui lisse le visage. « Le jour où tu es née, tu avais déjà des cheveux comme ça, tout bouclés, et la peau comme celle de Milosz. Comme une pêche. »

Je retourne à la fenêtre ouverte. Il fait encore noir, mais la mer est plus calme. Sur la digue, près d'une petite barque, un homme et une femme d'un certain âge dansent sans musique sous un lampadaire de la jetée. Une danse étrange, érotique, aux mouvements harmonieux, ils s'approchent et s'éloignent, bras déployés puis ramenés. J'éprouve une terrible nostalgie.

Dans mon dos, sur le lit, Nina marmonne : « Raconte-moi encore notre histoire, la mienne et celle de Milosz.

– Il t'entraînait, tu t'en souviens ?

– Je ne me souviens de rien.

– Tout le temps, il faisait avec toi, comment on dit ? des tests. Il t'apprenait à repérer les rues de la ville, regarder la carte, tenir une boussole, être indépendante. Te conduire comme une partisane dans ta ville. Depuis ton plus jeune âge, il te disait maintenant, va chez Jovanka, à quelques rues d'ici, et remets-lui ce papier.

« Et sur le papier, il avait écrit : "Jovanka, écris juste que tu l'as vue." Et toi, tu revenais au bout de dix minutes : "Papa, la sonnette est terriblement haute, je peux pas appuyer." Et Milosz : "C'est pas mon problème comment tu vas y arriver ! Tu as de la jugeote ? Utilise ta tête !" Et toi, tu retournais là-bas et, dès qu'un voisin pénétrait dans l'immeuble, comme une chatte, tu te faufilais derrière lui sans qu'il s'en aperçoive.

– J'ai fait ça, moi ? réagit Nina avec un sourire qui illumine ses traits. Je ne me souviens de rien, toute cette époque est effacée, toute mon enfance est effacée…

– Oui, dit Véra.

– À cause de ce qui s'est passé par la suite.

– Oui.

– Quand tu es partie à Goli Otok.

– Quand on m'a jetée à Goli Otok.

– Et moi, vous m'avez laissée seule, vous deux, toi et Papa, du jour au lendemain.

– Tu étais tellement intelligente. Tu comprenais tout très vite.

– Vous m'avez dressée.

– Pas du tout ! On t'a pas dressée. On t'a seulement préparée. Ton père disait toujours : "Chacun a sa chance qu'une seule fois au jeu." Et c'est comme ça qu'il vivait. Il s'est mis en danger tellement de fois, dans la guerre, et la vie elle-même était la guerre, tout était une logique de guerre, et donc, sous sa conscience, il savait qu'il devait préparer sa fille, et chez lui tout était programmé, même le fait qu'il devrait se suicider un jour pour une raison ou une autre. Sur le fil de la lame, c'était là qu'était notre vie. »

Nina ferme les yeux.

« De toute façon, Véra dit-elle à voix basse, à elle-même, elle me joue bien des tours, la vie. »

Nina dort. De nouveau, Véra effleure tendrement son visage. Lisse ses rides.

« Maintenant je suis très fatiguée », dit-elle à elle-même en s'allongeant près de Nina.

Soudain, je me rends compte que c'étaient des pêcheurs, le couple sur la jetée. Sans doute deux époux revenus du large en train de replier leurs filets.

« Éteins la lumière, Guili, et rejoins-nous, parce qu'il va falloir se lever bientôt. »

Dans toute autre galaxie, il ne me serait jamais venu à l'idée de me mettre au lit avec Nina mais, là, je suis couchée à côté d'elle. Un seul oreiller réunit nos trois têtes, mais la couverture est suffisamment large.

Je contemple le plafond. Le corps de Nina est chaud. Elle ronfle légèrement et, au bout d'un instant, Véra aussi. Meïr prétend que moi aussi, je ronfle, mais il refuse absolument que nous dormions dans des lits séparés. Il ne peut pas s'endormir sans se plaquer contre mes fesses. Son bras m'enlace et m'enserre pendant toute la nuit. Parfois, ça m'étouffe ; parfois, ça me plaît.

Je réfléchis à ce que Nina m'a dit. Je pose une main sur mon ventre. Je meurs de peur.

Soudain, je n'entends plus les ronflements de Véra, ni sa respiration. Il ne manquait plus que ça. Je me soulève et je l'aperçois étendue sur le dos. Bouche ouverte. Yeux écarquillés et béants. Elle ne me voit pas, et je suis certaine que ça y est, elle est partie, notre Véra est partie juste avant son retour dans l'île. Et alors, son regard se concentre et redevient lucide. Elle se soulève sur un coude, de l'autre côté de Nina endormie, et me chuchote tout doucement : « Je crois qu'elle sait déjà. » Et moi, je chuchote : « Ce n'est que si toi, tu lui racontes, qu'elle saura vraiment. » « Non, non, ça va la tuer. » « Je te dis qu'elle sait, Grand-mère, même sans savoir, elle sait. » Nina, entre nous deux, soupire un peu, sa bouche se crispe comme si elle voulait parler, ou pleurer, ou, peut-être, cherche-t-elle un mot qui lui a échappé en plein rêve.

Puis elle se calme.

Son front plissé se détend, puis ses joues, sa bouche. Elle sourit à elle-même, remonte la couverture jusqu'au menton et se tourne sur le côté, face à moi.

Quelqu'un la conduit. Le soleil tape sur son crâne tondu. Elle s'endort tout en marchant. Une femme, fumant une cigarette puante, ceinture son dos d'un bras et enfonce une main énorme et rugueuse sous son aisselle. De temps à autre, elle lui palpe un sein, l'écrase, le pince, et lorsqu'elle tente de se dégager de ce contact, elle reçoit aussitôt une gifle cuisante.

« On t'emmène, se dit-elle tout haut. Fais gaffe à celle-là. » Mais, au bout d'un moment, la somnolence la gagne. Elle sait juste qu'il faut poser un pied devant l'autre. On la traîne comme si elle était une poupée de chiffons. « Mais où ils t'emmènent », se demande-t-elle. Sa voix est éraillée et brisée, et elle n'est pas sûre que ce soit la sienne,

« qu'est-ce qu'ils vont faire de toi là-bas ». Le rire de la gardienne la réveille : « T'es devenue complètement maboule, lui explique la gardienne de bonne humeur, t'étais pas comme ça quand t'es arrivée ici. Je me souviens de toi, j'étais là, une fois, pendant ton interrogatoire, t'étais dure comme l'acier. » À en juger par le bruit des pas et des halètements, elles ne sont que deux, elle et la gardienne. Cela fait un bout de temps qu'elles grimpent. C'est une montagne élevée. « Il y a toutes sortes de montagnes sur l'île », se dit-elle, en hochant gravement la tête et en comptant sur ses doigts calleux qu'elle n'arrive presque plus à replier. « Il y a la montagne du camp des hommes qui travaillent dans la carrière. Et il y a la montagne où tu pousses les rochers. Et puis il y a la montagne des hommes de la carrière, et celle où tu pousses les rochers… » La gardienne rigole, lui tapote le dos et la fait presque tomber. Véra tente de sourire, sentant qu'un sourire serait approprié, sans comprendre ce qu'il y a de drôle. Il lui semble avoir entendu du métal heurter un rocher. Peut-être un fusil. Peut-être qu'on l'emmène pour l'abattre. Le sentier a l'air étroit parce que la gardienne doit marcher derrière elle. Elle l'oriente par des tapes sur les épaules et le dos, à droite, à gauche, la réveille chaque fois qu'elle s'assoupit ou fixe le noir dans ses yeux. Elle trébuche sur une pierre, chute. Ses mains amortissent la chute, elle se relève et lèche son sang. « Savoureux, grogne-t-elle, décidément, les puces ont bon goût. » Et, dans son dos, la gardienne, à bout de souffle, se penche : « T'as encore la force de faire des blagues ? » « Quelle blague ? » répond-elle.

Et alors – un brusque virage à droite et, brièvement, l'ombre recouvre ses paupières gonflées, elle se trouve sans doute dans un passage exigu entre deux rochers. Un souffle glacial caresse son visage. Aussitôt, elle ralentit. Son corps a ralenti de lui-même. Sa peau absorbe goulûment l'ombre et la fraîcheur, sa nuque se contracte dans l'attente de la claque.

« Qu'est-ce qui te prend, putain, pourquoi tu t'arrêtes ? »

Le sentier devient pierreux et accidenté. Véra et la gardienne halètent. La sueur les inonde. La gardienne s'immobilise. Véra aussi. La gardienne lâche une bordée de jurons à cause de quelque chose que Véra ne saisit pas. La gardienne s'appuie d'une main sur Véra et défait sa chaussure. Une odeur de merde se répand. Elle doit nettoyer sa chaussure sur un rocher. Redouble de jurons, crache. « Retourne-toi, putain. » La gardienne nettoie soigneusement sa chaussure sur la chemise de Véra. Véra entend le bruit d'un bouchon qu'on retire. Les gardiennes sont munies de deux gourdes à la ceinture. Elle entend l'eau couler. La geôlière se lave la main. Maintenant, elle entend des goulées, longues, bruyantes. La bouche de Véra est sèche. Pleine de plaies. Sa langue est épaisse, lourde. « Peut-être qu'elle va te donner à boire, songe-t-elle. Elle n'est peut-être pas méchante. Ou c'est peut-être ta bonne mère ? Non, elle est mauvaise. C'est une mauvaise mère, elle ne s'occupe pas bien de toi », gémit Véra. La gardienne se tord de rire : « Toi, t'es un drôle de numéro, je te jure », lance-t-elle en lui martelant chaleureusement la tête par-derrière, « les filles m'ont dit que t'étais comme ça, et je ne les ai pas crues. Tu veux la vérité ? C'est pour ça que j'ai sauté sur l'occasion quand on a demandé une volontaire pour t'emmener là-haut. Ta cervelle est à l'air libre comme s'il y avait pas de couvercle dessus, hein ? Tout déborde à l'extérieur. » Véra s'arrête et se recroqueville. Ce que vient de dire la gardienne l'inquiète. « Je crois que j'étais un peu absente ces derniers temps », chuchote-t-elle d'une voix hésitante, et la gardienne hurle de rire.

Encore un tournant en épingle à cheveux, cette fois à gauche, et débute une montée beaucoup plus raide. Elles grimpent en s'aidant des mains et des pieds, ahanent, suffoquent. Et, brusquement, elle se retrouve dans un espace dégagé. Peut-être ont-elles atteint le sommet. Une brise agréable, un souffle venu d'ailleurs lui caresse le visage. Il y a aussi une forte odeur marine, différente de celle qui règne au baraquement à cause de la puanteur des femmes. Un seau pour trente filles. Loin, en bas, elle entend les vagues s'écraser sur le rivage. Il doit y avoir aussi des rochers là-bas. Un joli son, douloureux tellement il est joli.

« Tiens-toi là, putain. Regarde devant ! » Une gifle puissante. La gardienne est prise d'une quinte de toux humide et grasse de fumeuse. Elle crache.

« Qu'est-ce qui se passe, murmure Véra, réfléchis vite, Véra, qu'est-ce qu'ils vont te faire. Peut-être qu'ils vont te jeter dans la mer. La gardienne entend tout. Méfie-toi d'elle. »

« Exact, putain, j'entends tout. Tiens-toi droite, et tais-toi une minute, ton cinéma n'est plus du tout marrant. »

Soleil. La chaleur fait bouillir le cerveau de Véra. Là, tout de suite, tout va se terminer d'une façon ou d'une autre. Y a trop d'indices. Dans quelques instants, elle n'existera plus. Adieu, souvenir de Milosz, adieu, souvenir de Papa et de Maman, adieu, Jovanka, mon amie intime… Adieu, Nina… qui sait où tu te trouves à cette heure. Qu'est-ce que tu es devenue. Si je pense à toi, je vais mourir avant qu'on me tire dessus. La gardienne est dans son dos, la maintient aux épaules, la déplace un peu à gauche, puis à droite, et un peu en arrière. C'est quoi tous ces mouvements, comme si elle la faisait danser.

« Tiens-toi droite, ordure. »

« Qu'est-ce qu'elle fait. Qu'est-ce que ça peut lui faire comment tu te tiens. Qu'elle te dise juste ce qui va arriver. » Son estomac est tout retourné. Elle est en sueur mais, maintenant, c'est une sueur glacée. La gardienne lui étire les bras sur les côtés. Pas contente. Lui lève les bras vers le haut. Pas contente. Lui frappe les bras et les plaque de nouveau le long du corps. Jure. Véra semble avoir fait une erreur. Véra n'est qu'une énorme erreur. « Comment un petit raisin sec comme toi survit encore ici ? » éructe la gardienne. « Les pieds droits ! Le dos droit ! » Véra rapproche ses pieds. Chuchote : « Qu'est-ce qu'elle fabrique ? Peut-être qu'on lui a dit de te photographier avant de te jeter dans la mer. » Cette idée la fait frissonner. Elle tremble de tous ses membres, même ses paupières, ses lèvres et ce qui reste de ses joues magnifiques. Son corps a peur, il est mort de peur, mais elle-même, non. Elle, elle s'en fiche de finir. Au contraire. Elle a juste honte que la gardienne s'aperçoive combien son corps est lâche. « Deux pas en avant, pourriture. » Véra ignore vers quoi elle marche. De l'orteil dépassant de sa botte percée, elle tâtonne le bord du précipice. La gardienne ricane : « T'aurais dû y réfléchir avant de trahir le camarade Tito, putain ! » « Vite, Véra crie-t-elle, haletante, à qui je vais penser maintenant ? Combien de temps il me reste ? Où est Milosz ? Où es-tu, mon amour, ma vie ? Où est ma petite Nina qu'on a jetée à la rue ? Comme ça. On l'a vraiment prise et jetée à la rue. »

Silence. Véra ne parvient pas à deviner où se trouve la gardienne. D'où elle va la frapper. Et si c'est une balle ou un coup de poing. Au cœur de la fournaise solaire, un cercle froid s'épaissit. La frayeur de la mort. Ce n'est pas la première fois que cet anneau glacé se referme sur elle. Pendant la guerre, elle se battait dans les forêts aux côtés des partisans. Deux fois, les Tchetniks l'ont capturée et condamnée à mort, mais elle a réussi à s'échapper. Elle a falsifié des passeports et acheminé clandestinement des armes et des individus, mille cinq cents personnes, elle a sauvé, avec Milosz, et trois fois, elle a échappé au viol. Et, après la guerre, elle a servi avec Milosz dans le contre-espionnage de l'Armée de libération nationale yougoslave, elle ignorait véritablement la peur.

Mais, en ce temps-là, elle avait encore ses yeux.

Soudain, quelque chose surgit dans sa tête, et sa lucidité s'aiguise, elle s'extirpe de la torpeur qui l'embrume ces dernières semaines, depuis qu'elle a perdu la vue en une nuit. Jusqu'à cette nuit-là, elle a tout enduré, les interrogatoires, les tortures, les simulacres d'exécution, la faim, la soif, les travaux forcés, la tentation de se mettre à table, de dénoncer, parce que c'est ce qu'ils voulaient : des noms, et encore des noms. Qui a raconté une blague sur Tito ? Qui a fait la moue en entendant une plaisanterie sur Staline ? Même ses pensées horribles concernant Nina et ce qu'elle subissait peut-être dans la rue ne l'ont pas brisée. Et alors, la cécité lui est tombée dessus et l'a achevée. Quelques dizaines d'autres femmes ont perdu la vue, cette nuit-là, toute la rangée gauche des baraquements. Une épidémie. On a alerté un médecin du continent, et il a diagnostiqué une héméralopie, une cécité nocturne, appelée aussi cécité des poules. Car, à la lumière du jour, ces femmes recouvraient leur vision normale, et elles ont toutes guéri après avoir avalé de la vitamine A. Seule Véra ne s'en est pas sortie. Elle ne voyait ni la nuit ni le jour. « C'est ta punition », lui a dit la commandante Maria qui lui soulevait les paupières du bout de sa cravache, chaque matin, réfléchis bien, *banda*, espèce de criminelle, à la raison pour laquelle tu as reçu cette punition. »

Les premiers jours, Maria et les gardiennes croyaient qu'elle mentait, qu'elle jouait les aveugles pour échapper au travail dans les rochers. On l'a frappée, affamée, mise au cachot pendant dix jours, une cellule d'un mètre sur un mètre, sans lit, sans chaise, sans fenêtre. Un sol en béton, quatre murs et un seau. Elle se couchait en travers. Elle ne s'en souciait guère. Même si elle devait quitter vivante cette île, elle ne pourrait plus jamais revoir Nina.

« Pourquoi tu as peur ? » s'emporte Véra contre ce corps misérable qui continue à trembler. Elle espère que ses pensées ne lui sortent pas de la tête. Ces derniers jours, ce qui est dans sa tête se confond avec ce qui est au-dehors. « Mais cette gardienne, où elle est ? Derrière ? Elle a reculé pour prendre de l'élan ? Et moi, où je suis ? Face à la mer ou face à la montagne ? De quel côté je vais tomber à la fin ? » Silence. La gardienne, on dirait, se joue un peu d'elle. Mais peut-être que non, comment savoir quelque chose ici. Peut-être qu'elle fait un signe de croix ? Ou qu'elle prie avant de me pousser ? Véra soupire. Se demande soudain si Milosz a appris à Nina à tomber d'une hauteur sans se blesser. Il la préparait toujours, l'endurcissait contre toutes sortes de malheurs imaginaires, et pour quel résultat, au total ? Eh bien, le résultat, c'est que la vie était plus surprenante que lui. Comme sa mère disait toujours : « Dieu possède une grande imagination pour les malheurs. » Elle fait ses adieux à sa mère. Elles s'étreignent. Sa mère est partie, il y a presque dix ans, à Auschwitz. Des prisonnières qui étaient déjà à Auschwitz et sont arrivées ensuite à Goli Otok affirmaient qu'ici, c'était plus dur. Là-bas, on savait clairement qui était l'ennemi et de qui il fallait se méfier. Ici la méthode consiste à faire de chaque femme l'ennemie d'une autre femme. Ne faire confiance à personne. Où elle est, la gardienne ? Le corps de Véra se tasse, son dos est noué, ce dos qui va recevoir le coup ou la balle. Ou, alors, elle va lui tirer dans la tête ? Et quelle va être sa dernière pensée ? Milosz, Milosz. Elle s'envolera quelques secondes dans les airs et s'écrasera sur les rochers, en bas. Elle ne criera pas. Certaines femmes ont débarqué enceintes dans l'île, ont enfanté ou avorté, et les enfants ou les fœtus, on les leur a pris et jetés dans la mer. Et cette pensée lui rappelle de nouveau Nina. Depuis qu'elle a perdu la vue, elle ne réussit plus à la voir en imagination. Au lieu du visage de Nina, il y a toujours une tache trouble, effacée. Comme si Nina la punissait de cette façon, en se brouillant et en s'effaçant elle-même. Mais, maintenant, Nina apparaît clairement, nettement et souriante, et c'est peut-être le meilleur indice que la décision de Véra était la bonne. Que même Nina comprend que Véra a bien fait. Voici ce beau visage, innocent, confiant de sa fille. Voilà ses yeux verts, purs, dans lesquels on peut plonger et sentir que l'homme est bon par nature. Aïe, Véra gémit-elle de désespoir. « Maintenant, on peut y aller, crie-t-elle à la gardienne, vas-y, mais fais vite. »

La gardienne : « Tu veux une clope, putain ? »

Véra grogne. C'est quoi, cette cigarette ? D'où elle me sort une cigarette, celle-là ? De là où pleuvent, à l'improviste, les coups et les gifles que je ne sais quelle femme a envie de te flanquer, c'est aussi simple que ça. Ou, alors, ça fait peut-être partie du cérémonial de l'exécution. Véra réussit à faire apparaître Milosz. Elle le voit comme s'il se tenait devant elle. Le front haut et pâle, avec ses réflexions et ses idées sans cesse en ébullition. Ses grandes oreilles rigolotes. Ses yeux incomparables. Milosz s'exprime avec sa voix agréable, avec son débit précipité, tic-tic-tic-tic, comme un individu en train de courir sur le lit de cailloux d'un ruisseau. « Hé, Miko, je savais qu'à la fin tu me trouverais. » « Même dans la mort, je te retrouverai, Milosz ! » répond-elle avec un sourire. Une allumette craque près d'elle, l'odeur âcre de la fumée. Une cigarette lui est enfournée dans la bouche. Ses lèvres tremblent tant qu'elles ont du mal à la garder.

Elle inhale goulûment. La cigarette pue, mais elle brûle à souhait. Elle se demande, encore une fois, si la gardienne prépare ainsi, avec cette minutie, le corps de Véra pour faire en sorte qu'il chute à un endroit précis au milieu des rochers. Elle entend qu'on ôte le bouchon de la gourde. Peut-être la dernière gorgée du condamné. Le clapotis de l'eau est proche, en bas, tout près de ses pieds. L'eau se déverse. Une odeur âcre envahit ses narines. L'odeur de la terre mouillée. Et pas n'importe quelle terre, Véra renifle avec ferveur, une terre grasse, riche. Où y a-t-il une terre comme celle-là dans l'île ? C'est ici qu'on a creusé sa tombe ?

« Toutes les deux, trois heures, une femme va venir, elle va te placer comme il faut, dit la gardienne en lui redressant sa tête affaissée avec une tape sur le front.

– Me placer pour quoi, commandante ?

– Et t'avise pas de bouger d'un millimètre de l'endroit exact où on t'a mise. » La gardienne lui arrache de la bouche la cigarette qu'elle précipite dans l'abîme. Véra s'imagine sauter à sa suite. Quelle merveille de voler. Être un mégot brûlant. Mais il semblerait qu'on la laisse là encore un moment.

Sans la cigarette, le soleil est encore plus écrasant. Milosz a disparu. Nina aussi. Les paupières gonflent sous le soleil, mais l'odeur de la terre est âcre et agréable.

« Ouvre tes oreilles, ordure : celle qui va venir à midi va t'emmener dans les rochers là-bas, pour chier et bouffer. Tu as dix minutes.

– Oui, commandante. »

Ils ne vont pas l'exécuter. En tout cas, pas tout de suite. Ils ne l'ont pas fait monter jusqu'ici pour l'abattre. Un soulagement prodigieux la submerge. Elle a eu peur pour rien. Elle s'est fait peur toute seule. Celui qui a de l'imagination dans cette île souffre davantage que celui qui n'en a pas. Elle, elle n'a jamais eu d'imagination. Aucun humour, aucune imagination. Jusqu'à son arrivée à Goli, elle était incapable de penser à quelque chose qui n'existait pas. Pourtant, dès son arrivée, elle a inventé un jeu qui l'a sauvée : elle doit rouler un rocher jusqu'au sommet de la montagne parce que, là-haut, une pharmacienne l'attend dans sa pharmacie, avec un médicament pour Nina. Nina est malade, elle a de la fièvre. Rien de grave, peut-être la grippe, ou alors la varicelle, des maladies d'enfants en bonne santé. Mais elle a quand même besoin d'un remède contre la fièvre pour que Nina ne souffre pas, et la pharmacienne en chef a dit qu'elle attendrait Véra une heure, pas plus, et, maintenant, elle se bat contre le temps, pas contre le rocher, le rocher reste juste coincé au milieu. Alors, elle pousse, pousse encore, et elle grogne, halète, et pousse. Nina attend…

Jusqu'à ce qu'elle relève soudain la tête en soupirant d'aise : elle est arrivée à la pharmacie, juste à temps. La pharmacienne en chef en personne lui sourit et lui remet un sachet de comprimés. Et maintenant, Véra doit rouler le rocher jusqu'en bas, et c'est le plus difficile. Elle doit se placer sous le rocher, bien plus lourd qu'elle, et enfoncer les pieds dans le sol, freiner la pression du rocher et veiller qu'il ne l'écrase pas. Elle a déjà vu ici des femmes ratatinées sous leur rocher, mais ça ne lui arrivera pas à elle, elle calcule chaque pas parce qu'au bout de la pente, sur le terrain rocheux,

Nina attend son remède. Elle attend désespérément, et Véra pourra lui tendre le médicament et voir un sourire sur le visage de la petite fille. On peut faire confiance à une mère. Puis elle doit retourner tout de suite, Véra, reprendre sa place dans la file de celles qui charrient les rochers vers le sommet, vers la pharmacie qui va fermer dans une heure, pour rapporter un remède contre la grippe de Nina.

Mais elle ne pouvait pas gamberger au-delà de ça. Son imagination est piteuse. De la pharmacie à Nina, de Nina à la pharmacie. Ce n'est pas grand-chose, pas comme Milosz et Nina avec leurs jeux de « si c'était », et les créatures extraordinaires avec des yeux au bout des doigts, et l'oiseau noir volant uniquement au-dessus de celui qui a dit un mensonge, et toutes les histoires que Milosz inventait pour Nina. Véra était assise dans l'autre pièce à ravauder des chaussettes ou à tricoter, et elle s'extasiait devant la fantaisie débridée de Milosz et de Nina. Car, avec Véra, lui ne parlait que des choses de la vie, de la réalité, des valeurs du socialisme et de la lutte des classes, et, avec Nina, il montrait ses talents de créateur d'univers différents. Et comme ils riaient ensemble, lui et Nina.

Pour le moment, son corps s'étire soulagé qu'on ne l'ait pas exécuté. Son corps peureux fait craquer ses articulations, inspire profondément. Elle bâille, une série de bâillements énormes. Elle ne peut pas s'en empêcher. Son corps exige cette béance de la bouche et cette respiration goulue. Elle est en vie.

« Regardez-la donc, s'exclame la gardienne avec stupeur, elle a encore des dents. »

Elle s'efforce d'oublier le soleil. Une boule jaune incandescente est suspendue à la verticale de son crâne qui grésille et transpire. Il ne va plus rester une goutte de fluide dans son corps. Son sang s'épaissit et sa circulation ralentit. Les puces raffoleraient d'un sang pareil. Lorsqu'elle travaillait dans les marais, dès son arrivée ici, des sangsues se collaient à ses jambes, enflaient peu à peu à force de sang, puis se détachaient, grasses et gavées. Certaines femmes essayaient de les manger, Véra aussi, mais leur goût était épouvantable. Ici au moins, aucune trace de sangsues. Mais ce soleil… Des femmes qui avaient avoué pendant l'interrogatoire, livré des noms, accusé faussement, forgé des accusations, s'étaient vues autorisées à porter un chapeau ou à utiliser une chemise ou un chiffon comme couvre-chef. C'est ainsi qu'on pouvait repérer celle qui avait avoué et commencé à collaborer avec l'UDBA. Véra et une dizaine ou une douzaine de femmes restaient tête nue. Elle prenait soin de ne parler à aucune d'elles. Celles-là n'étaient pas moins dangereuses que les autres. Et elles l'appâtaient, échangeaient des regards avec elle, lâchaient quelque phrase réconfortante pour la piéger lorsqu'elles la croisaient dans l'ascension ou dans la descente, chacune avec son rocher.

Depuis que la gardienne l'a laissée au bord du précipice, deux ou trois heures se sont écoulées. Ou une heure. Va savoir. Peut-être qu'on l'a oubliée. De nouveau, elle parle à haute voix. Il faut qu'elle entende une voix humaine. Pourquoi tu dois rester debout ? C'est quoi, ce travail, rester immobile, juste se tenir là ? C'est une punition ? Qu'est-ce qu'ils veulent de toi ?

Et alors, tandis que ses jambes se dérobent sous elle… des pas, légers et rapides, claquent sur le sentier caillouteux. Une gardienne. Pas celle de ce matin. Elle semble plus jeune.

« Bouge-toi, *banda*, criminelle, le camarade Tito t'accorde la pause déjeuner et les toilettes. »

Elle lui agrippe fortement le bras, l'arrache de sa place, la secoue. Elles avancent. Il faut mettre un pied devant l'autre. Une gourde est placée dans sa main, puis une assiette en fer-blanc cabossée, rouillée. Véra renifle une tranche de pain et une pomme de terre, et quelque chose d'autre, une tomate ? Une tomate, c'est possible ? On dirait qu'il y a une fête en bas. Quel mois on est ? La salive emplit sa bouche asséchée. Sa raison se brouille. Ça fait plus d'une année qu'elle n'a pas goûté une tomate. Interdit de commencer à manger. La gardienne fredonne une chanson d'amour à Josip Broz Tito. Véra se mord violemment l'intérieur des joues. Une méthode pour se contrôler. Parfois, au réfectoire, les gardiennes les affament pendant une demi-heure environ. Devant les détenues, elles chantent en s'excitant toutes seules.

« Dis-moi, putain, tu vois vraiment rien ?

- Oui, commandante.

- Menteuse, sale *banda*.

- Oui, commandante.

- Mais pourquoi tu mens ? Le camarade Tito n'aime pas les menteurs. »

Une ombre rapide passe ici et là devant ses yeux ouverts. Ombre familière : les gardiennes vérifient avec ce geste si elle est vraiment aveugle.

« *Yahou !* » lui hurle la gardienne au visage. Ça aussi, c'était prévisible. Et aussi le coup de poing à la joue. Ne pas pleurer. Véra n'est pas là. L'odeur de la tomate l'affole. Bientôt, elle va recevoir l'autorisation, et la fête pourra commencer.

« T'es arrivée comme ça ou tu l'es devenue ici ?

- Devenue quoi, commandante ?

- Aveugle.

- Je suis arrivée en bonne santé.

- Je prie pour que tu sortes pas vivante d'ici, amen, exulte la gardienne. Tu as cinq minutes, ordure, le camarade Tito te souhaite bon appétit. »

La gardienne du matin a dit dix. Après tout, l'important, c'est de manger. D'abord, Véra enfourne de ses deux mains la tomate dans la bouche. Ici, on ne laisse pas le meilleur pour la fin. Elle lèche et suce. La tomate est molle et trop mûre, pourrie, mais gorgée de jus, de goût. Ses intestins gargouillent de stupeur. « Y aurait par hasard un peu de papier, commandante ?

– À ton service, il suffit de demander. J'en ai du rose avec un motif. Ça convient à votre cul, Votre Altesse ? »

Véra tâtonne autour d'elle. Touche un rocher. Pose l'assiette en fer-blanc sur le sol, s'éloigne à quatre pattes. N'oublie pas de prendre la gourde. Mémorise le nombre de pas et la direction. S'accroupit, baisse sa culotte, sûre que l'autre la regarde. Jamais elle n'aurait imaginé une situation pareille.

Elle a un bref instant d'indécision. Qu'est-ce qui est le plus urgent : boire ou pisser. L'odeur âcre et concentrée que dégage l'urine l'étourdit un peu. La gourde doit contenir tout au plus trois gorgées. L'eau se tarit avant même d'étancher la soif. Par bonheur, elle ne souffre pas de constipation. Ici, des femmes deviennent folles parce qu'on les chronomètre tout le temps. Elle s'essuie avec la main, puis la main sur un rocher. Il n'y a presque pas de terre dans l'île. Les vents raclent les rochers. Même pas une feuille ou une herbe dans ces parages. Véra retourne en rampant à l'assiette. L'assiette est poussée dans sa direction de la pointe d'une chaussure. La pomme de terre est à moitié cuite, mais grosse. Elle mâchonne lentement. Combien de temps il lui reste ? Mimi la cuisinière préparait à la petite Véra un *restaurante crumpie*, une « pomme de terre de restaurant ». Rien que le nom lui fait monter l'eau à la bouche. Elle ferme les yeux et savoure la pomme de terre cuite dans sa peau, écrasée puis frite dans un beurre doré et, à la fin, saupoudrée de rondelles d'oignon frit et croustillant. Mais la patate dans sa bouche craque comme une pomme. Soit, elle se délecte de la pomme. Qui prétend qu'elle n'a pas d'imagination ? Elle mastique la pomme, et des visions prodigieuses la submergent, sa maison natale, la cuisine. Les étagères de la cuisine chargées de pots de confiture et de compotes, de poires, prunes et cerises bouillies dans l'eau et mises dans de gros bocaux. Le jus de tomates cuit jusqu'à ébullition puis versé avec précaution dans des bouteilles. Elle mâche avec ferveur. La voilà alchimiste. Elle métamorphose les pommes de terre en poivrons rouges grillés et macérés dans l'huile, avec du citron et de l'ail. En cornichons avec des fenouils marinés au soleil. En saucisses fumées dans la cour. Elle sourit de toutes ses dents. Elle dévore du gibier trempé dans une marinade épicée pendant une semaine, pas une minute de moins, afin de perdre le goût sauvage du *wald*, de la forêt… La tête lui tourne à cause des parfums. Il n'y a plus de gardienne. Plus de puces. Fini les yeux morts qui ne perçoivent que du noir avec des éclats blancs. Plus de pièce à Belgrade avec deux portes et trois colonels en uniforme qui lui lancent : « Encore trois minutes pour décider. Deux. Une. » Aucune pensée qui laisse dans le cerveau la brûlure d'une erreur fatale et aussi ample que la vie elle-même.

« Fin de la récréation, putain. Debout !

– Mais j'ai pas encore bu, commandante. Y avait pas assez d'eau dans la gourde.

– C'est pas mon problème. »

De nouveau, on la déplace. Un peu à droite, puis retour à gauche. Un pas en avant, deux en arrière. Cette gardienne, non plus, n'est pas satisfaite. « Bouge tes fesses, putain. Mets-toi là ! » Une marionnette, une marionnette, voilà ce qu'elle est, mais dans quel spectacle ?

« À partir de maintenant et jusqu'à ce qu'on vienne encore te déplacer, tu bouges pas, compris ? Tu respires même pas !

– Oui. »

Erreur. Une gifle, et même un crachat. La salive coule sur son bras. Un beau glaviot.

« Oui, commandante, pardon.

– Et qu'est-ce que j'ai dit ?

– Tu bouges pas, tu respires pas, commandante. » Le soleil brûle son crâne tondu. Certaines parties de son cerveau frémissent comme l'eau bouillante, mais il lui reste une zone où elle se sent soudain vive et alerte, une partisane, une créature de la forêt qui ne raterait aucune occasion : les gorgées que la gardienne a avalées avant de cracher sur elle. Quatre ou cinq. On pouvait entendre l'eau dégouliner dans sa bouche avant qu'elle crache.

« Au coucher du soleil, on viendra pour te ramener au baraquement.

– Oui, commandante. » La salive de la gardienne glisse jusqu'au pli de son coude, mais la gardienne lambine. « Dis-moi une chose, comme ça, sincèrement : toi et tes complices, vous aviez vraiment l'intention de nous imposer Staline pour vaincre le camarade Tito ?

– Oui, commandante. » Qu'elle s'en aille, qu'elle dégage. Lorsque Véra travaillait dans les marais, les femmes buvaient l'eau contaminée. Elles stagnaient dans l'eau des journées entières, pissaient et chiaient dedans, ensuite, elles la buvaient. La crainte du typhus ne résistait pas à la soif. La salive de la gardienne dévale lentement le long du bras de Véra. Elle la sent glisser, fraîche, puis se réchauffer et sécher peu à peu. S'évaporer.

Du coup, la gardienne commence à se prendre au jeu. « Et alors, comment ça se fait qu'on t'a pas abattue sur place, dis-moi ? Comment ça se fait qu'on t'a épargnée ? T'étais la pouffiasse d'un haut gradé ?

- Non, commandante.
- Des traîtres comme toi devraient mourir.
- Oui, commandante. »

Qu'elle déguerpisse maintenant, par pitié, par pitié, un miracle…

« C'est ce que je dis toujours : le camarade Tito a trop bon cœur pour laisser en vie des pourritures de ton espèce.

- Oui, commandante.
- Vous nous profanez l'air de la patrie.
- Tout à fait, commandante.
- Oublie pas : tu bouges pas, tu respires pas !
- Oui, commandante. »

Des pas. Le silence. On dirait qu'elle est partie. Et même si c'est pas le cas, tout est fichu. La langue palpe son bras. Elle la tire aussi loin que possible, jusqu'au pli du coude. Rien. La salive a séché, s'est évaporée. Sa peau est sèche et salée.

Peu après le coucher de soleil, une gardienne arrive pour la ramener au baraquement. Véra réussit à se tenir à peine debout. Les femmes du baraquement la dévisagent avec curiosité. Elles veulent savoir où on l'a postée, ce qu'elle a fait pendant toute la journée. Elles savent qu'elle n'a pas le droit de parler. Parmi elles, se trouvent des indics, des gardiennes déguisées en détenues et des provocatrices employées à plein temps par l'UDBA, avec table ouverte auprès du « coupeur de têtes » à Belgrade.

Ce soir, des femmes l'entourent, la frôlent en passant. Chuchotent. Qu'elle dise seulement si c'est plus dur là-haut qu'avec les rochers. S'il y a des pauses. Si elle est seule. Si elle peut voir de là-bas - ou entendre - les hommes au travail dans la carrière à l'autre bout de l'île. Ou, au moins, humer leur sueur apportée par le vent ? Elle ne répond pas. Avale quatre tasses d'eau, s'écroule sur son lit et s'endort. Jusqu'à ce qu'on vienne la réveiller avant l'aube.

De nouveau, on l'emmène, seulement elle de tout le baraquement, et, encore une fois, on la positionne. Debout comme ça, non, comme ça, pourriture, avance par ici, redresse-toi par là-bas, lève les bras, baisse les bras, écarte les jambes, referme-les, bouge plus, tu as compris ? Oui, commandante. Tu bouges pas jusqu'à ce qu'une gardienne vienne te replacer. Encore une fois, la gourde débouchée, les lèvres de Véra s'entrouvrent comme celles d'un nourrisson, l'eau est déversée sur le sol, juste devant ses pieds, et l'odeur de terre mouillée, et les gouttelettes sur ses bras, qui s'évaporent toutes avant qu'elle ait le temps de les lécher.

Les heures suivantes, les jours suivants, elle perçoit de temps à autre de loin, venus de la mer, des bruits de moteur. Un canot ou un bateau croisent au large de l'île en route vers le continent ou vers l'une des îles balnéaires des environs. Les estivants en train de bronzer sur le pont distinguent peut-être la nouvelle silhouette minuscule debout, mains écartées, au sommet de la montagne pelée. Ils se disent qu'on a dû ériger là une statue. Ou un petit phare à la forme humaine. Et c'est peut-être délibérément que la commandante Maria l'a placée là afin que les bateliers la remarquent et pensent qu'elle est le symbole de quelque chose, mais de quoi, qu'est-ce qu'elle symbolise ? De loin, elle doit sûrement avoir l'air d'une petite femme, un enfant.

Brusquement, une pensée tordue la transperce : elle est devenue une pierre tombale. Une stèle pour Nina. On l'a mise là-haut à cause de Nina. Parce que Nina a été jetée à la rue. Et comme ça, tous les passagers des navires en croisière verront et sauront quel châtiment est infligé à un individu comme elle, comme Véra, à une femme qui a trop aimé.

Deux heures plus tard, à quatre heures et quart du matin, je me réveille, avec un poids sur la poitrine. La panique me gagne par vagues. Couchée, j'attends que les battements de mon cœur s'apaisent. Pendant quelques minutes, je suis la proie de toutes sortes de pensées et de visions. Même le pacte que j'ai conclu avec Meïr – aucune idée noire à mon propre sujet avant neuf heures du matin – ne fonctionne pas cette fois.

Nina dort à poings fermés. Véra, à côté, est plaquée contre elle en position fœtale. J'effleure doucement l'épaule de Véra, qui ouvre un œil, chausse ses lunettes et s'assoit prestement sur le lit, sans une question, sans une plainte. Je l'enveloppe dans le pull de Meïr que j'ai apporté pour la grogne et le réconfort, et je pense à mon cahier neuf – j'en ai déjà rempli deux – et, au dernier moment, je décide de me munir de mon chrono qui ne me quitte pas pendant mes tournages, et je le suspends à mon cou avec un lacet, ça peut toujours servir.

Véra attend près de la porte, toujours sans poser de question. Il me suffit d'un regard pour comprendre qu'elle connaît parfaitement la suite des événements. Je ne laisse pas l'émotion me dominer (ne me reste plus que la nervosité). On a du boulot, et on va le faire. Nina se retourne de mon côté en tâtonnant le lit de la main. Elle me cherche. C'est *moi* qu'elle cherche pendant son sommeil. Nous regardons, hypnotisées, sa main hésiter, trembler, renoncer. Elle soupire dans son sommeil, et, le souffle coupé, nous nous interrogeons : qu'allons-nous lui dire si elle se réveille, comment lui expliquer ?

Nous sortons sur la pointe des pieds. Le dégoût m'envahit. Assez, assez de ces mensonges. Nous descendons dans le hall vide et obscur de l'hôtel, à l'exception d'un halo de lumière au-dessus de la réception, et d'un autre au-dessus d'un vase contenant un coléus splendide. Je tire un fauteuil pour Véra, l'installe et me précipite vers l'ascenseur pour ramener Raphy. Une seconde avant que la porte d'ascenseur ne se referme, je la photographie sur mon portable : une femme menue et vieille au beau milieu d'un hall désert. Je monte au troisième étage. Dans le miroir de l'ascenseur, j'aperçois une jument. Je profite du choc de la surprise pour énoncer un jugement rapide et objectif. Une femme élancée et robuste avec des sacoches sombres sous les yeux. Une féminité un peu rouillée, décrète la scripte qui m'examine pendant trois étages sans ciller et sans pitié (mais c'est aussi à cause de la doudoune et du pantalon cargo avec toutes ses poches fonctionnelles). Bref, j'ai désormais un visage de productrice. Je me détourne du miroir avec un hennissement et toque légèrement à la porte de Raphy, qui l'ouvre au bout d'une seconde. Fin prêt pour le travail. La caméra Sony sur le lit.

Comme s'il avait attendu toute la nuit, assis sur le lit, que je vienne le chercher.

Dans l'ascenseur, j'esquisse un pâle sourire, et il s'en rend compte immédiatement : « Tout va bien, Guili ? » « Tout va bien. » « Stressée ? » « Un peu. » « Bon, il y a de quoi. » Il remarque mon cahier orange à spirale tout neuf. « Tu n'écris pas assez. » Je lui rappelle que, durant tout le trajet jusqu'ici, je n'ai pas cessé de filmer.

« Tout de même, tout de même, les détails, les minuscules détails.

– À propos de minuscules détails…

– Oui, eh bien ?

– Staline avait vraiment l'intention d'envahir la Yougoslavie en 48 ?

– Je l'ignore. Mais c'est ce que Tito croyait. Il y avait des signes avant-coureurs. C'est pour ça qu'il a ouvert les goulags, ou je ne sais comment on les appelle ici, pour les partisans et les espions de Staline.

– Et à ton avis, Grand-mère et Grand-père étaient vraiment des staliniens ?

– Véra et Milosz ? Elle te boufferait tout cru si jamais tu évoquais cette éventualité.

– Mais toi, qu'est-ce que tu en penses ?

– Moi, par principe, je la crois toujours.

– Évidemment, ça facilite la vie », j'éclate de rire.

Il marmonne quelque chose à propos des questions qu'un individu conserve en son for intérieur pendant des années au point de ne plus pouvoir les poser. Il est clair qu'il ne fait allusion ni à Staline ni à Tito.

Dans le hall, nous nous préparons rapidement. Nous installons Véra de sorte que l'éclairage la mette en valeur. On tire un fauteuil pour moi. Pendant que j'étais absente, elle a eu le temps de retirer son pull et de se peigner (sa chevelure est clairsemée, je l'ai déjà signalé ? Un crâne rose apparaît, tel celui d'un oisillon déplumé), et, bien sûr… elle s'est mis un peu de rouge aux lèvres, du mascara et du fond de teint sur les joues. « Quelle lady tu fais, Grand-mère ! » « Lady à la manque, oui, mais une fille doit toujours être sur son trente et un. Je le dis aussi pour toi. » Elle jette un regard oblique sur ma toison, boucles et mèches emmêlées : « Les oiseaux pourraient faire leur nid là-dedans.

– Grand-mère, tu sais ce que nous souhaitons faire maintenant, n'est-ce pas ?

– Ben, oui. » Elle inspire un bon coup. Je lui arrange son col. Flaire son parfum entêtant (elle a même eu le temps de s'asperger de parfum). Je lui plaque les cheveux en arrière afin de dissimuler sa calvitie. Elle repère je ne sais quelle tache sur mon chemisier. Sa main glisse le long de ma main et, brièvement, l'agrippe. Instants étranges comme ceux précédant une exécution capitale, quand le condamné et le bourreau fument une cigarette ensemble.

Priorité : je cherche comment l'amadouer. « Maintenant, Grand-mère, avant de commencer, je désire que tu me racontes quelque chose de charmant sur toi et Milosz, peu importe quoi, trois ou quatre phrases.

– Sur Milosz ? Je t'ai déjà tout raconté.

– Eh bien, encore une fois, une petite anecdote, drôle, j'ai besoin de l'entendre avant de commencer. »

En fait, c'est une variante d'un truc que j'ai appris de mon père : une seconde avant le clap, je murmure quelques mots à l'oreille de l'acteur. Une métaphore en rapport avec la scène, ou un vers d'un poème qui lui correspond. Certains réalisateurs n'en sont pas fous, mais, dites donc, il s'agit de *mon* film.

Et cette grand-mère est la mienne.

Véra se prend tout de suite au jeu : elle fronce son visage, marmonne quelques mots précipités pour elle-même, commence à sourire. Mon truc fonctionne. « On dansait beaucoup, moi et Milosz. » Je lui demande des détails succincts. « Quand Milosz a guéri de sa tuberculose et de toutes les saloperies qu'il avait attrapées, et que nous sommes partis de son village à Belgrade, on avait un bel appartement, j'étais pas encore enceinte, et on était tellement heureux, nous deux… on fermait les volets, on branchait l'électrophone et on dansait, des heures ! Les mêmes mouvements, on avait, et avec le même rythme, on aurait dit des *jimeaux*, et on savait pivoter au même moment... »

Raphy fait signe que tout va bien. Pour sa part, Véra est déjà complètement *in the mood*, on peut donc commencer.

« Et Milosz, il transpirait si joliment, Guili, il avait la peau glabre, je te l'ai peut-être déjà raconté, pas un seul poil, une peau comme de la suédine. Mais, après qu'il était au soleil, il ressemblait à un Noir... »

Raphy, dans son dos, indique sa montre et fait mine avec le doigt de se trancher la gorge, mais allez clouer le bec à Véra quand Milosz se trouve dans les parages : « On passait du bon temps avec nos amis, et eux criaient qu'ils voulaient me voir danser, et tu sais comment je dansais ? Sur la table, des czardas ! Sur la table, il y avait des verres, et moi, je dansais entre ces verres, et pas un seul tombait par terre ! Et ma jupe, je la relevais un peu vers le haut... »

Allons bon, mon petit truc a réussi au-delà de mes espérances.

« Et jusqu'à ce jour, tu sais, ce que j'aime le plus à la radio, c'est l'émission "Moments enchanteurs", il y a des chansons que moi et Milosz on dansait, des tangos et des slow-fox, chaque fois qu'on donne une chanson comme ça, je peux pas me retenir et je la danse, et les larmes me coulent aussitôt.

– Parfait, Grand-mère, c'est captivant. Exactement, ce que je souhaitais entendre.

– Vraiment ? dit-elle en souriant. Alors, je t'ai aidée ?

– Beaucoup ! Et maintenant, nous allons évoquer ce sujet-là, tu sais bien.

– Ah, oui, répond-elle en se ratatinant dans son fauteuil.

– Grand-mère, je suis incapable de débarquer sur l'île si on n'en a pas d'abord discuté. » Raphaël corrige l'angle de prise de vues afin que les fauteuils soient face à face. « Mais qu'est-ce qui va se passer si elle arrive brusquement ? demande Véra à voix basse. C'est pas mieux de faire ça dans la chambre de Raphy ?

– Au contraire, pourvu qu'elle vienne ! je lui réponds.

– Non, non, non ! Ça va la tuer !

– Elle est obligée de savoir. » J'insiste même si, je ne sais pourquoi, je n'en suis plus si sûre.

« Obligée ? Véra me fouette les genoux avec la manche de son pull. Qu'est-ce que ça veut dire "obligée" ? Comment elle peut être obligée si elle sait pas qu'elle est obligée ?

– Elle sait, je rétorque en répétant ce que je lui ai murmuré pendant la nuit, elle sait, même sans savoir.

– C'est pas possible une chose pareille. Ou elle sait, ou elle sait pas.

– Grand-mère, écoute-moi : chaque chose que Nina fait, chaque parole qu'elle dit, chacune de ses respirations, tout ce qui la fait souffrir, tout ce qui marche de travers chez elle, tout provient de cet endroit-là. » Véra repousse mon plaidoyer en grinçant des dents, et j'ai envie de la saisir et de la secouer de façon à faire enfin pénétrer quelque chose en elle.

« C'est ça, sa vie, Grand-mère ! Elle est obligée de savoir de quoi sa vie est faite ! »

Véra exhale un long soupir de dédain. Je sais que j'ai raison mais je me fais l'effet d'être une cheftaine scoute.

« Et tu sais ce qui me dérange encore plus, Grand-mère ?

– Voyons voir, je t'écoute.

– C'est que je ne suis pas totalement sûre : qui tu protèges grâce à ce secret, elle ou toi ?

– *Moi ?* Guili ! » Les yeux de ma grand-mère lancent des éclairs horrifiés et, le temps d'un long regard fulminant, nous voilà deux ennemies implacables, et c'est insupportable, insupportable.

« Tous ces beaux discours selon lesquels l'individu doit toujours connaître toute la vérité et, comme vous dites, *l'affronter*, c'est bel et bon, Guili, et très pur et moral, et je dis bravo, bravo – et elle frappe trois fois dans ses mains – mais moi, je te dis qu'il est impossible de venir dire à une femme de presque soixante-trois ans, écoute, ma chère, ce que tu crois n'est pas la pure vérité, et toute ta vie, tu as vécu en fait dans l'erreur. » Je la corrige : « Le mensonge.

– Non ! Non ! Un mensonge, c'est quand quelqu'un veut te faire du mal. Et là, c'est peut-être, *peut-être*, seulement quelqu'un qui avait pas le choix. »

Raphy me fait signe de me calmer. Il a raison. Si notre discussion dérape, elle va se refermer complètement.

« Et j'ajoute, Guili, et souviens-toi très bien de ce que j'ai dit : si elle sait, elle ne voudra plus vivre, elle ne voudra plus vivre ! Je connais ma fille.

– Et si tu la laissais décider elle-même ? Ce n'est plus une fillette !

– Si elle l'apprend, elle redeviendra comme une fillette.

– Alors, il vaut mieux la laisser dans le mensonge jusqu'au bout ? »

Véra s'interdit de répondre. Cligne des yeux de temps à autre. Dans son regard éteint, je lis : il n'y en a plus pour longtemps.

Elle croise ses bras sur la poitrine. Lèvres serrées. Raphy mime une machine qui démarre.

« Bon, j'ai compris. D'accord. Véra, raconte-nous s'il te plaît ce qui s'est passé.

– Pas comme ça, dit-elle en frappant sa cuisse du plat de la main, ne parle comme ça !

– Quoi “comme ça” ? Comment je t’ai parlé ?

– Comme si tu me connaissais plus. »

Toutes les deux, nous haletons, meurtries. C’est dur pour elle, dur pour moi. Dur pour moi que ce soit dur pour elle.

« Assez, Grand-mère, dis-je, ma voix à deux doigts de se briser.

– Guili… »

Elle me fait fondre avec ses yeux, là où je suis le plus vulnérable.

« Pardon, Grand-mère, je suis horriblement stressée. Allez, on va le faire. Raconte-moi ce qui s’est passé.

– Voilà, je te raconte, répond-elle en se redressant et en posant les bras sur les accoudoirs du fauteuil : « Raphy, le cinématographe, il marche ? »

« En septembre 51, Milosz, pendant une compétition équestre à laquelle il participait, il s’est brisé un os à l’épaule et il a eu la moitié du corps dans le plâtre. Il était en permission maladie, mais chaque jour, il allait rendre visite à ses soldats de la sélection équestre. Et alors, un beau matin, alors qu’il se trouvait à la maison, un coup de téléphone. Son général le convoque d’urgence. Il y va, et il m’a pas révélé ce qui s’est passé là-bas.

« Mais le lendemain, Milosz a apporté soudain une bague à Nina. Et moi, je lui dis, t’as perdu la tête ? Comment on va finir le mois ? Il faut que tu comprennes, Guili, dès le 12 du mois, nous, on arrivait pas à joindre les deux bouts ! À quatre heures du matin, je faisais la queue pour une bouteille de lait pour la petite ! Pour ma première paire de chaussures en cuir, j’ai fait la queue une journée, une nuit et une journée ! Jusque-là, mes souliers en toile gondolaient comme un harmonica, et toute l'eau rentrait dedans... »

Et, avec une insouciance étonnante, scandaleuse, elle étire ses jambes devant elle et cambre son pied gauche d'un côté puis de l'autre, en le contemplant avec ravissement. Et je me souviens comment, enfant, je la regardais, l'étudiais, je n'avais pas d'autre mentor pour ce genre de choses, et je me suis souvenue à ce moment de son sourire d'alors, le sourire d'une femme en train d'admirer ses jolis pieds.

« Et, à cette époque, par exemple, pour que tu comprennes bien, la Yougoslavie expédiait des wagons entiers d'œufs congelés en Tchécoslovaquie, mais brusquement les relations ont été rompues, il restait un wagon en gare de Belgrade, on avait annoncé que les citoyens pouvaient venir avec des bols pour prendre des œufs, parce que ça coulait du wagon. Et tous les trois on y est allés et on a pris un œuf entier, et au retour, on riait à cause de l'omelette qu'on allait faire pour nous tous. Et voilà que Milosz, dans notre situation, il va acheter une bague à Nina ? »

De temps à autre, Raphy et moi jetons un œil à l'ascenseur.

« Le lendemain, le général le convoque encore une fois. Avant ça, Milosz était allé acheter du bois et du charbon pour l'hiver. Dans sa tête, il me préparait à l'hiver quand je resterais seule, et, alors, il m'a dit comme ça : le plâtre me gratte à l'épaule. Et si tu me mettais quelque chose là-dedans là-haut, par exemple un pansement ? Et moi, tête de linotte, je l'ai rempli avec des pansements entre le plâtre et le corps. »

Elle secoue la tête, comme incrédule devant sa propre bêtise. « Pendant la nuit, il m'a demandé pardon parce qu'il devait écrire quelque chose d'urgent, il s'est assis dans la cuisine et il a écrit peut-être vingt pages. Pour Nina, il a écrit. Il lui a raconté sa vie, depuis son enfance au village, le lycée en ville où il est allé, ensuite l'armée et la guerre mondiale, et comment tous les deux pendant la guerre on a arraché des partisans des mains des *quislings*, et sur moi, il a aussi écrit, il a écrit de belles choses… comment on s'est connus à la fête, et comment il m'attendait à la gare, il a tout écrit pour que Nina soit au courant, et tout ça, l'UDBA me l'a pris quelques jours plus tard quand ils ont fouillé la maison, et pendant l'interrogatoire ils m'ont lu sa lettre à Nina du début à la fin, pour me briser, c'est ça qu'ils voulaient, et moi, j'ai pas remué un muscle de mon visage… »

Raphaël demande une interruption. Quelque chose dans l'éclairage le gêne. Trop d'ombre sur nos deux visages. Il déplace de nouveau les fauteuils et les dispose face à face et plus proches.

« Ah, encore une chose, il a demandé ce soir-là : que Nina dorme dans notre lit, à côté de lui, et ce n'est qu'ensuite qu'il l'a remise dans son lit, et moi, l'imbécile, j'ai vu tout ça et j'ai pas compris qu'il disait adieu à sa vie. Comment j'ai pas deviné ? »

Sa poitrine d'oiseau tressaille vivement. Ce qu'elle vient de raconter, je ne l'avais jamais entendu de cette façon. Ni avec une telle précision, ni avec cette intonation.

Et la voilà de nouveau, la séquence forte du film documentaire : le moment où l'interviewé modifie, en plein tournage, le contrat conclu avec le réalisateur et avec lui-même, et, à son insu, se révèle soudain dans sa vérité.

« Le matin, il me dit au revoir, me donne un baiser et aussi à Nina, il part à pied, et il ne rentre pas à la maison, et il est déjà deux heures de l'après-midi, et moi, je téléphone au ministère de l'Intérieur, ils me répondent : y a plus personne, tout le monde a quitté les bureaux.

« Et avec nous, si Milosz avait une minute de retard, il téléphonait. Moi, j'ai un pressentiment : il est arrivé quelque chose. Je me précipite en autobus chez son ami, un colonel lui aussi, et il me regarde : “Le service de sécurité de l'armée l'a convoqué, mais on va le faire sortir, ne t'inquiète pas.” Moi, je m'inquiète au contraire. Et comment que je m'inquiète. Je veux voir le vice-ministre. Que tu comprennes, parce que Milosz commandait la sélection équestre de Tito, nous, on connaissait le dessus du panier, et ce vice-ministre, je l'ai connu pendant des vacances où on était ensemble, et lui, il me reluquait beaucoup dans le dos de sa femme. Bon, aucune importance… Et on me dit : “Le vice-ministre est à la chasse. Revenez demain.” Je reviens le lendemain. “Il est chez le docteur. En dehors de la ville.” J'ai alors compris. Merci beaucoup.

« Le mercredi 17 octobre, j'ai réveillé Nina de bon matin et je lui ai dit, je vais chercher Papa. Tu vas te lever maintenant, prendre le petit déjeuner que je t'ai préparé, puis je vais te peigner, ensuite, tu iras directement chez Jovanka, tu mangeras à midi chez elle et tu resteras avec ses filles jusqu'au soir, puis je viendrai te chercher. Nina somnolait et elle comprenait pas qu'elle doive se lever si tôt, mais elle a tout mangé, elle a rien laissé dans l'assiette.

– Pardon, minute, Grand-mère, Papa, on arrête. Brusquement, je me dis : nous avons laissé complètement tomber l'idée de Nina ?

– Quelle idée ? s'écrie Véra, irritée que je l'aie interrompue.

– Parler à la Nina-du-futur ? À la Nina qu'elle deviendra un jour ? »

Nous nous taisons, tous les trois. Si nous ne nous adressons pas à la Nina-du-futur, cela signifie que ce que nous filmons en ce moment ne sera pas inclus dans la pellicule qui lui est destinée. Dont elle n'en aura pas connaissance.

Raphy dit : « Je suggère de laisser Véra décider. »

Véra rumine. Sourcils froncés. Et alors, d'un geste tranchant : « On va continuer et on décidera à la fin.

– Comment ça, à la fin ? C'est maintenant, tout de suite, qu'il faut décider si nous le faisons ou non. »

Véra balaie ma remarque.

« Où j'en étais ? Je la vois comme maintenant, assise à table avec son pyjama bleu, en train de boire son lait… c'est vrai, c'était une enfant si gentille. »

Véra a décidé.

« Elle a fini de manger, elle s'est habillée, je lui ai fait ses nattes et j'ai écrit un mot à Jovanka. Après son départ, j'ai regardé derrière le rideau, j'avais jamais fait ça, seulement ce jour-là, quelque chose m'a pris aux tripes, la regarder, voir comme elle marche et saute sur la marelle que des enfants ont laissée sur le trottoir, et comme son corps est minuscule et mignon, comme si elle dansait en marchant. »

Silence. Un terrible malaise. Elle soupire, baisse la tête. C'est le deuil qui me tord les entrailles à cette heure. Pour la première fois, le deuil pour Nina enfant. Pour l'avenir qu'elle n'aura pas. Pour l'être humain qu'elle ne sera jamais. Pour moi. Je tends un mouchoir en papier à Véra, elle repousse ma main.

« J'ai pas honte de mes larmes !

– Ça tourne, marmonne Raphy.

– Et voilà que, brusquement, je vois dehors un grand type avec un manteau en cuir et, tout de suite, je me dis qu'il vient de la Sécurité, et il y a aussi une voiture noire avec le moteur en marche et des vitres noires. Cet homme regarde Nina et fait un signe de la tête à la voiture noire, et tandis que je me demande pourquoi ce type regarde comme ça mon enfant, et pourquoi il fait un signe sur elle au chauffeur, j'ai aussi pensé : il vient m'annoncer que Milosz va être libéré bientôt ! Au bout d'un moment, il cogne à ma porte, et moi, l'idiote, je lui dis : "Ah, Dieu merci, vous êtes venu, entrez, entrez, je vous offre un verre de thé ?"

« Il entre, enlève ses gants, regarde autour de lui l'appartement, frappe comme ça avec ses gants la manche de son manteau, s'assoit, et soudain, le voilà tout sucre, tout miel... »

Véra l'imite devant la caméra : les bonnes manières d'un homme courtois, prévenant : « "Est-ce que vous fumez, madame ?

« – Oui.

« – Eh bien, prenez une cigarette. Bien. Je suis au regret de vous annoncer qu'il a tenté de se suicider."

« Et moi, je crie "Quoi ? Il est vivant ou il est mort ?

« – Je ne peux vous en dire davantage pour le moment. Venez, vous serez complètement informée à l'hôpital militaire, mais juste avant de nous en aller, il reste quelques points qu'il faudrait éclaircir concernant la relation que vous entreteniez avec la Russie."

« Peut-être une demi-heure, il me pose des questions, et moi, je réponds, je me rappelle pas quoi, j'en sais rien. Il m'interroge sur la Russie, sur Staline, sur les espions qu'on était soi-disant. Tout s'embrouille dans mon cerveau, j'ai du mal à tenir le coup, jusqu'à ce qu'à la fin il dit : "Il est temps d'y aller. Prenez ce dont vous aurez besoin pour une longue période."

« Moi, je prends rien. Juste un manteau, un sac, je tremble de tous mes membres. On sort. Le chauffeur avec des lunettes noires est au volant, et l'homme en manteau hurle brusquement : "Couche-toi sur le plancher, putain ! Que personne te voie !"

« On arrive à l'hôpital militaire, tout se fait très vite, en courant, avec des cris, soudain, on s'arrête et il me dit : “Tu entres par cette porte, et je t'attendrai ici, et il vaut mieux pour toi et pour ta fille que tu fournisses la bonne réponse.”

« Une réponse à quoi, à qui ? Il a rien dit.

« J'entre dans une pièce où il y a déjà un colonel et un docteur, tous les deux sont colonels en fait, et ensuite, j'ai compris : des procureurs militaires.

« Ils m'accueillent aimablement. Avec des madame par ci, et des madame par là, toutes nos condoléances… Puis l'un d'eux, un grand type chauve, me lit une feuille du gouvernement : “Hier, à 18 h 20 précises, le 16 du mois d'octobre, un gardien s'est rendu pendant une minute aux toilettes, et alors, Milosz Nowak a retiré quelques compresses de son plâtre, les a attachées et s'est pendu sur le lit, ensuite, il a secoué la tête et entaillé son cou de sorte que nous n'avons pas réussi à lui porter secours. C'est pourquoi nous vous avons invitée afin de certifier par signature que vous et lui êtes des staliniens, mais que vous désavouez votre époux en tant qu'ennemi du peuple et espion russe à la solde de Staline.”

– Doucement, Grand-mère, je n'ai pas compris : ils voulaient que tu avoues que tu étais une stalinienne ?

– Et comment qu'ils voulaient !

– Et toi ?

– Quoi, moi ? J'ai pas avoué.

– Parce que tu ne l'étais pas.

– Bien sûr.

– Et qu'est-ce qu'il s'est passé ?

– Écoute, Guili, moi, j'étais prête à leur signer que j'étais une stalinienne et même le diable en personne, mais pas que Milosz était un stalinien et un ennemi du peuple. Pas ça, jamais !

– Laisse-moi comprendre : parce que tu n'as pas accepté de dire que Milosz était un espion, uniquement pour ça, ils t'ont envoyée à Goli Otok ?

– En effet. »

Dans ce cas, je ne me suis pas trompée et je n'ai rien inventé. Durant mon hospitalisation en réanimation, sans une goutte de sang dans les veines, elle m'a raconté. Elle croyait que j'étais inconsciente. Sans doute s'est-elle dit que j'allais mourir et voulait-elle se décharger de ce fardeau, une bonne fois pour toutes.

Depuis, pendant toutes ces années, je l'ai su, je l'ai senti, mais je n'ai pas eu le courage de lui demander si son récit était véridique.

« Moi, de toute façon, je comptais moins pour eux, insiste-t-elle maintenant, ils voulaient Milosz. Lui, il était important, lui, pendant la Seconde Guerre, c'était un grand héros, il commandait la cavalerie de Tito, et ils voulaient juste que sa femme dise devant tout le monde que Nowak Milosz était un traître et un suppôt de Staline, contre Tito.

– Et si tu l'avais dit ?

– Si j'avais dit quoi ?

– Je ne sais pas... qu'il, disons, soutenait...

– *Guili !*

– Je pose juste la question, Grand-mère. Supposons que tu...

– Pas du tout ! Non ! Y a rien à supposer ! Mon mari, c'était pas un traître ! Un idéaliste, voilà ce qu'il était ! Et l'homme le plus droit et le plus pur !

– Oui, c'est sûr, nous le savons...

– Non, tu le sais pas. Personne le sait comme moi. Y a que moi, dans le monde, qui sait quelle âme c'était ! Et y a que moi qui peux parler de lui et y avait personne d'autre pour lui,

Guili, et c'est pour ça que je leur signe rien, même s'ils me jettent sur l'île de Goli, et même s'ils me tuent, et même s'ils prennent Nina… »

Véra se tait. Ses yeux lancent des éclairs. Sa tête minuscule tremble de colère.

« Et supposons, Grand-mère, juste supposons que tu aies été disposée à dire que Milosz était un traître, ils t'auraient vraiment libérée ?

– J'en sais rien. Peut-être que oui. C'est ce qu'ils ont dit.

– Et tu serais rentrée chez toi avec Nina ?

– Peut-être. Oui. Mais alors Milosz serait passé pour un ennemi…

– Nous savons, mais…

– C'est quoi, ce "nous", Guili ? réplique-t-elle en me toisant par-dessus ses lunettes, tu me ferais pas un interrogatoire en ce moment ?

– Non, c'est uniquement Raphy et moi qui désirons savoir. Si tu veux bien, faisons un pas en arrière, Grand-mère. »

Même le fait de l'appeler Grand-mère est irritant.

« Pose ta question. » Elle prend son miroir de poche et se repoudre. « Vas-y.

– Je te demande encore une fois, parce que je dois savoir. Tu n'as pas accepté de dire que Milosz était un traître, et c'est pour cette raison qu'on t'a envoyée dans l'île ?

– Quel choix j'avais ? »

Je lui lance un regard angoissé.

« Raphy. » Elle s'adresse à lui, mais garde son regard rivé sur moi. « Tu me promets, n'est-ce pas ?

– Je te promets quoi ?

– Que ce que je dis en ce moment sera pas du tout dans le film que Nina a voulu. »

Raphy garde bouche cousue. Sa loyauté d'orphelin est à l'agonie. Je le fusille du regard, mais Véra, non plus, n'est pas mauvaise dans ce genre d'exercice.

« Écoute, lâche-t-il en se tortillant, je crois que ça vaut la peine d'avoir ce matériau en réserve de manière méthodique et complète.

– Ça veut dire que tu me promets pas.

– Je suggère de ne pas décider pour l'instant. »

Les mains de Véra se crispent sur les accoudoirs du fauteuil.

Raphy lui demande : « Acceptes-tu de continuer ?

– Je sais déjà plus ce que je veux ou je veux pas. »

Réaction intéressante, je note par-devers moi. « Alors, s'il te plaît », je me penche vers elle et lui caresse lentement le bras tout du long – notre méthode reiki familiale –, « redis-moi précisément ce qu'ils t'ont déclaré.

– C'est si important maintenant ? Ah, ça, plein de choses, ils ont dit.

– Oui, c'est important. De la plus haute importance.

– D'accord, questionne-moi.

– Qu'est-ce qui s'est passé dans cette pièce ?

– Qu'est-ce qu'il y avait là-bas ? Voyons voir... Il y avait que celui-là, l'officier de grande taille, le chauve, m'a dit, et de ça, je me souviens de chaque mot : "Nous allons nous montrer francs avec vous, madame, la situation est celle-ci : votre époux lui-même n'a prononcé aucun mot pendant les interrogatoires, il n'a rien avoué, aussi il n'est accusé de rien, et vous pouvez réclamer sa pension pour vous et votre fille, mais à la condition expresse que vous nous signiez ce document."

« J'ai dit : "Vous voulez que je dise à sa place que c'était un traître ?" Il m'a dit : "Oui." J'ai dit : "Et quoi d'autre ?" Il a dit : "Rien d'autre. Sauf que, demain dans *Borba* et dans douze autres journaux, on lira que Nowak Véra a désavoué l'ennemi du peuple, le traître Nowak Milosz."

« Eux voient que je me tais, et le colonel procureur me dit : "Nowak Véra, ici, dans cette pièce, il y a deux portes. Celle de gauche signifie la liberté et le retour chez vous avec votre fille, celle de droite mène à la prison de Goli Otok pour des années de travaux forcés. Vous avez trois minutes pour vous décider."

« Et moi, ma cervelle est morte. Tout mon corps, il vit plus. Pique-moi avec une aiguille, Guili, je sens rien. Milosz est mort, mon grand amour est mort, qu'est-ce que je peux vouloir encore. »

Elle cherche une cigarette dans son sac. En retire un paquet froissé d'Europa. Cela fait des années que je ne l'ai pas vue fumer. Je songe à Nina enfant qui, à cette même heure matinale, avait dû arriver à l'adresse de Jovanka.

« Et alors, le médecin-colonel dit : "Peut-être n'avez-vous pas bien compris. Sans doute voulez-vous boire un peu d'eau et mieux réfléchir.

« – Je veux rien, juste mourir." » Elle ne parvient pas à allumer la cigarette, et je l'aide.

« "Écoutez, Nowak, je vous répète : nous jouons franc-jeu avec vous : pour des raisons de sécurité, nous ne souhaitons pas qu'on sache qu'il est mort chez nous. Il sera inhumé dans une sépulture anonyme. Après avoir signé, vous prendrez votre fille et vous partirez avec elle vivre dans une autre ville. Il suffit de nous mettre là un petit gribouillis sur ce papier, ensuite, il vous sera interdit d'en parler jusqu'à votre dernière heure. Même à votre fille, interdit de lui dire quoi que ce soit. Il vous reste deux minutes pour réfléchir." »

« Allez, signe donc à la fin », je m'entends soudain murmurer d'une voix d'outre-tombe. Raphaël est horrifié de mon intervention, mais Véra est si obnubilée par son récit que, semble-t-il, elle ne m'entend pas.

« Je leur ai dit : "J'ai pas besoin de deux minutes, ni d'une demi-minute. Je laisse pas tomber mon mari. Mon mari, je l'ai aimé plus que ma propre vie. Mon mari, il a jamais été un ennemi du peuple. Faites ce que vous voulez." » Elle fait tomber la cendre dans le paquet de cigarettes.

« Et alors, le deuxième colonel, le plus petit, il me dit : "Dans ce cas, dès demain, vous embarquez pour Goli Otok. Vous savez ce que c'est Goli Otok.

« – Je sais."

« Et lui, il dit : "Nina votre fille sera à la rue."

« J'ai dit : "C'est vous qui avez décidé."

« Et il m'a dit : "Non, c'est vous seule qui avez décidé."

« J'ai dit : "Je vous supplie du fond du cœur, bonnes gens, Nina, elle a rien à voir avec tout ça, Nina peut aller chez ma sœur Mira, ou chez ma sœur Rosie, ou chez mon amie Jovanka. Elle est pas obligée d'être à la rue."

« Et le colonel a dit encore une fois : "Femme, écoute-moi bien. Tu vas à Goli Otok pour des travaux forcés, et ta jolie petite fille sera à la rue, je te donne ma parole. Et la rue, eh bien… c'est la rue." »

Véra porte sa main à la poitrine.

« Grand-mère, veux-tu faire une pause ?

– Non, je veux raconter. »

Au cours de ma carrière peu reluisante, j'ai aussi travaillé comme enquêtrice pour un certain nombre de documentaires. Plus d'une fois, j'ai vu l'interviewé à la croisée des chemins : révéler le secret obscur de son existence ou perpétuer son mensonge. Combien de gens – surtout ceux au seuil de la mort – décident de révéler leur secret uniquement parce qu'ils sont convaincus que la vérité doit être préservée quelque part dans le monde.

« Guili, qu'est-ce que tu veux savoir ? » demande Véra.

Je rassemble toutes les forces qui me font défaut. « Dis-moi, Grand-mère, qu'est-ce que ça signifie “sera à la rue” ?

– Je sais pas.

– Tout de même, fais un effort.

– Je sais pas. »

Je tente une approche différente : « Tu leur as demandé de ne pas mêler Nina à cette affaire ?

– Exact.

– Crois-tu, juste supposons, que tu aurais dû demander davantage ?

– J'ai demandé autant que je pouvais. Je pouvais pas plus.

– D'accord. Mais, si tu avais essayé un tout petit peu plus…

– Je sais pas supplier. »

Ses lèvres se crispent. Elle détourne son regard.

« Grand-mère, pardon, mais je suis obligée de te poser la question. As-tu entendu parler de fillettes que l'UDBA a jetées à la rue ?

– Non.

– Aucune ?

– Je sais pas. Peut-être une ou deux. Peut-être que c'étaient des rumeurs. C'était une époque de rumeurs.

– Et que leur est-il arrivé ?

– Je sais pas.

– Que disaient ces rumeurs ?

– J'ai pas entendu.

– Grand-mère…

– On peut continuer, à la fin ? » crie-t-elle presque. Ses lèvres tremblent, mais elle n'attend pas une autorisation, et, brusquement, je saisis à quel point elle a besoin de raconter son histoire – qu'elle soit entendue une fois au moins pour exister pleinement, à jamais.

Et, précisément dès lors que, maintenant, tout est ouvert et flagrant, je sens qu'une erreur gigantesque est en train de surgir : pourquoi filmons-nous cette conversation à l'insu de Nina ? Pourquoi, même à cette heure, juste avant de voguer vers cette île afin de nous laver un peu, une fois pour toutes, de ce qui nous pourrit la vie familiale depuis trois foutues générations, qu'est-ce que nous faisons au lieu de cela ? Pourquoi la spolions-nous une fois de plus ?

« Et eux, ils m'ont dit : "Nowak Véra, réfléchissez bien encore une fois. Vous avez une minute pour cela."

« Et moi, j'ai redit : "J'ai même pas besoin d'une seconde." Et le médecin-colonel a dit : "Tu préfères un homme mort à une fillette vivante ? Quel genre de mère es-tu ? Quel genre de femme ? Quel genre d'être humain ?"

« Je lui ai dit : "Je suis plus une mère, je suis plus une femme, je suis plus un être humain. Je suis rien. La mère, la femme, l'être humain Nowak Véra est morte. Je signerai pas. Faites ce que vous voulez."

– Signe à la fin ! » je rugis de nouveau, hors de moi. Cette fois, Véra a entendu.

Elle se rencogne dans son fauteuil, darde sur moi un long regard, noir. Elle hoche la tête, amère et déçue, comme si elle découvrait que, sous mon vernis obséquieux, la trahison coulait dans mes veines. Comme si elle savait qu'au moment fatidique je la trahirais.

Et je me souviens de ce qu'elle m'avait dit dans mon adolescence : « Tu les laisseras pas exploiter mon histoire contre moi. »

Cet instant-là…

Comment se fait-il que sous ces traits familiers et aimés apparaisse soudain un visage inconnu. Hostile. Parce que nous sommes en guerre, grand-mère Véra et moi. C'est flagrant. Et elle m'avertit, du regard, de ne pas franchir une certaine limite. Au-delà de cette limite, le chaos fait rage, et l'homme est un loup pour l'homme, et il n'y a aucun passe-droit pour les petits-enfants. Mais cette fois, je ne lâche pas, je la toise droit dans les yeux et observe les traits de son visage s'étirer et s'aiguiser, et pour la première fois depuis qu'elle a commencé à raconter, et peut-être depuis que je la connais, je détecte la peur, l'affolement.

Comme si une molécule de son âme rebelle, occultée et réduite au silence pendant six décennies, échappait à tout contrôle et hurlait dans sa tête : Qu'as-tu fait, mon Dieu, Véra, qu'as-tu fait ?

« Le médecin-colonel se dirige vers la porte de droite et l'ouvre, et là, il y a celui au manteau noir, et je reçois un coup sur la tête par-derrière, je sais pas qui a frappé, et je me dirige vers celui au manteau, et il me prend fort comme ça par la main – elle agrippe son bras et le montre à la caméra – et moi, je veux qu'il m'emmène voir Nina pour lui dire ce qui s'est passé, et qu'elle sache qu'elle doit rester quelques jours chez Jovanka, ensuite, Jovanka l'amènera chez ma sœur Mira, ou chez ma sœur Rosie… »

Sa voix s'étrangle. Elle essaie de parler, s'étrangle de nouveau. Ravale ses larmes.

« Mais l'homme avec le manteau dit au chauffeur : "Conduis la putain directement en prison." »

Elle s'enfonce dans le fauteuil, épaules affaissées. « Ninotchka, ma mignonne, murmure-t-elle à la caméra, à la Nina-du-futur qui a resurgi, comment je peux signer ? Comment je peux dire à tout le monde que ton père était un traître ?

– Parce qu'il est mort, je réponds, et Nina est vivante.

– Milosz, c'était pas un traître, Guili.

– Comment as-tu pu, Grand-mère ?

– Je l'aimais.

– Davantage que ta fille ?

– Plus que ma vie. »

Je n'en peux plus. Je me lève, tourne en rond dans le hall désert. En passant devant mon père, il me chuchote : « Demande-lui si, aujourd'hui, elle ferait de même. »

Je me rassois en face d'elle. Elle se penche vers moi, masque sa bouche de la main et murmure : « Mais toi, tu t'es pas suicidée une fois à cause d'un homme ?

– Mais je n'ai pas tué quelqu'un d'autre. »

Elle a un geste de recul comme si je l'avais giflée. Elle allume une nouvelle cigarette et en propose une à mon père. Non à moi. Elle lui ordonne de cesser de filmer, il s'exécute. Les mains de Véra tremblent. Qu'est-ce qui me prend à la torturer ainsi. Car si elle avoue ce qu'elle a fait, elle se réduira sous nos yeux en un amas de sciure. Raphy partage sa cigarette avec moi. Tous deux, nous avons renoncé au tabac depuis des années, après sa crise cardiaque, mais, en ce moment, nous sautons sur l'occasion de nous brûler la langue et le palais.

« Je suis pas une menteuse, bougonne Véra à elle-même dans un nuage de fumée, pas une menteuse. Même pas une fois dans ma vie, j'ai menti ! Bon peut-être qu'une seule et unique fois j'ai pas dit toute la vérité à Nina, mais c'était que pour son bien, pour qu'elle – oh, oh, regardez qui est là ! » s'écrie-t-elle, exhalant un nuage de fumée qui nous submerge tous les trois, et elle agite la main : « Bonjour, ma douce Nina, on est là ! Alors, tu as bien dormi ? »

Nina émerge de l'ascenseur au fond du hall. Échevelée, légèrement hagarde, elle bâille. « Depuis quand vous êtes là ? » Sa méfiance se réveille bien avant elle, lui étrécit les yeux.

« On a juste tourné quelques plans avant Goli », glousse Raphy, désemparé. Cette réaction l'enlaidit vraiment. Véra et moi, nous ricanons, désemparées. Nous puons le mensonge. « Grand-mère a raconté toutes sortes d'anecdotes avant notre départ dans l'île.

– Ah, ah ! » Ses narines se dilatent. Elle capte l'information et la filtre, mais elle est encore trop somnolente pour la décrypter. Elle prend la cigarette de la main de Véra. « Mais quand êtes-vous descendus ? Je n'ai rien entendu. On peut avoir du café ici ? Ma tête va éclater à cause du whisky. »

Raphy et moi, nous bondissons en direction de la réception déserte. Nous donnons un coup de sonnette sur le comptoir. Un employé ensommeillé dit qu'il va tenter de trouver quelque chose, mais qu'en fait il n'y a aucune chance parce que la cuisine n'ouvre que dans une heure. Raphy et moi, nous nous adossons au comptoir et, de là, regardons Véra bavarder avec Nina. Raphy m'interroge : « Quel whisky ? » Je fais la sourde oreille. Nina est en train de dire quelque chose, Véra rigole, rejette la tête en arrière en riant, elle aussi.

« Je n'ai pas eu le temps de lui demander si, aujourd'hui, elle ferait encore…

– Je m'en suis aperçu.

– Dommage que tu ne me l'aies pas rappelé avant.

– En effet.

– Et toi, tu savais que ça s'était passé comme ça, n'est-ce pas ?

– Comme ça, quoi ?

– Qu'ils lui avaient laissé la possibilité de choisir.

– Oui. »

Il mobilise toute son énergie pour ne pas fuir mon regard.

« Et donc, en fait, tu savais que Nina n'a pas été seulement abandonnée.

– Hein… je n'ai pas compris.

– Que non seulement elle a été abandonnée mais aussi trahie. »

Ce mot le déchire au plus profond de son être.

« Tu comprends ? Elle n'a pas seulement abandonné sa fille, elle l'a aussi trahie, sa propre fille, ma mère. Elle l'a trahie.

– Oui. C'est cela même, murmure-t-il à lui-même, elle l'a abandonnée et elle l'a trahie. »

Toutes les deux sont nimbées par la fumée qui s'étire jusqu'au lustre au-dessus de leurs têtes. Véra enchaîne de petites bouffées. Nina, lentement, en savourant. Elle pose sur nous trois un regard inquisiteur. Raphy et moi lui faisons signe qu'il y a un problème avec le café. De son côté, elle nous fait signe qu'on devrait peut-être sortir en quête d'un bar ouvert le long du rivage. Nous répondons de la main : d'accord. Elle aussi : laissez-moi juste terminer ma cigarette. Elle inhale la fumée avec délice. Raphy, Véra et moi, nous la dévorons des yeux.

Cette qualité étrange et impalpable qui n'appartient qu'à elle.

Elle est là, et pas là. Non seulement on la regarde, mais on en conserve aussi le souvenir.

Le mardi ou le mercredi, ou au bout d'une semaine, qui sait, qui peut se rappeler, une nouvelle gardienne se charge d'elle. Elle la conduit par une corde, et marcher derrière elle est à peu près supportable, sans heurts ni chutes, comme si les deux femmes ont appris à accorder leur allure. À en juger par sa voix, elle est très jeune, à en juger par son accent traînant, comique, elle est originaire du Monténégro. Incroyable ce qu'elle peut jacasser. Elle a déjà subi la rééducation. Franchi toutes les étapes. Elle a d'abord été comme Véra, une *bojkot*, une des femmes ostracisées rejetées par tous, a accédé au statut de *banda*, les bandes de criminels, la lie du genre humain, puis a été promue à la *brigada*, celles qui ont avoué les crimes qu'elles ont commis ou pas, ont accepté de servir d'indics et ont retrouvé refuge sous l'aile du camarade Tito.

La gardienne ne contient plus sa joie : bientôt, elle va quitter le camp et rentrer chez elle. Elle va apprendre la couture, puis se marier. Son fiancé l'attend déjà au village. Un peu grassouillet, mais un brave garçon avec un métier en or : tonnelier. Ils auront cinq enfants. Véra l'écoute. Jolie ritournelle. Elle reste tout le temps sur ses gardes : bizarre qu'une gardienne lui parle comme ça. Il vaut mieux que Véra se taise, voire qu'elle ne l'écoute pas. Qu'elle n'aille surtout pas croire qu'elle songe à s'évader d'ici.

Parvenues au sommet, la gamine rit de bonheur devant la vaste mer et le panorama immense, et Véra a le souffle coupé en entendant ses cris de joie.

On dirait une fillette, se dit Véra.

« Voyons, putain, lui dit gentiment la gardienne, tu sais déjà où tu dois te placer le matin ? »

Véra secoue la tête en montrant ses yeux.

« J'avais oublié. Je suis totalement bouchée. Mets-toi là. Bouge plus !

– Commandante, murmure Véra, pourquoi je suis ici ?

– Comment ça, pourquoi ? » s'écrie la gardienne en assenant une tape sur la poitrine de Véra, mais pas trop forte – uniquement par acquit de conscience.

« Qu'est-ce qu'ils me veulent ? Qu'est-ce que je fais ici ? »

Silence. Pour le coup, elle vient de dépasser les limites.

« On t'a pas dit ?

- Non.

- Personne ?

- Non. »

Abasourdie, elle éclate de rire. On peut imaginer ses fortes dents blanches et ses gencives rouges.

« Et pourquoi je devrais, *moi*, te le dire ? »

Véra joue son va-tout : « Parce que tu es un être humain. »

Elle entend une respiration coupée en un clin d'œil. Tel le vagissement fugace d'un nourrisson. Cette jeune femme possède un je-ne-sais-quoi de presque inconcevable à Goli Otok. « Écoute… c'est pas… ça m'est interdit… » Et alors, furtivement, dans un murmure à l'oreille de Véra : « Il y a là la plante de la commandante Maria, tu le sais, oui ?

- Non.

- Même ça, on te l'a pas dit.

- Non.

- La commandante Maria l'a rapportée de chez elle. »

« De chez elle ? » Véra n'avait jamais pensé que la commandante Maria puisse avoir un foyer. Tout cela la désoriente. Et c'est quoi, cette plante ? Qu'est-ce qu'une plante fabrique ici ?

« Elle vient d'un village près de Rijeka.

- Mais pour quoi faire ?

- Comment ça, pour quoi faire ? Pour qu'elle grandisse.

- Qui ?

- La plante.

- Je comprends pas, murmure Véra saisie de découragement.

- Ici, rien ne pousse, pas vrai ? » Ça, Véra le sait déjà. Aucun plant ne peut s'enraciner sur ces rochers pelés.

Elle entend qu'on débouche la gourde. L'eau coule à flots. Des gouttelettes rebondissent sur ses paumes. Elle les lèche avidement, sachant que cette gardienne ne la frappera pas brutalement.

« Elle est grande ?

- Qui ?

- La plante.

- T'en as des questions… assez, ferme-la, putain. » Véra imagine ses traits juvéniles crispés par la colère parce qu'elle se repent de s'être laissé attendrir.

« S'il vous plaît, commandante, dites-moi juste ça, je dois savoir.

- Elle est toute petite, grince la gardienne. Tes yeux, je les arrache avec une petite cuillère si tu dis à quiconque qu'on en a discuté. » Puis, elle éclate de rire : « Bon, des yeux, de toute façon, t'en as pas. Maintenant, tu bouges plus, fais ton boulot, et tu la fermes, compris ?

- Mais c'est quoi, mon boulot ? »

La jeune femme tourne les talons. Véra n'attend même pas que le bruit de ses pas s'éloigne pour s'accroupir avec agilité. L'odeur l'étourdit. Celle d'une terre humide, riche, une terre d'un autre univers. Elle n'ose pas enfoncer ses doigts dans ce sol, le remuer. Elle se relève aussitôt, effrayée et ravie à la fois. Étire ses bras. Qui aurait pu penser qu'une telle voracité pour la terre soit possible. Elle s'entend rire. Cela fait longtemps qu'elle n'a pas entendu ce bruit.

Une petite plante pousse ici. Cette idée l'enchante, la bouleverse. Comme si on avait déposé un bébé dans ses bras.

Pendant la nuit, une femme se love contre elle sur son châlit. Véra se réveille en sursaut. Sans doute on vient l'emmener. À un interrogatoire, ou pire. La femme lui impose le silence, une main sur ses lèvres, et lui murmure : « Je sais ce que tu fais là-haut sur la montagne.

- Qui es-tu ?
- Peu importe. Ne crie pas.
- Comment tu sais ?
- Les gardiennes ont bavardé. Y a là-haut une plante, pas vrai ? Un plant ? Qui appartient à Maria ? »

Véra garde le silence. Aucun doute : cette femme est une indic. Elle tente de la compromettre et de gagner quelques bons points dans le processus de réhabilitation.

« Dégage, chuchote Véra, ou je crie. »

L'autre se hâte de déverser dans son oreille : « Quand j'ai débarqué dans l'île et que je devais courir entre deux rangées de détenues, tu es la seule qui ne m'a pas craché dessus. »

Véra fait le lien entre cette voix, un visage et un corps. Une femme élancée, d'allure distinguée, la peau sur les os, aux yeux bleus déments et effrayants. Elle courait entre les deux rangées en serrant contre sa poitrine un instrument arrondi, sans doute une mandoline. Toutes voyaient bien qu'elle tentait de protéger l'instrument, et, pour une raison quelconque, ça les a encore plus enragées. Elles l'ont tabassée jusqu'à ce que la mandoline tombe, puis elles se sont ruées sur l'instrument et l'ont réduit en miettes. Véra a eu droit à dix coups de fouet parce qu'elle s'était contentée de faire semblant de frapper cette femme.

« Elle s'est aménagé un endroit là-haut, Maria, chuchote la femme à l'oreille de Véra. Son bordel privé avec vue dégagée sur la mer. La nuit, elle amène là des filles. »

Quarante coups de fouet, c'est le prix que pourrait lui valoir cette conversation. Personne ne survit, ou ne garde la raison, après quarante coups de cravache.

« Et elle a dit qu'elle veut un peu de vert dans ses yeux. »

Véra ne comprend pas. « La nuit ?

– Pourquoi pas ? Ou peut-être qu'elle donne une bonne odeur ? Tu l'as sentie ? » Un souffle intense, une haleine chaude au creux de son oreille. La femme soupire. Le corps de Véra se relâche un peu. Une émotion oubliée se mêle à ce soupir. La femme susurre : « Goldman. Professeure de musicologie, Goldman Erika. Enchantée. »

Véra meurt d'envie de répondre qu'elle aussi est enchantée. De goûter aux formules de politesse. Elle se tait.

« Dès l'instant où j'ai appris qu'il y avait une plante dans l'île, poursuit la femme tout bas, aussitôt, je me suis sentie mieux. Comme s'il y avait un espoir que nous allions sortir un jour d'ici. »

Véra tente de comprendre ce qu'elle entend. Les propos de la femme ne lui sont pas totalement intelligibles. Après ces dernières semaines sur la montagne, difficile de mener une discussion logique. De toute façon, la logique est une affaire exigeante, épuisante. Il faut veiller à énoncer l'enchaînement des faits dans un certain ordre. Véra tourne son visage du côté de la femme, cherchant son oreille.

« Mais qu'est-ce que je fais là-haut ? »

De nouveau, une volte-face, elle doit se tourner contre le mur afin que l'autre lui chuchote dans le creux de l'oreille : « On ne te l'a pas dit ?

– Non. »

À l'autre bout du baraquement, une femme pleure dans son sommeil sur son lit près du seau de nuit. C'est la dernière fois, promet-elle, qu'elle arrive en retard à l'école. Les deux femmes demeurent figées. Véra sent le cœur de l'autre battre contre son dos.

« Dis-moi juste, susurre la femme, tu l'as touchée ? »

Véra est sidérée. Il ne lui est pas venu à l'esprit de la toucher. Ni de la humer. La peur des gardiennes la tétanise.

« Touche-la une fois pour moi. Promets-moi. » La ferveur de ce chuchotis lui fait comprendre que cette seule demande lui a peut-être fait courir un risque énorme. Véra se désole de sa propre lâcheté. Elle n'a même pas osé sentir cette plante. La sensation familière d'erreur s'insinue en elle. De choix erroné. D'inadaptation redoutable à la réalité, la réalité telle qu'elle est perçue par tous. Goldman Erika embrasse soudain le lobe d'oreille de Véra, sa joue, un tendre baiser, encore un autre, doux à faire pleurer, et, en un clin d'œil, avec le mouvement souple d'un petit animal, elle se glisse hors du lit de Véra et disparaît.

Le lendemain à l'aube, après que la gardienne a arrosé le plant, placé Véra à l'endroit habituel, puis a disparu, elle essaie de concentrer son regard sur la plante, mais elle ne perçoit que l'obscurité et, çà et là, des trouées blanches. Il lui est interdit de bouger, alors, elle tente de la humer depuis sa position, mais l'odeur de terre mouillée est forte et sature l'atmosphère. Distraitement elle effleure son lobe d'oreille, sa joue, partout où elle a été embrassée, et, brusquement, Milosz lui apparaît brièvement mais cela aussi lui suffit. Enfin, le voilà. Vraiment, il a pris tout son temps pour se montrer.

D'un seul coup, elle s'affaisse sur le sol, s'accroupit, tâtonne en hâte avec ses mains avant de heurter un petit amas de pierres. Elle passe ses deux mains au-dessus comme si elle bénissait la tête d'un enfant. Ses doigts se familiarisent avec le cailloutis. Il est disposé en un cercle. La plante doit sans doute pousser au milieu. Elle hésite encore à la toucher. Il lui suffit de savoir qu'elle se trouve là. Elle introduit prudemment ses doigts dans le cercle et effleure la terre humide, et aussitôt, saisie de fièvre, elle les enfonce profondément. La sensation d'une richesse fabuleuse la submerge. Cette terre n'est qu'abondance et bénédiction. La toucher, c'est être protégé contre le mal. Elle approche ses doigts maculés de son visage et les renifle avidement. Elle dépose une particule humide sur sa langue, la mâche et, sans plus y réfléchir, déglutit, s'étrangle et éclate de rire. Ses doigts sont de nouveau attirés vers le cœur du cercle, et planent maintenant au-dessus de quelque chose de tendre, de délicat et de diaphane.

Une plante minuscule, basse. Des feuilles chétives. Après des mois à pousser des rochers, ses doigts sont calleux et usés, c'est à peine si elle peut ressentir le contact des feuilles. Aussi elle les effleure de la paume. Avec une tendresse indicible.

Elle les caresse, sans les froisser, sans les abîmer, Dieu la préserve, mais ses doigts les touchent suffisamment pour que quelque chose persiste, un parfum délicat, inconnu, qui imprègne ses doigts.

Elle hume, inspire. Il est presque impossible d'absorber toute cette profusion.

Elle se redresse sur ses pieds. Fausse alerte. En bas dans l'abîme, dans la mer, une poutre en bois heurte les rochers.

Un plant minuscule. Des feuilles microscopiques. Des folioles gorgées de vie. Il y a peut-être aussi une tige, soudain, elle n'en est pas certaine et elle doit le savoir d'urgence : il y a une tige ? Une tige de plus ? Et comment sont-elles disposées, les folioles ? Serrées ? Espacées ? Ou par paires, l'une face à l'autre ? Et comment se fait-il qu'elle n'ait pas prêté attention à tout ça ? Elle n'ose pas s'accroupir pour le toucher encore une fois. Mais le contact persiste en elle : comme un velours délicat car les feuilles sont recouvertes d'un duvet. Tout est si exquis, si gracile et si fragile, soupire

Véra saisie de mélancolie car elle est certaine que cette plante minuscule, à cet endroit, sous ce soleil, sans une once d'ombre, n'a aucune chance.

Puis, il y a un intervalle très bref, comme l'instant écoulé entre un coup violent et la douleur, ou l'annonce d'une mauvaise nouvelle et le moment où elle pénètre la conscience dans ce laps de temps, Véra ne sent rien, ne pense à rien, mais elle sait déjà. Puis, elle éructe un rire hideux, grossier, un dégueulis de rire, et son corps s'écarte, loin de la plante, elle ne désire qu'une chose : s'échapper d'ici, n'exister nulle part. Espèce d'idiote, de vache aveugle. Car, brusquement, elle comprend ce qu'elle fait sur la cime de cette montagne, ce qu'ils lui font et comment ils se servent d'elle, là, de son corps, depuis le lever jusqu'au coucher du soleil.

Hier, à seize heures, la tempête a enfin connu une accalmie, et nous avons vogué en direction de l'île. La météo consultée sur plusieurs sites annonçait sa reprise la nuit suivante. Mais, à ce moment-là, nous serions déjà, pensions-nous, dans l'avion de retour en Israël. Nous avons payé une fortune au patron d'un rafiot de pêche, le seul qui ait accepté de nous transporter par ce gros temps. Il a exigé la somme d'avance, puis a lancé des jurons et craché dans les flots après avoir reçu les billets de la main de Raphy. Il se haïssait autant que son appétit du lucre et, surtout, il nous haïssait. Il nous attendrait une heure, nous a-t-il avertis, en tapotant sa montre, pas une minute de plus, puis il retournerait sur le continent, avec ou sans nous. Nous avons calculé : ça nous laisse une heure dans l'île. Puis quarante minutes pour la traversée de retour. Encore deux heures et demie de trajet rapide jusqu'à Zagreb – nous aurons le temps, sans doute de justesse, mais nous attraperons notre vol.

J'essaie de rapporter les événements de façon méthodique, tels qu'ils se sont déroulés, afin de préserver la continuité.

Pendant la quasi-totalité de la traversée, nous nous tenons à la proue. Nous sommes secoués par le tangage du bateau, les vagues nous fouettent, et les poissons morts empuantissent l'atmosphère. Le patron de l'embarcation grogne que la *bura*, le violent vent du nord, menace. La police barre déjà les routes car ce vent est capable d'envoyer valdinguer les voitures.

Et alors, j'aperçois les contours de l'île dans le brouillard, et mes jambes se dérobent sous moi.

Je me réfugie dans la cabine. Je désire m'isoler un instant avant de débarquer.

La pluie nous surprend et se remet à tomber. Il pleut des cordes.

Mes notes : On peut déjà apercevoir l'île. Qu'est-ce qu'on ressent ? Un peu de peur. Une sorte de crainte révérencielle.

Je sors sur le pont.

Nina me dit quelque chose. Je ne comprends pas. Elle me crie dans l'oreille : cette île ressemble vraiment à la sienne au cercle arctique. Toutes les deux ont l'air d'une gueule de crocodile géant tapi dans l'eau.

Le bateau pénètre dans un petit débarcadère. Un ponton pourri en bois. Des poutres flottant tout autour. Le cadavre gonflé d'un lièvre pris dans un écheveau d'algues. Un vent puissant, déchaîné. Difficile de parler et difficile d'entendre. La pluie pique la moindre parcelle de peau nue. Le patron amarre son rafiot à un poteau de pierre et le plaque contre le quai bétonné. Il ne nous aide pas à en descendre. Raphy saute sur la berge et nous tend la main. Véra s'engage la première, puis Nina, et enfin, moi.

Je suis sur l'île, je suis à Goli.

Vide et désolée. Nous sommes seuls sur l'île. Seul un dément viendrait ici par une telle tempête. Le patron du rafiot détache la corde et s'éloigne à toute vitesse. J'espère qu'il cherche uniquement un coin mieux abrité pour jeter l'ancre durant la prochaine heure.

J'ai encore du mal à saisir que nous nous trouvons à Goli Otok. Le froid et la pluie contrarient la solennité de l'instant. Bien sûr, aucun de nous n'a songé à emporter un parapluie mais, de toute façon, il n'aurait été d'aucune utilité avec ce vent. Véra court au milieu des flaques, bouche bée. J'ai peur qu'elle ne chute, et alors qu'arrivera-t-il… Raphy la poursuit avec la Sony. Je m'écarte d'eux. Encore une fois, je veux m'imprégner toute seule de la première rencontre avec le lieu.

La quantité de bâtiments en pierres me surprend. Des baraquements à deux étages. Ce n'était pas ce que j'imaginais. Il y a aussi une voie ferrée reliant sans doute les deux camps de l'île. J'ai lu quelque part que l'Office de tourisme de Croatie a le projet de transformer l'île en site touristique. Mais ce qui m'étonne le plus, c'est la végétation – les arbres et les buissons. Lorsque Véra était détenue ici, rien ne poussait. Je suppose que les changements sont intervenus après la fermeture du « camp de rééducation » et la transformation de l'île en prison pour des prisonniers de droit commun.

Véra montre un endroit, puis un autre, frappe ses joues des deux mains, ici, c'était comme ci, et là, comme ça. Ses yeux pétillent : « Ici, la première fois, on est descendus du *Punat*, et les anciennes détenues se tenaient sur deux rangs, elles nous ont fait un *shpalyer*, une sorte de barrière, comme une haie d'honneur, on devait courir entre les deux rangs, et les anciennes nous hurlaient dessus comme des bêtes sauvages, elles crachaient, nous frappaient avec les mains et des planches cloutées, et un fouet, et certaines filles ont perdu ce jour-là qui un œil, qui des dents, elles sont presque mortes. C'était notre cérémonie de bienvenue, et un mois plus tard, nous-mêmes, on était là sur deux rangs et de nouvelles filles couraient au milieu. Et là, il y avait la baraque de la commandante Maria, et regardez, y a encore le plancher. Après, ils ont construit tous les bâtiments en pierres, où est Guili ? Viens voir… » Elle me tire par la main ; ici, elle est plus agile que moi, engoncée dans sa doudoune, elle plane presque. « Ici, Maria était debout quand les nouvelles arrivaient, et elle criait "*Ispadaj !*" Dehors ! et, du coup, les filles faisaient dans leur culotte tellement elles avaient peur. Et ici, il y avait le poste de commandement, et là, un fossé de drainage pour la cuisine et les latrines qu'on a creusées avec nos mains, et là, on voit même la rigole qui descend dans la mer. » Véra parle à toute vitesse, hors d'haleine. « Et là, il y avait une clôture de fer barbelé qu'on a mis tout autour, comme si quelqu'un voudrait entrer ici ou comme si une fille avait la force de s'enfuir, "Alcatraz de l'Adriatique", on l'appelle encore comme ça aujourd'hui. » Raphy se hâte derrière elle, la filme tout en lui offrant une main secourable.

Nina est encore sous le choc. Elle me donne l'impression d'accuser le coup porté par l'île plus difficilement que nous. Elle regarde autour d'elle, bouche bée, comme si elle ne comprenait pas où elle se trouve. Je m'approche d'elle et lui prends le bras. J'ai du mal à l'idée qu'elle gâche ainsi ce moment de grâce, le seul et unique, dont nous bénéficions ici.

« Et là, y avait le hangar des outils, s'écrie Véra en frappant dans ses mains, ici, le matin, on distribuait les marteaux pour casser les rochers. Et là, on gardait les *tragač*, les brouettes, on mettait dessus les rochers à transporter là-haut, et là, la place de l'appel où on te punissait devant tout le monde et où tu devais te confesser et choper des coups devant toutes les filles. Et ici, on habitait, dans les baraquements. Voilà notre allée, et mon baraquement. C'est ici qu'il y avait mon lit. Une planche avec un peu de paille et des puces. Regardez, il reste des traces de lit sur le sol. »

Tout est laid, comme la violence est laide. Des portes arrachées, des objets consumés et tordus au point d'être méconnaissables. Rouille et cendre. Un terre-plein bétonné, des poteaux métalliques déformés émergent, des pointes de fer barbelé s'entortillent à l'intérieur des fenêtres brisées. Véra se presse le long des murs, pointant du doigt et murmurant les noms des détenues qui dormaient dans chaque lit. Le pas léger, comme si ses jambes retrouvaient leurs trente ans. Elle enjambe des amas de braises refroidies, des planches hérissées de clous, des lambeaux de pneus et des boîtes de conserve corrodées.

La pluie cesse de tomber. Un pâle soleil perce brièvement puis disparaît derrière les nuages. La lumière est grise et bourbeuse. Qu'aurons-nous le temps de voir en fait pendant la demi-heure restante, et pourquoi nous sommes-nous fourvoyés dans ce traquenard chronométré ? Au fond, ça ressemble à notre foutue famille. Nous sommes une famille si bousillée, si peu généreuse. Que serait-il arrivé si nous étions restés une journée de plus sur le continent et avions essayé de débarquer le jour suivant, promis à un temps presque printanier selon tous les sites météo ? Bref, pourquoi tout ce qui est lié à Nina marche de travers ?

D'un seul coup, la première vague d'émotion reflue, comme si elle avait épuisé son énergie et s'avouait vaincue. Nous continuons à vadrouiller, mais plus lentement, et chacun de son côté. Nous jetons un œil sur les bâtiments effondrés, franchissons des murs éventrés. Véra pointe un doigt vers le ciel : il s'obscurcit de nouveau. Sur tout l'horizon, les nuages s'amoncellent à toute vitesse en direction de l'île, avec l'air d'une piétaille fonçant au grabuge. Au retour, la traversée sera mauvaise.

Je suis une allée pavée de pierres. J'éprouve une langueur étrange. Comme si un désir inextinguible venait d'être assouvi trop vite. Je parviens à l'emplacement d'où l'on peut apercevoir le sommet du mont, le mont de Véra. Le précipice, au-dessus duquel elle se tenait il y a cinquante-sept ans sous un soleil brûlant, disparaît à présent dans la brume. Je cherche l'endroit d'où part le sentier en direction de la montagne, mais il est submergé et avalé par une flaque énorme. Il va de soi que je n'aurai pas le temps de grimper jusqu'au sommet, que je ne pourrai pas me tenir là ne serait-ce que cinq minutes au-dessus de l'abîme, que je ne mettrai pas mes pieds là où elle a posé les siens et que je ne répéterai pas là-haut ce qu'elle m'avait raconté de ces jours-là.

D'une fenêtre d'un baraquement, je découvre un panorama insolite : dans un vaste champ pointent des dizaines de gros rochers, de taille quasi humaine. Tous sont un peu arrondis et comme taillés. Ils se dressent là, sinistres, mais *ensemble* – et pas seulement fichés en terre l'un à côté de l'autre – et ils dégagent quelque chose d'inquiétant, comme s'ils étaient doués d'une conscience.

Mon père aussi les remarque et se rue dans leur direction. Je ne me souviens pas de l'avoir jamais vu courir. Il filme les rochers sous tous les angles. Ensuite, il pose ses deux mains sur l'un d'eux, vérifie quelque chose, puis passe à un autre. L'examine lui aussi, puis passe à un troisième. Il pose ses mains à plat sur le rocher, inspire une grosse bouffée d'air et tente de pousser. Je cours l'aider. Il me fait de la place à côté de lui.

Dès que mes paumes touchent le rocher, une sorte de boucle se referme en moi, et j'éclate en sanglots. Je parviens à grand-peine à m'arrêter. Qu'est-ce qui me fait pleurer ? Tout ce sur quoi j'ai besoin de pleurer. Sous la pluie et le vent, Raphy le ressent aussitôt et m'étreint. Il me caresse doucement la tête jusqu'à ce que je me calme.

Alors, nous tentons de nouveau de pousser ensemble le rocher, en pure perte. Véra quitte le baraquement et vient nous aider. Je suis convaincue, sans le moindre doute, que dès l'instant où Véra touchera l'un des rochers, il commencera à rouler vers le haut. Elle se place à côté de moi et pose les mains sur le roc. Tous trois, nous ahanons et haletons, mais le rocher demeure indifférent. Je lui crie à l'oreille : « Comment as-tu poussé ça ? » Elle hurle : « Nina attend son remède ! » Je ferme les yeux et pousse de toutes mes forces : Nina attend son remède, Nina attend son remède.

« Où elle est, Nina ? » s'affole Véra. Nina se tient loin de nous, sur un amas de rochers grisâtres près des flots. Elle nous fait signe de lui tourner le dos. Elle cherche un endroit où faire pipi. Une minute s'écoule, deux minutes. Nous nous retournons prudemment : nulle trace de Nina. Uniquement les rochers. Cet endroit sans Nina nous terrorise. Raphy commence à descendre vers le rivage, puis se met à courir. Brièvement, il échappe à notre vue, puis réapparaît en train d'escalader les rochers derrière un pli de terrain et d'agiter les bras pour nous rassurer : elle est là. Nous approchons. Elle est couchée derrière un rocher, pantalon et culotte baissés, tout sourire. Un peu désorientée, complètement trempée.

« Je suis coincée, mon pied s'est tordu dans les pierres. »

Il couvre Nina de son blouson. Examine les rochers où elle est prise au piège. « Tu as mal ? » « Non. Peut-être un peu. »

Le pied a l'air intact, mais il est arqué dans une figure chorégraphique énigmatique. Nina tire la barbe de Raphy : « Eh, qu'est-ce que tu reluques au juste ? » « Tu as des jambes de jeune fille. » « Je suis contente qu'elles te plaisent. » « Je vais aller chercher quelque chose. » Raphy court. Un vrai athlète. J'ai du mal à le rattraper. Véra clopine derrière nous. J'ai l'impression qu'elle commence à fatiguer. Nina est de nouveau seule sur le rivage, et nous, comme d'habitude, nous le ressentons immédiatement. Le quatuor que nous formons fuit toujours du côté de Nina.

Raphy m'explique à renfort de cris et de gestes des mains ce que nous cherchons : un bâton ou un pieu métallique pour nous aider à dégager son pied du rocher. Je consulte ma montre : il ne nous reste plus qu'un quart d'heure. Nous n'aurons pas le temps. Je le jure, c'est impossible. Une idée me vient : et si Véra et Raphaël couraient jusqu'au débarcadère et repartaient vers la côte avec le rafiot ? Nina et moi, nous passerions ici la nuit. Je veillerais sur elle. Au matin, ils reviendraient nous prendre. Je trouve un pieu métallique rouillé dans un rouleau de fil barbelé effondré. Raphy réussit à le dégager du fil barbelé sans se blesser. Sur ma vie, ça fait des lustres que je n'ai pas vu mon père aussi viril…

L'idée commence à me plaire. Ça me va de passer la nuit ici seule avec Nina, dans cette tempête lustrale et avec tous les fantômes de la famille. Nous entendons des coups de sirène en provenance du petit débarcadère. Le patron aussi observe les cieux et comprend. Raphy avance avec le pieu vers Nina. Elle gît, épuisée. Je l'ai déjà remarqué : en un clin d'œil, parfois en quelques secondes, la vie la quitte tout d'un coup. Et Véra le répète toujours : Nina est une enfant gâtée. Mais il ne s'agit pas d'un caprice. Qu'y a-t-il de capricieux en ce moment ? Comment peut-elle-même oser s'exprimer de la sorte ?

Raphy cherche où enfoncer le pieu. Il lui dit quelque chose, et elle se ranime, se met à rire. Couchée, fesses à l'air, sous une pluie battante, la situation l'amuse. Étonnant à quel point sa dignité n'est pas entamée, même dans cette posture. Tout de même, cela aurait pu être intéressant de grandir pendant quelques années chez elle, une sorte d'apprentissage, apprendre à regarder le monde à travers ses yeux.

Le pêcheur fait meugler furieusement sa sirène. Nous l'ignorons. À ce stade, dans la tête de nous quatre volent des éclats d'une allégresse interdite. Raphy enfonce le pieu au ras de sa cheville. Il a les mains maculées par la rouille et il les rince sous la pluie. « Pas une minute, lui crie Nina, pas une minute je n'aurais survécu dans cet endroit. Comment elle a fait pendant deux ans et dix mois ? » Un coup de tonnerre roule au-dessus de nos têtes. Nina tremble de froid. Le rocher ne bouge pas. Le pieu rouillé ne l'impressionne guère. Raphy tente de glisser le pieu sous la pierre qui emprisonne le pied, de la déplacer un peu, afin qu'il puisse remuer. Il a du mal à se concentrer. « Tu sens mon pipi ? » « La pluie va bientôt tout laver. » La sirène du batelier devient hystérique. Soudain, le bruit d'une détonation, une fusée rouge s'élève dans le ciel puis retombe en piqué. « Laissez-moi ici », lâche Nina au moment précis où j'allais leur demander de me laisser ici avec elle. « Ben voyons, répond Raphy qui s'escrime avec le pieu, c'est exactement pour ça que nous t'avons amenée ici. » « Raphy, je ne blague pas. Fais-moi plaisir, arrête-toi un instant ! » Elle martèle son torse à deux mains, et il cesse d'appuyer sur le pieu. Couché, courbé au-dessus d'elle, il vacille sur le pieu qui les sépare. Leurs corps ne se touchent pas. Leurs regards sont rivés l'un à l'autre.

« Écoute-moi, réfléchis logiquement. » « Te laisser seule ici ? Ça te paraît logique ? » « C'est ma logique. Laisse-moi une nuit seule ici. Une ultime faveur, Raphy. »

Le patron du rafiot se déchaîne avec un nouveau meuglement de sa sirène, long et violent. Véra est près de moi, l'air morose. Sa main cherche à tâtons la mienne et l'étreint. Le vent devient fou, les lèvres de Véra sont violacées. J'essuie du doigt les verres de ses lunettes. Je l'entraîne, je la pousse vers un baraquement proche. Toutes les fenêtres sont brisées, les murs écaillés, mais, au moins, il reste la moitié d'un toit. Je l'installe dans un coin, estimant qu'elle sera mieux à l'abri là. Mon Dieu, je me dis, comment avons-nous pu trimballer une femme de quatre-vingt-dix ans dans cet endroit ? Comment elle va survivre à cette nuit ? Dehors, sur le rivage, Nina s'accroche des deux mains à la chemise de mon père. La bise m'apporte des cris. « Dis-moi, qu'est-ce que j'ai encore à espérer de cette vie ? » Mon père secoue sa tête de buffle. Dans ces moments-là, il émet des grognements étouffés, ouatés. Non, non, et non.

« Prends une pierre, Raphy, je te décharge de toute culpabilité. Si tu m'aimes sincèrement, prends une bonne pierre et défonce-moi le crâne. » Il s'appuie de tout son poids sur le pieu. Elle hurle et le griffe au visage de ses dix doigts.

Il se relève et se précipite de nouveau vers le champ de rochers. Elle se déhanche un peu et le suit du regard. Je sors du baraquement à sa rencontre. Un coup de vent me renverse. Et un autre coup me frappe en mon for intérieur : elle est venue mourir ici, Nina, dans cet endroit où elle a vécu toute son existence. Elle est venue pour s'unir avec la mort qui l'attend ici depuis l'âge de six ans et demi. Depuis qu'elle a été abandonnée et trahie. Raphy agite les mains et me crie de courir jusqu'au débarcadère. Je mime une embarcation voguant déjà au large.

Il hurle : « Tout de suite ! » Je ne comprends pas pourquoi, mais, en ce moment, il dégage une force irrésistible. En chemin, je jette un œil dans le baraquement. Véra est assise sur le sol, là où je l'ai laissée. Le regard vitreux. Elle a l'air d'une créature à mi-chemin entre l'être humain et l'oiseau. Raphy rugit de me hâter. Je cours à toutes jambes. Je me rappelle quelle force de la nature c'était sur le plateau de tournage. Les acteurs devenaient des poupées entre ses mains, ils n'aimaient pas ça et ils se rebellaient. C'est aussi à cause de son attitude que tout s'est effondré. Je cherche à tâtons sous les couches de vêtements et trouve dans ma poche de chemise le spray Isoket et l'aspirine à sucer. Je cours. Me juche sur un monticule. De là, j'aperçois le rafiot au milieu des flots, un point noir sur l'horizon blafard. Je filme avec mon portable, mais on ne verra rien. Stupide de ma part de ne pas avoir pris la caméra des mains de Raphy. De mon observatoire, j'aperçois Raphy en train de courir vers Nina avec un autre pieu qui m'a l'air, vu d'ici, plus solide. Il l'emmitoufle de nouveau avec son blouson. « Que ton cul ne prenne pas froid, ma mignonne », lui susurre-t-il à coup sûr. Et elle le roue de coups, furieuse, peut-être espérait-elle que nous l'avions abandonnée, comme elle en a l'habitude. Il s'adresse à elle. Lui caresse les cheveux. Je continue à les filmer avec mon portable. Il n'en sortira rien à cette distance, mais je suis incapable de m'arrêter, c'est le film de ma vie.

Je descends de mon perchoir et me précipite vers le débarcadère. Raphy avait raison. Sur le ponton, en haut des marches, se trouve un gros paquet d'un orange fluorescent, emballé dans un plastique étanche portant le logo de la Croix-Rouge et un autre logo, sans doute celui des gardes-côtes croates. Malgré sa taille, il est étonnamment léger. Je remercie avec des moulinets des deux mains le patron du rafiot, mais, bien sûr, il est déjà loin et ne voit rien. Je retourne en courant au baraquement de Véra. Je déchire le plastique et j'ouvre le paquet. Un trésor apparaît. Une ample couverture que j'étends et dont j'emmitoufle soigneusement Véra. (Je me rappelle qu'une pensée m'effleure : je saurais langer un bébé. Je saurais le protéger. Je resterais avec lui, coûte que coûte. J'ai de nombreux défauts, mais je ne suis pas quelqu'un qui abandonne, ni quelqu'un qui trahit.) « Va voir ce qu'ils font », me dit Véra, et je détale aussitôt. Sur le rivage, Nina lisse de ses deux mains le visage de mon père, lui arrange sa barbe cisaillée par le vent. Il lui dit quelque chose, et elle éclate de rire. Elle tente de nouveau de dégager son pied, mais en vain, et je commence à m'inquiéter. Et si nous ne pouvions pas la libérer ? Je ne suis pas loin d'eux, mais ils sont si absorbés par leur conciliabule qu'ils ne me voient pas. De ma position, on dirait que l'île referme ses mâchoires sur elle. Bientôt, elle va commencer à la dévorer. Je désire avancer et reprendre la caméra à Raphy dans son sac à dos et les filmer. Ce sont des moments dramatiques, mais je ne peux pas m'immiscer dans leur intimité. Mon père bataille contre le dragon : il enfonce délicatement le pieu sous la plante de pied de Nina et appuie prudemment. Hier, à l'hôtel, j'ai tenu brièvement dans ma main cette plante de pied gracieuse. Nina accroche de nouveau son regard. « Cher Raphy, pauvre Raphy – disent ses traits –, si seulement je pouvais te libérer de tout ça. De moi. » « Pour le moment, c'est toi seule qui es coincée. » De ses deux mains, elle attire à elle le visage de Raphy. Ils s'embrassent. Indifférents à la pluie, aux bourrasques et à la mer grise. Les mots me manquent pour restituer la beauté de cette scène.

Soudain, ça bouge, le rocher au-dessus du pied de Nina oscille. Raphy pousse à coups légers. Prodigieuse, la douceur qui émane de ce corps lourd. Sous la pluie battante, tous deux sont maintenant absorbés l'un par l'autre. Ils remuent en mouvements millimétriques, d'avant en arrière, jusqu'à ce que sa plante de pied se libère un peu, et la voilà entièrement empaumée dans la main de mon père, et lui retombe sur le dos, couché sur les rochers et riant à gorge déployée face au ciel et à la pluie. Nina, elle aussi, rit. Des filets de sang marbrent sa jambe et sa cheville, sans qu'elle s'émeuve plus que ça. Elle enfile son pantalon, lace sa chaussure dégagée et, ensemble, bras dessus, bras dessous et trempés jusqu'aux os, tandis que le grand blouson de Raphy leur sert de parapluie, ils pénètrent dans le baraquement et se précipitent vers Véra emmaillotée jusqu'au cou dans la couverture rouge, neuve et douillette.

L'intuition de Raphy était juste. Outre le kit de survie de la Croix-Rouge, le patron de l'embarcation nous a laissé quelques pommes, une lampe, des bougies, des allumettes et des chauffe-mains. Et même son pistolet de détresse. Ces marques d'humanité et de générosité de la part de ce type antipathique, qui plus est ici, à Goli, m'émeuvent.

« Venez, lance Véra à Nina, Raphy et moi en relevant les pans de la couverture, allez-y, les enfants, y a de la place pour tous. »

Vingt heures trente. Assis sur le sol bétonné, encore un peu choqués par l'aventure, nous sommes adossés au mur le moins délabré. De gauche à droite : Nina, Raphy, Véra (je suis à la droite de Véra). Nous sommes tous quatre pelotonnés sous la couverture. Nous avons déjà liquidé deux des trois pommes, nous les avons passées de main en main, et de bouche en bouche, et les avons rongées entièrement jusqu'au trognon. La pluie tombe par intermittence, imprévisible, comme tout à Goli.

Les portables ne captent aucun réseau de sorte que nous ne pouvons appeler l'hôtel pour dire que nous sommes coincés sur l'île. De toute façon, personne ne va prendre la mer pour nous secourir par une telle tempête. De toute façon, nous n'avons aucun désir d'être secourus.

« Notre avion est en train de décoller », remarque Raphy. Véra se demande si on nous restituera une partie au moins du prix des billets. « Tout de même ! » exige-t-elle, et sa voix tonne déjà et s'étripe avec un bureaucrate obtus de Croatia Airlines : « C'est notre faute si on est restés coincés dans l'île ? Avec cette météo ! On pouvait à peine mettre le nez dehors ! » Nina s'enflamme aussitôt : « Et c'est la faute de qui si nous avons décidé de nous embarquer juste avant la tempête ? » Véra : « En quoi c'est notre problème ? C'est un cas de force majeure ! »

Ces deux-là…

Une scène du vol en direction de Zagreb : Véra, Raphaël et Nina endormis dans la rangée derrière moi. Raphaël au milieu, bouche béante, ronfle comme une forge. Véra et Nina se serrent contre lui. Leurs têtes reposent sur ses épaules. Toutes deux dorment les yeux ouverts. Pas complètement ouverts : disons, un quart de paupière. On aperçoit uniquement le blanc de la rétine. À vrai dire, ce spectacle m'angoisse. Je filme en plan fixe et en vidéo.

Plus tard, à l'hôtel, j'ai visionné le film et découvert quelque chose : chez elles, toutes les quelques secondes, le globe oculaire glisse lentement de sa cachette sous la paupière, apparaît à moitié sur le fond blanc, puis remonte et s'éclipse de nouveau sous la paupière. Je n'ai pas pu me retenir. Je me suis précipitée avec la caméra dans la chambre de Raphy. « Ces deux-là, a-t-il réagi avec un éclat de rire, ne s'autorisent jamais à fermer les yeux, même en plein sommeil. »

Avant que je quitte sa chambre, il m'arrête : « Alors, Guili, c'est à ça que je ressemble ? » Je lui signale qu'à titre de compensation il possède une beauté intérieure que seuls des privilégiés savent détecter. Il me lance un oreiller en râlant : « Le temps est le pire ennemi de l'homme… »

Une heure passe, puis une autre. Le soleil lèche son corps tel un lance-flammes qui prend son temps. Le crâne, la nuque, le cou. Tout brûle. La sueur coule à flots. Les lèvres crevassées saignent. Une nuée de mouches au-dessus de son crâne. Les puces s'engraissent avec son sang. Elle ne se gratte pas. Elle ne les chasse plus. Qu'elles boivent tout leur soûl. Ce corps n'est pas le sien. Ni lui, ni ses souffrances. Elle n'a plus figure humaine, ni animale, ni rien. Depuis la veille, depuis qu'elle a compris ce qu'elle fait là, ses membres et ses articulations sont devenus rigides. Ses jambes en bois. Elle marche comme sur des échasses.

Un jour passe, puis un autre, une, deux semaines. Avant l'aube, on la dépose au sommet de la montagne. Certaines gardiennes préfèrent qu'elle tende ses bras sur les côtés. D'autres exigent qu'elle les lève au-dessus de la tête. Parfois, elles lui écartent les jambes et lui ordonnent de s'accroupir, visage en avant. À midi, elle renifle son assiette en fer-blanc sans toucher à la nourriture. Ses intestins ont presque cessé de fonctionner. Dans l'après-midi, on la déplace de l'autre côté du cercle de pierres, dos à la mer et au soleil déclinant mais encore ardent jusqu'au moment où il plonge dans la mer. Ensuite, Véra reste encore là une heure ou deux, éteinte. Objet perdu non réclamé jusqu'à ce que quelqu'un dans le camp se souvienne qu'il faut la récupérer.

Çà et là, quelques éruptions : battements de cœur puissants, incontrôlables. Presque toujours, ces accès annoncent Nina : se rendant à l'école, cartable sur le dos, sautillant au-dessus des feuilles mortes. Des souvenirs affluent, des propos qu'elle a tenus, des perles que Milosz notait dans un calepin spécial que l'UDBA a aussi confisqué (« Pourquoi quand mon amie me chatouille, je ris, et quand je me chatouille, je ne ris pas ? » « Est-il vrai que même le pire être humain au monde a fait, une fois, quelque chose de bien ? Est-il vrai que le meilleur être humain au monde a fait, une fois, quelque chose de mal ? »). Mais même ces souvenirs infimes se font de plus en plus rares, engloutis qu'ils sont dans la désolation de son existence.

Ces derniers temps, c'est Milosz qui surgit de plus en plus souvent. Elle se retourne sur la paille coupante, et le voilà qui apparaît, et, sur-le-champ, elle entame la litanie de ses récriminations. Pourquoi tu as fait ça, Milosz ? Pourquoi j'arrive à me montrer forte depuis deux ans et demi déjà, alors que toi, tu as flanché au bout d'une journée de coups ? Pourquoi t'as pas puisé un peu de force dans l'amour que je t'ai donné ? Elle aimerait cesser de se plaindre, mais les mots jaillissent hors d'elle : Peut-être que tu m'aimais pas assez, et Nina non plus, pour accepter de partir aussi facilement ? Si vite, Milosz ? Comme si tu attendais qu'une occasion pour t'en aller ? Milosz écoute. Il n'a qu'une moitié de visage, et impossible de savoir si c'est à cause de l'obscurité dans le baraquement, ou parce qu'il est comme ça maintenant. Mais alors, il commence à parler, et ce n'est pas du tout ce à quoi Véra s'attendait. « Comment as-tu pu faire une chose pareille à notre Nina ? Comment as-tu pu la leur livrer au lieu de me donner, moi ? » Véra agite les mains devant son visage afin d'éradiquer l'effet horrible que les mots de Milosz lui causent. « Comment tu peux dire ça, Milosz ? Y avait pas le choix, tu le sais bien. Toi aussi, t'aurais fait la même chose pour moi ! » Milosz ne dit mot, et, soudain, elle craint qu'il ait pu oublier leur amour. Le froid commence à se répandre en elle des pieds à la tête. C'est seulement si Milosz a oublié, s'il la regarde et lui-même de l'extérieur, comme un étranger, comme tous les gens normaux, les froussards qui n'ont jamais connu un amour comme le leur, qu'il peut lui en vouloir de ce qu'elle a fait. Mais s'il l'aime comme elle l'aime, s'il s'immerge au plus profond de leur amour, de leur histoire d'amour à nulle autre pareille, il n'aura aucune raison d'être furieux. Après tout, il aurait fait exactement la même chose qu'elle - une seule chair, une seule âme, les mêmes pensées, la même logique… Et elle crie du fond de sa détresse : « Je t'ai aimé plus que tout au monde ! Je t'ai aimé plus que ma propre vie ! »

Quelques femmes se réveillent dans le baraquement. L'injurient. Elle se recroqueville. Elle ne craint rien au monde, mais elle est terrifiée à l'idée que Milosz pense désormais différemment d'elle, qu'il ne la comprenne plus. Dans ce cas, tout leur amour n'aura été qu'une erreur ou, pire, une illusion. Peut-être n'était-ce pas la vérité absolue, la pure vérité, la matière la plus raffinée qui pût exister, que lui et elle avaient découverte, non, ils ne l'ont pas découverte : ils l'ont créée, lui ont donné naissance ensemble, chaque fois que sa pensée rencontrait la sienne. Que son corps pénétrait le sien. Elle reste couchée, glacée, désemparée. « En fin de compte, lui avait-il confié, un jour de désespoir, l'amour n'aime que lui-même. » Ce genre de paroles insoutenables. Le petit muscle sur la joue de Milosz tressaille, sans doute à cause de l'effort qu'il doit faire pour lui avouer qu'il l'aime, lui aussi. Ou, peut-être, se retient-il d'exprimer quelque chose d'autre, qui la conduirait à cesser de vivre d'un seul coup, telle une chandelle mouchée entre deux doigts. Milosz ne lâche pas un mot, il se contente de la fixer d'un œil terrible. Horrifié. Comme s'il contemplait un monstre. Véra lutte pour s'éveiller de son rêve, si tant est que ce soit un rêve. La moitié du visage de Milosz paraît écrasée, s'allonge puis se dilue, l'obscurité l'aspire et l'engloutit, et, alors, elle se réveille, inondée d'une sueur froide.

Étourdie par la chaleur, sans y penser, elle se courbe et touche le plant. Elle compte à haute voix. Déjà, plus de vingt feuilles. Il pousse. Il lui aspire sa force vitale et pousse. Elle gratte une feuille avec un ongle. L'odeur jaillit, cette fois, plus âcre. C'est peut-être l'odeur de peur de la plante, sentant que quelque chose se produit ? Que sa fidèle gardienne commence à devenir dangereuse ? Elle saisit une touffe de folioles entre ses doigts. Les étire délicatement. Doit-elle tirer davantage ? Encore un peu ? Peut-être agripper la tige à la racine, l'arracher et jeter le tout dans la mer ? « Ça te fait mal, mon joli ? ricane-t-elle, la bouche tordue de haine, tu es mon malheur, mon assassin. Pourquoi je devrais te donner ma vie, mon corps ? » Elle attend. Pas de réponse. Brusquement, du fond de sa cécité, elle assène un coup de toutes ses forces et, de sa main aux doigts écartés plongée dans la terre, elle l'écrase presque, sent qu'il frémit. Demain ou après-demain, elle ne pourra pas se contrôler. La fin de cette plante est proche.

La sienne aussi.

Elle a vu Maria donner l'ordre d'exécuter des femmes pour des infractions bien plus légères.

Un jour, puis un autre. Aujourd'hui, Véra est plus fatiguée et plus maussade que d'ordinaire. On ne l'a pas emmenée se soulager à midi. Encore deux heures au moins avant le crépuscule. Elle s'appuie sur une jambe, puis sur l'autre, maudit tout haut le camp, Tito. Que Maria l'entende. Que ses indics l'entendent. Ce plant aussi lui porte sur les nerfs, avec sa froideur décontractée et bourgeoise au cœur de l'enfer brûlant. Il est là à se pavaner sous l'ombre qu'elle lui offre et à fleurir, maudit soit-il, comme s'il ignorait totalement et ne comprenait pas qu'elle se consume pendant des journées entières à seule fin de lui donner la vie. La colère bouillonne en elle. Des énergumènes dans son genre, des parasites comme lui, elle les connaît à merveille. Elle les a combattus depuis le jour où elle s'est forgé sa propre vision du monde. Elle commence à avancer à petits pas aveugles autour de sa cavité. Jusque-là, elle n'avait jamais osé. Mais, maintenant, qu'il sente, ce privilégié, qu'il sente un peu le plein soleil. Qu'il comprenne ce qui l'attend si elle décide de déclencher une mini-lutte des classes contre lui.

Silence. Que veut-elle à ce plant ? Car chaque fois qu'elle le fuit, deux pas ici ou là, elle sent que ses feuilles s'agitent, tremblent. Même si ses yeux sont aveugles, elle sait : le plant la cherche. Du fond de ses entrailles, elle sent qu'il la cherche, qu'il a besoin d'elle, et alors, elle se hâte de revenir vers lui. Pour elle ne sait quelle raison, elle ne peut supporter sa frayeur, ne serait-ce qu'un instant. Mais qu'est-ce qui se passe ? Qu'est-ce qu'il lui fait subir, et comment se fait-il qu'une minuscule plante stupide soit devenue le centre de sa vie ? Comment se fait-il que toute son existence s'écoule vers ce végétal depuis des semaines, tout comme le sang afflue dans une blessure ? Véra s'accroupit. L'entoure de ses deux mains. Le caresse, le caresse aussi pour la femme au regard dément. Pour la mandoline qu'on lui a brisée. Elle s'oublie elle-même, elle oublie la gardienne qui va bientôt débouler et la surprendre accroupie à caresser le plant. Elle passe ses doigts sur les feuilles, sur le duvet délicat. Il n'a jamais été aussi tendre qu'aujourd'hui. Peut-être qu'il la reconnaît un peu ? Elle éclate de rire. T'es devenue complètement givrée, jeune fille. Elle vérifie rapidement combien de bourgeons ont poussé depuis la veille et si la tige a forci. Cela fait déjà un bon bout de temps qu'elle ne pousse plus de rochers vers le sommet, et ses doigts ont retrouvé leur souplesse et leur sensibilité. Il va falloir qu'elle raconte à Milosz comment elle parle à la plante, comment elle lui déclame des discours politiques. Qu'il se rende compte qu'elle aussi a de l'humour. Il a toujours prétendu qu'elle n'en avait pas. Elle va faire rire Milosz, et il lui pardonnera. Non, non, il n'y a rien à pardonner : il comprendra, tout simplement.

Un jour, et encore un autre. Ou est-ce le même jour ? Ou une semaine de plus ? Aujourd'hui, par exemple, les heures commencent à tourner en arrière. Elle sent qu'elles se replient. Quelqu'un a oublié de venir la placer au-dessus de la plante. Elle se replace d'elle-même. Aujourd'hui, le soleil chauffe à blanc. La mer, telle une plaque métallique, réverbère sur elle la brûlure du soleil. Tu vas pas perdre la raison. C'est qu'une plante, et toi, tu restes, tout de même, encore un peu humaine. Et oublie pas que quelqu'un t'attend dehors : Nina, tu dois partir d'ici pour elle et t'en occuper. Nina pour laquelle t'as pas le droit de songer une seconde à ce qu'elle endure, où elle se trouve, avec qui, quelle sorte d'enfant elle sera lorsque tu seras libérée et que tu viendras la reprendre là où elle se trouve.

Car des histoires ont couru. Des fillettes que l'UDBA a enlevées, justement des fillettes. Âgées de moins de dix ans. Quelqu'un, dit-on, en a réclamé précisément de cet âge. Parfois, on les rendait, parfois, non. On disait que celles qui revenaient n'étaient plus les mêmes. On racontait qu'une fillette restituée au bout de trois mois portait ce mot épinglé à sa chemise : « Dites-lui qu'elle a rêvé tout ça. »

Elle entend les pas de la gardienne. Or, Véra n'est pas à sa place par rapport au soleil. Elle a dû tourner un peu autour de la plante. Elle encaisse deux gifles. Elle supplie la gardienne de l'emmener faire ses besoins. L'avertit qu'elle va se soulager là, tout juste près de la plante de Maria. La gardienne accepte, conduit Véra à l'endroit habituel et lui dit qu'elle l'attendra là-haut, près de la plante, pour respirer un peu d'air, et que Véra l'appelle quand elle aura fini. Cette gardienne débite trop de mots. Véra s'en méfie. Si elle pouvait voir au moins les ombres. Elle a une impression bizarre, comme si la gardienne était en train de fabriquer quelque chose là-haut. Peut-être qu'elle le touche ? Lui parle ? Véra meurt d'envie de se soulager, mais elle se tourmente. Comment ça se fait que celle-là débarque subitement et lui prend sa place ? En plus, c'est pas bien de déranger le plant, parce qu'il s'est tout de même habitué à Véra. Elle se relève précipitamment et revient à tâtons. La gardienne lâche un cri de surprise au moment où Véra surgit entre les rochers avec une tête d'oursonne en deuil. Elle roue de coups Véra, la fait chuter en hurlant *čifutka*, sale youpine, et la traîne sur le rocher.

Ensuite, la gardienne s'en désintéresse. S'éloigne de quelques pas. Essoufflée. D'une voix pas du tout ferme, elle houspille Véra : « Mets-toi ça dans le crâne, putain, quand tu seras devenue complètement maboule, on te remplacera ici. Et c'est *moi* qui te remplacerai ! » Pourquoi elle lui dit ça ? Elle a peut-être entendu quelque chose au poste de commandement ? On compte la remplacer ? Véra étouffe un cri : personne ne peut la remplacer. Personne ne connaît le plant comme elle, personne ne sait exactement ce dont il a besoin à tout moment.

Une ou deux semaines plus tard, cette gardienne revient pour la placer. Véra reconnaît ses pas, se recroqueville et protège sa tête avec ses deux mains. Aujourd'hui, la gardienne ne crie pas, ne frappe pas, lui redresse le dos en l'effleurant. Lui touche le front et lui relève la tête. Et alors, quand Véra se tient droit à sa place, et avant que la gardienne n'arrose le plant, elle tend sa gourde à Véra.

« Bois. »

Véra se tasse sur elle-même. Tous ses sens en alerte devant le piège.

« Je t'en prie », dit la gardienne.

Véra laisse échapper un bruit étrange, sa réaction à l'invitation. Elle tend les mains, cherche la gourde, heurte la main de cette femme. Qu'est-ce qui va lui arriver maintenant. Qu'est-ce qu'on fait à quelqu'un qui touche une gardienne. Rien ne se produit. Rien de mauvais. L'autre saisit la main de Véra, la guide jusqu'à la gourde et recouvre de ses mains la seconde paume de Véra, puis referme les mains de Véra sur la gourde. Véra attend. C'est peut-être maintenant qu'elle va la pousser dans le précipice. La gardienne dit : « Bois. » Véra boit. Elle avale peut-être la moitié de la gourde sans respirer.

L'autre jacasse : « T'as pas des fois l'impression qu'il te regarde tout le temps ?

- Le camarade Tito ? risque prudemment Véra.

- Non, fait l'autre avec un rire sec, caverneux, ce plant, là. Tu crois pas qu'on dirait qu'il comprend ?

- Comprend quoi, commandante ?

- Toute cette folie, répond l'autre, et comment on fait de nous des bêtes sauvages. »

Véra se tait, attend, tête basse, comme lorsqu'on anticipe un coup particulièrement brutal. Comme un homme avec la corde au cou attendant l'ouverture de la trappe sous lui. Rien ne se produit. Qu'il est épuisant de vivre dans un endroit où tout est imprévisible.

« J'en ai un comme celui-là chez moi, à Belgrade », lâche la femme. Sa voix est si différente des hurlements qu'elle poussait lors de sa visite précédente. « Dans un pot sur le balcon. Vaut mieux pas lui donner trop d'eau. Et, au fait, avec les feuilles, on peut préparer un thé excellent. » Véra ne réagit pas. On dirait qu'ils ont vraiment décidé de lui faire perdre la boule. On lui a envoyé une comédienne douée pour la cuisiner. Car, le son de sa voix à lui seul, si suave aujourd'hui, suffirait à vous faire mourir de nostalgie.

« Je t'envie, souffle doucement la gardienne à l'oreille de Véra.

– Moi ? murmure Véra, qu'est-ce qu'il y a à envier chez moi, commandante ?

– Parce que tu as une raison de vivre. » Véra respire à peine. Ce sont des mots tellement interdits ici qu'elle n'a presque plus de doute : celle-là travaille pour l'UDBA. Elle n'ose pas demander à la gardienne à qui elle pensait en parlant de sa raison de vivre. Il s'agissait de la plante ? Ou peut-être sait-elle quelque chose au sujet de Nina ? A-t-elle vu Nina ?

La gardienne lui chuchote : « Je vous connaissais, toi et ton mari.

– Où ça ? murmure Véra.

– Bon, je ne vous connaissais pas vraiment. Mais je vous observais au parc de Kalemegdan, vous vous promeniez en fin de semaine avec votre petite fille.

– S'il vous plaît, je vous en supplie, arrêtez… »

La gardienne saisit les poignets de Véra. Son visage est tout proche du sien. Elle parle à toute vitesse : « Ton homme était si maigre, un râteau, mais il avait un bon visage.

- C'est vrai. » Véra lutte contre la sensation d'étouffement qui l'a saisie à la gorge.

« Et il avait de ces yeux… t'avais pas peur de regarder ces yeux-là ?

- Non, j'avais pas peur. Je voulais que ces yeux me voient tout le temps.

- Vous formiez un couple charmant, un peu comme deux enfants, même si vous aviez déjà une petite fille. »

Véra reste sur ses gardes. Le mot « petite fille » explose sans fin en elle.

« Elle s'appelle Nina et je sais pas où elle se trouve, dit Véra.

- Et tout le temps, vous bavardiez, poursuit la gardienne, toi et lui, vous discutiez et vous rigoliez. Je me souviens qu'une fois tu as dansé autour de ton homme, et moi, jamais j'ai connu ça avec mon mari, et je me suis dit : mais de quoi ils discutent tant que ça ?

- De tout, répond Véra, y avait rien dont on discutait pas.

- Et la petite vous tirait tout le temps par la main, ton sac et le pantalon de ton mari, pour que tu fasses attention à elle, elle parlait aux écureuils, aux corbeaux, c'était une fillette du genre sérieux…

- Oui, en effet.

- Et parfois, vous la faisiez sauter en l'air, "Envole-toi là-haut, avion…" »

La gardienne semble ne plus pouvoir s'arrêter. Véra se tient debout, tête baissée, bras ballants. Des sanglots étouffés secouent son corps. Si c'est une ruse de l'UDBA, chapeau bas, ils ont réussi à la faire craquer. « Moi, mon mari, reprend la gardienne, ils l'ont tué, pour rien, comme ça, et on avait pas d'enfant. On a eu le temps de rien faire. Je l'aimais, je crois, mais c'était comme si je le connaissais pas encore. Je souhaite que ta fille soit vivante et que tu la retrouves. »

La gardienne effleure l'épaule de Véra, puis tourne les talons. Une bulle d'univers plein, léger et lumineux plane devant Véra. Elle fait un pas, ouvre un portillon et s'y engouffre. Elle salue d'un hochement de tête Jagoda, sa meilleure amie, qui partage avec elle le même banc d'école à Čakovec. Elle sourit à Mimi la cuisinière avec son tablier noué à la taille. Elle passe devant la fanfare de la police qui joue le dimanche dans le parc, déguste des marrons chauds dans un cornet en papier journal que lui a remis le marchand ambulant. Voici Papa assis derrière la caisse enregistreuse de la boutique qui lui fait un clin d'œil quand elle le croise, et voilà Maman en train de lire dans son fauteuil qui lève les yeux et sourit à Véra. Voilà la grand-rue qui passe, les immeubles rectangulaires rouge et blanc, les érables. Et voici, bientôt, au coin de la rue, Véra âgée de dix-sept ans et des poussières. Dans quelques instants, elle va danser au bal de fin d'année scolaire et rencontrer Milosz. Et la vie, et l'amour vont se déployer devant elle.

La vie va continuer, Véra en est soudain certaine. Elle quitte, tête haute, la bulle d'univers flottant et revient vers l'île, la montagne, le plant. Elle s'accroupit et avec ses doigts le cherche à tâtons. L'entoure de ses paumes. « Ne t'en fais pas, dit-elle doucement, je suis là, n'aie pas peur. Je veille sur toi. » Le soleil est plus cuisant que d'ordinaire. Il sent peut-être que Véra est plus forte. Véra se tient dos au soleil, comme d'habitude. Elle repère la pointe de la flamme familière, au centre de l'orbe solaire, la plus ardente. Elle l'aligne au milieu de son dos et écarte les bras sur les côtés, comme pour séparer deux bagarreurs. Grâce à elle, grâce à l'ombre que son corps émacié et desséché projette, l'équilibre des forces est presque établi entre la plante et le soleil. C'est grâce à Véra que la plante vit ici depuis si longtemps. La fournaise s'intensifie. Le soleil se dilate, plein de colère contre Véra. Véra inspire une longue bouffée d'air. S'endurcit face au brasier. La sueur inonde son visage et son corps. Est-ce qu'il sait, le plant - par un mystérieux instinct de survie propre à la végétation -, que c'est elle qui lui offre de l'ombre, jour après jour ? Après toutes ces journées et ces semaines où elle s'est tenue là, reconnaît-il au moins son odeur ? Est-ce qu'il fait le lien, dans quelque système nerveux qu'il posséderait, entre sa présence et un bienfait ? Une sensation délicieuse se répand en elle. Parmi les centaines de détenues du camp, elle est peut-être la seule à effectuer une bonne action.

Cette pensée, ces mots oubliés. Elle se redresse, et ses bras se déploient de plus en plus comme si elle dansait.

Alors, elle fait volte-face, et avec la majesté d'une fillette audacieuse, d'une morveuse de sept ans, elle regarde le soleil en face et absorbe ses rayons aveuglants au fond de ses yeux. Elle pourrait noyer tout un soleil dans le noir de ses yeux. Puis, elle exécute une légère révérence devant le soleil, la révérence des vainqueurs.

Et elle ne sait comment, mais tous trois semblent avoir atteint un certain équilibre : le soleil, la plante et Véra, qui se sent brièvement comme un corps céleste.

Sans crier gare, au milieu du silence retombé entre nous dans le baraquement, Nina, dans un cri cauchemardesque, lance : « Mais comment tu as pu supporter cela ?

– Quoi ?

– Ça, ce Goli. Comment tu n'as pas…

– Quand faut y aller, faut y aller !

– Non… toi, tu es forte, bredouille Nina, tu es bien plus forte que moi. Toi, tu es d'une autre trempe.

– Mais toi aussi, tu as supporté ça, chuchote Véra d'une voix tendre, l'oublie pas… et pour toi, ça a duré tout le temps que je me trouvais ici.

– Je n'ai pas "supporté ça". Ça m'a démolie.

– Non, Nina, dis pas ça…

– Bien sûr que je le dis. Tu as du mal à l'entendre, mais je le dirai. Parce que toi, dès que tu es sortie d'ici, tu as trouvé tout de suite du travail à Belgrade, ensuite, nous sommes parties en Israël, et, aussitôt, tu t'es fait une nouvelle vie et une nouvelle famille *ready made*, tu avais Touvia, et Raphy, et tout le kibboutz, tu l'as bien vu samedi dernier, pendant la fête…

– Mais toi aussi, tu as ta vie, et sûrement tes amis…

– Moi ? Regarde-moi. Je possède en tout et pour tout un quart de couverture de la Croix-Rouge. »

Au milieu de ses gémissements, elle éclate de rire, et nous rions avec elle, prudemment, la prudence s'impose avec elle, qu'elle n'aille pas croire que nous rions à ses dépens, et notre rire circonspect l'amuse sans doute car elle se mouche et rit à gorge déployée, peut-être par désespoir, et nous l'imitons, Raphy avec sa voix de basse qui secoue ses entrailles, Véra, avec des gargouillis, et Nina et moi avec des grincements étouffés, bref, nous avons l'air d'un quatuor en train d'accorder ses instruments avant un concert.

« Raphy, dit Nina après que nous nous sommes calmés, tu veilleras sur moi. » Ce n'est ni une question ni un ordre, mais une déclaration de fait.

« Toujours, rugit-il dans sa barbe broussailleuse. Tope là ! Mais pour ça, tu devras vivre en Israël. Je ne peux pas veiller sur toi avec une télécommande, en plus, je déteste l'avion.

– Je vais vivre en Israël. Je n'ai nulle part où aller.

– De toute façon, Ninotchka, souffle Véra, t'irrite pas de ce que je veux te dire, mais moi aussi, je peux un tout petit peu, sincèrement, me souvenir pour toi… »

Je suis pétrifiée. Je n'arrive pas à croire qu'elle lui ait dit cela.

« Hein ? Qu'est-ce que tu viens de dire, réplique calmement Nina, qu'est-ce que tu peux faire ?

– T'énerve pas… je me suis dit comme ça, qu'ensemble, toutes les deux, on pourrait se souvenir de tout, toi, un peu, et moi, un peu. Et on serait comme des "associées", un pot commun, qu'est-ce que t'en penses ? Ça t'embête pas que je le dise ? »

Silence. Je devine que la réponse de Nina incitera Véra à se réfugier sous la protection de l'UDBA.

« Maman, répond doucement Nina, en riant, ravalant ses larmes et saisissant la main de Véra. Maman, Majko, Maman… »

Où il se vérifie que je me trompe toujours, en tout et sur tout le monde.

Véra essuie ses yeux, demande à Nina quel est ce programme sur lequel elle travaille au pôle Nord.

« Ce n'est pas le pôle à proprement parler, explique Nina, mais pas loin. Ce programme archive pour préservation des semences de plantes alimentaires en voie d'extinction dans le monde. Mais je n'y travaille plus. Mon contrat s'est terminé il y a un an.

– Ah, ah », fait Véra.

Le silence, de nouveau. Nous étudions cette information inédite. Craignant de dire ce qu'il ne faut pas.

« Je comprends pas, reprend Véra, alors, qu'est-ce que t'as fait pendant tout ce temps ?

– Il y a une mine de charbon au village. J'en ai déjà parlé à Guili. Eh bien, je leur ai fait un peu à manger. Et j'ai aussi travaillé un peu à la blanchisserie. Puis on a fermé certains secteurs de la mine, et, du coup, on n'avait plus besoin de moi.

– Alors, qu'est-ce que tu… dans quoi tu es maintenant ? » Véra bégaie. Incapable qu'elle est d'envisager un seul jour sans travailler.

« Il y aura toujours quelqu'un au village qui a besoin d'un coup de main, pour poser des tuiles ou faire sécher des peaux de phoques. Ou laver le plancher de l'église. » En riant : « S'il y a une chose que j'ai apprise au kibboutz, c'est bien passer la serpillière… des petits boulots, quoi, qui ne bousculent pas les méninges. Cinq, six jours par mois, de quoi ne pas mourir de faim.

– Mais on a bavardé toute la semaine, lâche Véra faiblement, et tu m'as rien dit.

– Qu'y a-t-il à raconter sur rien ?

– Mais tu as affirmé que tu travaillais dans une station de satellites…

– Eh bien, je l'ai dit.

– T'as menti tout simplement ?

– Non, ce n'est pas si simple – Nina cherche ses mots –, à dire vrai, je ne voulais pas te faire de la peine, Majko. Tu as assez enduré à cause de moi.

– Alors, comme ça, rien ? »

Soudain, Véra à l'air très vieille.

« Rien », répond Nina.

« Rien et soudain », je songe, « soudain et rien ». J'ai tété ces deux mamelles.

Raphy pose d'autres questions sur le village de Nina. Je constate qu'il est fasciné par cet endroit et, franchement, moi aussi. Nina se détend sous la couverture. Elle décrit la neige accumulée, les chenils aux dizaines de chiens de traîneau aboyant jour et nuit, le temps lui-même qui, pendant les mois d'obscurité, revêt une dimension différente « car qu'est-ce que ça peut faire si, en ce moment, il est dix heures du matin ou dix heures du soir, tout est plongé dans le noir, et donc, on commence à développer sa propre horloge intérieure ». Elle décrit les individus échoués là, comme elle, chacun avec ses propres motivations, chacun avec sa part de secrets. « Dans cet endroit, on ne te pose pas de questions et, d'un autre côté, on te bombarde tout le temps de commérages. » « Comme au kibboutz », s'esclaffe Véra, et nous aussi, nous nous tordons de rire avec elle – nous produisons l'authentique bande-son d'une famille. Famille improbable, certes, mais famille tout de même. Je remarque que Nina n'a trébuché sur aucun mot, n'a rien oublié dans tout ce qu'elle a raconté depuis que nous sommes pelotonnés sous la couverture. Elle ajoute que l'île comporte un foyer pour enfants retirés à des familles maltraitantes. Là aussi, elle a travaillé comme cuisinière pendant quelques mois. « Je leur ai cuisiné toutes tes recettes, Maman. » « Et ils ont aimé ? » la questionne Véra étonnée. « Ils s'en léchaient les doigts. Tu sais quel pied c'est de manger de la pâte *yufka* dans un bouillon de poulet par moins trente degrés ? »

« Au bout de trois, quatre mois d'obscurité, chaque année, le 8 mars, le soleil est de retour, poursuit Nina. Tout le village reprend vie en l'honneur de ce jour-là. On habille les enfants de tenues jaunes, on leur maquille le visage en jaune, on leur met toutes sortes de colliers et de couronnes en forme de soleil. » Sa voix s'échauffe, et de notre côté, nous alimentons la flamme par nos questions. Nous prenons plaisir à l'interroger. Comme elle est agréable la mélodie de la question sûre d'obtenir une réponse. À la lumière de la lune blafarde, je vois, ou crois voir, une délicate veine bleuâtre battre sur son cou. Quarante-cinq ans plus tôt, mon père l'a aperçue, et il est tombé amoureux d'elle.

« Et alors, tout le monde afflue vers l'église, petits et grands, en procession dans la neige épaisse, les villageois se placent sur les marches de l'église en attendant onze heures tapantes. Une lumière blafarde commence à percer à l'horizon, mais ce n'est pas encore le plein soleil. Nous chantons un hymne à la gloire du soleil qu'un habitant a composé. Puis survient un moment de silence absolu, personne ne parle, même les enfants sentent que quelque chose de spécial se produit. Alors, le pasteur consulte sa montre et fait un signe, et nous tous, nous crions à l'unisson "Voici venir le soleil ! Voici venir le soleil !" et, la troisième fois, le soleil apparaît en majesté, et son premier rayon nous effleure. »

Dans le baraquement presque obscur, son visage s'illumine. Je la vois debout au milieu des enfants, yeux clos, bras ouverts, laissant le soleil la caresser. Je lui murmure ce vers de la poétesse Léa Goldberg : « Je serai tel l'arbre dans la pénombre de la forêt/ que la lumière a choisi d'éclairer. » Elle ne connaît pas ce poème et répète le vers en remuant les lèvres, comme une prière.

Je n'arrête pas d'observer Nina. Les mouvements de son corps, les expressions de son visage. De minuscules gestes de recul et de repli et, brusquement, une sorte d'élan bondit d'elle, puis la confusion et l'hésitation, et encore un recul. La langue de ma mère.

Une vibration nerveuse permanente plane dans l'air autour d'elle, comme si des traits de crayon tremblotants dessinaient sans répit ses contours. Combien de fois me suis-je surprise à mimer ses expressions. Je suis incapable de m'en empêcher. On dirait que je l'étudie – avec un retard de trente-six ans – comme toute fillette normale âgée de trois ans étudie sa mère.

« On m'a dit que tu voulais me voir.

– Est-ce que c'est la commandante ? La commandante Maria ? »

La pointe du fouet de Maria folâtre sur son visage, relève ses paupières closes, enflammées.

« On m'a dit que tu avais quelque chose d'urgent à me dire. »

À cet instant Véra saisit ce qu'elle a fait : son inquiétude pour le plant lui a sans doute fait perdre la raison. Et l'a poussée à agir en contradiction avec l'instinct premier de chaque femme dans l'île : se tenir le plus loin possible de Maria.

« Je t'écoute.

– C'est à propos de la plante, commandante.

– Quelle plante ?

– La plante, là, commandante, dit-elle en prenant soin de la montrer du doigt à quelques centimètres de l'endroit où elle pousse.

– Que je comprenne… Pour cette plante, tu as fait grimper la commandante Maria jusqu'au sommet ?

– Elle va mourir, commandante. Ça fait plusieurs jours qu'elle va pas bien. »

Des pas lents tournent autour d'elle. Elle sent l'haleine de Maria sur son visage, sur sa nuque. « Les gardiennes lui donnent trop d'eau, commandante. Ses racines sont en train de pourrir. Laissez-moi l'arroser comme il faut. Je la connais.

– Tu la connais… » Maria est amusée. La pointe de son fouet chatouille la plante, cela épouvante Véra. « Et moi qui croyais que tu acceptais enfin de nous signer quelques papiers, nous donner quelques noms de tes camarades… »

Véra se tait. La stupidité de son acte la remplit de terreur. Elle a été accaparée à ce point par ce plant qu'elle a oublié les normes du monde extérieur.

« Franchement, *banda*, tu ne souhaites pas alléger ton cœur du poids de la trahison ? »

Elle frémit. « Quelle trahison, commandante ?

– Tu ne souhaites pas soulager ta conscience ?

– Ma conscience est pure, commandante. »

Maria pouffe doucement, ce qui effraie Véra. « Celle qui a trahi Tito est capable de trahir tout un chacun. »

Véra ravale sa salive. « Oui, commandante.

– Et dis-moi, *banda*, enchaîne Maria calmement, ça fait combien de jours que tu te trouves ici, au sommet ?

– Avec elle.

– Avec elle, en effet. » Maria tourne lentement autour du cercle de pierres, son fouet redresse puis arrache des feuilles flétries.

« Quelques semaines, commandante. J'ai pas compté.

– Et ça fait combien de temps que tu ne vois pas ?

– Peut-être deux mois, à peu près, commandante.

– Et on t'a sûrement dit que c'est la plante que la commandante Maria a apportée.

– Oui, commandante.

– Une plante que la commandante Maria a apportée de chez elle. » Maria s'exprime avec une intonation étrange, indolente, comme si elle racontait une histoire.

La peau du dos de Véra commence à se hérisser. « Commandante, s'il vous plaît, laissez-moi m'en occuper. D'instinct, je sais ce qui est bon pour elle.

– Ins-tinct ! » Maria roule le mot sur la langue en gloussant. « Eh bien, on va mettre ton instinct à l'épreuve. Regarde le soleil.

– Qu'est-ce que vous avez dit, commandante ?

– Minute, que je comprenne, tu es aussi sourde, maintenant ?

– Non, j'ai juste pas entendu ce que vous avez dit, commandante.

– J'ai dit de regarder le soleil en face et de garder tes yeux grands ouverts.

Véra baisse la tête. « Tu as du mal ? » la questionne la commandante Maria avec empathie et chagrin. Véra opine. Une main calleuse se pose sur sa nuque, la caresse. « Et ça fait combien de temps que tu vois ? » La commandante Maria l'interroge gentiment, tout en serrant ses doigts sur la nuque chétive.

« Juste ce matin ça m'est revenu, commandante. »

Maria rit aux éclats. « Allons, allons, *banda*, tu sais bien qu'ici c'est la vérité qui compte.

– Peut-être depuis hier soir, pas plus, commandante.

– Et donc, tu as décidé de garder pour toi ton petit secret, *banda ?* »

La douleur sur sa nuque est effroyable, elle a du mal à respirer.

« Non, non, commandante. Je me suis dit : jusqu'à ce qu'elle se ranime un peu.

– Quelle belle âme tu fais !

– Mais, commandante, elle peut vivre encore, je sais vraiment comment m'en occuper.

– Sublime, émouvant. »

Maria fait semblant d'essuyer une larme de ses yeux.

« Et maintenant, arrache-la. »

Au fond, elle savait que ça se terminerait plus ou moins de cette façon. Dès l'instant où elle a aperçu Maria avancer entre les deux rochers et s'approcher, elle a su qu'elle ou la plante ne sortirait pas vivante de cette rencontre. Elle tombe à genoux et la supplie. Pour la première fois de son existence, Véra supplie. Non pour sa vie, mais pour celle de la plante. Cette fois, jusqu'aux larmes. Elle essuie un coup de fouet nonchalant sur la nuque, et un autre sur la tempe, au-dessus de l'oreille. Résister n'a aucun sens. La plante est arrachée facilement, comme si elle n'avait pas de racines. Les feuilles minuscules reposent dans sa paume. Presque noires. Comment se fait-il que cette plante était si misérable.

De deux doigts, Maria lui ôte la plante des mains et la jette dans l'abîme par-dessus son épaule. Véra voit. Ça fait au moins une semaine qu'elle voit. La lumière est de retour, les couleurs, les images. Elle n'ose pas y croire ni se réjouir. La vision du petit bouquet voletant face à la mer et au-dessus du précipice la fait frissonner. Maintenant, ça va être son tour.

« Demain matin, tu retournes travailler aux rochers.

– Oui, commandante ?

– Dis merci à Dieu et au camarade Tito de ne pas te retrouver en ce moment dans la mer, en bas.

– Merci, commandante. »

Véra suivit Maria au quartier général du camp. Pendant plusieurs heures, elle attendit devant le bureau de Maria. Personne ne l'aborda ni ne lui parla. Ensuite, une gardienne arriva et lui ordonna de s'en aller. On ne l'avait pas punie ni fouettée. Le lendemain matin, elle rejoignit les femmes affectées au roulage des rochers du sommet au pied de la montagne. Leurs bavardages, le vacarme, les pleurs et les cris, et même les éclats de rire lui étaient presque aussi pénibles que le transport des rochers. Un beau matin, le *Punat* débarqua des dizaines de femmes pour leur rééducation. Alors, la gardienne en chef lut au haut-parleur les noms de détenues ayant purgé leur peine et libérables. Soudain, elle entendit son nom. Véra n'en croyait pas ses oreilles et restait plantée à sa place. On répéta son nom. Une femme la frappa dans le dos et lui cria de se précipiter au bureau. Personne ne lui expliqua le motif de sa libération. Elle n'avait avoué aucun crime ni exprimé le moindre remords. Elle ne leur avait livré aucun nom. Elle n'avait trahi personne, et voilà qu'on décidait de la relâcher.

Elle reçut ses vêtements et ses affaires - une partie - qui lui avaient été confisqués à son arrivée dans l'île, deux ans et dix mois plus tôt. On lui remit aussi trente-quatre lettres que Nina lui avait envoyées et que l'administration avait gardées. Il y avait aussi deux lettres de sa sœur Mira. Ainsi elle apprit qu'un officier de l'UDBA, qui connaissait Milosz et l'aimait bien, avait veillé à ce que Nina soit confiée à Mira, le jour où Véra avait été arrêtée. Au demeurant, le jour de sa libération, la gardienne Maria n'était plus dans le camp. Quelques semaines après leur rencontre au sommet de la montagne, Maria avait été mutée dans un autre camp et à un autre poste. « En fin de compte - avait dit un camarade du kibboutz, membre du groupe yougoslave d'immigrants, trente ans après les événements -, les camps de Goli Otok étaient destinés à la rééducation, et pas à l'extermination. » Mais, même après trois décennies, Véra pensait que, là-bas, quelque chose avait été anéanti en elle.

Nuit. Deux heures et demie environ. Une tempête d'éclairs et de coups de tonnerre annonciateurs du jour du Jugement dernier. Nous avons parlé, et comment nous avons parlé, combien de questions nous avons posées et combien de réponses nous avons reçues, comment nous avons bavardé. Jamais de la vie nous n'avons tenu autant de discours, avec tous les tenants et aboutissants, jusqu'à ce que le sommeil nous épuise, ou, du moins, je le croyais, car, soudain, j'entends Véra chuchoter, sans doute pour ne pas réveiller Raphaël et moi-même :

« Tu m'as pas encore raconté comment ça s'était passé chez ta tante Mira.

– Tu n'avais peut-être pas envie de l'entendre ? »

Je sens les plantes de pied de Véra tendre la couverture. Raphy roule, s'extirpe tant bien que mal de la couverture et actionne la caméra.

« Qu'est-ce que tu filmes ? s'irrite Véra.

– Qu'on garde ça pour le cas où.

– Laisse-le filmer, Maman. »

Nina fait signe à Raphy qu'il peut continuer.

Raphy marmonne : il fait si sombre qu'il peut seulement enregistrer le son. Je m'en veux de ne pas avoir apporté un *sun gun* qui nous aurait fourni un éclairage précieux. Rien ne fonctionne comme il faut.

Je saute sur l'occasion : « Dans ces conditions, je vais noter.

– Dans le noir ? s'étonne Nina.

– Ça donnera ce que ça donnera.

– Écrivez, filmez, gronde Véra, j'ai pas le courage de discuter avec vous. »

– Laisse-les faire, Majko, ça n'est pas ce qui importe maintenant. »

Véra arriva à Belgrade tôt le matin et se rendit aussitôt chez sa sœur. Elle frappa à sa porte. Sept heures et demie. Sa sœur Mira ouvrit la porte, poussa un cri et lui sauta au cou. Véra raconta que, par-dessus l'épaule de sa sœur, elle avait aperçu Nina assise sur un tabouret en train de boire un verre de lait et de regarder dans le vide. Nina avait alors neuf ans et demi. Selon Véra, elle lui avait jeté un regard froid, totalement adulte, et lancé en l'air : « Véra est arrivée. Non mais, c'est quoi cette dégaine ? » Véra voulait lui expliquer que les travaux forcés avaient beaucoup gonflé ses muscles et déformé sa silhouette, mais quelque chose dans le regard de Nina la pétrifia et la dissuada de répondre.

Nina avait un souvenir entièrement différent de leurs retrouvailles. Elle se rappelait qu'en voyant sa mère à la porte, elle s'était élancée en criant « Mama, Majko », avait couru vers elle, et que toutes les deux s'étaient étreintes et avaient pleuré de joie. Véra s'obstinait à prétendre que Nina ne s'était pas précipitée vers elle et ne l'avait certainement pas enlacée. Véra aussi n'avait pas osé, pour elle ne sait quelle raison, aller vers Nina et l'embrasser. Après avoir fini son verre de lait, Nina se rendit à l'école. De retour dans l'après-midi, elle fit ses devoirs puis sortit jouer dans la cour. Là aussi, le récit de Nina diverge totalement : ce jour-là, elle s'était absentée de l'école et avait passé toute la journée en compagnie de Véra. Elles étaient allées au cinéma – elle ne se souvenait pas du film – puis au café et là, « elles avaient discuté des heures », et, de temps à autre, elles fredonnaient des chansons remontant à l'enfance de Nina. Pendant toute cette première journée, elles n'avaient presque pas évoqué Milosz, ce que Nina avait raconté avec stupéfaction, et que Véra avait confirmé. Toutes deux étaient aussi d'accord sur un point : la sœur de Véra, Mira, n'avait pas cru un mot du récit de Véra au sujet de Goli Otok. Elle avait averti Véra que, si elle ne se taisait pas, elle et son mari se verraient obligés de la chasser de chez eux.

Raphy enregistrait, moi, je notais.

Leurs versions avaient divergé une nouvelle fois quant au déroulement de leur première nuit : selon Nina, elles avaient dormi dans le même lit, tête-bêche, et elles n'avaient pas cessé de bavarder, de rire et de pleurer, jusqu'à ce que le beau-frère de Véra, Dragan, déboule en slip et leur crie de se taire, et alors, elles avaient été saisies d'un rire hystérique. Véra gardait en mémoire une histoire différente : les heures passaient, elles étaient couchées, éveillées, dans un silence horrible. Véra ne pouvait pas le supporter. Elle questionna : « Tu es bonne élève ? » Aucune réponse de Nina. Véra : « Ça fait combien quatre fois quatre ? » Nina faisait semblant de dormir. Véra répéta la question. Nina répondit : « Seize. » « Bien. Et cinq fois sept ? » Nina répondit. De sorte qu'elles révisèrent toute la table de multiplication. Nina se souvenait vaguement de « quelque chose qui avait à voir avec les maths », mais elle était persuadée que Véra l'avait interrogée au café.

Quant à la suite des événements, le flot de leurs souvenirs s'écoulait à l'unisson. Elles étaient couchées dans le lit étroit, la tante et l'oncle étaient déjà endormis, et Véra avait demandé : « Y a quelque chose que tu veux me demander, Nina ? » Nina avait répondu que non. Véra se souvenait que la voix de Nina était froide et distante. C'était comme si une pellicule de glace avait recouvert l'enfant que Nina avait été.

Véra reposa sa question : « Y a quelque chose que tu veux me demander, Nina ? » Nina dit : « Pourquoi toi et mon père, vous deux, vous m'avez abandonnée le même jour ? » « Parce que la police nous a jetés en prison », répondit Véra. Nina ajouta d'une voix tremblante : « Qui toi et papa aimiez-vous plus que moi ? Pour qui m'avez-vous laissée seule ? » « La police nous a mis en prison. » « Et on pouvait pas vous libérer ? » « Non », répondit Véra et, en un certain sens, c'était vrai, mais c'était aussi le début du mensonge qui avait enflé et proliféré au point de nous étouffer, nous tous.

Maintenant, après un silence prolongé, Véra demande : « T'étais pas bien là-bas, Nina, chez tante Mira et son mari ?

– Ça, on peut le dire !

– Qu'est-ce qui s'est passé, ma fille ? »

Et moi j'entends – nous entendons – pour la première fois son histoire : la tante et l'oncle ne pouvaient pas avoir d'enfants, mais Nina n'était pas la fille qu'ils souhaitaient. Ils la battaient pour la moindre bêtise, l'enfermaient dans la cave pendant des heures, ne lui permettaient pas de se mettre à table avec eux et l'installaient à l'écart sur un tabouret pendant les repas. Elle fuguait et « papotait », selon ses dires, avec des soldats serbes d'une caserne proche de leur domicile.

Véra est hors d'elle : « Mira et ton oncle Dragan, même dans la tombe, ils me pardonnent toujours pas d'avoir fait un enfant avec un Serbe. »

Et nouvelle révélation – aucune limite aux prodiges –, durant les années passées chez la tante et l'oncle, Nina s'était vraiment acoquinée avec une bande de jeunes voyous, tous serbes. Elle était de petite taille, maigre, agile, et, aussi sans doute, indifférente au danger. Elle se faufilait par effraction dans des maisons à travers des lucarnes et ouvrait la porte à ses complices. Elle n'avait jamais été attrapée. Si elle avait connu d'autres aventures avec eux – elle n'en révéla rien. Nous, nous ne l'avons pas questionnée.

La pluie n'est plus un phénomène météorologique. Maintenant, elle affiche une volonté flagrante. Elle poursuit son propre objectif. De tous les trous dans le toit se déversent des trombes d'eau. Nous nous serrons les uns contre les autres sous les ruissellements. De temps à autre, un coup de tonnerre retentit avec le vacarme d'un train aux wagons innombrables et il ébranle le baraquement.

« Mais il y a quelque chose que, jusqu'à ce jour, je ne..., dit Nina.

– Quoi ? Demande-moi.

– Tu m'as raconté tellement de choses sur Goli et sur d'autres camps, et sur l'île des femmes où tu as été internée, à Sveti Grgur...

– J'aurais préféré me taire, mais je pouvais pas me taire. Ça explosait en moi.

– Mais sais-tu ce que je pensais ?

– Quand ça ?

– À l'occasion.

– Qu'est-ce que tu pensais ?

– Qu'il y a une chose que tu n'as jamais racontée.

– Une chose que j'ai pas racontée ? Mais je t'ai tout dit, fillette, tout. Et même, j'en ai trop dit.

– Par exemple, tu n'as jamais raconté comment tu as débarqué ici. Qu'est-ce que tu as vécu avant que tu...

– Je te l'ai dit, je suis venue sur le *Punat*, on a ouvert une grande porte en bas, et on a toutes été jetées comme des poissons morts dans la mer.

– Mais qu'est-ce qu'il y a eu avant ça, Majko ? Avant Goli. Avant le *Punat ?*

– Tu fais allusion à quoi ? Avant ça, on avait une vie normale, agréable, jusqu'à ce qu'un jour...

– Mais quand on t'a emmenée à l'UDBA, ils t'ont interrogée ? Accusée de quelque chose ? Il y a eu un procès ?

– Des interrogatoires, y en a eu. Mais pas de procès.

– Et on t'a laissée dire quelque chose ?

– Comment ça, dire quelque chose ?

– Expliquer, te défendre ? Tu avais un avocat ?

– Un avocat ? Ça va pas la tête, ma fille ? Cinquante mille personnes, ils ont jeté comme des chiens, sans procès, dans tous les camps de Tito. Ici seulement, dans les camps de Goli, cinq mille sont peut-être morts. Exécution ou suicide. Et tu me parles d'"un avocat" ?

– Raconte-moi depuis le début. Tout. »

Véra pousse un soupir, étire son petit corps. Elles sont encore sous la couverture, serrées l'une contre l'autre, presque joue contre joue, sans échanger un seul regard. Raphy enregistre. « Qu'est-ce qu'il y a à raconter ? C'était le matin après le départ de ton père, tu le sais, il s'est pendu. On est venu m'emmener à l'interrogatoire, un type avec un manteau en cuir. On était encore dans la maison, il a commencé à me cuisiner. Il a dit qu'ils savent tout de nous. Que ton père et moi, on aime Staline et qu'on est des ennemis du peuple yougoslave. Et quels sont vos rapports avec le NKVD ? Et quels camarades de Russie sont venus vous voir ? Vous avez écouté Moscou ? Vous avez écouté Budapest ? Il a même demandé pourquoi on t'a donné un prénom russe, un tas de bêtises de ce genre. Puis il m'a mis dans une auto noire en direction de l'hôpital militaire et, là, ben, ça s'est passé comme toujours.

– Qu'est-ce qu'il s'est passé ? Je veux savoir.

– C'est comme ça que les choses se passaient à cette époque-là. Ils s'intéressaient pas à la vérité. Ils voulaient juste que je leur signe, que je reconnaisse que ton père est un ennemi du peuple, et moi, j'ai refusé, et voilà – en route pour Goli !

– Mais qui étaient ces gens-là ? Tu t'en souviens ? De leurs visages ? »

Eh, je murmure à Nina dans mon cœur, ce n'est pas la bonne question ! Qui ça peut intéresser de savoir qui étaient ces gens-là ?

Véra aussi se montre surprise. « Qui c'était ? C'est quoi... y avait trois colonels. L'un d'eux, je me rappelle, avec une calvitie comme ça, toute ronde, et il avait justement un visage sympathique. Il me parlait gentiment.

– Et toi... minute, qu'est-ce que je voulais... tu as essayé de savoir où il se trouve aujourd'hui ?

– Surtout pas, Nina ! Je veux même pas voir leur ombre ! Même s'ils sont les derniers hommes sur la terre, je leur cause pas !

– Tu vois, je suis tout ton contraire. Moi, je les aurais recherchés et je les aurais retrouvés sous terre, et j'aurais... et... et...

– Bon, et alors ? Tu leur aurais tiré dessus avec un pistolet ? Hein ?

– Non, mais je leur aurais jeté tout ça au visage.

– Quoi, ça ? »

À travers la fenêtre, un éclair en trois ou quatre zébrures lacère et secoue le ciel.

« Jeté quoi, Nina ?

– Moi. »

Silence. La respiration de Véra s'emballe.

« Hein... qu'est-ce que tu veux dire par "toi", Nina ?

– Et aussi Guili, répond Nina, et tout ce qui lui est arrivé. À cause de moi. »

Elle l'a dit. Raphy a enregistré.

Furieuse, Véra se frappe furieusement les cuisses : « Ennemis du peuple ! Que je leur signe qu'on était des espions de Staline ? Qu'on voulait assassiner Tito ? Menteurs ! » Sur le mur, au-dessus de la tête de Raphy, une inscription est gravée : CON

TITO. Véra la désigne du menton en ricanant : « “Avec Tito nous édifierons le socialisme !” Mon cul, oui !

– Et donc tu ne leur as pas signé…, murmure Nina qui semble soudain épuisée.

– Comment je pouvais signer quelque chose de pas vrai ? »

Signe et qu’on en finisse, je murmure de nouveau dans mon cœur, qu’on rentre tous chez nous, qu’on referme les volets, et qu’on prenne le deuil de Milosz, et le nôtre, et, ensemble, petit à petit, nous réparerons ce que nous pourrons.

Nina s’extrait de la couverture. Véra en récupère la majeure partie. Nina s’agenouille devant elle, lui saisit la main. « Mais Papa était déjà mort… » Sa voix se fait de nouveau frêle et chevrotante. « Et supposons que tu aies essayé, supposons… de leur proposer… peut-être qu’ils auraient… non, c’est une idée stupide. » Elle ricane faiblement. Sous nos yeux, elle fait marche arrière, n’est plus qu’une pâle copie d’elle-même.

« Mais parfois, Maman, je me dis…

– Tu te dis quoi, Nina ? Vas-y, sors-le, garde pas ça dans le ventre !

– Pourquoi tu es si en colère, Maman ? proteste-t-elle d’une voix blanche.

– Je suis pas en colère, Nina. Sauf que mon cerveau explose avec tous ces bavardages. Comme si on me cuisinait encore une fois. »

Assise sur le plancher glacial, l’esprit ailleurs, Nina caresse la couverture protégeant le corps menu de Véra. « Personne ne te cuisine…. Qu’y a-t-il à t’interroger ? De toute façon, qui aurait le droit de t’interroger… personne n’a subi ce que tu as subi.

– Non, Nina, tu comprends pas. Au contraire ! Interroge, pose toutes tes questions. C’est bien. J’ai besoin de parler.

– Mais tu dois comprendre que je ne t'accuse pas. J'essaie uniquement de faire quelque chose... de comprendre, de réparer un peu le passé.

– On peut pas réparer le passé. Ça, tu le sais déjà. »

Nina me lance un regard, que je lui retourne.

« Le passé, c'est le passé, marmonne Véra. Et on doit vivre avec.

– Mais supposons, Maman, je ne fais que poser la question, tout de même, s'ils avaient, par exemple...

– Qu'est-ce que tu as cru, parle franchement, Nina.

– Non, je me suis juste dit : s'ils avaient...

– Quoi, qu'est-ce qu'ils m'auraient proposé ? »

Véra crie d'une voix pleine d'amertume et martèle ses cuisses. « Qu'est-ce que je pouvais leur donner pour pas trahir ton père ? Pour pas les laisser le salir et pour leur prouver que je disais la vérité ? Qu'est-ce que j'avais à leur offrir, hein ? »

Silence. Véra et Nina se dévisagent, le regard plein d'épouvante. Dans mes terminaisons nerveuses, je les sens dériver vers le point aveugle, obscur, qu'elles seules peuvent découvrir dans les yeux l'une de l'autre.

« Ah », Nina laisse échapper un bruit bizarre, aussi léger qu'une plume, comme si, quelque part en son for intérieur, avec une délicatesse indescriptible, quelque chose s'était remis en place.

« Ma tête », bredouille Véra en pressant ses tempes des deux mains.

Les yeux de Nina se ferment, sa tête retombe en arrière. Ses paupières diaphanes clignent à une vitesse affolante. Comme si, en un clin d'œil, elle plongeait dans un sommeil profond et total, gorgé de rêves, et que, dans son sommeil, quelqu'un passait lentement sa main sur son front.

Puis elle ouvre les yeux. « Non, il faut que je sorte d'ici. »

– Il pleut à verse, proteste Raphy. Je t'accompagne.

– Non, non et non, personne ne vient avec moi ! J'ai besoin d'être seule. De respirer. Il faut que je respire. Dis-moi une seule chose. » Elle se lève, court dans la salle au hasard, et je ne peux m'empêcher de songer à la poule, au cou coupé, que je souhaitais qu'elle devienne. Comment pouvais-je être aussi cruelle.

« Dis-moi, Maman, crie-t-elle presque, c'était pas possible, au moins, de leur demander de m'autoriser à venir avec toi ?

– Quoi ?

– C'était impossible de leur demander de m'autoriser à venir avec toi ?

– Où ça ?

– Ici, à Goli.

– Que je demande à l'UDBA que toi aussi ? T'as perdu la tête ? Y a jamais eu un enfant dans l'île, jamais ! Et moi, pour tout l'or du monde, je t'aurais jamais pris avec moi dans c't'enfer !

– Mais, comme ça, nous n'aurions pas été séparées, réplique Nina en se dirigeant vers la porte.

– Hein ?

– Comme ça, jamais nous n'aurions été séparées.

– Comment ça ?

– Parce que nous aurions été ensemble ici.

– Mais comment veux-tu qu'ils acceptent… C'est impossible, Nina, non, c'est pas… On prenait pas d'enfants à Goli.

– Je suis au courant. J'ai lu tous les livres sur Goli.

– Même en imagination, je peux pas penser que tu… non… c'est le plus horrible pour moi. Encore plus terrible pour moi que d'avoir été enfermée ici. » Elle jette un regard atterré à

Nina : « Encore une fois, je suis obligée de te poser la question, et réponds-moi sincèrement, Nina, et sans détour : c'était si pénible que ça chez ma sœur et son mari que tu voulais venir dans c't'enfer ?

– Tu ne comprends vraiment pas, n'est-ce pas ?

– Je sais comment ils se sont conduits avec toi, mais…

– Ça n'a rien à voir avec eux. Pas du tout.

– Non ?

– Tout le temps, chaque instant où je n'étais pas avec toi, je voulais être avec toi.

– Même s'ils m'avaient tuée, Nina, je leur aurais jamais demandé qu'ils…

– Je serais même descendue aux enfers avec toi, chuchote Nina sur le seuil du baraquement. Juste pour me trouver avec toi, le jour et la nuit. » Elle cherche à tâtons la porte suspendue à un unique gond. « J'étais obsédée par ça. Être avec toi, être avec toi. »

Véra baisse la tête. Tout cela est au-dessus de ses forces.

« S'il vous plaît, ne me suivez pas », dit Nina en sortant.

L'air semble être aspiré et s'échapper avec elle.

L'atmosphère est suffocante.

La pluie et les bourrasques se déchaînent comme si une nouvelle proie venait de leur être lancée.

« Elle ne veut pas savoir, Véra se dit-elle à elle-même, elle ne veut pas savoir.

– Je sors, dit Raphy.

– Papa, non. S'il te plaît, laisse-la seule.

– Elle est tout à fait capable de se faire du mal », bredouille Véra.

Raphy et moi, nous nous asseyons sur le sol détrempé, chacun dans son coin. Je me ronge d'inquiétude pour elle.

Brusquement, Véra se met à parler : « Ils l'ont enterré sous un numéro dans un cimetière près de Belgrade. Et moi, après mon retour de Goli, j'ai envoyé des lettres à Tito pour qu'il m'autorise à enterrer mon mari. Peut-être vingt lettres, j'ai écrit à Tito, et, à la fin, Tito a dit à Moša Pijade, son conseiller juif : C'est qui cette femme qui n'a pas peur de Tito ? Rendez-lui son mari, mais qu'elle se débrouille toute seule. »

Chaque fois qu'un coup de tonnerre ou un paquet de pluie secoue le baraquement, une grimace de douleur tord le visage de Raphy. Il a cessé d'enregistrer. Je lui fais signe de continuer. Certains bruits d'ici serviront au *voice over*, sans compter l'histoire de Véra.

« Alors, je suis partie avec mon beau-père et ma belle-mère, les parents de Milosz. Ils sont venus de leur village avec un cheval et une charrette, et un cercueil qu'ils avaient préparé. Et ma belle-mère a brodé un beau tapis kilim, avec tout plein de couleurs. On est allés au cimetière des anonymes. J'ai cherché jusqu'à ce que je le trouve, numéro 3754, j'ai enlevé la pierre au-dessus de lui avec une pioche, et je l'ai tout de suite reconnu à cause des dents et de sa mâchoire qui faisait croire qu'il souriait tout le temps. Y avait pas l'alliance de notre mariage. » Son élocution est hachée, les phrases sont décousues. « Y avait là des os, beaucoup de feuilles et de la boue. Tout ça, je l'ai nettoyé sur lui, puis je l'ai posé sur un drap, j'ai été à la charrette et je l'ai mis dans le cercueil sur le kilim, ensuite on est rentrés au village. En route, on a pas prononcé un mot. Après peut-être une heure qu'on était en chemin, ma belle-mère me dit : "T'es faite en quoi, Véra, en fer ou en pierre ?", et, moi, dans mon cœur, je pense : je suis faite de l'amour de Milosz. Et j'ai rien dit, et on a plus parlé avant d'arriver et de le mettre dans la terre de son village. Je devais faire ça. Je pouvais pas l'abandonner sous un numéro. Et je savais aussi que personne d'autre que moi le ferait. Et comme ça, Milosz a une tombe avec son nom que Nina peut aller voir, et Guili aussi, si elle veut, et le fils ou la fille de Guili qui naîtront peut-être un jour. Je devais faire ça et tout le monde et vous, vous saurez qu'il y a eu un Milosz, un homme maigre, malade, au corps pas très robuste, mais un héros et un idéaliste dans l'âme, l'homme le plus pur et le plus profond, et mon ami et mon bien-aimé… »

Au moment où, à bout de nerfs après le récit de Véra, nous nous apprêtions à partir à sa recherche, Nina est revenue. Elle a trébuché en entrant, trempée jusqu'aux os, frigorifiée. Elle tenait à peine sur ses jambes. Nous nous sommes précipités vers elle, l'avons emmitouflée dans la couverture, lui avons frotté le dos à six mains, la poitrine, le cou, le ventre et les jambes. Chacun de nous a mis du sien – qui, des chaussettes sèches, qui, une chemise, qui, un foulard. Elle se tenait au milieu de nous, yeux clos, tremblante, et à deux doigts de vaciller. J'ai réchauffé ses paumes de mains en soufflant dessus, sur ses longs doigts fins. J'ai massé sa nuque et ses épaules. Raphy la malaxait avec une énergie inouïe. Je voyais qu'il lui faisait mal, mais elle ne pipait mot. Il a étouffé un sanglot.

Peu à peu, elle s'est réchauffée entre nos mains, puis elle a ouvert les yeux.

« Pleure, a-t-elle soufflé doucement à Raphy. Vas-y. Tu as toutes les raisons pour cela. »

Je rédige tout cela huit ans après cette nuit-là. J'essaie d'imaginer ce qu'il lui est arrivé en dehors du baraquement. Je la vois marcher à vive allure, puis courir, gravir et descendre les allées du camp désolé, pénétrer dans les baraquements, se précipiter vers le rivage et toucher les flots noirs, ensuite revenir au champ de rochers. Elle connaît son chemin ici, sans doute bien mieux que dans toutes les villes et les maisons où elle a vécu, qu'elle a abandonnées ou fuies. Son foyer est ici, c'est évident. Sa demeure en enfer, là où, toutes ces années, sa nostalgie, ses supplications et son humiliation aboutissaient. C'est ici que son âme était entreposée. C'est ici, me semble-t-il, que Nina se trouvait lorsqu'elle s'absentait de l'existence.

Elle se fatigue. Elle marche sous la pluie sans y prêter attention. Bute sur des pierres puis se relève. Marmonne infiniment ce que Véra lui a dit : « Qu'est-ce que je pouvais leur donner pour pas trahir ton père ? » « Moi, s'étrangle Nina, elle m'a donnée, moi, pour ne pas trahir Papa. » À chaque fois, cette idée la tétanise, telle une décharge électrique. Une douleur insupportable se répand dans tout son corps jusqu'aux extrémités de ses membres. De nouveau, elle court, incapable de rester en place. Certes, Véra s'est aussi livrée à eux. Presque trois années de travaux forcés et de tortures. « Mais, moi, elle m'a sacrifiée », gémit Nina, remâchant chaque mot, et moi, je lui donne raison. Soudain, nous voici ensemble dehors, et toutes deux, nous sommes poussées par la tempête comme deux feuilles, deux fillettes abandonnées dont le sang endolori ne coagule jamais. « Elle avait le choix, hurle Nina au vent, ils l'ont laissée choisir, et elle a choisi, son amour a choisi, et je savais, pendant toutes ces années, je sentais, sous la peau, je savais. Je n'étais pas folle, je savais. »

Je l'imagine freinée brusquement dans sa course, regardant autour d'elle avec stupeur, tel un nouveau-né débarqué dans un monde hostile.

Brièvement, l'île renaît à la vie. Comme si des projecteurs gigantesques avaient été allumés dans un rugissement, et que tout était inondé de lumière. Des femmes en tenues de prisonnières courent en criant. Hurlent de douleur pendant les interrogatoires. Parfois aussi, elles rient. Parfois encore, elles plaisantent avec les gardiennes. Ordres bramés, haut-parleurs, coups de fouet, tandis que des chœurs de femmes entonnent un hymne à la gloire de Tito.

Quand Véra retourne au baraquement après l'interrogatoire, Nina soigne ses plaies. Lorsque les gardiennes obligent Véra à se tenir debout, toute la nuit, près de la *kibla*, le seau où les détenues font leurs besoins, Nina se place près d'elle. Lorsque Véra fend des troncs d'arbres transportés dans l'île pour le chauffage et la construction, Nina accourt pour lui apporter de la graisse de chèvre afin d'en enduire la hache. Avec le reste de la graisse, elles enduisent en catimini leurs lèvres gercées par le froid desséchant.

« Si j'étais plus jeune de trente ans, a dit Nina après que nous avons fini de la malaxer, de la masser et de la réchauffer, cette pluie m'aurait rendue enceinte. »

Nous nous sommes autorisé un rire étouffé. Peu sûrs d'avoir bien saisi. De toutes les choses au monde, elle n'a trouvé que cela à nous dire ? Elle me lance un regard avec un sourire. « J'ai faim. Je meurs de faim. »

Je lui ai donné la dernière pomme et quelques galettes de riz. Véra a fouillé dans son sac et en a retiré des sandwiches pour nous tous, Dieu seul sait quand elle les a préparés et comment elle a su les garder jusqu'à cet instant. Nous les avons dévorés. Nous avons ri de nous-mêmes et de notre fringale. Nina s'est esclaffée avec nous. Ses yeux brillaient. Que lui est-il arrivé dehors ? Je n'ai pas réussi à comprendre. Elle était devenue une personne différente, me suis-je dit. Quelque chose avait changé en elle, s'était dénoué d'un seul coup.

Car tout en elle était soudain à découvert, nu, solide. Je ne lisais ni colère, ni vengeance sur son visage. Je la scrutais. Aucune trace de rancœur ou d'affront. Je percevais, au contraire, un grand soulagement, une illumination.

« *Oïe*, dit-elle, la bouche débordant de mozzarella et de tomates, quel sandwich extraordinaire !

– À ta santé, répond Véra, tu peux prendre le mien. »

Le vent retombe. La pluie cesse aussi. Cela fait un moment que, dehors, la tempête s'est calmée. On sent qu'elle s'apaise. Nina est assise dans un coin presque sec du baraquement, emmitouflée sous la couverture, repue et chaleureuse. Elle sourit à Raphy : « Quelle nuit… »

Il s'approche d'elle et s'agenouille. Ils bavardent tout bas. Elle pouffe de rire. Il l'enlace. À dire vrai, c'est un peu énervant que, soudain, après les péripéties de cette nuit, ils partagent des secrets. La main de Nina dessine quelque chose sur le genou de Raphy. La pogne énorme de ce dernier caresse tendrement le crâne de Nina.

« Viens, ma Guiloush, me souffle Véra en ramassant les serviettes et en les enfournant dans son sac, on va faire un petit tour. Y a d'autres endroits ici qu'on a pas vus. » Je m'insurge : « Pourquoi on n'irait pas tous ensemble ? Je me suis dit qu'on pourrait grimper ensemble jusqu'à la falaise… » Véra me fusille du regard : « Guili, ma douce, il faut tout t'expliquer ? » Et c'est alors seulement que j'ai compris, bêtasse que j'étais.

Nous les avons laissés dans le baraquement et nous avons gagné le rivage. Nous nous sommes attardées devant la mer. Il faisait un noir d'encre, mais la lune perçait entre les nuages.

Nous avons traversé le champ des rochers. Dans l'obscurité, leur présence horrible prenait encore plus de relief. Nous sommes arrivées à la croisée de trois chemins : vers le camp des hommes, vers la carrière et vers la montagne. J'ai demandé à Véra si elle acceptait de m'accompagner au sommet. Elle a éclaté de rire : « Une nonagénaire comme moi va grimper jusqu'en haut ! »

Mais elle avait du mal. Autant à cause de l'ascension que parce que quelque chose en elle défaillait. J'éclairais le chemin avec la torche de la Croix-Rouge. Nous avons contourné la grosse flaque et avons trouvé le sentier. Il était plus étroit et plus escarpé que je croyais. Là où c'était possible, nous marchions bras dessus, bras dessous, et, parfois, serrées l'une contre l'autre. Dans les passages exigus, elle me précédait, tandis que je lui caressais tout le temps le dos et la nuque. Je la soulageais autant que possible. Tous les quelques pas, nous nous arrêtions en attendant qu'elle reprenne son souffle. Deux fois, je lui ai proposé de redescendre, mais elle a refusé.

Elle se rappelait tout ce qui lui était arrivé sur ce chemin, cinquante-quatre ans plus tôt. Elle prétendait qu'elle pouvait marcher là les yeux fermés, et pas uniquement à cause de sa cécité d'alors. À un certain moment, ayant retrouvé son énergie, elle me tirait tout simplement derrière elle, cette nonagénaire. Son corps frêle s'élançait en avant. Son corps, et tout ce qu'il avait enduré.

Soudain, nous nous sommes retrouvées au sommet, et nous avons soupiré d'aise, exactement comme elle l'avait décrit. Nous étions plongées dans une obscurité glaciale. Nous entendions le ressac sous nos pieds. Véra a chuchoté qu'elle n'avait jamais passé la nuit ici.

Elle s'est réfugiée dans un mutisme buté, son poing crispé sur la bouche. Agrippée fortement à moi, elle m'a montré l'endroit où elle était restée debout pendant presque deux mois. Avec son doigt, elle a dessiné la petite cavité où le plant poussait. J'ai placé mes pieds à l'extérieur du cercle, là où elle se tenait quand elle le protégeait de son ombre. Guère facile d'entrer dans ses petits souliers.

En bas, la mer cognait contre les rochers. Véra s'est assise sur une grosse pierre taillée. Cette fois encore, elle avait l'air très vieille. J'ai dit que nous nous abstiendrions de parler maintenant, et que je souhaitais m'attarder là jusqu'au lever du soleil, et même plus tard.

Je suis restée là durant sans doute une heure. Peut-être plus. J'ai déroulé dans ma tête, très lentement, comme une prière, l'histoire de ma grand-mère et du plant. Chaque fois que j'ouvrais les yeux, je la voyais me fixer d'un regard déterminé comme si elle cherchait à m'insuffler je ne sais quoi.

Puis, nous avons entendu Nina et mon père nous appeler d'en bas. Nous les avons invités à nous rejoindre au sommet. Ils ont grimpé, essoufflés mais rayonnants, et ils se sont installés sur un rocher à côté de Véra. Nina s'appuyait sur Raphy. Elle portait sur son dos le sac contenant les cassettes filmées, et je me suis aperçue que ça la rendait heureuse et fière.

Même pendant leur escalade et après leur arrivée, je n'ai pas quitté mon poste au bord du précipice. Je sentais que cela satisfaisait Véra. À un moment, elle s'est levée et a corrigé ma position : « C'est ici que je me tenais la plupart du temps dans l'après-midi. » Nina nous a questionnées : « Qu'est-ce qu'il se passe ? Qu'est-ce que vous faites ? » Véra a répondu : « J'avais ici une sorte de petite plante dont je m'occupais, on en reparlera en bas. » Nina, avec un sourire forcé, s'est écriée : « Je constate qu'il y a encore des histoires que je n'ai pas entendues. » Un nouveau battement de cœur, comme à chaque fois que Nina trébuchait sur un obstacle invisible.

Le ciel se dégageait, Raphy s'est remis à filmer. Nina s'est levée et s'est retournée, s'est approchée du bord du précipice et a regardé vers le bas, vers la mer, a reculé, regardé de nouveau. Elle a lancé à l'abîme : « Je ne crois pas avoir été jamais aussi heureuse. »

Puis, elle m'a fixée : « Guili-Guili, c'est bien que tu sois venue ici avec moi, Guili.

– Oui, je suis contente d'être venue.

– Ici, c'est tout de même un peu chez moi. »

Véra a secoué la tête comme pour démentir et a suggéré qu'on redescende : « On va parler de tout ça en bas, je veux descendre tout de suite. » Mais Nina semblait ne pas l'avoir entendue.

« Je veux vous filmer », a dit Nina. Elle s'est approchée de Raphaël déconcerté et lui a pris la Sony en riant : « Laisse-moi sentir, moi aussi, que c'est mon film. » Elle a demandé où il fallait appuyer, et il lui a montré le poussoir. Je percevais l'anxiété dans ses yeux. Elle a demandé à quoi servait la diode rouge clignotante, et il lui a répondu que la batterie allait être bientôt à plat, et qu'elle disposait de deux, trois minutes, pas plus.

Mon corps me trahissait. Je voulais m'approcher d'elle, mais en vain. Je n'avais pas la force de bouger. Elle nous regardait dans le petit viseur du Sony, tournait autour de nous en nous filmant.

Elle avançait d'un pas léger, comme si elle planait. Je me suis souvenue de ce que Véra m'avait raconté au sujet du matin où on était venu l'emmener à l'interrogatoire et elle avait vu Nina marcher dans la rue avec la grâce d'une ballerine, sautillant par-dessus la marelle dessinée à la craie sur le trottoir et à moitié effacée.

Nina braquait la caméra sur Véra, Raphy et moi. Sur chacun de nous, elle passait de la tête aux pieds avec une lenteur bizarre, comme si elle effectuait une sorte de scanner. Et c'était peut-être exactement son intention.

« Tu vois, Nina – elle s'adressait soudain à la Nina-du-futur – en ce moment, nous sommes ici tous ensemble, ma mère, ma fille Guili et Raphy. Et toi aussi, tu étais avec nous pendant tout le voyage. »

Le ciel était zébré de fines lanières de lumière semblables à des doigts écartés. Nina les filmait.

Véra a répété, avec virulence et impatience, qu'il valait mieux redescendre. « Ici, le soleil, quand il se pointe, il brûle. Dans cinq minutes, ça va être le feu ici. » Sous la lumière montante, son visage devenait blafard et inanimé.

« Une minute, Majko – lance Nina tout en filmant –, mon cher Raphy, mon aimé », elle lui sourit à travers l'objectif, et il lui retourne un sourire confus. « Tout l'amour que tu as eu pour moi… n'est-ce pas que tu sais ?

– Je sais quoi ?

– Que c'est le plus beau cadeau que j'ai jamais reçu dans ma vie. »

Il a baissé la tête et ravalé sa salive d'un air las.

Elle avait l'air gaie, radieuse. Son bonheur éclatant et fantasque me déroutait moi aussi. « Et n'est-ce pas que tu le sais ? » continua-t-elle à le questionner. « Je sais quoi ? » Elle s'est immobilisée au bord du précipice. « Qu'il n'y aura plus jamais un moment aussi heureux que celui-ci. » Et Raphy de répondre : « Il y en aura d'autres, c'est certain, Nina. » Et je l'ai entendue dire à voix basse, pour elle-même : « Soudain, j'ai envie de temps. D'énormément de temps. »

Son visage s'est métamorphosé d'un seul coup. Je percevais la lutte et le dilemme épouvantable, et, dans mon cœur, je lui ai lancé un seul cri, et elle m'a regardée comme si elle m'avait entendue.

D'un geste vif, elle a ôté de son épaule le sac à dos des cassettes, fermé les yeux, étiré son bras tout du long puis lancé le sac à dos et la caméra dans le précipice.

J'ai entendu la caméra se fracasser sur les rochers. Le silence est retombé, puis le ressac des vagues a mugi. Nina s'est écroulée brusquement, a chuté sur un genou au bord du précipice, abasourdie par ce qu'elle avait fait, ou par ce qu'elle n'avait pas fait, et moi, je me suis ruée sur elle en même temps que mon père, et nous l'avons éloignée du bord et ramenée vers nous.

Notre descente de la montagne terminée, déboussolés et agrippés les uns aux autres, j'ai su que je n'accepterais pas que tout ce que nous avions vécu lors de ce périple tombe dans l'oubli. Plus tard, pendant des années, chaque fois que je ressassais le deuil de mon film perdu, je me disais : faute d'images, il reste les mots.

Mais des années se sont écoulées avant que je me résolve à écrire.

Entre-temps, certaines choses me sont arrivées et ont comblé mon existence.

La petite, nous l'avons nommée Nina. Elle a cinq ans et demi.

Elle est mon grain de terre.

Le nôtre.

Remerciements

Eva Panić Nahir, qui a inspiré le personnage de Véra, était une femme célèbre et admirée en Yougoslavie. Une monographie et un ouvrage documentaire lui ont été consacrés, et l'écrivain Danilo Kiš en a fait le sujet d'une série d'entretiens pour la télévision serbe dans laquelle elle raconte les horreurs de Goli Otok. Pour la première fois, le grand public pouvait découvrir la réalité – tue et niée – des « goulags de Tito ». Eva symbolise un courage presque surhumain et incarne la capacité d'un individu à garder figure humaine dans les conditions les plus effroyables.

Il y a plus de vingt ans, Eva m'a raconté pour la première fois l'histoire de sa vie. Depuis, elle me l'a narrée à plus d'une reprise. Une amitié profonde s'est nouée entre Eva et moi, il était impossible de ne pas l'aimer et de ne pas admirer sa force de caractère et son humanité. Comme il était aussi difficile, parfois, de ne pas bouillir de rage devant sa rigidité idéologique et inébranlable.

Elle voulait que j'écrive l'histoire de sa vie, et celle de sa fille, Tiana Wages. L'un des cadeaux précieux de cet ouvrage a été la rencontre avec Tiana, sa sagesse puisée dans son expérience, son optimisme et son courage. Toutes deux se sont montrées suffisamment généreuses pour m'accorder l'entière liberté de rédiger l'histoire mais aussi de l'imaginer et de l'inventer comme elle ne fut jamais.

Pour cette raison – la liberté d'imagination et d'invention – je leur exprime ma gratitude la plus profonde.

D'autres remerciements s'adressent à l'écrivaine et traductrice Dina Katan Ben-Zion qui m'a orienté dans le domaine des langues serbe et croate et leur résonance en hébreu – l'hébreu de Véra – lorsqu'elles s'y mélangent.

Aux cinéastes Dan Wolman et Ari Folman. À Elinor Nechemia – scripte et éditrice du scénario. Merci de tout cœur à mon ami, le réalisateur et spécialiste du cinéma Aner Preminger, pour son aide et son dévouement. Merci à mes chers amis et aux membres de ma famille qui ont lu le manuscrit, m'ont fait part de leurs remarques, donné des conseils et amélioré mon travail. Tous m'ont consacré généreusement leur temps et leur expérience. Chaque erreur dans cet ouvrage, sur quelque sujet que ce soit, est de ma seule responsabilité.

Je remercie ceux qui m'ont guidé pendant mon séjour au cercle arctique et ceux qui m'ont accompagné lors de ma visite à Goli Otok et, surtout mon ami, l'érudit et subtil historien Hrvoje Klasić.

La famille de Rade Panić, le premier époux d'Eva, m'a reçu chaleureusement dans son village natal. Le cercle des adorateurs d'Eva à Belgrade – club minuscule mais uni – Tania et Aleksandar Kraus, Vanja Radovanović et Planinka Kovačević m'ont accueilli de grand cœur et ont ressuscité le temps jadis à mon profit.

Merci à la merveilleuse famille d'Eva, à Emily Haozer, Yéhoudit Nahir, et la lumineuse Smadar (Smadi) Nahir. Je remercie sincèrement le réalisateur Avner Faingulernt pour son film émouvant *Eva*.

REMERCIEMENTS

Pour l'aide inlassable qu'ils m'ont apportée, je remercie Seid Serdarević, l'éditeur croate de mes livres, et Gojko Božović, mon éditeur serbe. Je remercie Ženi (Jennie) Lebl pour son beau livre *La Violette blanche* (éditions Am Oved, 1993) et Aleksandra Ličanin qui a rédigé un ouvrage documentaire sur Eva, *Two Loves and One War of Eva Panić Nahir* (éd. Matica hrvatska, 2015), et qui m'a guidé dans les rues d'Eva enfant à Čakovec.

Et, bien sûr, merci au docteur Van de Velde, auteur du *Mariage parfait*, conjointement au *Manuel des relations conjugales* de Prentice Mulford, dans la traduction et l'adaptation (très) libre de M. Ben-Yossef, pour une édition populaire (sans date) et dont les propos ont été cités ici (quant aux sceptiques éventuels, je leur certifie que cet ouvrage existe vraiment).

Quiconque a rencontré Eva au cours de ce périple était transfiguré lorsqu'il l'évoquait. Son esprit audacieux et orageux et son caractère intransigeant, tendre et absolu à la fois, sont toujours vivants et tangibles aujourd'hui encore, quatre ans après sa disparition, chez tous ceux qui ont eu le privilège de la connaître.

David Grossman
Février 2019.

Du même auteur

Le Vent jaune
récit, 1988
coll. « L'Histoire immédiate »

Voir ci-dessous : amour
roman, 1991
et « Points », n° 152

Le Livre de la grammaire intérieure
roman, 1994
et « Points », n° 2896

Les Exilés de la Terre promise
Conversations avec des Palestiniens d'Israël
1995

Le Sourire de l'agneau
roman, 1995
et « Points », n° 2806

L'Enfant zigzag
roman, 1998
et « Points », n° 1184

Tu seras mon couteau
roman, 2000

Quelqu'un avec qui courir
roman, 2003
et « Points », n° 1317

Duel à Jérusalem
roman, 2003
Seuil Jeunesse

Chroniques d'une paix différée
2003

J'écoute avec mon corps
deux nouvelles, 2005

Dans la peau de Gisela
Politique et création littéraire
2008

Une femme fuyant l'annonce
roman, 2011
et « Points », n° 2895
prix Médicis étranger 2011
Grand Prix de l'héroïne Madame Figaro 2012

Tombé hors du temps
récit pour voix
2012
et « Points », n° 3137

Un cheval entre dans un bar
roman, 2015
et « Points », n° 4383
Booker Prize 2017

Dans la maison de la liberté
Interventions
2018

RÉALISATION : NORD COMPO À VILLENEUVE-D'ASCQ
ACHEVÉ D'IMPRIMER SUR ROTO-PAGE
PAR L'IMPRIMERIE FLOCH À MAYENNE
DÉPÔT LÉGAL : OCTOBRE 2020. N° 144772-5 (97264)
IMPRIMÉ EN FRANCE